13
काम जो समझदार लोग **नहीं** करते

13 काम जो समझदार लोग नहीं करते

शक्ति प्राप्त करें, परिवर्तन को अपनाएँ, डर का सामना करें और अपने मन को सुख व सफलता पाने का प्रशिक्षण दें

ऐसी गलतियाँ जो गलती से भी न करें

ऐमी मॉरिन

अनुवाद : डॉ. सुधीर दीक्षित

MANJUL

मंजुल पब्लिशिंग हाउस

MANJUL
मंजुल पब्लिशिंग हाउस
कॉरपोरेट एवं संपादकीय कार्यालय
द्वितीय तल, उषा प्रीत कॉम्प्लेक्स, 42 मालवीय नगर, भोपाल-462 003
विक्रय एवं विपणन कार्यालय
7/ 32, अंसारी रोड, दरियागंज, नई दिल्ली-110 002
वेबसाइट : www.manjulindia.com
वितरण केन्द्र
अहमदाबाद, बेंगलुरू, भोपाल, कोलकाता, चेन्नई,
हैदराबाद, मुम्बई, नई दिल्ली, पुणे

ऐमी मॉरिन द्वारा लिखित मूल अंग्रेजी पुस्तक
13 थिंग्स मेन्टली स्ट्रौंग पीपल डोन्ट डू का हिन्दी अनुवाद

कॉपीराइट © 2018 ऐमी मॉरिन
सर्वाधिकार सुरक्षित

यह संस्करण 2018 में पहली बार प्रकाशित

ISBN 978-93-87383-58-6

हिन्दी अनुवाद : डॉ. सुधीर दीक्षित

यह पुस्तक इस शर्त पर विक्रय की जा रही है कि प्रकाशक की लिखित पूर्वानुमति के बिना इसे या इसके किसी भी हिस्से को न तो पुन: प्रकाशित किया जा सकता है और न ही किसी भी अन्य तरीक़े से, किसी भी रूप में इसका व्यावसायिक उपयोग किया जा सकता है। यदि कोई व्यक्ति ऐसा करता है तो उसके विरुद्ध कानूनी कार्रवाई की जाएगी।

उन सभी को, जो अपने आज को कल से बेहतर बनना चाहते हैं

अनुक्रम

प्रस्तावना 9

मानसिक शक्ति क्या है? 17

अध्याय 1
वे अपने लिए अफ़सोस करने में समय बरबाद नहीं करते हैं 24

अध्याय 2
वे अपनी शक्ति दूसरों को नहीं देते हैं 43

अध्याय 3
वे परिवर्तन से नहीं कतराते हैं 62

अध्याय 4
वे उन चीज़ों पर ध्यान केंद्रित नहीं करते हैं,
जिन्हें वे नियंत्रित नहीं कर सकते 83

अध्याय 5
वे हर इंसान को ख़ुश करने की चिंता नहीं पालते हैं 103

अध्याय 6
वे सुविचारित जोखिम लेने से नहीं डरते हैं 124

अध्याय 7
वे अतीत में नहीं रहते हैं 145

अध्याय 8
वे बार-बार वही ग़लतियाँ नहीं करते हैं   162

अध्याय 9
वे दूसरों की सफलता से नहीं जलते हैं   179

अध्याय 10
वे पहली असफलता के बाद हार नहीं मानते हैं   198

अध्याय 11
वे अकेले रहने से नहीं घबराते हैं   215

अध्याय 12
वे यह नहीं सोचते हैं कि संसार उनका ऋणी है   235

अध्याय 13
वे तुरंत परिणाम की उम्मीद नहीं करते हैं   251

उपसंहार
मानसिक शक्ति क़ायम रखना   269

आभार   275

प्रस्तावना

जब मैं तेईस साल की थी, तो मस्तिष्क धमनी-विस्फार (एन्युरिज़्म) से मेरी माँ की अचानक मृत्यु हो गई। वे हमेशा स्वस्थ, मेहनती और जोशीली महिला थीं, जो संसार में आख़िरी मिनट तक जीवन से प्रेम करती रही थीं। वास्तव में, उनकी मृत्यु से एक रात पहले ही मैं उनसे मिली थी। हमने एक स्टेडियम में हाई स्कूल का बास्केटबॉल टूर्नामेंट एक साथ देखा था। वे हँस रही थीं, जोश से बतिया रही थीं और जीवन का आनंद ले रही थीं, जैसा वे हमेशा करती थीं। लेकिन इसके बस चौबीस घंटे बाद ही वे गुज़र गईं। मेरी माँ के जाने का मुझ पर गहरा असर पड़ा। मैं उनकी सलाह, हँसी या प्रेम के बिना बाक़ी जीवन जीने की कल्पना नहीं कर सकती थी।

उस वक़्त मैं एक सामुदायिक मानसिक स्वास्थ्य केंद्र में थेरेपिस्ट का काम कर रही थी और अपने दुःख से जूझने के लिए मैंने कुछ सप्ताह की छुट्टी ले ली। मैं जानती थी कि जब तक मैं अपनी ख़ुद की भावनाओं से अच्छे ढंग से नहीं निपट लेती, तब तक मैं दूसरों की मदद नहीं कर पाऊँगी। माँ के बिना जीवन सूना हो गया था और इसकी आदत डालना एक मुश्किल प्रक्रिया थी। काम आसान नहीं था, लेकिन मैंने आत्म-निर्भर बनने के लिए कड़ी मेहनत की। मेरे पास थेरेपिस्ट का प्रशिक्षण था, इसलिए मैं जानती थी कि समय अपने आप किसी दुःख का इलाज नहीं करता; हम उस समय में क्या करते हैं, उसी से हमारे उपचार की गति तय होती है। मैं यह बात समझती थी कि दुःख एक ज़रूरी प्रक्रिया है, जिससे अंततः मेरा भावनात्मक दर्द कम हो जाएगा। इसीलिए मैंने ख़ुद को दुःखी होने, नाराज़ होने और पूरी तरह स्वीकार करने की अनुमति दी कि माँ के गुज़रने पर मैंने सचमुच क्या खोया था। बात बस यह नहीं थी कि मुझे उनकी कमी खलती थी - साथ में यह दुःखद अहसास भी था कि वे मेरे जीवन की महत्त्वपूर्ण घटनाओं में कभी मौजूद नहीं रहेंगी और वे कभी उन चीज़ों का अनुभव नहीं कर पाएँगी, जिनका वे बेसब्री से इंतज़ार कर रही थीं - जैसे अपनी नौकरी से रिटायर

होना और नानी बनना। मित्रों और परिवार वालों के समर्थन तथा ईश्वर में मेरी आस्था से मुझे शांति का अहसास मिला। जैसे-जैसे जीवन गुज़रता गया, माँ की याद पर दुःख की टीस के बजाय मुस्कान आने लगी।

जब मेरी माँ की मृत्यु की तीसरी बरसी आने वाली थी, तो मेरे पति लिंकन और मैंने बातचीत की कि उस वीकएंड में उनकी स्मृति का सबसे अच्छा सम्मान क्या हो सकता है। मित्रों ने हमें शनिवार शाम को एक बास्केटबॉल मैच देखने के लिए आमंत्रित किया था। संयोग से मैच उसी स्टेडियम में था, जहाँ माँ मुझे आख़िरी बार मिली थीं। लिंकन और मैंने बातचीत की कि उस जगह लौटकर जाना कैसा रहेगा, जहाँ हमने उन्हें तीन साल पहले मृत्यु की एक रात पहले देखा था।

हमने निर्णय लिया कि यह उनके जीवन का जश्न मनाने का एक अद्‍भुत तरीक़ा होगा। आख़िर, उस रात की यादें बहुत अच्छी थीं। हम खुलकर हँसे थे, हमने सभी तरह की चीज़ों के बारे में बात की थी और कुल मिलाकर एक बेहतरीन शाम गुज़ारी थी। उसी रात मेरी माँ ने यह भविष्यवाणी भी की थी कि मेरी बहन अपने तत्कालीन बॉयफ्रेंड से शादी कर लेगी - और कुछ साल बाद उनकी भविष्यवाणी सच हो गई।

लिंकन और मैंने उस स्टेडियम में मित्रों के साथ ख़ुशनुमा समय गुज़ारा। हम जानते थे कि मेरी माँ की यही इच्छा थी। वहाँ लौटकर जाना और रहना अच्छा लगा। लेकिन जब मैं माँ की मृत्यु से निपटने में अपनी प्रगति के बारे में राहत की साँस ले ही रही थी कि तभी मेरा जीवन एक बार फिर उलट-पलट हो गया।

बास्केटबॉल मैच से घर लौटने के बाद लिंकन ने कमर दर्द की शिकायत की। कुछ साल पहले एक कार दुर्घटना में उनकी रीढ़ के कई जोड़ यानी कशेरुक टूट गए थे, इसलिए कमर दर्द असामान्य बात नहीं थी। लेकिन बस कुछ मिनट बाद वे गिर पड़े। मैंने चिकित्सा सहायता के लिए पैरामेडिक्स को फ़ोन किया, जिन्होंने चंद मिनटों में आकर उन्हें अस्पताल पहुँचाया। मैंने उनकी माँ को फ़ोन कर दिया और लिंकन का परिवार मुझसे आपातकालीन कक्ष में मिला। मुझे ज़रा भी अंदाज़ा नहीं था कि उन्हें क्या समस्या हो सकती है।

आपातकालीन कक्ष के बाहर कुछ मिनट इंतज़ार करने के बाद हमें एक निजी कक्ष में बुलाया गया। डॉक्टर के कुछ कहने से पहले ही मैं समझ गई कि वे क्या कहने वाले हैं। लिंकन गुज़र गए थे। उन्हें हार्ट अटैक हुआ था।

जिस वीकएंड में मेरी माँ की तीसरी बरसी थी, उसी वीकएंड में मैंने ख़ुद को विधवा पाया। इसमें कोई तुक ही नहीं थी। लिंकन की उम्र सिर्फ़ छब्बीस साल थी और उन्हें हृदय रोग की कभी कोई समस्या नहीं रही थी। वे यहाँ एक पल थे और दूसरे पल नहीं थे। मैं अपनी माँ के बग़ैर जीना सीख रही थी और अब मुझे यह भी सीखना था कि लिंकन के बिना कैसे जियूँ। मैं यह कल्पना नहीं कर सकती थी कि मैं यह कैसे करूँगी।

जीवनसाथी की मृत्यु से निपटना किसी बुरे सपने जैसा होता है। जब मैं सचमुच कोई निर्णय लेने की स्थिति में नहीं थी, उस समय बहुत से विकल्प चुनने थे। कुछ ही घंटों में मुझे अंत्येष्टि की व्यवस्था से लेकर श्रद्धांजलि के शब्दों तक हर चीज़ के बारे में निर्णय लेना था। स्थिति की वास्तविकता को अपने भीतर समेटने का समय ही नहीं था; यह सचमुच अभिभूत करने वाला था।

सौभाग्य से मेरे जीवन में कई लोग थे, जिन्होंने मुझे सहारा दिया। दुःखद यात्रा व्यक्तिगत होती है, लेकिन प्रेमपूर्ण मित्रों और परिवार वालों ने निश्चित रूप से मदद की। ऐसे समय थे जब झेलना आसान लगता था और ऐसे समय थे, जब यह मुश्किल हो जाता था। जब मैं सोचती थी कि मेरी हालत ठीक हो रही थी, तो अगले ही मोड़ पर मुझे भारी दुःख इंतज़ार करता मिलता था। दुःख भावनात्मक, मानसिक और शारीरिक रूप से थकाने वाली प्रक्रिया है।

अफ़सोस करने के लिए बहुत सारी चीज़ें थीं। मुझे अपने पति के परिवार वालों के लिए अफ़सोस हुआ, क्योंकि मैं जानती थी कि वे लिंकन से बहुत प्रेम करते थे। मैंने उन सभी चीज़ों के लिए अफ़सोस महसूस किया, जिनका अनुभव लिंकन कभी नहीं कर पाए। मैं उन सारी चीज़ों के लिए भी दुःखी थी, जो हम इकट्ठे कभी नहीं कर पाएँगे। यह कहने की तो ज़रूरत ही नहीं है कि मुझे उनकी कमी बहुत खलती थी।

मैंने ऑफ़िस से ज़्यादा से ज़्यादा छुट्टियाँ लीं। वे महीने कमोबेश किसी झोंके की तरह गुज़र गए, जब मैं हर दिन बस एक पैर को दूसरे पैर के

सामने रखने पर ध्यान केंद्रित करती थी। लेकिन मैं ज़िंदगी भर के लिए तो ऑफ़िस से छुट्टी नहीं ले सकती थी। मेरे पास आमदनी का बस यही एक ज़रिया था, इसलिए लौटकर ऑफ़िस जाना ज़रूरी था।

दो महीने बाद मेरे सुपरवाइज़र ने फ़ोन किया और ऑफ़िस लौटने की मेरी योजना के बारे में पूछा। उन्होंने मेरे ग्राहकों को बता दिया था कि पारिवारिक आपातकालीन स्थिति की वजह से मैं अनिश्चित काल तक ऑफ़िस नहीं आ पाऊँगी। उन्हें यह नहीं बताया गया था कि मैं कितने समय तक बाहर रहूँगी, क्योंकि मुझे ख़ुद यह पता नहीं था कि मैं कब लौटूँगी। लेकिन अब वे जवाब माँग रहे थे। मैं निश्चित रूप से तब तक दुःख से नहीं उबर पाई थी और मेरी हालत निश्चित रूप से "बेहतर" नहीं थी, लेकिन ऑफ़िस लौटना ज़रूरी था।

अपनी माँ की तरह ही लिंकन के दुःख से जूझने के लिए भी मुझे समय की ज़रूरत थी। इसे नज़रअंदाज़ करने या धकाने का सवाल नहीं था। मुझे दर्द का अनुभव करना था और प्रोएक्टिव अंदाज़ में उपचार में ख़ुद की मदद करना था। मैं ख़ुद को नकारात्मक भावनाओं में अटके रहने की अनुमति नहीं दे सकती थी। हालाँकि ख़ुद पर तरस खाना या अपने अतीत की यादों में उलझे रहना आसान होता, लेकिन मैं जानती थी कि यह स्वस्थ तरीक़ा नहीं है। अपने लिए नया जीवन बनाने के लिए मुझे लंबी राह पर चलना शुरू करने का चेतन विकल्प चुनना था।

मुझे यह निर्णय लेना था कि मैंने और लिंकन ने मिलकर जो लक्ष्य बनाए थे, क्या वे अब भी मेरे लक्ष्य होंगे। हम कुछ सालों से पालक-अभिभावक थे और हमने अंततः एक बच्चे को गोद लेने की योजना बनाई थी। लेकिन क्या मैं अकेली किसी बच्चे को गोद लेना चाहूँगी? मैंने अगले कुछ सालों तक पालक-अभिभावक का काम जारी रखा, ज़्यादातर आपातकालीन और अवकाश नियोजन किया, लेकिन मुझे यक़ीन नहीं था कि लिंकन के बिना मैं किसी संतान को गोद लेना चाहूँगी।

अकेली होने के बाद मुझे अपने लिए कुछ लक्ष्य भी तय करने थे। मैंने बाहर निकलकर नई चीज़ों को आज़माने का निर्णय लिया। मैंने अपना मोटरसाइकल लाइसेंस बनवाया और एक मोटरसाइकल ख़रीद ली। मैं लिखने भी लगी। शुरू-शुरू में तो यह शौक़िया काम था, लेकिन अंततः यह

अंशकालीन काम बन गया। मुझे लोगों के साथ नए संबंध दोबारा बनाने पड़े और यह भी पता लगाना पड़ा कि लिंकन के कौन से दोस्त मेरे दोस्त रहेंगे और उनके जाने के बाद उनके परिवार से मेरा संबंध कैसा रहेगा। सौभाग्य से उनके बहुत से क़रीबी मित्रों ने मेरे साथ मित्रता क़ायम रखी और उनका परिवार मेरे साथ अपने परिवार के सदस्य की तरह ही व्यवहार करता रहा।

लगभग चार साल बाद सौभाग्य से मुझे दोबारा प्रेम का वरदान मिल गया। या शायद मुझे कहना चाहिए कि प्रेम ने मुझे खोज लिया। मैं एकाकी जीवन की आदी हो रही थी। लेकिन जब मैंने स्टीव के साथ डेटिंग शुरू की, तो यह सब बदल गया। हम बरसों से एक दूसरे को जानते थे और धीरे-धीरे हमारी मित्रता एक रिश्ते में बदल गई। अंततः हम एक साझे भविष्य के बारे में बात करने लगे। हालाँकि मैंने दोबारा शादी करने के बारे में कभी नहीं सोचा था, लेकिन स्टीव के साथ यह सही लग रहा था।

मैं कोई औपचारिक विवाह या समारोह नहीं चाहती थी, जो लिंकन के साथ हुई शादी जैसा हो। हालाँकि मैं जानती थी कि मेरे अतिथि दोबारा मेरी शादी देखकर रोमांचित होंगे, लेकिन मैं यह भी जानती थी कि इससे उन लोगों की दुःखद यादें ताज़ा हो जाएँगी, क्योंकि वे लिंकन को नहीं भूल पाए थे। मैं अपनी शादी के दिन पर ग़म की छाया भी नहीं पड़ने देना चाहती थी, इसलिए स्टीव और मैंने ग़ैर-पारंपरिक शादी करने का निर्णय लिया। हम भागकर लास वेगस गए और हमने वहाँ शादी कर ली। यह बेहद आनंददायक अवसर था, जो हमारे प्रेम और ख़ुशी पर केंद्रित था।

हमारी शादी के लगभग एक साल बाद हमने उस मकान को बेचने का निर्णय लिया, जिसमें लिंकन और मैं रहते थे। हम कुछ घंटों की दूरी पर जाकर रहने लगे। हम मेरी बहन व भांजियों के ज़्यादा क़रीब पहुँच गए और इससे हमें एक नई शुरुआत करने का अवसर मिल गया। मुझे एक व्यस्त क्लीनिक में नौकरी मिल गई और हम साझे भविष्य का आनंद लेने की राह देखने लगे। ज़िंदगी बेहतरीन लग रही थी, लेकिन तभी हमारी ख़ुशी की राह में एक अजीब मोड़ आया, जब स्टीव के पिता को कैंसर बताया गया।

शुरुआत में डॉक्टर कह रहे थे कि इलाज से कैंसर कुछ साल तक रुका रहेगा। लेकिन कुछ महीने बाद ही यह स्पष्ट हो गया कि कई साल की बात तो रहने ही दें, एक और साल गुज़रना मुश्किल था। उन्होंने कई

विकल्प आज़माए, लेकिन किसी चीज़ से ज़्यादा फ़ायदा नहीं हुआ। समय गुज़रता गया, लेकिन जब किसी इलाज से फ़ायदा नहीं हुआ, तो डॉक्टर पूरी तरह चकरा गए। सात महीने बाद उनके उपचार के विकल्प ख़त्म हो गए थे।

यह ख़बर किसी पहाड़ की तरह मेरे सिर पर गिरी। रॉब जीवन से भरपूर थे। वे बच्चों के साथ हँसी-मज़ाक़ और चुहलबाज़ी करते थे और बड़ी मज़ेदार कहानियाँ सुनाते थे। हालाँकि वे मिनेसोटा में रहते थे और हम मैन में, लेकिन हम उनसे अक्सर मिलते रहते थे। वे सेवानिवृत्त थे, इसलिए वे कई सप्ताह तक लगातार हमारे साथ रह सकते थे और मैं उनसे हमेशा मज़ाक़ करती थी कि वे मेरे प्रिय घरेलू अतिथि थे - क्योंकि दरअसल वे हमारे एकमात्र घरेलू अतिथि थे।

वे मेरे लेखन के सबसे बड़े प्रशंसकों में से एक भी थे। वे मेरी लिखी हर चीज़ पढ़ते थे, चाहे लेख परवरिश पर हो या मनोविज्ञान पर। अक्सर वे फ़ोन करके मुझे लेख संबंधी विचार और सुझाव देते रहते थे।

हालाँकि रॉब बहत्तर साल के थे, लेकिन यह महसूस होता था कि वे इतने युवा हैं कि उन्हें गंभीर बीमारी नहीं होनी चाहिए। पिछली गर्मियों तक उन्होंने मोटरसाइकल पर देश भर की यात्रा की थी, लेक सुपीरियर में नौकायन किया था और अपनी कनवर्टिबल कार में देहात में सैर की थी। लेकिन अब वे बहुत ज़्यादा बीमार थे और डॉक्टरों की राय स्पष्ट थी - उनकी हालत और बिगड़ने वाली थी।

इस बार मुझे मृत्यु के मामले में मुझे एक अलग अनुभव हुआ। मेरी माँ और लिंकन की मृत्यु बिलकुल अप्रत्याशित और आकस्मिक थीं। लेकिन इस बार मुझे पहले से चेतावनी मिल चुकी थी। मैं जानती थी कि क्या होने वाला है और इस बारे में सोच-सोचकर मैं दहशत में आ गई।

मैं सोचने लगी, हे भगवान, *एक बार फिर।* मैं दोबारा इतनी भीषण क्षति का शिकार नहीं होना चाहती थी। यह सही नहीं लग रहा था। मेरी उम्र के बहुत से परिचितों ने कभी किसी को नहीं खोया है, तो फिर मुझे इतने सारे परिजनों की क्षति क्यों झेलना पड़ रही है। मैं टेबल पर बैठकर सोचती रहती थी कि यह सब कितना अन्यायपूर्ण है और कितना मुश्किल होगा। मैं चीज़ों को अलग तरीक़े से होते देखना चाहती थी।

मैं यह भी जानती थी कि मैं उस राह पर ख़ुद को नीचे फिसलने नहीं दे सकती। आख़िरकार, यह मेरे साथ पहले भी हो चुका था और मैं दोबारा ठीक हो जाऊँगी। यदि मैं यह सोचने के जाल में फँसती हूँ कि मेरी स्थिति किसी दूसरे से बदतर है या अगर मैं ख़ुद को विश्वास दिलाती हूँ कि मैं एक और क्षति नहीं झेल सकती, तो इससे मदद नहीं मिलेगी। इसके बजाय, यह मुझे अपनी स्थिति की वास्तविकता का सामना करने से रोक देगा।

उस पल मैंने बैठकर "मानसिक दृढ़ता वाले लोग ये 13 चीज़ें नहीं करते" सूची लिखी। ये वे आदतें थीं, जिनसे जूझने के बाद ही मैं अपने दुःख से उबरी थी। ये वे चीज़ें थीं, जो मुझे बेहतर बनने से रोक सकती थीं, अगर मैंने उन्हें ख़ुद पर शिकंजा कसने दिया होता।

इसमें कोई आश्चर्य की बात नहीं है, ये वही क्षमताएँ थीं, जिनकी सलाह मैं थेरेपी ऑफ़िस में आने वाले ग्राहकों को देती थी। लेकिन उन्हें लिखकर ही मैं पटरी पर बनी रह सकती थी। यह एक यादगार थी कि मैं मानसिक रूप से दृढ़ बनने का चयन कर सकती हूँ। मुझे दृढ़ बनने की ज़रूरत भी थी, क्योंकि वह सूची लिखने के कुछ सप्ताह बाद ही रॉब गुज़र गए।

यह मशहूर है कि मनोचिकित्सक दूसरों की शक्तियों को बढ़ाने में मदद करते हैं, सलाह देते हैं कि उन्हें कैसे काम करना चाहिए और वे ख़ुद को बेहतर बनाने के लिए क्या कर सकते हैं। लेकिन जब मैंने मानसिक शक्ति की सूची बनाई, तो मैंने पल भर के लिए अपनी आदतों से दूर हटने का निर्णय लिया। क्या नहीं करना है, इस पर ध्यान केंद्रित करने से सारा फ़र्क़ पड़ा। अच्छी आदतें महत्त्वपूर्ण होती हैं, लेकिन अक्सर हमारी बुरी आदतें ही हमें अपनी पूरी संभावना तक पहुँचने से रोक देती हैं। भले ही आपके पास संसार की सारी अच्छी आदतें हों, लेकिन अगर आप उनके साथ-साथ बुरी आदतों को भी बनाए रखते हैं, तो आप अपने लक्ष्यों तक पहुँचने में संघर्ष करेंगे। इसे इस तरह से सोचें : आप अपनी सबसे बुरी आदतों जितने ही अच्छे हैं।

बुरी आदतें भारी बोझ की तरह होती हैं, जो आपको दिन भर घसीटती रहती हैं। वे आपको धीमा कर देंगी, थका देंगी और कुंठित कर देंगी। अगर निश्चित विचार, व्यवहार और भावनाएँ आपको पीछे रोक रहे

हों, तो आप कड़ी मेहनत और गुणों के बावजूद अपनी पूरी संभावना तक नहीं पहुँच पाएँगे।

एक आदमी का उदाहरण देखें, जो हर दिन जिम जाता है। वह लगभग दो घंटे व्यायाम करता है। अपनी प्रगति की निगरानी के लिए वह अपने व्यायाम का सावधानी से रिकॉर्ड रखता है। छह महीने बाद भी उसे ज़्यादा परिवर्तन नहीं दिखता है। वह कुंठित महसूस करता है कि उसका वज़न कम नहीं हो रहा है और मांसपेशियाँ विकसित नहीं हो रही हैं। वह अपने मित्रों और परिवार वालों से कहता है कि उसे समझ ही नहीं आ रहा है कि वह बेहतर क्यों नहीं दिख रहा है और अच्छा महसूस क्यों नहीं कर रहा है। देखिए, उसने व्यायाम में कोई ढील नहीं दी है और शायद ही कभी एक दिन का भी नागा किया है। वह तो बस इस बात को नज़रअंदाज़ कर रहा है कि हर दिन जिम से लौटते समय वह ख़ुद को एक पार्टी देता है। कड़ी कसरत के बाद उसे भूख लग जाती है और वह ख़ुद से कहता है, “मैंने कठोर व्यायाम किया है। मैं इस दावत का हक़दार हूँ!” हर दिन घर लौटते समय वह एक दर्जन डोनट खा लेता है।

मूर्खतापूर्ण लगता है, है ना? लेकिन हम सभी इस तरह के व्यवहार के दोषी हैं। हम उन चीज़ों के लिए कड़ी मेहनत करते हैं, जो हमारे विचार से हमें बेहतर बना देंगी, लेकिन हम उन चीज़ों पर ध्यान देना भूल जाते हैं, जो हमारे प्रयासों पर पानी फेर सकती हैं।

इन तेरह आदतों से बचने से आपको डर से गुज़रने में ही मदद नहीं मिलेगी। उनसे छुटकारा पाने की बदौलत आप मानसिक शक्ति विकसित करेंगे, जो जीवन की छोटी-बड़ी सभी समस्याओं से निपटने के लिए अनिवार्य है। जब आप मानसिक रूप से दृढ़ और शक्तिशाली महसूस करेंगे, तो आपके लक्ष्य चाहे जो हों, आप अपनी पूरी संभावना तक पहुँचने के लिए ज़्यादा अच्छी तरह तैयार होंगे।

मानसिक शक्ति क्या है?

ऐसा नहीं है कि लोग मानसिक रूप से शक्तिशाली या कमज़ोर होते हैं। हम सभी में किसी न किसी सीमा तक मानसिक शक्ति होती है, लेकिन बेहतरी की गुंजाइश हमेशा रहती है। मानसिक शक्ति बढ़ाने का मतलब है अपनी भावनाओं पर क़ाबू करने की योग्यता को बेहतर बनाना, अपने विचारों का प्रबंधन करना और सकारात्मक अंदाज़ में व्यवहार करना, चाहे परिस्थितियाँ कैसी भी हों।

जिस तरह हमारे आस-पास के कुछ लोगों के लिए शारीरिक शक्ति बढ़ाना आसान होता है, उसी तरह कुछ लोगों के लिए मानसिक शक्ति बढ़ाना भी आसान होता है। कुछ घटक होते हैं, जो यह तय करते हैं कि आप कितनी आसानी से मानसिक शक्ति बढ़ाते हैं :

- **आनुवांशिकी** – जीन इस बात में भूमिका निभाते हैं कि मनोदशा की विकृतियों जैसे मानसिक स्वास्थ्य संबंधी मुद्दों के प्रति आपका कितना रुझान है।

- **व्यक्तित्व** – कुछ लोगों के व्यक्तित्व में ऐसे गुण होते हैं, जो ज़्यादा यथार्थवादी ढंग से सोचने और ज़्यादा सकारात्मक व्यवहार करने में मदद करते हैं।

- **अनुभव** – आपके जीवन के अनुभव इस बात को प्रभावित करते हैं कि आप अपने, दूसरे लोगों और संसार के बारे में कैसा सोचते हैं।

स्पष्ट रूप से आप इनमें से कई घटकों को नहीं बदल सकते। आप अपने बुरे बचपन को नहीं मिटा सकते। अगर आप आनुवांशिक रूप से ध्यानाभाव एवं अतिसक्रियता विकार या अटेंशन डेफ़िसिट हाइपरएक्टिविटी डिसऑर्डर (एडीएचडी) के प्रति प्रवृत्त हों, तो आप इसमें कुछ नहीं कर सकते। लेकिन

इसका यह मतलब नहीं है कि आप अपनी मानसिक शक्ति नहीं बढ़ा सकते। हर व्यक्ति में मानसिक शक्ति बढ़ाने की क्षमता होती है, बशर्ते वह इस पुस्तक में बताए गए स्व-सुधार अभ्यासों में अपना समय और ऊर्जा लगाए।

मानसिक शक्ति का आधार

किसी ऐसे आदमी की कल्पना करें, जो सामाजिक मेलजोल से घबराता है। अपनी चिंता कम करने के लिए वह सहकर्मियों से बातचीत शुरू करने से बचता है। वह अपने सहकर्मियों से जितना कम बोलता है, वे भी उसके साथ उतनी ही कम बातचीत करते हैं। जब वह लंच की छुट्टी में बाहर निकलता है और हॉल में लोगों के पास से गुज़रता है, तो उससे कोई बात नहीं करता है, जिससे वह सोचने लगता है, *मैं सामाजिक दृष्टि से अनाड़ी हूँ।* वह खुद को जितना ज़्यादा अनाड़ी मानता है, वह बातचीत शुरू करने के बारे में उतनी ही ज़्यादा घबराहट महसूस करता है। जब उसकी चिंता बढ़ती है, तो अपने सहकर्मियों से बचने की उसकी इच्छा भी बढ़ जाती है। फलस्वरूप स्वतः चलने वाला चक्र बन जाता है।

मानसिक शक्ति को समझने के लिए आपको यह सीखना होता है कि आपके विचार, व्यवहार और भावनाएँ सभी आपस में गुँथे हुए हैं। ये अक्सर मिलकर एक ख़तरनाक अधोगामी चक्र बना देते हैं, जैसा पिछले उदाहरण में दिखाया गया है। इसीलिए मानसिक शक्ति बढ़ाने के लिए त्रिआयामी नीति की ज़रूरत होती है :

1. **विचार** – अतार्किक विचारों को पहचानना और उनकी जगह पर ज़्यादा यथार्थवादी विचार रखना।
2. **व्यवहार** – परिस्थितियों के बावजूद सकारात्मक अंदाज़ में व्यवहार।
3. **भावनाएँ** – अपनी भावनाओं को नियंत्रित करना, ताकि आपकी भावनाएँ आपको नियंत्रित न करें।

हम यह बात सारे समय सुनते हैं : "सकारात्मक सोचें।" लेकिन सिर्फ़ आशावाद ही आपको अपनी पूरी संभावना तक पहुँचाने के लिए काफ़ी नहीं है।

संतुलित भावनाओं और तार्किक सोच पर आधारित व्यवहार चुनें

मैं साँपों से दहशत खाती हूँ। लेकिन मेरा डर पूरी तरह से अतार्किक है। मैं मैन में रहती हूँ। हमारे यहाँ जंगल में एक भी ज़हरीला साँप नहीं है। मुझे साँप आम तौर पर दिखते भी नहीं हैं, लेकिन जब भी मैं किसी साँप को देखती हूँ, तो मेरा कलेजा हलक़ में आ जाता है और मेरी इच्छा होती है कि मैं दूसरी दिशा में ज़्यादा से ज़्यादा तेज़ी से दौड़ लगा दूँ। आम तौर पर दौड़ लगाने से पहले ही मैं तार्किक विचारों से अपनी दहशत को संतुलित कर लेती हूँ, जो मुझे याद दिलाते हैं कि डर महसूस करने का कोई तार्किक कारण नहीं है। एक बार जब बागडोर मेरी तार्किक सोच के हाथ में आ जाती है, तो मैं साँप के पास से गुज़र सकती हूँ - बशर्ते वह सुरक्षित दूरी पर हो। मैं अब भी उसे उठाना या थपथपाना नहीं चाहती हूँ, लेकिन मैं उसके पास से गुज़र सकती हूँ और अपने अतार्किक डर को हस्तक्षेप नहीं करने देती हूँ।

हम जीवन में अपने सर्वश्रेष्ठ निर्णय तब लेते हैं, जब हम अपनी भावनाओं को तार्किक सोच से संतुलित कर लेते हैं। एक मिनट ठहरकर इस बारे में सोचें कि सचमुच नाराज़ होने पर आप कैसा व्यवहार करते हैं। संभवतः आपको अपनी कही बातों या अपने किए कामों पर बाद में अफ़सोस हुआ हो, क्योंकि आप तर्क नहीं, बल्कि भावनाओं के वश में थे। बहरहाल यह ध्यान रखें कि सिर्फ़ तार्किक सोच के आधार पर काम करना ही अच्छे निर्णय लेने के लिए काफ़ी नहीं है। हम रोबोट नहीं, इंसान हैं। हमारे दिल और हमारे दिमाग़ को एक साथ मिलकर हमारे शरीर को नियंत्रित करना चाहिए।

मेरे कई रोगी अपने विचारों, भावनाओं और व्यवहार को नियंत्रित करने की अपनी योग्यता पर सवाल करते हैं। वे कहते हैं, "मैं जैसा महसूस करता हूँ, उसके मामले में मैं कुछ नहीं कर सकता।" या "मैं अपने दिमाग़ में दौड़ने वाले नकारात्मक विचारों से छुटकारा पा ही नहीं सकता।" और यह भी, "मैं जो हासिल करना चाहता हूँ, उसकी दिशा में काम करने के लिए मैं प्रोत्साहित हो ही नहीं पाता।" लेकिन मानसिक शक्ति बढ़ाने के बाद यह सब संभव है।

मानसिक शक्ति की हक़ीक़त

मानसिक दृष्टि से शक्तिशाली बनने का क्या मतलब है, इस बारे में बहुत-सी ग़लत जानकारी और ग़लतफ़हमियाँ हैं। यहाँ मानसिक शक्ति के बारे में कुछ तथ्य बताए जा रहे हैं :

- *मानसिक रूप से शक्तिशाली बनने का मतलब कठोर व्यवहार करना नहीं है :* जब आप मानसिक रूप से शक्तिशाली होते हैं, तो आपको रोबोट बनने या कठोर चमड़ी वाला दिखने की ज़रूरत नहीं होती। इसके बजाय यह अपने मूल्यों के अनुसार व्यवहार करने के बारे में है।

- *मानसिक शक्ति बढ़ाने के लिए यह ज़रूरी नहीं है कि आप अपनी भावनाओं को नज़रअंदाज़ कर दें :* मानसिक शक्ति बढ़ाने का मतलब अपनी भावनाओं का दमन करना नहीं है; इसके बजाय यह तो उनकी तीक्ष्ण जागरूकता विकसित करना है। इसका मतलब यह व्याख्या करना और समझना है कि आपकी भावनाएँ आपके विचारों और व्यवहार को किस तरह प्रभावित करती हैं।

- *मानसिक रूप से शक्तिशाली बनने के लिए आपको अपने शरीर के साथ मशीन जैसा बर्ताव करने की ज़रूरत नहीं है :* मानसिक शक्ति शरीर को इसकी चरम सीमाओं तक धकेलने के बारे में नहीं है, ताकि आप यह साबित कर सकें कि आप दर्द झेल सकते हैं। यह तो अपने विचारों और भावनाओं को इतनी अच्छी तरह समझना है, जिससे आप यह तय कर सकें कि कब उनके विपरीत व्यवहार करना है और कब उनकी सुनना है।

- *मानसिक रूप से शक्तिशाली बनने का यह मतलब नहीं है कि आपको पूरी तरह आत्म-निर्भर बनना है :* मानसिक शक्ति यह घोषणा करने के बारे में नहीं है कि आपको कभी किसी इंसान या भगवान से मदद माँगने की ज़रूरत नहीं है। ज़्यादा शक्तिशाली बनने की इच्छा का संकेत यह है कि आप यह स्वीकार करें कि आपके पास सारे जवाब नहीं हैं, जब आपको मदद चाहिए हो तो मदद माँग लें और यह भी मान लें कि आप ईश्वर से शक्ति हासिल कर सकते हैं।

- *मानसिक रूप से शक्तिशाली बनना सकारात्मक सोच के बारे में नहीं है :* अति सकारात्मक विचार भी अति नकारात्मक विचार जितने ही ख़तरनाक होते हैं। मानसिक शक्ति यथार्थवादी और तार्किक रूप से सोचने के बारे में है।

- *मानसिक शक्ति बढ़ाने का मतलब ख़ुशी के पीछे दौड़ना नहीं है :* मानसिक रूप से शक्तिशाली बनने से आपको जीवन में ज़्यादा संतुष्टि मिलेगी, लेकिन यह इस बारे में नहीं है कि आप हर दिन जागते समय ख़ुश महसूस करने के लिए ख़ुद को विवश करें। इसके बजाय यह तो ऐसे निर्णय लेने के बारे में है, जो आपको आपकी पूरी क्षमता तक पहुँचाने में मदद करेंगे।

- *मानसिक शक्ति मनोविज्ञान की नवीनतम फ़ैशनेबल प्रवृत्ति नहीं है :* जिस तरह शारीरिक फ़िटनेस के संसार में फ़ैशनेबल डाइट और फ़िटनेस प्रवृत्तियों की भरमार होती है, उसी तरह मनोविज्ञान का संसार भी अक्सर अल्पकालीन विचारों से भरा होता है कि अपने सर्वश्रेष्ठ स्वरूप को कैसे प्रकट किया जाए। मानसिक शक्ति एक प्रवृत्ति नहीं है। मनोविज्ञान का क्षेत्र 1960 के दशक से लोगों को सिखाता आ रहा है कि वे अपने विचारों, भावनाओं और व्यवहार को कैसे बदलें।

- *मानसिक शक्ति मानसिक स्वास्थ्य की पर्याय नहीं है :* हालाँकि स्वास्थ्य उद्योग मानसिक स्वास्थ्य बनाम मानसिक रोग के संदर्भ में बात करता है, लेकिन मानसिक शक्ति भिन्न है। जिस तरह लोग डाइबिटीज़ जैसी शारीरिक बीमारी के बावजूद शारीरिक दृष्टि से शक्तिशाली हो सकते हैं, उसी तरह आप भी मानसिक रूप से शक्तिशाली हो सकते हैं, भले ही आपको डिप्रेशन हो, चिंता हो या मानसिक स्वास्थ्य संबंधी अन्य समस्याएँ हों। मानसिक रोग का यह मतलब नहीं है कि आपमें बुरी आदतें होना तय है। इसके बजाय आप अब भी स्वस्थ आदतें डालने का चुनाव कर सकते हैं। हो सकता है कि इसमें ज़्यादा मेहनत, ज़्यादा एकाग्रता और ज़्यादा प्रयास की ज़रूरत पड़े, लेकिन यह बहुत संभव है।

मानसिक शक्ति के लाभ

जब जीवन अच्छा चल रहा हो, तो मानसिक रूप से शक्तिशाली महसूस करना अक्सर आसान होता है, लेकिन कई बार समस्याएँ आसमान से टपक पड़ती हैं और सामने आकर खड़ी हो जाती हैं। नौकरी का छूटना, प्राकृतिक आपदा, परिवार में कोई बीमारी या किसी प्रियजन की मृत्यु जैसी नकारात्मक घटनाएँ अवश्यंभावी हैं। जब आप मानसिक दृष्टि से शक्तिशाली होते हैं, तो आप जीवन की चुनौतियों से निपटने के लिए ज़्यादा तैयार होंगे। मानसिक शक्ति बढ़ाने के लाभों में ये शामिल हैं :

- **तनाव के प्रति लचीलापन बढ़ना** – मानसिक शक्ति सिर्फ़ संकट में ही नहीं, बल्कि रोज़मर्रा के जीवन में भी सहायता करती है। इसकी मदद से आप ज़्यादा कार्यकुशलता और प्रभावी ढंग से समस्याओं से निपट सकते हैं और इससे आपके तनाव का स्तर कम हो सकता है।
- **बेहतर जीवन संतुष्टि** – आपकी मानसिक शक्ति बढ़ने के साथ-साथ आपका आत्मविश्वास भी बढ़ेगा। आप अपने मूल्यों के अनुरूप व्यवहार करेंगे, जिससे आपको मानसिक शांति मिलेगी और आप पहचान जाएँगे कि आपके जीवन में सचमुच महत्त्वपूर्ण क्या है।
- **बेहतर प्रदर्शन** – चाहे आपका लक्ष्य बेहतर अभिभावक बनना हो या ऑफ़िस में अपनी उत्पादकता बढ़ाना हो या खेल के मैदान में बेहतर प्रदर्शन करना हो, अपनी मानसिक शक्ति बढ़ाने से आपको अपनी पूरी क्षमता तक पहुँचने में मदद मिलेगी।

मानसिक शक्ति कैसे विकसित करें

आप सिर्फ़ किसी पुस्तक को पढ़कर ही किसी चीज़ में विशेषज्ञ नहीं बन सकते। खिलाड़ी अपने खेल के बारे में पढ़कर उत्कृष्ट प्रतिस्पर्धी नहीं बनते हैं, न ही शीर्ष संगीतकार दूसरे वादकों को बजाते देखकर अपनी संगीत योग्यताओं को बढ़ाते हैं। उन्हें अभ्यास भी करना होता है।

आगामी तेरह अध्यायों का इरादा कोई ऐसी जाँचसूची देना नहीं है, जिन्हें आप या तो करते हैं या नहीं करते। इनमें तो उन आदतों का वर्णन

किया गया है, जिनका हर व्यक्ति कभी न कभी शिकार होता है। इसका इरादा यह है कि आप जीवन की चुनौतियों से मुक़ाबला करने के बेहतर तरीक़े खोज सकें, ताकि आप इन बाधाओं से बच सकें। यह विकास करने, सुधार करने और कल के मुक़ाबले आज थोड़ा बेहतर बनने की कोशिश के बारे में है।

अध्याय 1

वे अपने लिए अफ़सोस करने में समय बरबाद नहीं करते हैं

आत्म-दया सबसे विनाशकारी मादक द्रव्य है;
यह लत डालती है, अल्पकालीन सुख देती है और अपने शिकार
को वास्तविकता से अलग कर देती है।
—जॉन गार्डनर

जैक की दुर्घटना के कुछ सप्ताह बाद तक उसकी माँ "भयंकर घटना" के बारे में बातचीत बंद ही नहीं कर पा रही थीं। हर दिन वे यह कहानी बताती थीं कि स्कूल बस द्वारा टक्कर मारने पर जैक के दोनों पैर किस तरह टूट गए थे। वे अपराधी महसूस कर रही थीं कि वे उसकी रक्षा करने के लिए वहाँ मौजूद नहीं थीं। उसे कई हफ़्तों तक व्हीलचेयर पर देखना उनसे बर्दाश्त नहीं हो रहा था।

हालाँकि डॉक्टर कह रहे थे कि वह पूरी तरह ठीक हो जाएगा, लेकिन माँ बार-बार जैक को चेतावनी देती रहीं कि हो सकता है कि उसके पैर पूरी तरह से ठीक न हों। वे उसे जागरूक बनाना चाहती थीं कि संभवतः वह दूसरे बच्चों की तरह सॉकर न खेल पाए या दौड़ न पाए।

डॉक्टरों ने चिकित्सकीय दृष्टि से जैक को स्कूल लौटने की अनुमति दे दी, लेकिन जैक के माता-पिता ने निर्णय लिया कि जैक की माँ अपनी

नौकरी छोड़कर बचे हुए साल में उसे घर पर ही पढ़ाएँगी। उन्हें महसूस हुआ कि हर दिन स्कूल बस देखने से जैक की बुरी यादें ताज़ा हो सकती हैं। वे उसे इस अनुभव से भी बचाना चाहते थे कि वह आधी छुट्टी में अपनी व्हीलचेयर में बैठकर अपने दोस्तों को खेलता देखे। उन्हें उम्मीद थी कि घर पर रहने से जैक की हालत ज़्यादा तेज़ी से सुधरेगी - भावनात्मक और शारीरिक दोनों दृष्टियों से।

जैक आम तौर पर अपनी घर की पढ़ाई सुबह ही पूरी कर लेता था। उसका दोपहर और शाम का वक़्त टीवी देखने और वीडियो गेम खेलने में गुज़रता था। कुछ ही सप्ताह में उसके माता-पिता ने इस बात पर ग़ौर किया कि उसकी मनोदशा बदलने लगी थी। जैक पहले आम तौर पर उत्साही और ख़ुश रहता था, लेकिन अब वह चिड़चिड़ा और दुःखी नज़र आता था। उसके माता-पिता को यह चिंता सताने लगी कि कहीं दुर्घटना की वजह से उसे उनकी कल्पना से ज़्यादा सदमा न लगा हो। उन्होंने इस उम्मीद में थेरेपी का सहारा लिया कि इससे जैक के भावनात्मक घाव भर जाएँगे।

जैक के माता-पिता उसे एक मशहूर थेरेपिस्ट के पास ले गए, जो बचपन के सदमे की विशेषज्ञ थीं। जैक के शिशु रोग चिकित्सक ने थेरेपिस्ट को शुरुआती जानकारी दे दी थी, इसलिए जैक से मिलने से पहले वे उसके अनुभव के बारे में थोड़ा जानती थीं।

जब जैक की माँ उसे व्हील चेयर पर धकाती हुई थेरेपिस्ट के क्लीनिक में पहुँचीं, तो जैक ख़ामोशी से फ़र्श को घूरता रहा। उसकी माँ ने यह कहकर शुरुआत की, "इस भयंकर दुर्घटना के बाद हमारा बहुत मुश्किल समय चल रहा है। इसने हमारे जीवन को वाक़ई तबाह कर दिया है और जैक के लिए बहुत-सी भावनात्मक समस्याएँ उत्पन्न कर दी हैं। वह अब वही छोटा लड़का नहीं रह गया है।"

उसकी माँ को हैरानी हुई, जब थेरेपिस्ट ने सहानुभूति भरी प्रतिक्रिया नहीं दी। इसके बजाय वे उत्साह से बोलीं, "बेटे, मैं तो तुमसे मिलने की राह देख रही थी, जैक! मैं कभी किसी बच्चे से नहीं मिली, जिसने स्कूल की बस को हराया हो! तुम्हें मुझे बताना होगा, तुम स्कूल बस से लड़कर जीत कैसे गए?" दुर्घटना के बाद पहली बार जैक मुस्कराया।

अगले कुछ सप्ताह तक जैक अपनी पुस्तक लिखने पर अपनी थेरेपिस्ट के साथ मिलकर काम करता रहा। उसने इसका उचित नाम रखा, 'स्कूल बस को कैसे हराएँ।' उसने इस बारे में एक अद्भुत कहानी लिखी कि वह कैसे स्कूल बस से लड़ा और इस लड़ाई में उसकी बस कुछ हड्डियाँ ही टूटीं।

उसने यह वर्णन करके कहानी को सजाया कि उसने कैसे मफ़लर को पकड़ा, ख़ुद को झुलाया और अपने ज़्यादातर शरीर को बस से दूर किया। अतिशयोक्ति भरे विवरणों के बावजूद कहानी का मुख्य हिस्सा वही बना रहा – वह इसलिए ज़िंदा बचा, क्योंकि वह एक शक्तिशाली बच्चा है। जैक ने अपनी पुस्तक के अंत में अपना रेखाचित्र भी डाला। उसने सुपरहीरो कैप पहनकर व्हीलचेयर में अपनी तसवीर भी खींची।

थेरेपिस्ट ने जैक के अभिभावकों को भी उपचार में शामिल किया। उन्होंने उन्हें याद दिलाया कि वे बहुत भाग्यशाली थे कि जैक की सिर्फ़ कुछ हड्डियाँ ही टूटी थीं। उन्होंने जैक के माता-पिता को प्रोत्साहित किया कि वे जैक के लिए अफ़सोस महसूस करना छोड़ दें। उन्होंने सलाह दी कि वे उसके साथ एक मानसिक और शारीरिक रूप से शक्तिशाली बच्चे जैसा व्यवहार करें, जो भारी विपत्ति से उबरने में सक्षम था। उसके पैर पूरी तरह ठीक हों या न हों, थेरेपिस्ट चाहती थीं कि माता-पिता इस बात पर ध्यान केंद्रित करें कि जैक जीवन में अब भी क्या हासिल कर सकता है, इस बात पर नहीं कि दुर्घटना की वजह से वह क्या हासिल नहीं कर पाएगा।

थेरेपिस्ट और जैक के माता-पिता ने स्कूल के शिक्षकों और स्टाफ़ के साथ योजना बनाकर जैक की स्कूल वापसी की तैयारी की। व्हीलचेयर की वजह से उसे कुछ ख़ास सुविधाएँ चाहिए थीं, लेकिन इसके बावजूद वे यह सुनिश्चित करना चाहते थे कि दूसरे विद्यार्थी और शिक्षक जैक पर तरस न खाएँ। उन्होंने जैक की पुस्तक क्लास के साथियों में बँटवाने में मदद की, ताकि उन्हें पता चल सके कि उसने स्कूल की बस को हराया था और उसकी हालत पर अफ़सोस करने या तरस खाने का कोई कारण नहीं था।

आत्म-दया की पार्टी

हम सभी जीवन में दुःख-दर्द का अनुभव करते हैं। हालाँकि दुःख एक सामान्य और स्वस्थ भाव है, लेकिन अपने दुःखों और दुर्भाग्यों पर केंद्रित

रहना आत्म-विनाशकारी होता है। क्या आप नीचे दिए किसी बिंदु पर 'हाँ' कहकर प्रतिक्रिया करते हैं?

- आपमें यह सोचने की प्रवृत्ति है कि आपकी समस्याएँ किसी दूसरे की समस्याओं से ज़्यादा बुरी हैं।
- आपको पक्का यक़ीन है कि अगर आप बदक़िस्मत नहीं होते, तो आपके पास कोई भी समस्या नहीं होती।
- आपकी समस्याएँ किसी दूसरे से ज़्यादा तेज़ गति से बढ़ती दिखती हैं।
- आपको काफ़ी विश्वास है कि कोई दूसरा यह बात समझता ही नहीं है कि आपका जीवन सचमुच कितना मुश्किल है।
- आप कई बार आराम की गतिविधियों और सामाजिक कार्यक्रमों से इसलिए दूर रहते हैं, ताकि आप घर पर ठहरकर अपनी समस्याओं के बारे में सोच सकें।
- आप लोगों को ज़्यादातर यह बताते हैं कि आपके दिन में क्या ग़लत हुआ था, यह नहीं कि क्या अच्छा हुआ था।
- आप अक्सर शिकायत करते हैं कि परिस्थितियाँ न्यायपूर्ण नहीं हैं।
- कई बार आपको कृतज्ञ होने के लिए कोई भी चीज़ नहीं मिलती।
- आप सोचते हैं कि दूसरों को ज़्यादा आसान जीवन का वरदान मिला है।
- आप कई बार हैरान होते हैं कि क्या संसार आपको शिकार बनाने की फ़िराक़ में है।

क्या ऊपर दिए उदाहरणों में आपको अपना अक्स नज़र आता है? आत्म-दया आपको तबाह कर सकती है, क्योंकि यह अंततः आपके विचारों और व्यवहारों को बदल देगी। लेकिन आप बागडोर थामने का निर्णय ले सकते हैं। भले ही आप परिस्थितियों को न बदल पाएँ, लेकिन आप अपने नज़रिये को ज़रूर बदल सकते हैं।

हम ख़ुद के लिए अफ़सोस क्यों करते हैं

यदि आत्म-दया इतनी विनाशकारी है, तो हम इसमें उलझते ही क्यों हैं? आत्म-दया की पार्टी में शामिल होना इतना आसान और आरामदेह क्यों होता है? ख़ुद पर तरस खाना जैक के माता-पिता की रक्षा प्रणाली थी, जिससे वे अपने बेटे और ख़ुद को भावी ख़तरों से सुरक्षित रखना चाहते थे। उन्होंने इस बात पर ध्यान केंद्रित किया कि वह क्या नहीं कर सकता, ताकि उसे किसी भी संभावित समस्या का सामना करने से बचाया जा सके।

स्वाभाविक रूप से वे उसकी सुरक्षा के बारे में पहले से ज़्यादा चिंतित थे। वे उसे अपनी नज़रों से दूर नहीं करना चाहते थे। वे बस दिखने पर जैक की भावनात्मक प्रतिक्रिया के बारे में भी चिंतित थे। वे जैक पर जो तरस खा रहे थे, उसका नतीजा यह निकलता कि कुछ समय बाद वह आत्म-दया का शिकार हो जाता।

आत्म-दया के जाल में फँसना बहुत आसान होता है। अगर आप अपनी हालत पर अफ़सोस करते हैं, तो आप अपने सच्चे डरों का सामना करने से कतरा सकते हैं और अपने कार्यों की ज़िम्मेदारी लेने से बच सकते हैं। ख़ुद के लिए अफ़सोस करने से आप टालमटोल कर सकते हैं। काम करने या आगे बढ़ने के बजाय अगर आप बढ़ा-चढ़ाकर यह बताते हैं कि आपकी स्थिति कितनी बुरी है, तो इससे यह तर्कसंगत साबित होता है कि आप इसे बेहतर बनाने के लिए कुछ नहीं कर सकते।

लोग अक्सर ध्यान आकर्षित करने के लिए भी आत्म-दया का सहारा लेते हैं। "बेचारा मैं" का पत्ता खेलने से दूसरे प्रशंसा और सहानुभूति के कुछ शब्द बोल सकते हैं - कम से कम शुरुआत में। जो लोग अस्वीकृति से घबराते हैं, उनके लिए आत्म-दया मदद माँगने का एक अप्रत्यक्ष तरीक़ा हो सकती है, क्योंकि वे मैं-दुःखी-हूँ कहानी इसी उम्मीद से बताते हैं कि इससे उन्हें मदद मिल जाएगी।

दुर्भाग्य से दुःख साथियों को पसंद करता है और कई बार आत्म-दया डींगें हाँकने का खेल बन जाती है। बातचीत प्रतिस्पर्धा में बदल सकती है, जिसमें सबसे ज़्यादा सदमे वाले हालात बताने वाला जीत का तमगा हासिल कर लेता है। आत्म-दया ज़िम्मेदारी से बचने का बहाना भी बना सकती

है। अगर आप अपने बॉस को यह बताते हैं कि आपके जीवन में हालात कितने बुरे हैं, तो इसके पीछे यह उम्मीद भी हो सकती है कि वे आपसे कम उम्मीदें करें।

कई बार आत्म-दया अवज्ञा का कार्य बन जाती है। यह तो ऐसा मानने की तरह है कि अगर हम अपनी आत्म-दया का रोना रोते रहें और संसार को याद दिलाते रहें कि हम बेहतर के हक़दार हैं, तो हमारे हालात बदल जाएँगे। लेकिन संसार इस तरह काम नहीं करता है। कोई ऊपर बैठी हस्ती - या इंसान - नहीं है, जो यह सुनिश्चित करता हो कि हमें जीवन में न्यायपूर्ण परिस्थितियाँ मिलें।

अपने लिए अफ़सोस करने के साथ समस्या

अपने लिए अफ़सोस करना आत्म-विनाशकारी होता है। इससे नई समस्याएँ खड़ी होती हैं और इसके गंभीर परिणाम भी हो सकते हैं। जैक दुर्घटना में ज़िंदा बच गया, इस बात के लिए कृतज्ञता महसूस करने के बजाय उसके माता-पिता यह चिंता कर रहे थे कि दुर्घटना ने उनसे क्या छीन लिया। फलस्वरूप उन्होंने दुर्घटना को यह अनुमति दी कि यह उनसे और भी ज़्यादा छीन ले।

इसका मतलब यह नहीं है कि वे प्रेमपूर्ण माता-पिता नहीं थे। उनका व्यवहार उनके पुत्र को सुरक्षित रखने की इच्छा से प्रेरित था। बहरहाल, वे जैक पर जितना ज़्यादा तरस खाते थे, इससे उसकी मनोदशा पर उतना ही ज़्यादा नकारात्मक असर होता था।

आत्म-दया में संलग्न होने से नीचे दिए तरीक़ों से पूर्ण जीवन जीने में रुकावट आती है :

- *यह समय की बरबादी है :* ख़ुद के लिए अफ़सोस करने में बहुत सारी मानसिक ऊर्जा लग जाती है और इससे स्थिति रत्ती भर भी नहीं बदलती है। अगर आप समस्या को नहीं सुलझा सकते, तब भी आप जीवन की बाधाओं से जूझने के सकारात्मक विकल्प चुन सकते हैं। अपने लिए अफ़सोस करने से आप किसी समाधान के क़रीब नहीं पहुँचेंगे।

- *इससे ज़्यादा नकारात्मक भावनाएँ उत्पन्न होती हैं :* जब आप आत्म-दया को शिकंजा कसने देते हैं, तो यह बहुत सारी दूसरी नकारात्मक भावनाओं को प्रेरित कर देगी। यह क्रोध, द्वेष, अकेलेपन और अन्य भावनाओं की ओर ले जा सकती है, जो नकारात्मक विचारों को बढ़ाने का ईंधन देती हैं।
- *यह ख़ुद पूरी होने वाली भविष्यवाणी बन सकती है :* आत्म-दया की भावनाओं से आपका जीवन सचमुच दयनीय बन सकता है। अगर आप ख़ुद के लिए अफ़सोस महसूस कर रहे हैं, तो यह संभव ही नहीं है कि आप अपने सर्वश्रेष्ठ स्तर पर प्रदर्शन करेंगे। फलस्वरूप, आपके जीवन में ज़्यादा समस्याएँ और असफलताएँ आएँगी, जिनसे आत्म-दया की और ज़्यादा भावनाएँ उत्पन्न होंगी।
- *यह आपको दूसरी भावनाओं से निपटने से रोकता है :* आत्म-दया दुःख, क्रोध और बाक़ी नकारात्मक भावनाओं से निपटने में बाधा डालती है। यह उपचार और आगे बढ़ने में आपकी प्रगति को रोक सकती है, क्योंकि आत्म-दया वास्तविक स्थितियों को स्वीकार करने के बजाय इस बात पर ध्यान केंद्रित करती है कि परिस्थितियों को क्यों अलग होना चाहिए।
- *इसकी वजह से आप अपने जीवन की अच्छी चीज़ों को नज़रअंदाज़ कर देते हैं :* यदि दिन में पाँच अच्छी चीज़ें होती हैं और एक बुरी चीज़ होती है, तो आत्म-दया की वजह से आप सिर्फ़ नकारात्मक चीज़ पर ही ध्यान केंद्रित करेंगे। अगर आप अपने लिए अफ़सोस करते रहते हैं, तो आप जीवन के सकारात्मक पहलुओं को अनदेखा कर देंगे।
- *यह संबंधों में हस्तक्षेप करती है :* शिकार होने की मानसिकता कोई आकर्षक गुण नहीं है। आपका जीवन कितना बुरा है, यह सुन-सुनकर ज़्यादातर लोग जल्दी ही थक जाएँगे। कोई भी कभी नहीं कहता है, "मुझे उसकी यह बात बहुत प्यारी लगती है कि वह हमेशा ख़ुद के लिए अफ़सोस करती रहती है।"

ख़ुद पर अफ़सोस करना छोड़ दें

मानसिक शक्ति हासिल करने की त्रिआयामी नीति याद है? आत्म-दया की भावनाओं को कम करने के लिए आपको अपने आत्म-दया के व्यवहार और विचारों को बदलने की ज़रूरत है। जैक के मामले में इसका मतलब यह था कि वह अपना सारा समय घर पर वीडियो गेम खेलकर और टीवी देखकर नहीं बिता सकता। उसे अपनी उम्र के दूसरे बच्चों के आस-पास रहने और अपनी कुछ पुरानी गतिविधियों में शामिल होने की ज़रूरत थी, जिन्हें वह अब भी कर सकता था, जैसे स्कूल जाना। उसके माता-पिता ने भी अपनी सोच बदल ली और जैक को शिकार के बजाय साहसी योद्धा के रूप में देखने लगे। एक बार जब उन्होंने अपने बेटे और दुर्घटना के बारे में अपने विचार बदल लिए, तो वे आत्म-दया की जगह पर कृतज्ञता महसूस करने में सक्षम बने।

ऐसा व्यवहार करें, जिससे अपने लिए अफ़सोस करना मुश्किल हो

लिंकन की मृत्यु के चार महीने बाद ही उनका सत्ताइसवाँ जन्मदिन उनके परिवार और मेरे सामने था। मैं कई हफ़्तों से दहशत में थी, क्योंकि मुझे ज़रा भी पता नहीं था कि हम वह दिन कैसे गुज़ारेंगे। मेरी कल्पना में यह तसवीर थी कि हम क्लीनेक्स से अपने आँसू पोंछ रहे हैं और बतिया रहे हैं कि यह कितनी नाइंसाफ़ी थी कि वे अपना सत्ताइसवाँ जन्मदिन मनाने के लिए मौजूद नहीं हैं।

जब मैंने अपनी सास से यह पूछने का साहस जुटाया कि वे वह दिन कैसे बिताएँगी, तो उन्होंने बिना किसी हिचक के कह दिया, "स्काईडाइविंग के बारे में तुम क्या सोचती हो?" सबसे अच्छी बात यह थी कि वे गंभीर थीं। मुझे स्वीकार करना पड़ा कि किसी अच्छे विमान से कूदना मेरी कल्पना की करुणा पार्टी से बहुत बेहतर विचार था। यह लिंकन के जोखिमप्रेमी जज़्बे का सम्मान करने का आदर्श तरीक़ा लग रहा था। उन्हें हमेशा नए लोगों से मिलने, नई जगहों पर जाने और नई चीज़ों का अनुभव करने में मज़ा आता था। उनके लिए यह असाधारण नहीं था कि वे अचानक वीकएंड यात्रा पर चल दें, भले ही उन्हें लाल आँखों के साथ घर लौटना पड़े और रात की फ़्लाइट से उतरते ही ऑफ़िस जाना पड़े। वे कहते थे कि ऑफ़िस में एक

दिन की थकान इतनी बड़ी बात नहीं थी, जितनी कि वे यादें जो हमने जोड़ी थीं। स्काईडाइविंग एक ऐसी चीज़ थी, जिसे करने में लिंकन को मज़ा आता, इसलिए यह उनके जन्मदिन का जश्न मनाने का सही तरीक़ा लग रहा था।

विमान से कूदते वक़्त अपने लिए अफ़सोस महसूस करना असंभव होता है - जब तक कि आपके पास पैराशूट ही न हो। न सिर्फ़ हमें बेहतरीन मज़ा आया, बल्कि इस अनुभव से एक वार्षिक परंपरा भी शुरू हो गई। हर साल लिंकन के जन्मदिन पर हम उनके जीवन और रोमांच के प्रेम का जश्न मनाते हैं। इससे कुछ रोचक अनुभव हुए - शार्क के साथ तैरने से लेकर हमने ग्रांड कैनियन में खच्चरों की सवारी की। हमने फ़्लाइंग ट्रैपीज़ यानी कलाबाज़ी के झूलों का प्रशिक्षण भी लिया।

हर साल पूरा परिवार लिंकन के जन्मदिन के रोमांच में शामिल हो जाता है। कुछ साल तक तो लिंकन की दादी कैमरा लेकर हाशिये से देखती रहीं, लेकिन दो साल पहले 88 साल की उम्र में वे पेड़ों के ऊपर तार पर लटकने के लिए सबसे पहले ऊपर गईं। हालाँकि मैंने दोबारा शादी कर ली है, लेकिन मैंने यह परंपरा जारी रखी है और मेरे पति स्टीव भी इसमें शामिल हो चुके हैं। यह एक ऐसा दिन बन चुका है, जिसका हम हर साल इंतज़ार करते हैं।

किसी आनंददायक चीज़ को करने में दिन गुज़ारना अपने दुःख को नज़रअंदाज़ करने या छिपाने का विकल्प नहीं है। यह तो जीवन के उपहारों का जश्न मनाने का चेतन चयन है। ऐसा करके हम दुःखी और दीन-हीन अंदाज़ में व्यवहार करने से इंकार करते हैं। हमने जो खोया है, उसके लिए ख़ुद पर तरस खाने के बजाय हमने अपने पास बची चीज़ों के लिए कृतज्ञ महसूस करने का विकल्प चुना।

जब आप आत्म-दया को अपने जीवन में घुसते देखें, तो आप जैसा महसूस करते हों उसके विपरीत कोई चीज़ करने का चेतन प्रयास करें। आत्म-दया की भावनाओं को दूर रखने के लिए आपको विमान से कूदने की ज़रूरत नहीं है। कई बार तो व्यवहार में छोटे-छोटे परिवर्तनों से ही बड़ा फ़र्क़ पड़ जाता है। यहाँ कुछ उदाहरण देखें :

- *किसी सार्थक उद्देश्य में स्वयंसेवी बनें :* इससे आपका दिमाग़ अपनी समस्याओं से हट जाएगा और किसी दूसरे की सहायता करने पर आपको अच्छा महसूस होगा। जब आप किसी सूप किचन में भूखे लोगों की सेवा कर रहे हों या किसी नर्सिंग होम में बूढ़े लोगों के साथ समय बिता रहे हों, तो अपने लिए अफ़सोस महसूस करना मुश्किल होता है।

- *दयालुता का कोई आकस्मिक काम करें :* चाहे आप किसी पड़ोसी का लॉन तराशें या किसी स्थानीय पशु संरक्षण गृह में पशुओं का भोजन दान दें, एक भी अच्छा काम करने से आपके जीवन में ज़्यादा अर्थ आ सकता है।

- *कोई सक्रिय चीज़ करें :* शारीरिक या मानसिक गतिविधि करें, क्योंकि इससे आपको अपने दुर्भाग्य के बजाय किसी दूसरी चीज़ पर ध्यान केंद्रित करने में मदद करेगी। व्यायाम करने, किसी कक्षा में जाने, पुस्तक पढ़ने या नया शौक़ सीखने और व्यवहार को बदलने से आपका नज़रिया बदल सकता है।

अपनी भावनाओं को बदलने की कुंजी यह खोजना है कि किस व्यवसाय से आपकी आत्म-दया की भावनाएँ ख़त्म होंगी। कई बार यह प्रयत्न-त्रुटि की लंबी प्रक्रिया होती है, क्योंकि व्यवहार का एक ही परिवर्तन हर व्यक्ति के लिए कारगर नहीं होता। आप इस समय जो कर रहे हैं, यदि वह कारगर नहीं है, तो किसी नई चीज़ को आज़माएँ। यदि आप सही दिशा में एक भी क़दम नहीं उठाते हैं, तो आप वहीं रुके रहेंगे, जहाँ आप हैं।

आत्म-दया को प्रोत्साहित करने वाले विचारों को बदलें

मैंने एक बार एक किराना स्टोर की पार्किंग में एक टक्कर देखी थी। दो कारें एक साथ पीछे हो रही थीं और उनके पीछे के बम्पर टकरा गए। इस टकराव से दोनों को सिर्फ़ हल्का-सा नुक़सान हुआ।

मैंने देखा कि एक ड्राइवर कार से बाहर कूदकर बोला, "बस मुझे इसी की ज़रूरत थी। ये चीज़ें मेरे ही साथ क्यों होती हैं? जैसे आज मेरे पास निपटने के लिए पर्याप्त समस्याएँ नहीं थीं!"

इस दौरान दूसरा ड्राइवर अपना सिर हिलाते हुए कार से कूदा। उसने बहुत शांत स्वर में कहा, "वाह, हम इतने ख़ुशक़िस्मत हैं कि किसी को चोट नहीं पहुँची। कितना बेहतरीन दिन है, क्योंकि दुर्घटना तो हुई, लेकिन किसी को कोई चोट नहीं लगी।"

दोनों आदमियों ने एक ही घटना का अनुभव किया था। बहरहाल, उस घटना के प्रति उनका नज़रिया पूरी तरह अलग था। एक व्यक्ति ने ख़ुद को भयंकर परिस्थितियों का शिकार माना, जबकि दूसरे ने इसे सौभाग्य की घटना के रूप में देखा। उनकी अलग-अलग प्रतिक्रियाओं का कारण अनुभूति का फ़र्क़ था।

आपके जीवन में जो घटनाएँ होती हैं, उन्हें आप कई अलग-अलग तरीक़ों से देख सकते हैं। यदि आप परिस्थितियों को देखने का यह तरीक़ा चुनते हैं, "मैं बेहतर का हक़दार हूँ," तो आप अक्सर आत्म-दया महसूस करेंगे। यदि आप सबसे स्याह स्थितियों में भी सफ़ेद लकीर को देखने का चयन करते हैं, तो आप ख़ुशी और आनंद का अनुभव कहीं ज़्यादा बार करेंगे।

याद रहे हर रात के बाद एक सुहानी सुबह होती है। किसी भी बच्चे से पूछें कि तलाक़शुदा माता-पिता होने का सबसे बड़ा फ़ायदा क्या है और उनमें से ज़्यादातर कहेंगे, "मुझे क्रिसमस पर ज़्यादा तोहफ़े मिलते हैं!" ज़ाहिर है, तलाक़ से ज़्यादा अच्छी चीज़ें नहीं निकलती हैं, लेकिन दुगुने तोहफ़े मिलना तलाक़ का वह छोटा पहलू है, जिसका छोटे बच्चे आनंद लेते हैं।

आप किसी स्थिति को जिस तरीक़े से देखते हैं, उसे बदलना हमेशा आसान नहीं होता, ख़ास तौर पर तब जब आप अपनी आत्म-दया पार्टी के मेज़बान जैसा महसूस करते हों। ख़ुद से नीचे दिए गए सवाल पूछने से आपके नकारात्मक विचार ज़्यादा यथार्थवादी विचारों में बदल सकते हैं :

- *मैं अपनी स्थिति को किस और तरीक़े से देख सकता हूँ?* यहाँ "आधा गिलास ख़ाली या आधा गिलास भरा" वाली सोच लागू होती है। यदि आप आधा ख़ाली गिलास वाले दृष्टिकोण से देखते हैं, तो इस बारे में सोचने के लिए एक पल लें कि आधा गिलास भरा वाले दृष्टिकोण से देखने वाला कोई व्यक्ति इस स्थिति को कैसे देख सकता है।

- *मैं किसी प्रियजन को क्या सलाह दूँगा, जिसके पास यही समस्या हो?* अक्सर हम खुद के बजाय दूसरों को प्रोत्साहन देने में बेहतर होते हैं। यह संभव नहीं है कि आप किसी से यह कहें, "आपका जीवन सबसे बुरा जीवन है। कोई भी चीज़ कभी सही नहीं होती।" इसके बजाय, आप उम्मीद और सहायता के कुछ दयालुतापूर्ण शब्द कहेंगे जैसे, "आप समझ लेंगे कि क्या करना है और आप इससे उबर जाएँगे। मैं जानता हूँ कि आप यह कर लेंगे।" अपनी बुद्धिमत्ता के शब्द खुद से कहें और उन्हें अपनी स्थिति पर लागू करें।
- *मेरे पास कौन सा प्रमाण है कि मैं इससे उबर सकता हूँ?* अपने लिए अफ़सोस महसूस करने से अक्सर यह होता है कि अपनी समस्याओं को सँभालने की हमारी योग्यता में आत्मविश्वास कम हो जाता है। हममें यह सोचने की प्रवृत्ति होती है कि हम किसी चीज़ से कभी नहीं उबर पाएँगे। खुद को उन समयों की याद दिलाएँ, जब आपने अतीत में समस्याओं को सुलझाया था और दुःखद घटनाओं को झेला था। अपनी योग्यताओं, समर्थन तंत्रों और अतीत के अनुभवों की समीक्षा करने से आपको आत्मविश्वास की अतिरिक्त खुराक मिल सकती है, जो खुद के लिए अफ़सोस करना छोड़ने में आपकी मदद करेगी।

जो विचार आपको अपनी स्थिति के बारे में जान-बूझकर भ्रमित करते हैं, उन विचारों में आप जितने ज़्यादा संलग्न होते हैं, आप उतना ही ज़्यादा बुरा महसूस करेंगे।

आत्म-दया की भावनाओं की ओर ले जाने वाले आम विचारों में ये शामिल हैं :

- *मैं एक और समस्या नहीं झेल सकता।*
- *अच्छी चीज़ें हमेशा दूसरे लोगों के साथ होती हैं।*
- *मेरे साथ हमेशा बुरी चीज़ें ही होती हैं।*
- *मेरा जीवन हर समय बदतर होता जाता है।*
- *इस चीज़ से किसी दूसरे को नहीं निपटना होता है।*
- *मैं अवसर को पकड़ ही नहीं सकता।*

आपके नकारात्मक विचार बेक़ाबू हो जाएँ, इससे पहले आप उन्हें पकड़ने का विकल्प चुन सकते हैं। अति नकारात्मक विचारों की जगह पर ज़्यादा यथार्थवादी विचार रखने में अभ्यास और कड़ी मेहनत की ज़रूरत होती है, लेकिन यह आत्म-दया की भावनाओं को कम करने में बहुत प्रभावी होता है।

यदि आप सोचते हैं कि *आपके साथ हमेशा बुरी चीज़ें होती हैं*, तो अपने साथ हुई अच्छी चीज़ों की सूची बनाएँ। फिर अपने मूल विचार की जगह पर कोई ज़्यादा यथार्थवादी विचार रखें जैसे, *मेरे साथ कुछ बुरी चीज़ें तो होती हैं, लेकिन बहुत-सी अच्छी चीज़ें भी होती हैं।* इसका यह मतलब नहीं है कि आपको किसी नकारात्मक चीज़ को अयथार्थवादी तरीक़े से सकारात्मक दृढ़ कथन में बदल देना चाहिए। इसके बजाय अपनी स्थिति को देखने का एक यथार्थवादी तरीक़ा खोजने की कोशिश करें।

आत्म-दया की जगह पर कृतज्ञता रखें

मार्ला रनयन बहुत ही निपुण महिला हैं। उनके पास स्नातकोत्तर उपाधि है, वे एक पुस्तक लिख चुकी हैं और उन्होंने ओलंपिक में भी शिरकत की है। वे 2 घंटे 27 मिनट के आश्चर्यजनक समय के साथ 2002 न्यू यॉर्क मैराथन पूरा करने वाली पहली अमेरिकी महिला भी बनीं। मार्ला को जो चीज़ ख़ास तौर पर असाधारण बनाती है, वह यह है कि उन्होंने ये तमाम हैरतअंगेज़ काम इस तथ्य के बावजूद किए हैं कि वे क़ानूनी रूप से दृष्टिहीन हैं।

नौ बरस की उम्र में मार्ला को स्टारगार्ड रोग हो गया था, जिससे बच्चों की आँखों की रोशनी कम हो जाती है। आँखों की रोशनी लगभग चली जाने पर मार्ला को दौड़ने के प्रेम का पता चला। बाद के वर्षों में मार्ला विश्व के सबसे तेज़ धावकों में से एक बन गईं, हालाँकि वे कभी अपनी ख़ुद की आँखों से समापन रेखा नहीं देख पाईं।

शुरुआत में मार्ला ने पैरालंपिक्स में धावक के रूप में धाक जमाई। उन्होंने 1992 और 1996 के पैरालंपिक्स में हिस्सा लिया। उन्होंने न सिर्फ़ पाँच स्वर्ण पदक और एक रजत पदक जीता, बल्कि कई विश्व कीर्तिमान भी बनाए। लेकिन मार्ला यहीं नहीं रुकीं।

वे अपने लिए अफ़सोस करने में समय बरबाद नहीं करते हैं

1999 में उन्होंने पैन अमेरिकन गेम्स में हिस्सा लेकर 1,500 मीटर की दौड़ जीत ली। 2000 में वे ओलंपिक में हिस्सा लेने वाली क़ानूनी रूप से दृष्टिहीन पहली धावक बनीं। वे पहली अमेरिकी महिला थीं, जिन्होंने 1,500 मीटर की दौड़ में समापन रेखा सबसे पहले पार की।

मार्ला अपनी दृष्टिहीनता को अपंगता नहीं मानती हैं। वास्तव में, वे इसे उपहार मानती हैं, जिससे उन्हें लंबी और कम दूरी दोनों तरह की दौड़ों में कामयाबी मिली है। अपनी पुस्तक *नो फ़िनिश लाइन : माई लाइफ़ एज़ आई सी इट* में मार्ला अपने अंधेपन के बारे में लिखती हैं, "इसने न सिर्फ़ मुझे अपनी सक्षमता साबित करने के लिए विवश किया, बल्कि हासिल करने के लिए भी धकाया। इसने मुझे इच्छाशक्ति और समर्पण जैसे उपहार दिए हैं, जिनका इस्तेमाल मैं हर दिन करती हूँ।" मार्ला इस बात पर ध्यान केंद्रित नहीं करती हैं कि उनकी दृष्टि चली जाने से उनसे क्या छिन गया। इसके बजाय वे उन चीज़ों के लिए कृतज्ञ महसूस करने का चुनाव करती हैं, जो उन्हें दृष्टिबाधित होने की वजह से मिलीं।

अपने लिए अफ़सोस महसूस करने का मतलब यह सोचना है कि मैं बेहतर का हक़दार हूँ, जबकि कृतज्ञता महसूस करने का मतलब यह सोचना है कि मैं *जितने का हक़दार हूँ, मेरे पास उससे ज़्यादा है*। कृतज्ञता महसूस करने के लिए थोड़े अतिरिक्त प्रयास की ज़रूरत तो होती है, लेकिन यह मुश्किल नहीं होता। कोई भी नई आदतें डालकर ज़्यादा कृतज्ञ बनना सीख सकता है।

दूसरों की दयालुता और उदारता को मान्यता दें। दृढ़ता से स्वीकार करें कि संसार अच्छा है और अपने पास मौजूद चीज़ों की क़द्र करें।

कृतज्ञता महसूस करने के लिए यह ज़रूरी नहीं है कि आप अमीर हों, बेहद सफल हों या आपका जीवन आदर्श हो। जो व्यक्ति साल में 34,000 डॉलर कमाता है, उसे यह लग सकता है कि उसके पास ज़्यादा पैसा नहीं है, लेकिन दरअसल वह संसार के एक प्रतिशत सबसे अमीर लोगों में आता है। यदि आप यह पुस्तक पढ़ रहे हैं, तो इसका मतलब है कि आप संसार के लगभग एक अरब लोगों से ज़्यादा सौभाग्यशाली हैं, जो पढ़ नहीं सकते और संभवतः ग़रीबी में ही अटके रहेंगे।

जीवन में उन छोटी-छोटी चीज़ों की तलाश करें, जिन्हें आप आसानी से नज़रअंदाज़ कर सकते हैं और कृतज्ञता की भावनाएँ बढ़ाने की दिशा में काम करें। यहाँ कुछ आसान आदतें बताई जा रही हैं, जो कृतज्ञ होने वाली चीज़ों पर ध्यान केंद्रित करने में आपकी मदद कर सकती हैं :

- *कृतज्ञता-पुस्तिका रखें :* हर दिन कम से कम एक चीज़ लिखें, जिसके लिए आप कृतज्ञ हैं। इसमें छोटी-छोटी ख़ुशियों के लिए कृतज्ञ होना शामिल है, जैसे साँस लेने के लिए साफ़ हवा या धूप या नौकरी या परिवार जैसे बड़े वरदान।
- *आप किस-किस चीज़ के लिए कृतज्ञ हैं, यह कहने की आदत डालें :* यदि आप पुस्तिका में नहीं लिख सकते हों, तो यह कहने की आदत डालें कि आप किसके लिए कृतज्ञ हैं। हर सुबह जागते समय और हर रात सोने से पहले कृतज्ञता व्यक्त करने के लिए जीवन का एक उपहार खोजें। शब्दों को ज़ोर से बोलें, भले ही आप ख़ुद से बोल रहे हैं, क्योंकि कृतज्ञता के शब्द सुनने से कृतज्ञता की भावनाएँ बढ़ती हैं।
- *जब आप आत्म-दया महसूस कर रहे हों, तो पटरी बदल लें :* जब आप इस बात पर ग़ौर करें कि आप ख़ुद के लिए अफ़सोस महसूस कर रहे हैं, तो अपने ध्यान का केंद्र बदल लें। यह सोचना बंद कर दें कि जीवन न्यायपूर्ण नहीं है या जीवन को भिन्न होना चाहिए। इसके बजाय अपने जीवन में मौजूद उन लोगों, परिस्थितियों और अनुभवों की सूची बनाएँ, जिनके लिए आप कृतज्ञ हो सकते हैं। यदि आप जरनल में लिखते हैं, तो आत्म-दया महसूस होने पर इसे देखें और पढ़ें।
- *दूसरों से पूछें कि वे किन चीज़ों के लिए कृतज्ञ हैं :* कृतज्ञता के बारे में बातचीत करने से आपको यह पता चलता है कि दूसरे लोग किन चीज़ों के लिए कृतज्ञ महसूस करते हैं। दूसरे लोग जिन चीज़ों के लिए कृतज्ञ हैं, उनके बारे में सुनने से आपको अपने जीवन के ज़्यादा क्षेत्र याद आएँगे, जिनके लिए आप कृतज्ञ हो सकते हैं।
- *अपने बच्चों को कृतज्ञ होना सिखाएँ :* यदि आप अभिभावक हैं, तो बच्चों के पास जो भी है, उसके लिए उन्हें कृतज्ञ होना सिखाना अपने

ख़ुद के नज़रिये को सही रखने के सर्वश्रेष्ठ तरीक़ों में से एक है। हर दिन अपने बच्चों से यह पूछने की आदत डालें कि वे किन चीज़ों के लिए कृतज्ञ हैं। परिवार के हर सदस्य से लिखवाएँ कि वे किन चीज़ों के लिए कृतज्ञ महसूस कर रहे हैं और इसे एक कृतज्ञता पात्र में रख दें या बुलेटिन बोर्ड पर टाँग दें। इससे आपके परिवार को रोज़मर्रा के जीवन में कृतज्ञता को मज़ेदार ढंग से शामिल करने की याद रहेगी।

आत्म-दया छोड़ने से आप ज़्यादा शक्तिशाली बनेंगे

वियतनाम युद्ध में जेरेमिया डेंटन अमेरिकी नौसैनिक विमान-चालक थे। 1965 में उनके विमान पर गोली चलाकर उन्हें कूदने के लिए विवश कर दिया गया और उत्तर वियतनाम के सैनिकों ने उन्हें युद्धबंदी बना लिया।

कमांडर डेंटन और सेना के बाक़ी अधिकारियों ने अपने साथी क़ैदियों पर नियंत्रण क़ायम रखा, हालाँकि उन्हें हर दिन पीटा जाता था, भूखा रखा जाता था और यातना दी जाती थी। कमांडर डेंटन को अक्सर एकांत कारावास में रखा जाता था, क्योंकि वे दूसरे क़ैदियों को प्रेरित करते थे कि वे गोपनीय जानकारी हासिल करने के उत्तर वियतनामी प्रयासों का विरोध करें। लेकिन इससे कमांडर डेंटन नहीं रुके। उन्होंने संकेतों का इस्तेमाल करके, दीवार ठोंककर और ख़ास तरीक़ों से खाँसकर दूसरे क़ैदियों से संप्रेषण किया।

क़ैद में रहने के दस महीने बाद उन्हें एक टेलीविज़न इंटरव्यू में शामिल होने के लिए चुना गया, जिसका इस्तेमाल प्रचार के लिए किया गया था। सवालों के जवाब देते समय उन्होंने नाटक किया, मानो कैमरे की तेज़ रोशनियाँ उनकी आँखों को चुभ रही हों, जबकि दरअसल वे आँखें मिचमिचाकर मोर्स कोड में टी-ओ-आर-टी-यू-आर-ई (टॉर्चर-यातना) का संदेश भेज रहे थे। इस तरह से उन्होंने गोपनीय तरीक़े से यह संदेश भेज दिया कि उन्हें बंदी बनाने वाले उनके और दूसरे क़ैदियों को यातना दे रहे हैं। पूरे इंटरव्यू में वे अमेरिकी सरकार का समर्थन करते रहे।

सात साल तक क़ैद में रखने के बाद उन्हें 1973 में रिहा किया गया। जब वे विमान से स्वतंत्र इंसान के रूप में उतरे, तो वे बोले, "हम गौरवान्वित हैं कि हमें मुश्किल परिस्थितियों में अपने देश की सेवा करने का यह मौक़ा मिला। इस दिन के लिए हम अपने सेनापति और अपने देश के प्रति बेहद

कृतज्ञ हैं। ईश्वर अमेरिका पर कृपा बनाए रखे।" 1977 में सेना से रिटायर होने के बाद उन्हें अलबेमा का सीनेटर चुन लिया गया।

सबसे बुरी परिस्थितियों में रहने के बावजूद जेरेमिया डेंटन ने ख़ुद के लिए अफ़सोस करने में समय बरबाद नहीं किया। इसके बजाय उन्होंने अपना मानसिक संतुलन क़ायम रखा और स्थिति का प्रबंधन करने के लिए वे जो भी कर सकते थे, उसे करने पर ध्यान केंद्रित किया। जब वे आज़ाद हुए, तब भी उन्होंने इस बात के लिए कृतज्ञ होने का चयन किया कि वे अपने देश की सेवा कर पाए और इस बात पर ख़ुद पर तरस नहीं खाया कि उनकी ज़िंदगी के कितने सारे साल बरबाद हो गए थे।

लोग अपने बोझ पर ध्यान केंद्रित करते हैं या उस चीज़ पर ध्यान केंद्रित करते हैं, जिसके लिए वे कृतज्ञ हैं – शोधकर्ताओं ने इन भिन्नताओं पर अध्ययन किया है। आप जिन चीज़ों के लिए कृतज्ञ महसूस करते हैं, हर दिन उन्हें सिर्फ़ स्वीकार करना ही परिवर्तन उत्पन्न करने का शक्तिशाली तरीक़ा है। वास्तव में, कृतज्ञता न सिर्फ़ आपके मनोवैज्ञानिक स्वास्थ्य को प्रभावित करती है, बल्कि यह आपके शारीरिक स्वास्थ्य को भी प्रभावित करती है। *जरनल ऑफ़ पर्सनैलिटी ऐंड सोशल साइकोलॉजी* में प्रकाशित 2003 के एक अध्ययन का निष्कर्ष यह था :

- *जो लोग कृतज्ञता महसूस करते हैं, वे बाक़ी लोगों जितने बीमार नहीं पड़ते हैं :* उनका प्रतिरक्षा तंत्र बेहतर होता है और उन्हें कम बार दर्द की शिकायत होती है। उनका रक्तचाप सामान्य होता है और वे आम लोगों से कहीं ज़्यादा बार व्यायाम करते हैं। वे अपने स्वास्थ्य की बेहतर देखभाल करते हैं, ज़्यादा देर तक सोते हैं और जागने पर ज़्यादा तरोताज़ा भी महसूस करते हैं।
- *कृतज्ञता ज़्यादा सकारात्मक भावों की ओर ले जाती है :* जो लोग कृतज्ञ महसूस करते हैं, वे हर दिन ज़्यादा आनंद और ख़ुशी को अनुभव करते हैं। वे ज़्यादा जाग्रत और ऊर्जावान भी महसूस करते हैं।
- *कृतज्ञता सामाजिक जीवन को बेहतर बनाती है :* कृतज्ञ लोग दूसरों को क्षमा करने के लिए ज़्यादा तत्पर रहते हैं। वे ज़्यादा बहिर्मुखी अंदाज़ में व्यवहार करते हैं और वे कम एकाकी व अकेले महसूस करते हैं।

वे दूसरे लोगों की ज़्यादा मदद करते हैं और उनका व्यवहार आम तौर पर उदारतापूर्ण व दयालुतापूर्ण होता है।

समस्या–निवारण और आम उलझाव

जब आप तनाव से निपट रहे हों, तब अगर आप आत्म–दया को शिकंजा कसने की अनुमति दे देते हैं, तो आप समाधान पर काम करने के बजाय इसे टाल देंगे। आप ख़ुद को आत्म–दया महसूस करने की अनुमति दे रहे हैं, यह बताने वाले लाल झंडों पर निगाह रखें। ख़ुद के लिए अफ़सोस महसूस करने के पहले संकेत पर नज़रिया बदलने के लिए प्रोएक्टिव नीति अपनाएँ।

क्या सहायक है

- वास्तविकता की जाँच करना कि कहीं आप बुरी स्थिति को बढ़ा–चढ़ाकर तो नहीं देख रहे हैं।
- अपनी स्थिति के बारे में अति नकारात्मक विचारों की जगह पर ज़्यादा यथार्थवादी विचार रखना।
- सक्रियता से समस्या सुलझाने का विकल्प चुनना और अपनी स्थिति को बेहतर बनाने पर काम करना।
- सक्रिय होकर इस तरह से व्यवहार करना, ताकि आपके ख़ुद के लिए अफ़सोस महसूस करने की संभावना कम रहे, भले ही आपका ऐसा करने का मन न हो।
- हर दिन कृतज्ञता का अभ्यास करना।

क्या सहायक नहीं है

- ख़ुद को यह विश्वास करने की अनुमति देना कि आपका जीवन ज़्यादातर लोगों के जीवन से बदतर है।

- आपका जीवन कितना मुश्किल है, इस बारे में अति नकारात्मक विचारों में संलग्न होना।
- स्थिति के बारे में निष्क्रिय रहना और आप जो कर सकते हैं, उसके बजाय इस बात पर ध्यान केंद्रित करना कि आप कैसा महसूस करते हैं।
- उन अनुभवों और गतिविधियों में शामिल होने से इंकार करना जो बेहतर महसूस करने में आपकी मदद कर सकती हैं।
- आपके पास जो है, उसके बजाय उस पर ध्यान केंद्रित करना, जो आपके पास नहीं है।

अध्याय 2

वे अपनी शक्ति दूसरों को नहीं देते हैं

जब हम अपने शत्रुओं से नफ़रत करते हैं,
तो हम उन्हें ख़ुद पर शक्ति दे रहे हैं :
अपनी नींद पर, अपनी भूख पर, अपने रक्तचाप पर,
अपनी सेहत पर और अपनी ख़ुशी पर।
—डेल कारनेगी

लॉरेन को विश्वास था कि उसकी रौबीली, दख़लंदाज़ सास उसके जीवन को नहीं, तो कम से कम उसके वैवाहिक जीवन को बरबाद कर रही है। हालाँकि पहले भी उसे अपनी सास जैकी से कोफ़्त होती थी, लेकिन दो लड़कियाँ होने के बाद तो वह उसे असहनीय लगने लगी थी।

जैकी आम तौर पर सप्ताह में कई बार बिना बुलाए और बिना बताए आ जाती थी – और प्रायः कई घंटे तक जमी रहती थी। उसके धमकने को लॉरेन अपने पारिवारिक समय में दख़लंदाज़ी मानती थी, क्योंकि ऑफ़िस के बाद घर लौटने और सोने के बीच उसके पास अपनी लड़कियों के लिए सीमित समय ही रहता था।

लेकिन लॉरेन की असली परेशानी यह थी कि जैकी लड़कियों के सामने उसकी सत्ता को कमज़ोर करने की कोशिश करती थी। जैकी लड़कियों से

अक्सर इस तरह की बातें कहती थी, "देखो, थोड़े टीवी से कोई नुक़सान नहीं होता। क्या पता तुम्हारी माँ हमेशा यह क्यों कहती है कि तुम इसे नहीं देख सकतीं।" या "मैं तो तुम्हें चॉकलेट खाने देती, लेकिन तुम्हारी माँ यह मानती है कि शकर तुम्हारी सेहत के लिए ख़राब है।" वह कई बार लॉरेन को अपने "नए ज़माने की परवरिश" के बारे में भाषण देती थी और उसे याद दिलाती थी कि उसने अपने बच्चों को टीवी देखने और चॉकलेट खाने दी थी, लेकिन इसके बावजूद वे ठीक-ठाक निकले थे।

जैकी की बातों पर लॉरेन हमेशा विनम्रता से सिर हिला देती थी और मुस्करा देती थी, लेकिन उसके अंदर आग लग जाती थी। वह जैकी से द्वेष करने लगी और अपनी भड़ास पति के सामने निकालने लगी। लॉरेन जब भी अपने पति से सास के बारे में शिकायत करती थी, तो उनका जवाब इसी तर्ज पर होता था, "देखो, तुम तो जानती ही हो, वे कैसी हैं," या "उनकी बातों पर मत जाओ। उनके इरादे अच्छे हैं।" राहत की तलाश में लॉरेन अपना दुःखड़ा सहेलियों के सामने रोने लगी, जिन्होंने प्रेम से जैकी का नाम "राक्षसी सास" रख दिया।

एक हफ़्ते सीधे टकराव की नौबत आ गई, जब जैकी ने सलाह दी कि लॉरेन को ज़्यादा व्यायाम करना चाहिए, क्योंकि उसका वज़न बढ़ रहा था। इस बात से लॉरेन आगबबूला हो गई। वह धड़धड़ाती हुई घर से बाहर चली गई और उसने अपनी बहन के यहाँ रात गुज़ारी। अगले दिन भी वह घर जाने के लिए तैयार नहीं थी। उसे डर लग रहा था कि जैकी उसे भाषण देगी कि उसे घर छोड़कर नहीं जाना चाहिए था। इस मोड़ पर लॉरेन यह बात समझ गई कि उसे परामर्श लेना होगा, वरना उसका वैवाहिक जीवन ख़तरे में पड़ जाएगा।

शुरुआत में लॉरेन ने परामर्श का सहारा इसलिए लिया, ताकि वह अपने गुस्से को कम करने की तकनीकें सीख सके और अपनी सास की टिप्पणियों पर भावहीन प्रतिक्रिया कर सके। बहरहाल, थेरेपी के कुछ सत्रों बाद उसे यह बात समझ में आ गई कि उसे सिर्फ़ जैकी की टिप्पणियों पर अपने गुस्से को ही नहीं रोकना था, बल्कि समस्याओं को रोकने में ज़्यादा प्रोएक्टिव बनने पर काम करना था।

मैंने लॉरेन से एक पाई चार्ट बनाने को कहा, जिससे यह स्पष्ट हो कि वह अपना कितना समय और ऊर्जा अपने जीवन के किन हिस्सों को देती है, जैसे नौकरी, नींद, फुरसत के पल, परिवार और सास के साथ समय। फिर मैंने उसे एक और पाई चार्ट बनाने को कहा, जिससे यह स्पष्ट हो कि वह शारीरिक तौर पर हर गतिविधि में कितने घंटे लगाती थी। दूसरा पाई चार्ट पूरा करने के बाद उसे यह देखकर हैरानी हुई कि उसका समय और ऊर्जा अनुपात से बहुत बाहर थे। हालाँकि वह शारीरिक तौर पर अपनी सास के साथ सप्ताह में लगभग पाँच घंटे ही गुज़ारती थी, लेकिन वह उनसे नफ़रत करने और उनके बारे में बात करने में पाँच और घंटे लगा रही थी। इस अभ्यास से उसे यह दिख गया कि वह अपनी सास को अपने जीवन के कई क्षेत्रों पर किस तरह शक्ति दे रही थी। जिस दौरान वह अपने पति के साथ संबंध बेहतर बनाने या अपने बच्चों की परवाह करने में अपने ऊर्जा लगा सकती थी, तब भी वह अक्सर इसी बारे में सोच रही थी कि वह जैकी को कितना नापसंद करती थी।

एक बार जब लॉरेन को यह बात समझ में आ गई कि वह जैकी को कितनी ज़्यादा शक्ति दे रही थी, तो उसने कुछ परिवर्तन करने का विकल्प चुना। उसने अपने पति के साथ मिलकर अपने परिवार के लिए कुछ स्वस्थ सीमाएँ तय कीं। उन्होंने मिलकर नियम बनाए, ताकि उनके परिवार पर जैकी का प्रभाव सीमित रहे। उन्होंने जैकी को बता दिया कि अब वह बग़ैर बताए हर सप्ताह कई बार मिलने नहीं आ सकती। इसके बजाय जब भी उन्हें उसे बुलाना होगा, वे उसे डिनर पर बुला लेंगे। उन्होंने यह भी स्पष्ट कर दिया कि जैकी माँ के रूप में लॉरेन की सत्ता को कम नहीं करेगी, अन्यथा उसे घर पर नहीं बुलाया जाएगा। लॉरेन ने भी जैकी के बारे में शिकायत करना छोड़ने का विकल्प चुना। वह समझ गई कि अपनी सहेलियों और पति के सामने भड़ास निकालने से उसकी कुंठा बढ़ने और समय व ऊर्जा बरबाद होने के अलावा कोई फ़ायदा नहीं हो रहा था।

धीरे-धीरे लेकिन निश्चित रूप से लॉरेन यह महसूस करने लगी कि जीवन और घर की बागडोर उसके हाथों में आने लगी है। एक बार जब उसने संकल्प ले लिया कि वह अपने घर पर असभ्य या असम्मानजनक व्यवहार को बर्दाश्त नहीं करेगी, तो फिर उसे जैकी के आने से दहशत नहीं

होती थी। अब वह इस चीज़ को नियंत्रित कर सकती थी कि उसके घर की छत के नीचे क्या होगा।

दूसरों को ख़ुद पर काबू रखने की अनुमति देना

आप कैसा सोचते हैं, महसूस करते हैं और व्यवहार करते हैं, इसकी शक्ति यदि आप दूसरों को दे देते हैं, तो मानसिक दृष्टि से शक्तिशाली बनना असंभव हो जाता है। क्या नीचे दी गई बातें जानी-पहचानी लगती हैं?

- आपको जो आलोचना या नकारात्मक फ़ीडबैक मिलता है, उससे आप गहरा अपमान महसूस करते हैं, चाहे स्रोत जो भी हो।
- दूसरे लोग आपको इतना ज़्यादा गुस्सा दिला देते हैं कि आप ऐसी चीज़ें कर और कह जाते हैं, जिन पर बाद में आप पछताते हैं।
- आपको अपने जीवन के साथ क्या करना चाहिए, इस बारे में दूसरों की कही बातों के आधार पर आप अपने लक्ष्य बदल लेते हैं।
- आपका दिन कैसा होगा, यह इस बात पर निर्भर होता है कि दूसरे लोग आपके साथ कैसा व्यवहार करते हैं।
- जब दूसरे लोग आपको अपराधबोध का अहसास कराते हैं, तो आप अनिच्छा से उनका मनचाहा काम कर देते हैं, भले ही आप उसे नहीं करना चाहते।
- आप अक्सर उन तमाम चीज़ों के बारे में शिकायत करते हैं, जो आपको जीवन में "करनी पड़ती" हैं।
- आप शर्मिंदगी या दुःख जैसे असहज भावों से बचने के लिए काफ़ी दूर तक जाते हैं।
- आपको सीमाएँ तय करने में मुश्किल आती है, लेकिन आप अपना समय और ऊर्जा लेने वाले लोगों के प्रति द्वेषपूर्ण महसूस करते हैं।
- जब कोई आपको अपमानित या आहत करता है, तो आप मन में गाँठ बाँध लेते हैं।

क्या ऊपर दिए किसी उदाहरण में आपको अपनी झलक दिखती है? अपनी शक्ति क़ायम रखना इस पर विश्वास रखने के बारे में है कि आप कौन हैं और आपके आस-पास के लोगों और परिस्थितियों के बावजूद आप कौन से विकल्प चुनते हैं।

हम अपनी शक्ति की बागडोर दूसरों को क्यों थमाते हैं

लॉरेन सचमुच अच्छी बनना चाहती थी और वह सोचती थी कि अच्छी पत्नी बनने का मतलब अपनी सास के व्यवहार को हर क़ीमत पर सहन करना था। उसे यह असम्मानजनक लगता था कि वह अपनी सास को अपने यहाँ आने से इंकार करे और जब भी उसकी भावनाएँ आहत होती थीं, तो उसे बताने में संकोच होता था। उसकी परवरिश ही ऐसी हुई थी कि जब कोई उसके साथ ख़राब व्यवहार करता था, तो वह अपना "दूसरा गाल आगे कर देती थी।" लेकिन परामर्श की मदद से वह इस बात को समझ गई कि स्वस्थ सीमाएँ तय करना ओछापन या असम्मानजनक नहीं था। इसके बजाय, उसके ख़ुद के घर में कौन सी चीज़ों की अनुमति थी, इस पर सीमाएँ तय करना उसके परिवार के लिए अच्छी बात थी और उसकी मानसिक शक्ति पर कम भारी था।

जब भी आप अपने लिए स्वस्थ भावनात्मक और शारीरिक सीमाएँ तय नहीं करते हैं, तो यह जान लें कि आप दूसरे लोगों को अपने ऊपर शक्ति दे रहे हैं। जब कोई पड़ोसी अहसान माँगता है, तो आप मना करने की हिम्मत नहीं कर पाते हैं। या शायद आप किसी दोस्त का फ़ोन आने पर दहशत में आ जाते हैं, क्योंकि वह लगातार अपना दुःखड़ा रोता रहता है, लेकिन इसके बावजूद उसके फ़ोन की पहली घंटी पर फ़ोन उठा लेते हैं। जिस चीज़ को आप सचमुच नहीं चाहते, जब भी आप उसे नहीं कहने से कतराते हैं, तो आप हर बार अपनी शक्ति गँवा रहे हैं। यदि आप अपनी ज़रूरतें पूरी कराने की कोई कोशिश नहीं करते हैं, तो एक तरह से आप लोगों को यह अनुमति देते हैं कि वे आपसे चीज़ें ले लें। भावनात्मक सीमाओं का अभाव भी इतना ही समस्याजनक हो सकता है। आप अपने साथ किसी के बरताव को पसंद नहीं करते हैं, लेकिन इसके बावजूद अगर आप अपनी बात दृढ़ता से नहीं रखते हैं, तो आप उस व्यक्ति को अपने जीवन पर शक्ति दे देते हैं।

अपनी शक्ति दूसरों को देने के साथ समस्या

लॉरेन ने अपनी सास को यह नियंत्रित करने की अनुमति दी कि उसकी शाम किस तरह गुज़रेगी। अगर जैकी आ जाती थी, तो लॉरेन इस बात से नाराज़ और चिड़चिड़ी हो जाती थी कि उसे अपने बच्चों के साथ गुणवत्तापूर्ण समय बिताने को नहीं मिल रहा है। जिन दिनों जैकी नहीं आती थी, लॉरेन ज़्यादा तनावरहित रहती थी। उसने जैकी के व्यवहार को बच्चों के साथ अपने संबंध तथा वैवाहिक जीवन में हस्तक्षेप करने की अनुमति दी।

ख़ाली समय में अपने पति और मित्रों के साथ ख़ुशनुमा विषयों पर बात करने के बजाय उसने जैकी की शिकायतें करने में अपनी ऊर्जा बरबाद की। वह कई बार देर तक ऑफ़िस में रुकने के लिए स्वेच्छा से पेशकश कर देती थी, क्योंकि उसे पता था कि जैकी घर पर आने वाली है, इसलिए वह घर लौटने के बारे में रोमांचित नहीं रहती थी। उसने जितने लंबे समय तक जैकी को अपने जीवन पर शक्ति दी, वह इसे दुरुस्त करने के बारे में उतनी ही ज़्यादा असहाय बनती चली गई।

अपनी शक्ति दूसरों को देने से कई समस्याएँ खड़ी हो जाती हैं :

- *आप अपनी भावनाओं को क़ाबू में रखने के लिए दूसरों पर निर्भर होते हैं :* जब आप अपनी शक्ति दूसरों को दे देते हैं, तो आप अपनी भावनाओं को नियंत्रित करने के लिए दूसरे लोगों और बाहरी परिस्थितियों पर पूरी तरह से निर्भर बन जाते हैं। जीवन अक्सर किसी रोलर कोस्टर जैसा बन जाता है - अगर चीज़ें अच्छी होती हैं, तो आप अच्छा महसूस करेंगे; लेकिन अगर आपकी परिस्थितियाँ बदल जाती हैं, तो आपके विचार, भावनाएँ और व्यवहार भी बदल जाएगा।
- *आप दूसरे लोगों को अपना स्व-मूल्य तय करने देते हैं :* यदि आप दूसरों को अपना स्व-मूल्य तय करने की शक्ति देंगे, तो आप कभी पर्याप्त मूल्यवान महसूस नहीं करेंगे। आप बस उतने ही अच्छे होंगे, जितनी कि आपके बारे में किसी दूसरे की राय होगी। यदि आप दूसरों पर निर्भर रहते हैं कि वे आपको अपने बारे में अच्छा महसूस कराएँ, तो आप कभी इतनी प्रशंसा या सकारात्मक फ़ीडबैक पाने में सफल नहीं होंगे, जिससे आपकी आवश्यकताएँ पूरी हो जाएँ।

- *आप सच्ची समस्या का सामना करने से बचते हैं :* अपनी शक्ति देना खुदबखुद असहायता की ओर ले जाता है। आप स्थिति को बेहतर बनाने के लिए क्या कर सकते हैं, इस पर ध्यान केंद्रित करने के बजाय आप अपनी समस्याओं को तर्कसंगत साबित करने के लिए कोई न कोई बहाना खोज लेंगे।

- *आप अपनी परिस्थितियों के शिकार बन जाते हैं :* आप जीवन में ड्राइवर के बजाय यात्री बन जाएँगे। आप कहेंगे कि दूसरे लोग आपको बुरा महसूस कराते हैं या इस तरह से व्यवहार करने के लिए मजबूर करते हैं, जिसे आप पसंद नहीं करते। अपने चयनों की ज़िम्मेदारी स्वीकार करने के बजाय आप दूसरों को दोष देंगे।

- *आप आलोचना के प्रति बहुत संवेदनशील बन जाते हैं :* आपमें आलोचना का सही आकलन करने की क्षमता नहीं होगी। इसके बजाय आप किसी की भी कही बात दिल पर ले लेंगे। आप दूसरे लोगों के शब्दों को इतनी ज़्यादा शक्ति दे देंगे, जिसके वे हक़दार नहीं हैं।

- *आप अपने लक्ष्यों से निगाह हटा लेते हैं :* अगर आप दूसरों को अपने लक्ष्यों के नियंत्रण में रहने की अनुमति देते हैं, तो आप अपने मनचाहे जीवन को बनाने में कामयाब नहीं होंगे। अगर आप दूसरे लोगों को राह में आने और अपनी प्रगति में हस्तक्षेप करने की अनुमति देते हैं, तो आप सफलतापूर्वक अपने लक्ष्यों की दिशा में काम नहीं कर सकते।

- *आप संबंधों को बरबाद कर देते हैं :* जब लोग आपकी भावनाओं को आहत कर देते हैं या वे अवांछित अंदाज़ में आपके जीवन में अतिक्रमण कर लेते हैं, तब भी अगर आप अपना मुँह नहीं खोलते हैं, तो दमित भावनाओं की वजह से संभवतः आप उनके प्रति द्वेषपूर्ण बन जाएँगे।

अपनी शक्ति दोबारा हासिल करें

आपमें अगर आत्मविश्वास नहीं है, तो आपका पूरा स्व-मूल्य इस बात पर निर्भर होता है कि दूसरे आपके बारे में कैसा महसूस करते हैं। अगर

आपकी बात लोगों को बुरी लग गई, तो क्या होगा? अगर उन्होंने आपको पसंद करना छोड़ दिया, तो क्या होगा? यदि आप स्वस्थ सीमाएँ बनाने का विकल्प चुनते हैं, तो आपको थोड़ी विपरीत प्रतिक्रिया मिल सकती है। लेकिन यदि आपमें स्व-मूल्य का पर्याप्त शक्तिशाली अहसास है, तो आप आप ऐसी प्रतिक्रियाओं को सहन करना सीख सकते हैं।

लॉरेन ने सीखा कि वह अपनी सास के साथ दृढ़ होने के बावजूद सम्मानजनक व्यवहार कर सकती है। हालाँकि टकराव की दहशत तो थी, लेकिन लॉरेन और उसके पति ने मिलकर जैकी को अपनी चिंताएँ समझाईं। जब उन्होंने उसे बताया कि वह हर रात को बिना बताए वहाँ नहीं आ सकती, तो शुरू में तो जैकी को बुरा लगा। जब उन्होंने समझाया कि बच्चों के लिए लॉरेन के नियमों पर उसे नकारात्मक टिप्पणियाँ करने की इजाज़त नहीं होगी, तो जैकी ने बहस करने की कोशिश की। लेकिन समय के साथ जैकी ने स्वीकार कर लिया कि यदि उसे उन लोगों के घर आना है, तो इन नियमों का पालन करना अनिवार्य है।

उन लोगों को पहचानें, जिन्होंने आपकी शक्ति ले ली है

स्टीवन मैकडॉनल्ड ऐसे व्यक्ति का अविश्वसनीय उदाहरण हैं, जिन्होंने अपनी शक्ति न देने का विकल्प चुना। 1986 में न्यू यॉर्क सिटी के पुलिस अफ़सर के रूप में काम करते समय उन्होंने हाल में हुई मोटर साइकल चोरियों के बारे में कुछ किशोरों को सवाल-जवाब के लिए रोका। पंद्रह साल के जिन किशोरों से वे सवाल पूछ रहे थे, उसने एक रिवॉल्वर निकाला और मैकडॉनल्ड के सिर और गर्दन में गोलियाँ मार दीं। इन गोलियों से उनकी गर्दन के नीचे का पूरा शरीर पंगु हो गया।

चमत्कारिक रूप से अफ़सर मैकडॉनल्ड की जान बच गई। उन्होंने अस्पताल में अठारह महीने तक उपचार कराया और यह सीखा कि पूर्ण पंगु का जीवन कैसे जीना है। दुर्घटना के वक़्त उनकी शादी को सिर्फ़ आठ महीने ही हुए थे और उनकी पत्नी को छह महीने का गर्भ था।

उल्लेखनीय बात यह थी कि अफ़सर मैकडॉनल्ड और उनकी पत्नी ने उन सब चीज़ों पर ध्यान न देने का विकल्प चुना, जो इस किशोर ने उनसे छीन ली थीं। इसके बजाय, उन्होंने उसे क्षमा करने का चेतन विकल्प चुना।

दरअसल, हादसे के कुछ साल बाद मैकडॉनल्ड पर हमला करने वाले ने जेल से फ़ोन करके उनसे क्षमा माँगी। अफ़सर मैकडॉनल्ड ने न सिर्फ़ उसे क्षमा कर दिया, बल्कि यह भी कहा कि किसी दिन वे दोनों पूरे देश की यात्रा करके अपनी कहानी बताएँगे, ताकि बढ़ती हुई हिंसा को रोका जा सके। अफ़सर मैकडॉनल्ड को यह करने का मौक़ा कभी नहीं मिल पाया, क्योंकि जेल से छूटने के तीन दिन बाद ही मोटरसाइकल दुर्घटना में हमलावर युवक की मृत्यु हो गई।

अब अफ़सर मैकडॉनल्ड ने अकेले ही शांति और क्षमा का संदेश फैलाने का मिशन शुरू कर दिया। अपनी पुस्तक *व्हाई फ़ॉरगिव?* में वे कहते हैं, "मेरी रीढ़ में गोली से ज़्यादा बुरी एकमात्र चीज़ यह होती कि मैं अपने हृदय में प्रतिशोध पाल लेता।" उस हमले में उनकी शारीरिक गतिशीलता खो गई थी, लेकिन उन्होंने उस हिंसक घटना या अपने हमलावर को अपना जीवन बरबाद करने की शक्ति नहीं दी। अब वे एक बहुत लोकप्रिय वक्ता हैं, जो प्रेम, सम्मान और क्षमा के सबक़ सिखाते हैं। अफ़सर मैकडॉनल्ड ऐसे व्यक्ति की प्रेरक मिसाल हैं, जिन्होंने हिंसा के मूर्खतापूर्ण कार्य का शिकार होने के बावजूद अपने हमलावर को ज़्यादा शक्ति देने में समय बरबाद न करने का विकल्प चुना।

जिसने आपको भावनात्मक या शारीरिक चोट पहुँचाई है, उसे क्षमा करने का विकल्प चुनने का यह मतलब नहीं है कि आपको सामने वाले के व्यवहार को बढ़ावा देना है; इसका मतलब तो यह है कि अपने क्रोध से स्वतंत्र होकर आप ज़्यादा सार्थक उद्देश्य पर अपनी ऊर्जा केंद्रित कर सकते हैं।

यदि आपने ज़्यादातर ज़िंदगी परिस्थितियों के शिकार जैसा महसूस करने में बिताई है, तो यह पहचानने में बहुत मेहनत की ज़रूरत होती है कि आपके पास जीवन में अपना ख़ुद का मार्ग चुनने की शक्ति है। पहला क़दम है आत्म-जागरूकता विकसित करना। इसके लिए आपको यह पहचानना होता है कि आप जैसा सोचते, महसूस करते और व्यवहार करते हैं, उसके लिए आप बाहरी परिस्थितियों और दूसरे लोगों को कब दोष देते हैं। ग़ौर से देखें कि आप किन लोगों पर अपना समय और ऊर्जा ख़र्च कर रहे हैं। क्या वे इस लायक़ हैं कि ऐसा किया जाए? अगर नहीं, तो संभवतः आप उन्हें उससे ज़्यादा शक्ति दे रहे हैं, जितनी शक्ति के वे हक़दार हैं।

आपका बॉस कितना अन्यायी है, अपने सहकर्मियों से इस बारे में जितनी ज़्यादा शिकायतें करेंगे, आप अपने बॉस को उतनी ही ज़्यादा शक्ति देंगे। आप अपनी सहेलियों को यह जितना ज़्यादा बताएँगी कि आपकी सास कितनी जालिम है, आप उसे ख़ुद पर उतनी ही ज़्यादा शक्ति देंगी। जिन लोगों के बारे में आप यह नहीं चाहते हैं कि वे आपके जीवन में कोई बड़ी भूमिका निभाएँ, उन लोगों को अपना समय और ऊर्जा देना छोड़ने का संकल्प लें।

अपनी भाषा को बदलें

अपनी शक्ति बनाए रखने के लिए कई बार आपको स्थिति को देखने का अपना दृष्टिकोण बदलना होता है। आप अपनी शक्ति दूसरों के हवाले कर रहे हैं, यह बताने वाली भाषा के कुछ उदाहरणों पर ग़ौर करें :

- "मेरा बॉस मुझे पगला देता है।" हो सकता है कि आप अपने बॉस के व्यवहार को पसंद न करते हों, लेकिन क्या वे सचमुच आपको पगला देते हैं? शायद आपका बॉस ऐसा व्यवहार करता है जिसे आप पसंद नहीं करते हैं और इससे आपको बुरा महसूस हो सकता है, लेकिन दरअसल देखा जाए तो वे आपको कोई चीज़ महसूस करने के लिए मजबूर नहीं कर रहे हैं।
- "मेरे बॉयफ्रेंड ने मुझे इसलिए छोड़ दिया, क्योंकि मैं अच्छी नहीं हूँ।" क्या आप सचमुच अच्छी नहीं हैं या यह सिर्फ़ एक व्यक्ति की राय है? यदि आप सौ लोगों का सर्वेक्षण करें, तो यह संभव नहीं है कि उन सभी की एक ही राय होगी। एक व्यक्ति की राय अपने आप सच नहीं हो जाती। अपने बारे में किसी एक व्यक्ति की राय को अपना स्व-मूल्य तय करने की शक्ति न दें।
- "मेरी माँ मेरी इतनी ज़्यादा आलोचना करती हैं कि मैं ख़ुद को बहुत बुरा महसूस करने लगता हूँ।" वयस्क होने के बाद क्या आप माँ की आलोचना बार-बार सुनने के लिए बाध्य हैं? उनकी कही बातें आपको पसंद नहीं आतीं, क्या इसलिए आपको अपने आत्म-सम्मान को कम कर लेना चाहिए?

- "मुझे हर रविवार की रात अपने ससुराल वालों को डिनर पर आमंत्रित करना पड़ता है।" क्या आपके ससुराल वाले सचमुच आपको ऐसा करने के लिए मजबूर करते हैं या फिर आप यह विकल्प इसलिए चुनती हैं, क्योंकि यह आपके परिवार के लिए महत्त्वपूर्ण है?

प्रतिक्रिया करने से पहले सोचें

रैचेल अपनी सोलह साल की बेटी को थेरेपी के लिए मेरे पास लाई, क्योंकि उसकी बेटी उसकी बात सुनती ही नहीं थी। वह अपनी बेटी को जो करने को कहती थी, वह उसे नहीं करती थी। मैंने रैचेल से पूछा कि जब उसकी बेटी उसकी बात नहीं मानती थी, तो वह कैसे प्रतिक्रिया करती थी। उसने मुझे बताया कि वह चिढ़कर चिल्लाने लगती थी और उसके साथ झगड़ती थी। जब भी बेटी कहती थी, "नहीं!" तो रैचेल चिल्लाती थी, "यह करो!"

रैचेल को इस बात का अहसास नहीं था, लेकिन वह अपनी बेटी को ख़ुद पर बहुत शक्ति दे रही थी। अपनी बेटी से वह जितनी देर तक बहस करती थी, उसकी बेटी अपने कमरे की सफ़ाई करने को उतनी ही ज़्यादा देर तक टालती थी। जब भी वह अपना आपा खोती थी, तो रैचेल हर बार अपनी बेटी को शक्ति दे रही थी। अपनी बेटी के व्यवहार को नियंत्रित करने के बजाय रैचेल अपने व्यवहार की बागडोर उसे सौंप रही थी।

यदि कोई ऐसी बात कहता है, जो आपको पसंद नहीं आती और भड़ककर आप चिल्लाने लगते हैं या बहस करने लगते हैं, तो आप उन अप्रिय शब्दों को बहुत शक्ति दे देते हैं। आप कैसा व्यवहार करना चाहते हैं, इस बारे में सोचने का चेतन विकल्प चुनें; उसके बाद ही दूसरे लोगों पर प्रतिक्रिया करें। जब भी आप अपना आपा खोते हैं, तो हर बार आप सामने वाले व्यक्ति को ख़ुद पर शक्ति देते हैं। यहाँ कुछ रणनीतियाँ बताई जा रही हैं, जिनसे नकारात्मक प्रतिक्रिया करने को मन ललचाने पर आपको शांत रहने में मदद मिलेगी :

- *गहरी साँसें लें :* कुंठा और क्रोध शरीर के भीतर शारीरिक प्रतिक्रियाएँ उत्पन्न करते हैं - साँस लेने की गति बढ़ जाती है, हृदय गति बढ़ जाती है, पसीना आ जाता है आदि। धीरे-धीरे और गहरी साँसें लेने

से आपकी मांसपेशियाँ तनावरहित होती हैं और शारीरिक प्रतिक्रिया भी कम हो जाती है, जिससे आपकी भावनात्मक प्रतिक्रिया घट सकती है।

- *खुद को स्थिति से दूर कर लें :* आप जितना ज़्यादा भावनात्मक महसूस करते हैं, तार्किक दृष्टि से उतना ही कम सोच पाएँगे। आपको क्रोध आ रहा है, इस बारे में चेतावनी के संकेतों को पहचानना सीखें - जैसे काँपना या चेहरा लाल होना - और अपना आपा खोने से पहले ही खुद को स्थिति से दूर हटा लें। आप ऐसी कोई बात कह सकते हैं, "मैं अभी बात करने का इच्छुक नहीं हूँ," या फिर आप उस जगह से दूर भी जा सकते हैं।
- *अपना ध्यान भटकाएँ :* जब आप अति भावुक महसूस कर रहे हों, तो समस्या सुलझाने या उसके बारे में बातचीत करने की कोशिश न करें। इसके बजाय पैदल चलने या पढ़ने जैसी गतिविधि से ध्यान भटकाएँ, ताकि आप शांत रह सकें। जो चीज़ आपको परेशान कर रही है, उससे अपना दिमाग़ हटा लें, चाहे यह चंद मिनटों के लिए ही क्यों न हो। इससे आपको शांत रहने में मदद मिलेगी और तब आप ज़्यादा तार्किक अंदाज़ में सोच सकते हैं।

फ़ीडबैक का आलोचनात्मक मूल्यांकन करें

मैडोना ने एक एलबम जारी किया, जिसकी एक करोड़ से अधिक प्रतियाँ बिकीं। इसके कुछ समय पहले ही उन्हें मिलेनियम रिकॉर्ड्स के प्रेसिडेंट का एक पत्र मिला था, जिसमें कहा गया था, "इस एलबम से जो एकमात्र चीज़ ग़ायब है, वह है सामग्री।" अगर मैडोना ने उस पत्र को अपने गाने और गायन योग्यता का सटीक मूल्यांकन माना होता, तो वे हार मान सकती थीं। लेकिन सौभाग्य से वे संगीत उद्योग में अवसरों की तलाश करती रहीं। उस अस्वीकृति पत्र के कुछ समय बाद ही उन्होंने एक ज़ोरदार अनुबंध कर लिया, जिसने उनका करियर धूमधाम से शुरू करा दिया। दो ही दशकों में मैडोना को गिनीज़ बुक ऑफ़ वर्ल्ड रिकॉर्ड्स ने सारे समय की बेस्टसेलिंग महिला रिकॉर्डिंग आर्टिस्ट क़रार दिया। उनके बहुत से अन्य कीर्तिमान भी हैं, जैसे वे सारे समय की सर्वश्रेष्ठ भ्रमणकारी महिला आर्टिस्ट हैं और वे बिलबोर्ड हॉट 100 ऑल-टाइम टॉप आर्टिस्ट्स में दूसरे स्थान पर हैं - बीटल्स के ठीक बाद।

वे अपनी शक्ति दूसरों को नहीं देते हैं | 55

लगभग हर सफल इंसान के पास अस्वीकृति की कमोबेश ऐसी ही कहानी होती है। 1956 में एंडी वारहोल ने म्यूज़ियम ऑफ़ मॉडर्न आर्ट को अपनी एक पेंटिंग देने की कोशिश की, लेकिन वे इसे मुफ़्त में भी लेने को तैयार नहीं थे। 1989 तक उनकी पेंटिंग्स इतनी ज़्यादा सफल हो चुकी थीं कि वे अपने खुद के म्यूज़ियम के हक़दार हो गए थे। द एंडी वारहोल म्यूज़ियम एक अकेले चित्रकार को समर्पित अमेरिका का सबसे बड़ा म्यूज़ियम है। स्पष्ट रूप से, हर व्यक्ति की उसकी निजी राय होती है, लेकिन सफल लोग एक व्यक्ति की राय को अपना सटीक मूल्यांकन मानने से इंकार कर देते हैं।

अपनी शक्ति क़ायम रखने लिए फ़ीडबैक का मूल्यांकन करें और यह तय करें कि यह सच है या नहीं। हालाँकि आलोचना कई बार हमारी आँखें खोल सकती है कि दूसरे हमें कैसे देखते हैं और इसके फलस्वरूप हम सकारात्मक परिवर्तन कर सकते हैं - कोई मित्र हमारी किसी बुरी आदत की ओर इशारा करता है, जीवनसाथी हमारे स्वार्थपूर्ण व्यवहार की ओर संकेत करता है - लेकिन बाक़ी समय आलोचना आलोचक का प्रतिबिंब होती है। क्रोधित लोग नियमित रूप से कठोर आलोचना सिर्फ़ इसलिए करते हैं, क्योंकि इससे उनका तनाव कम हो जाता है। या कम आत्मसम्मान वाले लोग अपने बारे में तभी बेहतर महसूस कर सकते हैं, जब वे दूसरों को नीचे रखें। इसलिए स्रोत पर सचमुच विचार करना महत्त्वपूर्ण होता है, इसके बाद ही इस बारे में कोई निर्णय लेना चाहिए कि आप कैसे आगे बढ़ना चाहते हैं।

जब दूसरे आपकी आलोचना करें या नकारात्मक फ़ीडबैक दें, तो प्रतिक्रिया करने से पहले पल भर ठहरें। यदि आप विचलित या भावनात्मक रूप से प्रतिक्रियाशील हैं, तो ठंडा होने का समय लें। फिर ख़ुद से ये सवाल पूछें :

- *यह सच है, इस बात का क्या प्रमाण है?* मिसाल के तौर पर, यदि आपकी बॉस कहती है कि आप आलसी हैं, तो उन मौक़ों के प्रमाण तलाशें, जब आपने ज़्यादा कड़ी मेहनत नहीं की थी।
- *यह सच नहीं है, इस बात का क्या प्रमाण है?* ऐसे मौक़ों की तलाश करें, जब आपने बहुत मेहनत की थी और मेहनती कर्मचारी रहे थे।
- *वह मुझे यह फ़ीडबैक क्यों दे रहा है?* एक क़दम पीछे हटकर पता लगाएँ कि वह व्यक्ति आपको यह नकारात्मक फ़ीडबैक क्यों दे रहा

है। क्या यह आपके व्यवहार के किसी छोटे से नमूने पर आधारित है, जिसे उस व्यक्ति ने देखा है? मिसाल के तौर पर, अगर आपके बॉस ने आपको उसी दिन काम करते हुए देखा था, जब आपको फ़्लू था, तो वे यह निर्णय ले सकती हैं कि आप बहुत उत्पादक नहीं हैं। उनका निष्कर्ष बहुत सटीक नहीं होगा।

- *क्या मैं अपने किसी व्यवहार को बदलना चाहता हूँ?* कई मौक़ों पर आप अपने व्यवहार को इसलिए बदलने का चुनाव कर सकते हैं, क्योंकि आप सामने वाले की आलोचना से सहमत होते हैं। मिसाल के तौर पर, अगर आपकी बॉस कहती है कि आप आलसी हैं, तो शायद आप निर्णय लेंगे कि आप ऑफ़िस में उतनी ज़्यादा मेहनत नहीं कर रहे हैं, जितनी कर सकते हैं। इसलिए आप ऑफ़िस ज़्यादा जल्दी आना और देर तक रुकना शुरू कर सकते हैं, क्योंकि यह अच्छा कर्मचारी बनने के लिए आपको महत्त्वपूर्ण लगता है। वैसे बस इतना याद रखें कि आपकी बॉस आपको कोई भिन्न चीज़ करने के लिए विवश नहीं कर रही है। आप इसलिए परिवर्तन कर रहे हैं, क्योंकि आप करना चाहते हैं, इसलिए नहीं क्योंकि ऐसा करना आपकी मजबूरी है।

ध्यान रखें, आपके बारे में एक व्यक्ति की राय हमेशा सच नहीं होती। आप सम्मानपूर्वक असहमत होने और आगे बढ़ने का चयन कर सकते हैं। आप सामने वाले की मानसिकता को बदलने में समय और ऊर्जा लगाए बिना भी आगे बढ़ सकते हैं।

अपने विकल्प पहचानें

जीवन में बहुत कम चीज़ें होती हैं, जिन्हें करना आपकी मजबूरी होती है। बहरहाल, अक्सर हम ख़ुद को यह विश्वास दिला देते हैं कि हमारे पास कोई विकल्प नहीं है। "मुझे कल ऑफ़िस जाना ही पड़ेगा," यह कहने के बजाय ख़ुद को याद दिलाएँ कि यह एक विकल्प है। यदि आप ऑफ़िस नहीं जाने का विकल्प चुनते हैं, तो उसके कुछ परिणाम होंगे। शायद आपको वेतन नहीं मिलेगा। या शायद आपकी नौकरी जाने का भी ख़तरा हो सकता है। लेकिन फिर भी यह एक विकल्प है।

आप जो भी करते, सोचते और महसूस करते हैं, उसमें आपके पास एक विकल्प होता है, यह याद रखने से आप बहुत स्वतंत्र हो जाते हैं। यदि आपने ज़्यादातर ज़िंदगी यह विश्वास किया है कि आप परिस्थितियों के शिकार हैं, तो यह समझने में बहुत मेहनत लगती है कि आप जैसा जीवन जीना चाहते हैं, आपके पास वैसा जीवन बनाने की शक्ति है।

अपनी शक्ति वापस लेने से आप ज़्यादा शक्तिशाली बनेंगे

अपनी शक्ति दूसरों को देकर आप संसार के सबसे शक्तिशाली लोगों में शामिल नहीं हो सकते। अगर आपको यक़ीन नहीं है, तो ओपरा विनफ़्री से पूछ लें। वे बेहद ग़रीबी में बड़ी हुई थीं और बचपन में कई लोगों ने उनका यौन शोषण किया था। वे अपनी माँ, पिता और नानी के साथ थोड़े-थोड़े समय तक रहती थीं और किशोरावस्था में वे अक्सर घर से भाग जाती थीं। वे चौदह साल की उम्र में गर्भवती हो गई थीं, हालाँकि जन्म के कुछ समय बाद ही शिशु की मृत्यु हो गई थी।

हाई स्कूल के दौरान वे स्थानीय रेडियो स्टेशन में काम करने लगीं। उन्होंने मीडिया में कई नौकरियाँ कीं और अंततः टीवी न्यूज़ एंकर बन गईं, लेकिन बाद में उन्हें नौकरी से निकाल दिया गया।

उन्हें नौकरी से निकालकर एक व्यक्ति ने यह राय दी कि उनका प्रसारण अच्छा नहीं है, लेकिन इस राय को ख़ुद को रोकने नहीं दिया। उन्होंने अपना ख़ुद का टॉक शो बनाया और बत्तीस साल की उम्र में उनका शो पूरे देश में मशहूर हो गया। इकतालीस साल की उम्र में उनकी नेट वर्थ 340 मिलियन डॉलर से ज़्यादा हो गई। ओपरा ने अपनी पत्रिका, रेडियो शो और टीवी नेटवर्क शुरू किया है तथा पाँच पुस्तकों का सह-लेखन किया है। उन्होंने एक अकादमी पुरस्कार भी जीता है। उन्होंने ज़रूरतमंद लोगों की मदद के लिए बहुत सी परोपकारी संस्थाएँ शुरू की हैं, जिनमें दक्षिण अफ़्रीका में लड़कियों के लिए नेतृत्व अकादमी शामिल है।

ओपरा ने अपने बचपन या पूर्व नियोक्ता को अपनी शक्ति नहीं छीनने दी। जिस महिला को कभी इसलिए चिढ़ाया जाता था, क्योंकि वह ग़रीबी

की वजह से आलू के बोरे के कपड़े पहनती थी, उसे बाद में सीएनएन और टाइम दोनों ने ही संसार की सबसे शक्तिशाली महिलाओं में से एक घोषित किया था। उनकी परवरिश इतनी ख़राब थी कि आँकड़ों की दृष्टि से उनका उत्कर्ष बहुत कमज़ोर भविष्यवाणी होती। लेकिन ओपरा ने आँकड़ों का शिकार होने से इंकार कर दिया। उन्होंने शक्ति न देकर ख़ुद तय किया कि वे जीवन में क्या बनेंगी।

जब आप यह जान जाते हैं कि किसी दूसरे में आपकी भावनाओं को नियंत्रित करने की शक्ति नहीं है, तो आपको शक्ति का अहसास होगा। यहाँ कुछ तरीक़े बताए जा रहे हैं कि अपनी शक्ति क़ायम रखने से आपको मानसिक दृष्टि से शक्तिशाली बनने में कैसे मदद मिलेगी :

- *जब आप इस आधार पर चयन करना छोड़ देंगे कि कौन सा विकल्प सबसे ज़्यादा अप्रत्यक्ष परिणामों को रोकेगा और इस आधार पर चयन करेंगे कि आपके लिए क्या सर्वश्रेष्ठ है, तो आपको इस बात का बेहतर अहसास होगा कि आप कौन हैं।*

- *जब आप अपने व्यवहार की पूरी ज़िम्मेदारी लेते हैं, तो आप अपने लक्ष्यों की दिशा में प्रगति के लिए जवाबदेह बन जाएँगे।*

- *आप पर कोई ऐसी चीज़ करने का कभी दबाव नहीं होगा, जो आप नहीं करना चाहते, लेकिन दूसरे लोग अपराध बोध के जाल में फँसाकर आपसे वह काम कराना चाहते हैं या आपको ऐसा लगता है।*

- *आप अपनी ख़ुद की चुनी चीज़ों में समय और ऊर्जा लगाने में सक्षम होंगे। आप अपना समय या दिन बरबाद करने के लिए दूसरों को दोष नहीं देंगे।*

- *अपनी शक्ति क़ायम रखने से डिप्रेशन, दुश्चिंता विकार और अन्य मानसिक रोगों का जोखिम कम होता है :* कई मानसिक स्वास्थ्य संबंधी समस्याएँ निराशा और असहायता के अहसास से जुड़ी होती हैं। जब आप दूसरे लोगों और बाहरी परिस्थितियों को अपनी भावनाओं तथा व्यवहार को नियंत्रित करने की शक्ति नहीं देते हैं, तो आपका अपनी मानसिक सेहत पर ज़्यादा नियंत्रण होगा।

जब आप कोई गाँठ रखते हैं, तो क्रोध और द्वेष की आपकी भावनाओं से सामने वाले को कोई नुक़सान नहीं होता है। इसके बजाय क्रोध और द्वेष रखने से उस व्यक्ति को आपके जीवन की गुणवत्ता कम करने की शक्ति मिल जाती है। क्षमा करने का विकल्प चुनने से आपको अपनी शक्ति वापस हासिल करने की अनुमति मिलती है - सिर्फ़ मनोवैज्ञानिक स्वास्थ्य पर ही नहीं, बल्कि शारीरिक स्वास्थ्य पर भी। शोध दिखाता है कि क्षमा करने से स्वास्थ्य इस तरह बेहतर होता है :

- *क्षमा आपके तनाव को कम करती है :* वर्षों के अध्ययनों से यह पता चला है कि मन में मैल रखने से आपका शरीर तनाव की अवस्था में रहता है। जब आप क्षमा का अभ्यास करते हैं, तो आपका रक्तचाप और हृदय गति कम होती है, जो अच्छे स्वास्थ्य की निशानी हैं।
- *क्षमा करने से दर्द की सहनशक्ति बढ़ती है :* 2005 में निचली कमर के दीर्घकालीन दर्द से परेशान रोगियों का अध्ययन किया गया। इसमें पाया गया कि क्रोध मनोवैज्ञानिक कष्ट को बढ़ाता है और दर्द सहने की शक्ति कम करता है। क्षमा करने की इच्छा से दर्द सहन करने की शक्ति बढ़ती है।
- *बेशर्त क्षमा ज़्यादा लंबा जीवन जीने में आपकी मदद कर सकती है :* 2012 में *जरनल ऑफ़ बिहेवियरल मेडिसिन* में एक अध्ययन प्रकाशित हुआ। इसमें यह पाया गया कि जब लोग निश्चित शर्तों पर ही क्षमा करना चाहते थे - जैसे जब सामने वाले ने क्षमा माँगी या वैसी हरकत दोबारा कभी न करने का वादा किया - तो जल्दी मरने का उनका जोखिम बढ़ गया। आपका इस बात पर कोई नियंत्रण नहीं होता कि सामने वाला कब क्षमा माँगेगा। जब तक सामने वाला क्षमा नहीं माँगता, तब तक माफ़ करने का इंतज़ार करने से आप उन्हें अपने जीवन पर ही नहीं, बल्कि शायद अपनी मृत्यु पर भी नियंत्रण दे देंगे।

समस्या–निवारण और कुछ बाधाएँ

अपनी व्यक्तिगत शक्ति की निगरानी करें और यह देखें कि आप इसे किन तरीक़ों से गँवा रहे हैं। इसमें बहुत मेहनत लगती है, लेकिन अपनी मानसिक

शक्ति को बढ़ाने के लिए यह ज़रूरी है कि आप अपनी शक्ति के हर औंस को क़ायम रखें।

क्या सहायक है

- स्वयं विकल्प चुनने वाली भाषा का इस्तेमाल करना, जैसे "मैं... करने का चुनाव करता हूँ।"
- लोगों के साथ स्वस्थ भावनात्मक और शारीरिक सीमाएँ तय करना।
- आप दूसरों पर कैसी प्रतिक्रिया करेंगे, इस बारे में चेतन निर्णय लेकर प्रोएक्टिव तरीक़े से व्यवहार करना।
- आप अपने समय और ऊर्जा को कैसे ख़र्च करने का विकल्प चुनते हैं, इस बारे में पूरी ज़िम्मेदारी लेना।
- लोगों को क्षमा करने का चयन करना, चाहे वे क्षमा माँगें या न माँगें।
- निष्कर्ष पर कूदे बिना फ़ीडबैक और आलोचना की जाँच करना।

क्या सहायक नहीं है

- ऐसी भाषा का इस्तेमाल करना, जिसमें यह निहित हो कि आप परिस्थितियों के शिकार हैं, जैसे, "मुझे यह करना ही होगा," या "मेरे बॉस मुझे पगला देते हैं।"
- उन लोगों के प्रति क्रोध और द्वेष महसूस करना, जिन्हें आप अपने अधिकारों पर अतिक्रमण करने की अनुमति देते हैं।
- दूसरों पर प्रतिक्रिया करना और फिर अपने व्यवहार के लिए दूसरों को दोष देना।

- ऐसी चीज़ें करना जिन्हें आप नहीं करना चाहते और फिर वे चीज़ें "कराने" के लिए दूसरों को दोष देना।
- मन में मैल, क्रोध व द्वेष रखने का विकल्प चुनना।
- फ़ीडबैक और आलोचना को अपनी भावनाओं व व्यवहार की बागडोर सौंपना।

अध्याय 3

वे परिवर्तन से नहीं कतराते हैं

ऐसी बात नहीं है कि कुछ लोगों में इच्छाशक्ति होती है
और कुछ में नहीं होती...
बात बस यह है कि कुछ लोग बदलने को तैयार होते हैं
और बाक़ी नहीं होते।
—जेम्स गॉर्डन

रिचर्ड मेरे थेरेपी ऑफ़िस में इसलिए दाख़िल हुए, क्योंकि उनकी शारीरिक सेहत बेहतर नहीं हो रही थी। 44 साल की उम्र में उनका वज़न 75 पौंड ज़्यादा था और उन्हें हाल ही में डाइबिटीज़ भी हो गई थी।

डाइबिटीज़ का पता चलने के कुछ समय बाद वे एक न्यूट्रीशनिस्ट से मिले, जिसने उन्हें बताया कि कौन से आहार लेने से उनका वज़न कम हो जाएगा और उनकी रक्त शर्करा नियंत्रण में रहेगी। शुरुआत में उन्होंने सारे जंक फूड को हटाने की कोशिश की, जो वे नियमित रूप से हमेशा खाते थे। उन्होंने तो अपने घर में रखी सारी आइसक्रीम, कुकी और शकर वाले सॉफ़्ट ड्रिंक भी बाहर फेंक दिए। लेकिन दो दिन के भीतर ही उन्होंने पाया कि वे पहले से ज़्यादा मिठाई ख़रीद रहे हैं और पुरानी आदतों में फिसल रहे हैं।

वे जानते थे कि अगर वे ज़्यादा स्वस्थ होना चाहते हैं, तो उन्हें अपनी गतिविधि बढ़ानी होगी। वैसे भी वे व्यायाम से अनजान नहीं थे। हाई स्कूल

में वे फुटबॉल और बास्केटबॉल के अव्वल खिलाड़ी थे। लेकिन इन दिनों वे अपना ज़्यादातर समय कंप्यूटर के पीछे बैठने में बिताते थे। वे कई घंटों तक काम करते थे और वे इस उधेड़बुन में थे कि वे व्यायाम करने का समय कैसे निकालेंगे। उन्होंने जिम की सदस्यता के पैसे तो भर दिए, लेकिन सिर्फ़ दो ही बार जिम जा पाए। आम तौर पर वे ऑफ़िस से थके-माँदे घर लौटते थे और उन्हें पहले से ही यह लग रहा था कि वे अपनी पत्नी और बच्चों को पर्याप्त समय नहीं दे पा रहे हैं।

रिचर्ड ने मुझे बताया कि वे सचमुच ज़्यादा स्वस्थ होना चाहते थे। लेकिन वे कुंठित थे। वज़न ज़्यादा होने और डाइबिटीज़ का ध्यान न रखने के ख़तरों को समझने के बावजूद वे अपनी अस्वस्थ आदतों को बदलने के लिए ख़ुद को प्रोत्साहित ही नहीं कर पा रहे थे।

यह स्पष्ट था कि वे बहुत तेज़ी से बहुत ज़्यादा बदलने की कोशिश कर रहे थे, जो असफलता का अचूक फ़ॉर्मूला है। मैंने सलाह दी कि वे एक बार में एक ही चीज़ बदलने का निर्णय लें। उन्होंने कहा कि पहले सप्ताह वे कुकीज़ छोड़ देंगे, जिन्हें वे दोपहर में डेस्क पर बैठकर आम तौर पर खाते थे। उस आदत की जगह पर किसी दूसरी आदत को चुनना महत्त्वपूर्ण था - और उन्होंने निर्णय लिया कि इसके बजाय वे गाजर खाने की कोशिश करेंगे।

मैंने यह भी सलाह दी कि ज़्यादा स्वस्थ बनने के लिए उन्हें बाहरी समर्थन हासिल करना चाहिए। वे डाइबिटीज़ सपोर्ट ग्रुप में शामिल होने को तैयार हो गए। अगले कुछ सप्ताह तक हमने उनके परिवार को शामिल करने के तरीक़ों पर बातचीत की। उनकी पत्नी थेरेपी के कुछ सत्रों में उनके साथ आईं और उन्होंने समझा कि रिचर्ड के स्वास्थ्य को बेहतर बनाने के लिए वे क्या कर सकती हैं। उन्होंने निर्णय लिया कि किराना ख़रीदते समय वे ज़्यादा जंक फूड नहीं ख़रीदेंगी। वे भोजन में ज़्यादा स्वस्थ व्यंजन खोजने में रिचर्ड के साथ काम करने लगीं।

हमने व्यायाम की यथार्थवादी दिनचर्या के बारे में भी बात की। रिचर्ड ने कहा कि घर से निकलते समय लगभग हर दिन वे ऑफ़िस के बाद जिम जाने की योजना बनाते थे, लेकिन फिर वे कोई न कोई बहाना बनाकर सीधे घर चले जाते थे। हम इस नतीजे पर पहुँचे कि शुरुआत में वे सप्ताह में तीन दिन जिम जाएँगे और उन्होंने वे तीन दिन तय कर लिए। उन्हें जिम

क्यों जाना चाहिए, इस बारे में उन्होंने कारणों की एक सूची बनाई और कार में रख ली। जिस दिन वे सोचने लगते थे कि उन्हें जिम के बजाय सीधे घर चले जाना चाहिए, तो वे उस सूची को दोबारा पढ़कर याद कर लेते थे कि जिम जाना सर्वश्रेष्ठ विकल्प क्यों है, भले ही उनका वहाँ जाने का मन नहीं हो रहा हो।

अगले दो महीनों में रिचर्ड का वज़न कम होने लगा। लेकिन उनकी रक्त शर्करा अब भी काफ़ी ज़्यादा थी। उन्होंने स्वीकार किया कि शाम को टीवी देखते समय वे अब भी बहुत सारा जंक फूड खाते हैं। मैंने उन्हें प्रोत्साहित किया कि वे ऐसे तरीक़े खोजें, ताकि शकर भरे नाश्तों तक पहुँचना उनके लिए सुविधाजनक न रहे। उन्होंने मीठी चीज़ों को बेसमेंट में नीचे रखने का निर्णय लिया। इसके बाद जब भी वे नाश्ते की तलाश में शाम को किचन में घुसते थे, तो उनके स्वास्थ्यवर्धक नाश्ता चुनने की ज़्यादा संभावना रहती थी। यदि उनके मन में कुकीज़ खाने की इच्छा ज़ोर मारती थी, तो वे सोचते थे कि उन्हें लेने के लिए नीचे बेसमेंट में जाना होगा। इस वजह से वे ज़्यादातर समय ज़्यादा स्वस्थ नाश्ता चुनते थे। जैसे ही उन्होंने प्रगति करनी शुरू की, ज़्यादा परिवर्तन करना आसान लगने लगा। अंततः वे वज़न कम करने और अपनी रक्त शर्करा को सही रखने के लिए ज़्यादा प्रेरित महसूस करने लगे।

बदलें या न बदलें

हालाँकि यह कहना अक्सर आसान होता है कि आप बदलना चाहते हैं, लेकिन सफलतापूर्वक बदलना मुश्किल होता है। हमारे विचार और भावनाएँ अक्सर हमें व्यवहार में परिवर्तन नहीं करने देते हैं, भले ही उनसे हमारा जीवन बेहतर बनता हो।

कई लोग ऐसे परिवर्तन करने से भी कतराते हैं, जिनसे उनका जीवन बहुत बेहतर बन सकता है। देखें कि क्या नीचे दी गई बातें आप पर लागू होती हैं :

- आपमें ख़ुद को यह विश्वास दिलाकर किसी बुरी आदत को तर्कसंगत साबित करने की प्रवृत्ति है कि आप जो कर रहे हैं, वह “इतना बुरा” नहीं है।

वे परिवर्तन से नहीं कतराते हैं

- आप अपनी दिनचर्या में परिवर्तन करने के बारे में बहुत तनाव महसूस करते हैं।
- भले ही आप किसी बुरी स्थिति में हों, लेकिन आपको यह चिंता होती है कि परिवर्तन करने से परिस्थितियाँ कहीं और बुरी न हो जाएँ।
- जब भी आप कोई परिवर्तन करने की कोशिश करते हैं, तो इसे जारी रखना आपको मुश्किल लगता है।
- जब आपका बॉस, परिवार या मित्र ऐसे परिवर्तन करते हैं, जिनसे आप पर प्रभाव पड़ता है, तो आपके लिए अनुकूलन करना मुश्किल होता है।
- आप परिवर्तन करने के बारे में सोचते तो बहुत हैं, लेकिन कोई अलग चीज़ करने का काम बाद के लिए टाल देते हैं।
- आप यह चिंता करते हैं कि आप जो भी परिवर्तन करेंगे, वे क़ायम नहीं रहेंगे।
- अपने आरामदेह दायरे से बाहर क़दम रखने का विचार बहुत ज़्यादा डरावना लगता है।
- आपमें सकारात्मक परिवर्तन करने का प्रोत्साहन करने की प्रेरणा नहीं होती है, क्योंकि यह काम बहुत मुश्किल है।
- आप क्यों नहीं बदल सकते, इस बारे में आप बहाने बनाते हैं, जैसे "मैं ज़्यादा व्यायाम करना पसंद करूँगा, लेकिन मेरी पत्नी मेरे साथ नहीं जाना चाहती।"
- आपको यह याद करने में मुश्किल आती है कि पिछली बार आपने कब बेहतर बनने के लिए ख़ुद को उद्देश्यपूर्ण ढंग से चुनौती दी थी।
- आप कोई भी नई चीज़ करने में हिचकते हैं, क्योंकि यह बहुत बड़ा समर्पण लगता है।

क्या ऊपर दिया गया कोई उदाहरण जाना-पहचाना लगता है? हालाँकि परिस्थितियाँ तेज़ी से बदल सकती हैं, लेकिन अक्सर इंसान ज़्यादा धीमी गति से बदलते हैं। किसी अलग चीज़ को करने का विकल्प चुनने के लिए यह आवश्यक है कि आप अपनी सोच और अपने व्यवहार का अनुकूलन करें,

जिससे कुछ असहज भाव उत्पन्न हो सकते हैं। लेकिन इसका मतलब यह नहीं है कि आपको परिवर्तन करने से कतराना चाहिए।

हम परिवर्तन से क्यों कतराते हैं

शुरुआत में रिचर्ड ने बहुत तेज़ी से बहुत ज़्यादा बदलने की कोशिश की, इसलिए वे जल्दी ही पराजित हो गए। जब उन्होंने सोचा कि परिवर्तन बहुत मुश्किल होगा, तो उन्होंने ख़ुद को हार मानने की अनुमति दी। बहरहाल, जैसे ही उन्हें कुछ सकारात्मक परिणाम नज़र आए, तो उनके विचार ज़्यादा सकारात्मक बन गए और प्रेरित रहना ज़्यादा आसान हो गया। कई लोग परिवर्तन से इसलिए कतराते हैं, क्योंकि वे सोचते हैं कि कोई अलग चीज़ करना बहुत जोखिम भरा या मुश्किल है।

परिवर्तन के प्रकार

हम अलग-अलग प्रकार के परिवर्तनों का अनुभव कर सकते हैं, जिनमें से कुछ आपको बाक़ी से ज़्यादा आसान लग सकते हैं :

- **सब कुछ या कुछ नहीं वाला परिवर्तन** – कुछ परिवर्तन क्रमिक होते हैं, जबकि बाक़ी बुनियादी तौर पर सब कुछ या कुछ नहीं क़िस्म के होते हैं। मिसाल के तौर पर, बच्चा पैदा करने का निर्णय लेना कोई ऐसी चीज़ नहीं है, जिसे आप क्रमिक अंदाज़ में कर सकें। जब आपको बच्चा हो जाता है, तो आपकी ज़िंदगी हमेशा के लिए बदल जाती है।
- **आदत का परिवर्तन** – आप बुरी आदतें छोड़ने का चयन कर सकते हैं, जैसे बहुत देर तक सोना। आप अच्छी आदतें डालने का चयन कर सकते हैं, जैसे सप्ताह में पाँच बार व्यायाम करना। आदत के ज़्यादातर परिवर्तन आपको कुछ समय तक कोई नई चीज़ आज़माने की इजाज़त देते हैं, लेकिन आप हमेशा अपनी पुरानी आदतों पर लौट सकते हैं।
- **किसी नई चीज़ को आज़माने वाला परिवर्तन** – परिवर्तन में कई बार किसी नई चीज़ को आज़माना या अपनी दिनचर्या को थोड़ा अलग

करना शामिल होता है, जैसे किसी अस्पताल में स्वयंसेवा करना या वायलिन क्लास जाना।

- **व्यवहारवादी परिवर्तन** – कई बार व्यवहारवादी परिवर्तन ऐसे होते हैं, जो हमेशा आदत नहीं बनते। मिसाल के तौर पर, आप अपने बच्चे के सभी मैच देखने जाना चाहते हैं या उससे ज़्यादा दोस्ताना व्यवहार करना चाहते हैं।

- **भावनात्मक परिवर्तन** – हर परिवर्तन दिखाई नहीं देता है; कई बार यह भावनात्मक होता है। मिसाल के तौर पर, अगर आप सारे समय कम चिड़चिड़े महसूस करना चाहते हैं, तो आपको उन विचारों और व्यवहारों की जाँच करनी होगी, जो आपकी चिढ़ में योगदान देते हैं।

- **संज्ञानात्मक परिवर्तन** – आपको अपने नज़रिये या दृष्टिकोण या सोच को बदलने की इच्छा भी हो सकती है। मिसाल के तौर पर, आपकी यह इच्छा हो सकती है कि आप अतीत के बारे में कम सोचते हैं या चिंता के विचार कम सोचना चाहते हैं।

परिवर्तन के लिए तैयारी

नववर्ष के संकल्प आम तौर पर इसलिए टूट जाते हैं, क्योंकि हम एक निश्चित तारीख़ के आधार पर परिवर्तन करने की कोशिश करते हैं, या फिर हम सचमुच उसके लिए तैयार नहीं होते। यदि आप परिवर्तन करने के लिए तैयार नहीं हैं, तो आप इसे क़ायम रखने में सफल नहीं होंगे। हर दिन अपने दाँतों को फ़्लॉस करने या सोते समय का नाश्ता छोड़ने जैसी छोटी आदतों को बदलने के लिए भी निश्चित प्रकार के समर्पण की ज़रूरत होती है।

परिवर्तन की पाँच अवस्थाएँ

1. **पूर्व चिंतन** – पूर्व चिंतन की अवस्था में लोग परिवर्तन की किसी ज़रूरत को अब तक नहीं पहचान पाए हैं। रिचर्ड बरसों से अपने स्वास्थ्य में परिवर्तन करने के बारे में सोच रहे थे, लेकिन वे डॉक्टर के पास जाने से बचे, वज़न की मशीन पर खड़े भी नहीं हुए और जब पत्नी ने उनकी

सेहत को लेकर चिंता जताई, तो उन्होंने उसकी बात को अनसुना कर दिया।

2. **चिंतन** – जो लोग सक्रियता से चिंतन करते हैं, वे किसी परिवर्तन को करने के अच्छे और बुरे पहलुओं पर विचार करते हैं। जब मैं पहली बार रिचर्ड से मिली, तो वे चिंतन की अवस्था में थे। वे जागरूक थे कि अगर उन्होंने अपने खान-पान की आदतें नहीं बदलीं, तो इसके गंभीर परिणाम हो सकते हैं, लेकिन उन्हें तब पक्का नहीं पता था कि परिवर्तन कैसे किया जाए।

3. **तैयारी** – यह वह अवस्था है जहाँ लोग परिवर्तन करने की तैयारी करते हैं। वे ठोस क़दमों वाली एक योजना बनाते हैं, जिसमें यह स्पष्ट उल्लेख होता है कि वे क्या अलग करने जा रहे हैं। एक बार जब रिचर्ड तैयारी की अवस्था में पहुँच गए, तो उन्होंने व्यायाम के दिन तय कर लिए और ज़्यादा स्वस्थ आहार लेने के लिए एक स्नैक चुन लिया।

4. **कार्य** – ठोस व्यवहारवादी परिवर्तन यहीं पर घटित होता है। रिचर्ड जिम जाने लगे और दोपहर में कुकीज़ की जगह गाजर खाने लगे।

5. **रखरखाव** – यह एक अनिवार्य क़दम है, जिसे अक्सर नज़रअंदाज़ कर दिया जाता है। रिचर्ड को आगे की योजना बनाने की ज़रूरत थी, ताकि छुट्टियों जैसी बाधाएँ सामने आने पर वे जीवनशैली के परिवर्तनों को क़ायम रख सकें।

डर

जब मैं एंड्रयू से मिली, तो वह कम वेतन की नौकरी में अटका हुआ था, जिसमें उसे चुनौती नहीं मिलती थी। उसके पास कॉलेज की डिग्री थी – और इसे साबित करने के लिए शिक्षा ऋण भी थे – लेकिन वह एक ऐसे क्षेत्र में काम कर रहा था, जहाँ उसकी योग्यताओं का कोई उपयोग नहीं हो रहा था। तरक्की के लिए बहुत कम अवसर थे।

हमारे पहले सत्र के कुछ महीने पहले वह कार दुर्घटना का शिकार हो गया। न सिर्फ़ उसकी कार तबाह हो गई, बल्कि भारी मेडिकल बिलों का ढेर

भी लग गया। उसका स्वास्थ्य और वाहन बीमा दोनों ही कम थे, इसलिए वह गंभीर वित्तीय समस्या में फँस गया।

वित्तीय स्थिति के बारे में काफ़ी तनाव महसूस करने के बावजूद एंड्रयू को नई नौकरियों के लिए आवेदन देने में डर लग रहा था। उसे इस बात की चिंता सता रही थी कि उसे दूसरी नौकरी पसंद नहीं आएगी और अपनी योग्यताओं पर उसे ज़्यादा भरोसा नहीं था। उसे नए ऑफ़िस, नए बॉस और अलग सहकर्मियों के बारे में सोच-सोचकर दहशत होती थी।

मैंने नौकरी बदलने के अच्छे और बुरे बिंदुओं का परीक्षण करने में एंड्रयू की मदद की। जब एंड्रयू ने बजट बना लिया, तो उसे स्थिति की वास्तविकता समझ में आ गई। यदि वह वर्तमान नौकरी ही करता रहे, तो हर महीने ख़र्च चलना असंभव होगा। अगर कोई अप्रत्याशित ख़र्च न हो, तब भी उसे हर महीने 200 डॉलर कम पड़ेंगे। यह वास्तविकता देखने से एंड्रयू को वह प्रेरणा मिल गई, जिसकी ज़रूरत उसे नई नौकरियों का आवेदन करने के लिए थी। अपने बिलों का ख़र्च न चुका पाने का डर अधिक वेतन वाली नई नौकरी के डर से ज़्यादा भारी था।

एंड्रयू की तरह ही कई लोग यह चिंता करते हैं कि कोई अलग चीज़ करने से स्थितियाँ बदतर हो सकती हैं। शायद आप अपने वर्तमान घर को पसंद नहीं करते हैं, लेकिन इसके बावजूद आपको यह चिंता सताती है कि नए घर में ज़्यादा बड़ी समस्याएँ हो सकती हैं। या शायद आप किसी बुरे संबंध को ख़त्म इसलिए नहीं करते हैं, क्योंकि आपको यह डर होता है कि आपको इससे बेहतर संबंध नहीं मिल पाएगा। इसलिए आप ख़ुद को यथास्थिति क़ायम रखने का विश्वास दिला देते हैं, हालाँकि इस वक़्त आप ख़ुश नहीं हैं।

असुविधा से बचना

कई लोग परिवर्तन को असुविधा मानते हैं। अक्सर वे व्यवहारवादी परिवर्तन के साथ जुड़ी असहजता को सहन करने की अपनी योग्यता को कम आँकते हैं। रिचर्ड जानते थे कि अपने स्वास्थ्य को बेहतर बनाने के लिए उन्हें कौन से परिवर्तन करने चाहिए, लेकिन वे अपना पसंदीदा भोजन नहीं छोड़ना चाहते थे या व्यायाम के दर्द को महसूस नहीं करना चाहते थे। उन्हें यह

चिंता भी थी कि वज़न कम करने के लिए उन्हें भूखा रहना होगा। वे इन सारी वास्तविकताओं से दहशत खाते थे, लेकिन उन्हें यह अहसास नहीं हुआ कि ये छुटपुट असुविधाएँ सिर्फ़ छुटपुट असुविधाएँ ही थीं; ये बहुत बुरी नहीं थीं। जब तक उन्हें असुविधा झेलने की अपनी क़ाबिलियत में विश्वास नहीं हुआ, तब तक वे आगे परिवर्तन करने के लिए प्रेरित नहीं हुए।

दुःख

टिफ़ैनी थेरेपी कराने इसलिए आई, क्योंकि वह अपनी ख़र्चीली आदतों को बदलना चाहती थी। उसकी ख़रीदारी नियंत्रण के बाहर हो गई थी और वह तनाव में थी, क्योंकि उसके क्रेडिट कार्ड पर भारी क़र्ज़ चढ़ गया था। वह ख़र्च तो कम करना चाहती थी, लेकिन बदलना नहीं चाहती थी। जब हमने उसकी कुछ चिंताओं पर बात की कि अगर वह बजट बनाकर चलेगी, तो क्या होगा। उसने पाया कि वह अपनी सहेलियों के साथ घूमना नहीं छोड़ना चाहती थी, क्योंकि वह और उसकी सहेलियाँ शनिवार दोपहर एकसाथ ख़रीदारी करने जाती थीं। वह सोच रही थी कि ख़र्च कम करने का इकलौता तरीक़ा यही है कि वह अपनी सहेलियों के साथ समय बिताना छोड़ दे, लेकिन उसे डर था कि इससे वह कहीं अकेली न पड़ जाए।

कोई अलग चीज़ करने का मतलब कोई चीज़ छोड़ना होता है। अक्सर किसी चीज़ को छोड़ने के साथ दुःख जुड़ा होता है। इस दुःख से बचने के लिए हम ख़ुद को परिवर्तन न करने का विश्वास दिला देते हैं। वित्तीय बरबादी से बचने के बजाय टिफ़ैनी सहेलियों के साथ रहने का चुनाव कर रही थी।

परिवर्तन से कतराने के साथ समस्या

परिवर्तन से कतराने के गंभीर परिणाम हो सकते हैं। रिचर्ड की मौजूदा आदतों के स्वास्थ्य पर बुरे असर की आशंका थी। वे परिवर्तन करने में जितना विलंब करते, उतना ही ज़्यादा ऐसा नुक़सान हो सकता था, जिसे दुरुस्त नहीं जा सकता था।

लेकिन परिवर्तन से कतराने के हमेशा सिर्फ़ शारीरिक परिणाम ही नहीं होते हैं। यथास्थिति की वजह से जीवन के दूसरे क्षेत्रों में भी आपका विकास प्रभावित हो सकता है।

- *यथास्थिति बनाए रखने का मतलब है लीक में अटके रहना :* अगर आप कोई चीज़ अलग तरीक़े से नहीं करते हैं, तो जीवन काफ़ी नीरस हो सकता है। जो इंसान चीज़ों को यथासंभव नीरस और शांत रखने का निर्णय लेता है, उसके समृद्ध व पूर्ण जीवन का अनुभव करने की संभावना नहीं है और वह खिन्न मानसिकता वाला बन सकता है।

- *आप नई चीज़ें नहीं सीख पाएँगे :* आप बदलें या न बदलें, संसार तो बदलेगा। यह न सोचें कि अगर आप परिवर्तन नहीं करते हैं, तो दूसरे लोग भी परिवर्तन को आत्मसात नहीं करेंगे। अगर आप हर चीज़ को ज़िंदगी भर एक ही तरीक़े से करते रहेंगे, तो आपके सामने यह जोखिम है कि आप पीछे रह जाएँगे।

- *आपका जीवन शायद बेहतर नहीं होगा :* परिवर्तन किए बिना आप अपने जीवन को बेहतर नहीं बना सकते। बहुत-सी समस्याओं को सुलझाने के लिए कुछ अलग करना ज़रूरी होता है। लेकिन अगर आप किसी नई चीज़ को आज़माने के इच्छुक नहीं हैं, तो यह आशंका है कि वे समस्याएँ अनसुलझी ही रह जाएँगी।

- *आप ख़ुद को ज़्यादा स्वस्थ आदतें डालने की चुनौती नहीं देंगे :* बुरी आदतें डालना आसान होता है। बुरी आदतों को छोड़ने के लिए कोई नई चीज़ आज़माने की इच्छा चाहिए होती है।

- *दूसरे लोग आपसे ज़्यादा विकास करेंगे :* "मेरा पति वही इंसान नहीं है, जिससे मैंने तीस साल पहले शादी की थी।" मैं यह बात अपने ऑफ़िस में हर समय सुनती हूँ और मेरी प्रतिक्रिया आम तौर पर कुछ इस तरह होती है, "यही होना भी चाहिए।" तीस साल में हर व्यक्ति विकास और परिवर्तन करता है, जैसा कि उसे करना चाहिए। यदि आप ख़ुद को चुनौती देने और बेहतर बनाने के इच्छुक नहीं हैं, तो दूसरे आपसे बोर हो सकते हैं।

- *आप जितने ज़्यादा समय तक इंतज़ार करते हैं, यह उतना ही ज़्यादा मुश्किल हो जाता है :* आपको क्या लगता है, सिगरेट छोड़ना कब ज़्यादा आसान होता है? पहली सिगरेट पीने के बाद या बीस साल तक सिगरेट पीने के बाद? आप आदतों को जितने लंबे समय तक क़ायम रखते हैं, उन्हें छोड़ना उतना ही ज़्यादा मुश्किल होता जाता है। कई बार लोग

परिवर्तन को तब तक टालते रहते हैं, जब तक कि समय पूरी तरह सही न हो या परिस्थितियाँ पूरी तरह आदर्श न हों। वे ऐसी बातें कहते हैं, "जब परिस्थितियाँ सही हो जाएँगी, तब मैं नई नौकरी की तलाश करूँगा।" या "मैं छुट्टियों के बाद वज़न कम करने की चिंता करूँगी।" लेकिन अक्सर किसी चीज़ को करने का आदर्श समय कभी आता ही नहीं है। परिवर्तन में जितना ज़्यादा विलंब होता है, इसे करना उतना ही ज़्यादा मुश्किल हो जाता है।

परिवर्तन को स्वीकार करें

मैरी डेमिंग के बारे में मैंने सबसे पहले अपनी एक क़रीबी मित्र से सुना, जिसने उसकी तारीफ़ों के पुल बाँधे थे। जब मैंने मैरी की कहानी सुनी, तो मैं समझ गई कि क्यों। लेकिन जब तक मेरी उनसे बात नहीं हुई, तब तक मुझे सचमुच समझ नहीं आया।

जब मैरी अठारह साल की थीं, तो उनकी माँ को स्तन कैंसर हो गया। तीन साल बाद ही उनकी माँ गुज़र गईं। मैरी स्वीकार करती हैं कि माँ की मृत्यु के बाद उन्होंने अपना सिर रेत में छुपा लिया था। वे कहती हैं कि वे ख़ुद के लिए अफ़सोस महसूस कर रही थीं – किशोरावस्था में ही उनके पिता गुज़र गए थे, इसलिए 21 साल की उम्र में "अनाथ" महसूस करना उन्हें अन्यायपूर्ण लग रहा था। हक़ीक़त का सामना करने से कतराने के लिए वे ख़ुद को ज़्यादा-से-ज़्यादा गतिविधियों में उलझाए रखती थीं।

लेकिन सन् 2000 में पचास साल की उम्र में – जिस उम्र में उसके पिता की मृत्यु हुई थी – मैरी अपनी मृत्यु के बारे में सोचने लगीं। मैरी हाई स्कूल में शिक्षक थीं और उस साल उनसे कैंसर शोध के लिए स्कूल द्वारा प्रायोजित अनुदान संचय समारोह की मुखिया बनने को कहा गया। मुखिया बनने पर मैरी दूसरे ऐसे लोगों से मिली, जिन्होंने कैंसर की वजह से अपने परिजन खो दिए थे और अनुदान संचय गतिविधियों ने फ़र्क़ डालने के उनके जोश को सुलगा दिया। वे कैंसर शोध के लिए अनुदान संचय गतिविधियों में शिरकत करने लगीं।

अपनी पहली अनुदान संचय पैदल यात्रा के लिए उन्होंने अमेरिकन कैंसर सोसायटी की "रिले फ़ॉर लाइफ़" को चुना। फिर 2008 में वे सूज़न

जी. कोमेन द्वारा प्रायोजित तीन दिवसीय साठ मील की पैदल यात्रा में शामिल हुईं, जिसका ख़ास लक्ष्य स्तन कैंसर के लिए चंदा इकट्ठा करना था। मैरी का स्वभाव हमेशा प्रतिस्पर्धी रहा था, इसलिए जब उन्होंने देखा कि दूसरे लोग कितने ज़्यादा पैसे इकट्ठे कर रहे हैं, तो वे भी सक्रिय हो गईं और अकेले ही 38,000 डॉलर इकट्ठे कर लिए। उनकी माँ की मृत्यु को 38 साल हुए थे और इस तरह उन्होंने हर एक साल के लिए 1,000 डॉलर इकट्ठे कर लिए थे।

लेकिन मैरी ने अच्छे काम के लिए ख़ुद की पीठ नहीं थपथपाई। इसके बजाय उन्होंने अपने छोटे कस्बे के लोगों को श्रेय दिया, जिन्होंने उदारता से चंदा दिया। चंदा इकट्ठा करने के प्रयासों की बदौलत उन्होंने यह भी पहचाना कि कैंसर शोध के लिए चंदा इकट्ठा करना उनके पड़ोसियों के दिल के क़रीब था। थोड़ा शोध करने पर उन्होंने पाया कि स्तन कैंसर के मामले में उनके गृहराज्य कनेक्टिकट की देश में दूसरी सर्वोच्च दर थी। इससे एक विचार कौंधा।

मैरी ने चंदा इकट्ठा करने के लिए अपनी ख़ुद की ग़ैर-लाभकारी संस्था शुरू करने का निर्णय लिया और उन्होंने पूरे समुदाय को शामिल कर लिया। उन्होंने अपने संगठन का नाम सीमोर पिंक रखा, जो कनेक्टिकट के उनके सीमोर कस्बे के नाम पर था। हर अक्टूबर – स्तन कैंसर जागरूकता माह – में कस्बा यह सुनिश्चित करता है कि हर व्यक्ति को "ज़्यादा गुलाबी देखने" का अवसर मिले। दुकानें गुलाबी रंग में सजाई जाती हैं। स्तन कैंसर से सफलतापूर्वक बची महिलाओं के सम्मान में और असफल युद्ध कर चुके प्रियजनों की स्मृति में गुलाबी बैनर पूरे कस्बे में बिजली के खंभों पर लटकाए जाते हैं। घरों को भी गुलाबी रिबनों और गुब्बारों से सजाया जाता है।

इतने बरसों में मैरी स्तन कैंसर से जूझने के लिए पाँच लाख से ज़्यादा डॉलर इकट्ठे कर चुकी हैं। उनका संगठन कुछ पैसा कैंसर पर शोध के लिए देता है और कैंसर से प्रभावित परिवारों की आर्थिक सहायता भी करता है। न सिर्फ़ मैरी कोई श्रेय नहीं लेती हैं – वे तो इस बारे में शेखी बघारती हैं कि उनके समुदाय के लोग कितने अद्भुत हैं, जो उन्हें चंदा देते हैं – बल्कि वे अपनी व्यक्तिगत विजयों का ज़िक्र भी नहीं करती हैं। मुझे तो किसी दूसरे ने बताया कि वे कितनी भीषण बाधाओं से उबरी हैं।

चंदा उगाहने की गतिविधियों को अभी तीन साल ही हुए थे कि मैरी की कार की गंभीर दुर्घटना हो गई। मस्तिष्क पर गहरे आघात की वजह से भाषाई और महत्त्वपूर्ण संज्ञानात्मक समस्याएँ रहीं। लेकिन गंभीर कार दुर्घटना भी मैरी जैसी जीवट वाली महिला को नहीं रोक पाई। वे सप्ताह में आठ बार स्पीच थेरेपी कराने गईं; वे स्तन कैंसर रोगियों व शोध के लिए चंदा उगाहने के काम में लौटने के लिए संकल्पित थीं। जिस समय ज़्यादातर लोग सेवानिवृत्त हो जाते, मैरी ने कहा, "मैं इस तरह बाहर नहीं निकल रही हूँ।" वे जानती थीं कि पूरी तरह ठीक होने में लंबा समय लगेगा, लेकिन वे मैदान छोड़ने को तैयार नहीं थीं। उन्हें पाँच साल का समय लगा, लेकिन 2008 में वे हाई स्कूल की साइंस टीचर की नौकरी में दोबारा लौटीं और उन्होंने चंदा उगाहने के प्रयास दोबारा शुरू कर दिए।

मैरी संसार को बदलने के लिए नहीं निकली थीं। इसके बजाय उन्होंने तो उस पर ध्यान केंद्रित किया, जो वे फ़र्क़ डालने के लिए कर सकती थीं। यदि आप अपना जीवन बदलकर शुरुआत करते हैं, तो आप दूसरे लोगों के जीवन में फ़र्क़ डालना शुरू कर सकते हैं। मदर टेरेसा ने कहा था, "मैं अकेली संसार को नहीं बदल सकती, लेकिन मैं पानी पर एक पत्थर उछाल सकती हैं, जिससे कई लहरें शुरू हो जाएँगी।" मैरी डेमिंग भी पूरे संसार को बदलने के लिए नहीं निकली थीं, लेकिन उन्होंने बहुत सारे लोगों के जीवन को निश्चित रूप से बदल दिया।

परिवर्तन के सकारात्मक और नकारात्मक बिंदुओं को पहचानें

यथास्थिति बनाए रखने में क्या अच्छा है और क्या बुरा है, इसकी सूची बनाएँ। फिर परिवर्तन के संभावित अच्छे और बुरे परिणामों की भी सूची बना लें। सकारात्मक और नकारात्मक बिंदुओं की संख्या के आधार पर ही निर्णय न लें। इसके बजाय सूची की ग़ौर से जाँच करें। इसे कुछ बार पढ़ें और परिवर्तन करने या यथास्थिति बनाए रखने के संभावित परिणामों के बारे में सोचें। यदि आप अब भी परिवर्तन पर विचार कर रहे हैं, तो इस अभ्यास से आपको निर्णय लेने में मदद मिल सकती है।

परिवर्तन की ख़ातिर परिवर्तन करने की कोई ज़रूरत नहीं है। किसी नए घर में रहने जाना, किसी नए संबंध को शुरू करना या नौकरियाँ बदलना ऐसी चीज़ें नहीं हैं, जिनसे आपकी मानसिक शक्ति अपने आप ही बढ़ जाएगी। इसके बजाय आप क्यों बदलना चाहते हैं, उस पर ध्यान केंद्रित करना महत्त्वपूर्ण है, ताकि आप उस चीज़ को करने का निर्णय ले सकें, जो आपके लिए अंततः सर्वश्रेष्ठ होगी।

यदि आप अब भी निर्णय नहीं ले पा रहे हों, तो व्यवहारवादी प्रयोग करके देख लें। जब तक कि सब कुछ या कुछ नहीं वाला परिवर्तन ही न हो, किसी नई चीज़ को एक सप्ताह तक आजमाकर देखें। इसे एक सप्ताह तक करने के बाद अपनी प्रगति और प्रेरणा का आकलन करें। फिर निर्णय लें कि आप परिवर्तन को जारी रखना चाहते हैं या नहीं।

अपनी भावनाओं के बारे में जागरूक बनें

उन भावनाओं पर भी ध्यान दें, जो आपके निर्णय को प्रभावित कर रही हैं। जब आप कोई परिवर्तन करने के बारे में सोचते हैं, तो आप कैसा महसूस करते हैं? मिसाल के तौर पर :

- क्या आप इस बात से घबरा रहे हैं कि परिवर्तन ज़्यादा समय तक नहीं चल पाएगा?
- क्या आप कोई भिन्न चीज़ करने के विचार से ही थकान महसूस करते हैं?
- क्या आप परिवर्तन पूरा करने की अपनी क़ाबिलियत के बारे में चिंता कर रहे हैं?
- क्या आप इस बात से घबरा रहे हैं कि परिस्थितियाँ बदतर हो सकती हैं?
- क्या आप इस बात पर दुःखी हैं कि आपको कोई चीज़ छोड़नी होगी?
- क्या आपको यह स्वीकार करने में भी मुश्किल आ रही है कि कोई समस्या मौजूद है?

जब आप अपनी भावनाओं को पहचान लेते हैं, तो आप यह निर्णय ले सकते हैं कि क्या इन भावनाओं के विपरीत काम करने में समझदारी है। मिसाल के तौर पर, रिचर्ड को बहुत सारी भावनाएँ महसूस हुई थीं। वे किसी नई चीज़ के प्रति समर्पण करने को लेकर घबरा रहे थे। वे दोषी महसूस कर रहे थे कि व्यायाम करने के लिए उन्हें अपने परिवार के साथ बिताने वाले समय में कटौती करनी होगी और वे यह चिंता भी कर रहे थे कि वे अपने स्वास्थ्य को सही करने में कामयाब नहीं होंगे। इस सबके बावजूद वे इस बारे में और भी ज़्यादा डर रहे थे कि अगर उन्होंने परिवर्तन नहीं किया, तो उनका जाने क्या अंजाम होगा।

अपनी भावनाओं को अंतिम निर्णय लेने की अनुमति न दें। कई बार आपको परिवर्तन करने को तैयार होना चाहिए, भले ही आपका "मन न हो।" अपनी भावनाओं को तार्किक सोच से संतुलित करें। यदि आप किसी नई चीज़ को करने के बारे में आतंकित हैं और उससे आपके जीवन में कोई बड़ा फ़र्क़ नहीं पड़ेगा, तो आप यह निर्णय ले सकते हैं कि परिवर्तन के तनाव से गुज़रने में कोई तुक नहीं है। लेकिन अगर तर्क की दृष्टि से यह दिखता है कि परिवर्तन लंबे समय में आपके लिए सर्वश्रेष्ठ रहेगा, तो असुविधा को सहन करने में समझदारी हो सकती है।

नकारात्मक विचारों का प्रबंधन करना

ख़ुद को प्रभावित करने वाले नकारात्मक विचारों की तलाश करें, जो वास्तविक नहीं हैं। जब आप परिवर्तन करना शुरू कर देते हैं, तो आप प्रक्रिया के बारे में जिस तरह सोचते हैं, उससे इस बात पर काफ़ी प्रभाव पड़ सकता है कि आप परिवर्तन को जारी रखने के बारे में कितने प्रेरित होंगे। इस तरह के विचारों के प्रति सतर्क रहें, जो आपको परिवर्तन से कतराने का प्रलोभन देते हैं :

- *यह कारगर नहीं होगा।*
- *मैं कोई अलग चीज़ नहीं कर सकता।*
- *यह बहुत ज़्यादा मुश्किल होगा।*

- मैं जिन चीज़ों को पसंद करता हूँ, उन्हें छोड़ना बहुत तनावपूर्ण होगा।
- मैं इस समय जो कर रहा हूँ, वह इतना बुरा नहीं है।
- कोशिश करने में कोई तुक नहीं है, क्योंकि मैंने पहले भी ऐसी कोशिश की थी और उससे मदद नहीं मिली थी।
- मैं परिवर्तन के मामले में ज़्यादा अच्छा नहीं हूँ।

आप परिवर्तन को मुश्किल मानते हैं, इसका यह मतलब नहीं है कि आपको इसे नहीं करना चाहिए। अक्सर जीवन में कुछ सर्वश्रेष्ठ चीज़ें कड़ी मेहनत से चुनौती को हराने की हमारी क़ाबिलियत से ही मिलती हैं।

परिवर्तन के लिए सफल योजना बनाएँ

परिवर्तन के लिए तैयारी सबसे महत्त्वपूर्ण क़दम हो सकती है। योजना बनाएँ कि आप परिवर्तन कैसे शुरू करेंगे और इसे अंत तक कैसे जारी रखेंगे। जब योजना बन जाए, तो फिर आप एक समय में एक-एक करके व्यवहार के परिवर्तनों को लागू कर सकते हैं।

शुरुआत में तो रिचर्ड ने ख़ुद से कहा कि उन्हें 75 पौंड वज़न कम करना होगा। इतने बड़े काम के बारे में सोचने से ही उनके हौसले पस्त हो गए। उन्हें यह संभव ही नहीं लग रहा था। वे हर दिन सर्वश्रेष्ठ इरादों के साथ शुरुआत करते थे, लेकिन शाम तक अपनी पुरानी आदतों में फिसल जाते थे। जब तक उन्होंने इस बात पर ध्यान केंद्रित करना शुरू नहीं किया कि वे आज क्या कर सकते हैं, तब तक वे अपने व्यवहार में सकारात्मक परिवर्तन नहीं कर पाए। उन्होंने ज़्यादा छोटे लक्ष्य तय किए, जैसे पाँच पौंड वज़न कम करना। इसके बाद ही वे ऐसे क़दम उठाने में सक्षम हुए, जिन्हें वे हर दिन कर सकते थे। उन्होंने एक आहार जर्नल भी रखा, बाहर खाने के बजाय अपने घर का लंच खाने लगे और जिन दिनों वे जिम नहीं जाते थे, उन दिनों अपने परिवार के साथ थोड़ा टहलने भी लगे।

जब तक कि आप सब कुछ या कुछ नहीं क़िस्म के परिवर्तन से न जूझ रहे हों, तब तक आप क्रमिक क़दमों में परिवर्तन कर सकते हैं। इन क़दमों को उठाकर परिवर्तन करने की तैयारी करें :

- *लक्ष्य बनाएँ कि अगले तीस दिनों में आप क्या हासिल करना चाहेंगे :* कई बार लोग एक साथ हर चीज़ बदलने की कोशिश करते हैं। इसके बजाय किसी एक लक्ष्य को चिह्नित करें, जिस पर आप सबसे पहले ध्यान केंद्रित करना चाहते है। ध्यान रहे, आपको यथार्थवादी अपेक्षा तय करनी चाहिए कि आप एक महीने में क्या बदलाव देखना चाहेंगे।
- *आप उस लक्ष्य तक पहुँचने के लिए हर दिन अपने व्यवहार में जो स्पष्ट परिवर्तन कर सकते हैं, उन्हें तय करें :* कम से कम एक क़दम पहचानें, जिसे उठाकर आप अपने लक्ष्य के ज़्यादा क़रीब पहुँच सकते हैं।
- *रास्ते में बाधाओं की उम्मीद करें :* यह योजना बनाएँ कि जिन ख़ास चुनौतियों के सामने आने की आशंका है, उनसे आप कैसे निपटेंगे। आगे की योजना बनाने से आपको पटरी पर बने रहने में मदद मिलती है।
- *जवाबदेही सुनिश्चित करेंइ :* हम अपना सर्वश्रेष्ठ प्रदर्शन तब करते हैं, जब हम अपनी प्रगति के लिए किसी तरह की जवाबदेही सुनिश्चित करते हैं। मित्रों और परिवार वालों की सहायता लें, ताकि वे आपको सहारा दें और आपकी प्रगति की जाँच करें। हर दिन अपनी प्रगति लिखकर ख़ुद के प्रति जवाबदेह बनें।
- *अपनी प्रगति की निगरानी करें :* यह तय करें कि आप अपनी प्रगति की निगरानी कैसे करेंगे। अपने प्रयासों और दैनिक उपलब्धियों का रिकॉर्ड रखने से आप परिवर्तन को जारी रखने के लिए प्रेरित रह सकते हैं।

उस व्यक्ति की तरह व्यवहार करें, जो आप बनना चाहते हैं

यदि आपका लक्ष्य ज़्यादा बहिर्मुखी बनना है, तो दोस्ताना अंदाज़ में व्यवहार करें। यदि आप सफल सेल्सपर्सन बनना चाहते हैं, तो अध्ययन करें कि सफल सेल्सपीपल कैसे व्यवहार करते हैं और फिर जो वे करते हैं, वही करें। आपको तब तक इंतज़ार करने की ज़रूरत नहीं है, जब तक कि आपका मन न करे या जब तक सही समय न आ जाए; अपने व्यवहार को इसी समय बदलना शुरू कर दें।

रिचर्ड ज़्यादा स्वस्थ होना चाहते थे, इसलिए उन्हें स्वस्थ व्यक्ति की तरह व्यवहार करने की ज़रूरत थी। स्वस्थ आहार खाना और ज़्यादा शारीरिक गतिविधि करना दो चीज़ें थीं, जो रिचर्ड अपने लक्ष्यों के ज़्यादा क़रीब पहुँचने के लिए शुरू कर सकते थे।

स्पष्टता से पहचानें कि आप किस तरह के व्यक्ति बनना चाहेंगे। फिर वैसे बनने के बारे में प्रोएक्टिव या सक्रिय बनें। अक्सर मैं सुनती हूँ, "काश मेरे ज़्यादा मित्र होते!" मित्रों के अपने पास आने का इंतज़ार न करें; इसी समय दोस्ताना इंसान जैसे काम करना शुरू कर दें और आपके नए मित्र बनने लगेंगे।

परिवर्तन को अंगीकार करने से आप ज़्यादा शक्तिशाली बनेंगे

जज ग्रेग मैथिस की परवरिश 1960 और 1970 के दशकों के दौरान डेट्रॉयट के बहुत ग़रीब इलाक़ों में हुई। किशोरावस्था में उन्हें कई बार गिरफ़्तार किया गया और स्कूल की पढ़ाई छोड़कर वे एक गैंग में शामिल हो गए। सत्रह साल की उम्र में जब वे किशोर सुधार गृह में बंद थे, तो उनकी माँ को आँत का कैंसर हो गया। माँ की बीमारी की वजह से मैथिस को जल्दी रिहा कर दिया गया और उन्होंने अपनी मरती हुई माँ से वादा किया कि वे अपना जीवन हमेशा-हमेशा के लिए बदल लेंगे।

उनकी रिहाई की शर्तों में उनके लिए यह आवश्यक था कि वे किसी नौकरी में बने रहें, इसलिए उन्होंने मैकडॉनल्ड्स में काम शुरू कर दिया। उन्हें ईस्टर्न मिशिगन युनिवर्सिटी में स्वीकार कर लिया गया और वे लॉ कॉलेज जाने लगे। उनके आपराधिक इतिहास की वजह से वे वकील का काम करने के योग्य नहीं थे, लेकिन वे डेट्रॉयट शहर की मदद करने के तरीक़े खोजने लगे। वे डेट्रॉयट नेबरहुड सिटी हॉल्स के मैनेजर बन गए। इसी समय उन्होंने अपनी पत्नी के साथ मिलकर एक ग़ैर-लाभकारी संस्था यंग एडल्ट्स एसर्टिंग दैमसेल्व्ज़ स्थापित की, जो रोज़गार खोजने में युवाओं की मदद करती थी। कुछ साल बाद मैथिस ने जज का चुनाव लड़ने का निर्णय लिया। हालाँकि उनके विरोधियों ने वहाँ के समाज को उनकी आपराधिक पृष्ठभूमि की याद दिलाई, लेकिन डेट्रॉयट के लोगों को विश्वास था कि मैथिस पूरी तरह बदल

चुके हैं। मैथिस को मिशिगन के इतिहास में सबसे युवा जज चुना गया और उन्होंने बीस साल से जज के पद पर आसीन दिग्गज को पराजित कर दिया। हॉलीवुड ने भी जज मैथिस की ओर निगाह मोड़ी और 1999 में उन्होंने एक सफल टीवी शो शुरू किया, जहाँ वे छोटे दावों से संबंधी विवाद निपटाते हैं।

जज मैथिस कभी ख़ुद अपराधी रहे थे, लेकिन अब वे अपना ज़्यादातर समय और ऊर्जा इस नेक काम में लगाते हैं कि वे बेहतर निर्णय लेने में युवाओं की मदद कर सकें। वे यूथ ऐंड एज्युकेशन एक्सपो के ज़रिये पूरे देश का भ्रमण करते हैं, जो युवाओं को प्रोत्साहित करते हैं कि वे अपने भविष्य के लिए सर्वश्रेष्ठ विकल्प चुनें। युवाओं को प्रेरित करने की उनकी योग्यता के लिए उन्हें बहुत सारे पुरस्कार और प्रशस्तियाँ मिल चुकी हैं कि वे वही ग़लतियाँ न करें, जो जज मैथिस ने अपने जीवन में की थीं।

कई बार परिवर्तन की बदौलत कायाकल्प ही हो जाता है और यह आपके जीवन की पूरी दिशा को बदल सकता है। अक्सर जब लोग जीवन के किसी एक क्षेत्र में परिवर्तन करने के प्रति समर्पित होते हैं, जैसे अपना क़र्ज़ चुकाना, तो उन्हें पता ही नहीं चल पाता कि कब उनका वज़न कम होने लगता है और उनका वैवाहिक जीवन बेहतर हो जाता है। सकारात्मक परिवर्तन से प्रेरणा बढ़ती है और बढ़ी हुई प्रेरणा से ज़्यादा सकारात्मक परिवर्तन होने लगता है। परिवर्तन को अंगीकार करना दोतरफ़ा मार्ग है।

समस्या–निवारण और कुछ बाधाएँ

चाहे आप चाहें या न चाहें, आपकी ज़िंदगी का बदलना तय है। नौकरी छूटने, किसी प्रियजन की मृत्यु, किसी मित्र के दूसरे शहर जाने या बच्चों के घर छोड़कर जाने से होने वाले परिवर्तन जीवन का हिस्सा हैं। जब आप छोटे-छोटे परिवर्तनों से तालमेल बैठाने का अभ्यास करते हैं, तो आप उन बड़े और अवश्यंभावी परिवर्तनों से निपटने के लिए बेहतर तैयार होंगे, जो आपकी राह में आएँगे।

ध्यान दें कि आप परिवर्तन पर किस तरह प्रतिक्रिया करते हैं। इस बात की चेतावनी देने वाले लक्षणों पर निगाह रखें कि आप कब ऐसे महत्त्वपूर्ण परिवर्तनों से कतरा रहे हैं, जो अंततः आपके जीवन को बेहतर बना सकते हैं। हालाँकि परिवर्तन कष्टकारी लग सकता है, लेकिन जब तक आप विकास

करना और बेहतर बनना न चाहें, तब तक आप अपनी मानसिक शक्ति नहीं बढ़ा पाएँगे।

क्या सहायक है

- खुले मन से परिवर्तन के प्रति तैयार होने का आकलन करना।
- अपने लक्ष्य तय करने और उन तक पहुँचने की यथार्थवादी समयसीमा तय करना।
- कुछ अलग करें या नहीं, इस निर्णय में मदद करने के लिए अपनी भावनाओं और तार्किक विचारों को संतुलित करना।
- प्रगति में हस्तक्षेप करने वाली संभावित बाधाओं को भाँपने की इच्छा।
- किसी परिवर्तन को करने या यथास्थिति बनाए रखने के संभावित सकारात्मक व नकारात्मक पहलुओं की समीक्षा करना।
- स्पष्ट कार्य क़दमों के साथ एक समय में एक छोटे परिवर्तन पर ध्यान केंद्रित करना।
- आप जैसे इंसान बनना चाहते हैं, वैसा ही व्यवहार करने के प्रति समर्पित होना।

क्या सहायक नहीं है

- परिवर्तन को नज़रअंदाज़ करना या इसके बारे में सोचने से भी कतराना।
- कोई भी भिन्न चीज़ करने को टालना, जब तक कि आप

निश्चित मील के पत्थरों तक न पहुँच जाएँ या निश्चित समयसीमा न गुज़र जाए।

- कुछ अलग करने के तार्किक पहलुओं पर सोच-विचार किए बिना अपनी भावनाओं को यह तय करने की अनुमति देना कि क्या आपको बदलने की ज़रूरत है।

- इस बारे में बहाने बनाना कि आप कोई अलग चीज़ क्यों नहीं कर सकते।

- सकारात्मक पहलुओं पर विचार किए बिना परिवर्तन के सिर्फ़ नकारात्मक पहलुओं पर ही ध्यान केंद्रित करना।

- खुद को विश्वास दिलाना कि परिवर्तन की जहमत उठाने में क्या तुक है, जब आपको यह लगता ही नहीं है कि आप इसे कर सकते हैं।

- तब तक इंतज़ार करना, जब तक कि परिवर्तन करने का आपका मन न हो।

अध्याय 4

वे उन चीज़ों पर ध्यान केंद्रित नहीं करते हैं, जिन्हें वे नियंत्रित नहीं कर सकते

आप अपने साथ होने वाली सारी घटनाओं को
नियंत्रित नहीं कर सकते, लेकिन आप यह निर्णय अवश्य ले
सकते हैं कि आप उनसे पराजित नहीं होंगे।
—माया एंजलू

जेम्स मेरे थेरेपी ऑफ़िस में इसलिए दाख़िल हुआ, क्योंकि वह संरक्षण की जंग से परेशान था। जेम्स अपनी पूर्व पत्नी कारमेन से उनकी सात साल की बेटी का संरक्षण लेने के लिए पिछले तीन साल से जूझ रहा था। जज ने बेटी का संरक्षण कारमेन को सौंपा था; जेम्स को सिर्फ़ बुधवार की शाम और वीकएंड पर मिलने की अनुमति थी। जज के निर्णय पर जेम्स आगबबूला था, क्योंकि उसे पूरा यक़ीन था कि वह ज़्यादा अच्छा अभिभावक है। जेम्स को विश्वास था कि कारमेन उससे खार खाती थी और बेटी के साथ उसके संबंध को नष्ट करना चाहती थी। उसने कुछ समय पहले कारमेन को बताया था कि वह बेटी के साथ व्हेल देखने की यात्रा पर जाने की योजना बना रहा है। लेकिन जब यात्रा का समय क़रीब आया, तो बेटी ने उसे बताया कि उसकी माँ एक सप्ताह पहले ही उसे व्हेल दिखाने ले गई थी। जेम्स आगबबूला हो

गया। उसे महसूस हुआ कि कारमेन उसे नीचा दिखाने या बेटी का दिल जीतने की कोशिश में सबसे बड़ी जन्मदिन की पार्टी दे रही है, सबसे महँगे क्रिसमस के तोहफ़े ख़रीद रही है और उसे सबसे शानदार यात्राओं पर ले जा रही है। जेम्स आर्थिक दृष्टि से अपनी पूर्व-पत्नी की बराबरी नहीं कर सकता था, न ही वह अनुशासन के उसके अभाव से प्रतिस्पर्धा करना चाहता था। कारमेन ने बेटी को यह खुली छूट दे रही थी कि वह देर तक जागे, बाहर अकेली खेले और जितना जंक फ़ूड खाना चाहती थी, खाए। जेम्स ने कई बार कारमेन को अपनी चिंताएँ बताने की कोशिश की, लेकिन उसने यह स्पष्ट कर दिया कि उसकी जेम्स की राय में कोई रुचि नहीं थी। जेम्स के हिसाब से कारमेन यही चाहती थी कि वह उनकी बेटी की नज़रों में बुरा आदमी दिखे।

उसे यह बात भी पसंद नहीं थी कि उसकी पूर्व-पत्नी एक बार फिर डेटिंग करने लगी थी; उसे चिंता हो रही थी कि उसकी बेटी जाने किस प्रकार के लोगों के संपर्क में आएगी। उसने कारमेन के बॉयफ़्रेंड को एक बार में किसी दूसरी औरत के साथ देखा था और उसने इस उम्मीद में यह बात कारमेन को बता दी कि उनका संबंध टूट जाएगा। उसकी योजना की उलटी प्रतिक्रिया हुई, जब कारमेन ने उसे धमकी दी कि अगर वह उसे अकेला नहीं छोड़ेगा, तो वह अदालत से उसके ख़िलाफ़ एक निरोधक आदेश निकलवा देगी।

जेम्स शुरुआत में थेरेपी में इसलिए नहीं आया था, क्योंकि वह अपनी भावनाओं पर क़ाबू करना चाहता था, बल्कि इसलिए आया था क्योंकि वह एक क़ानूनी साथी की तलाश कर रहा था। वह चाहता था कि मैं अदालत को एक पत्र लिखकर बताऊँ कि उसे अपनी बेटी का पूरा संरक्षण क्यों मिलना चाहिए। जब मैंने स्पष्ट किया कि मैं ऐसा नहीं कर सकती, तो उसने तपाक से कहा कि वह नहीं सोचता कि थेरेपी से कोई मदद मिल सकती है। लेकिन जाने के बजाय वह बस बोलता रहा।

जब मैंने उससे पूछा कि जज का नज़रिया बदलवाने के उसके पुराने प्रयास कितने प्रभावी रहे हैं, तो उसने माना कि जज ने काफ़ी स्पष्टता से कह दिया था कि संरक्षण आदेश में वे परिवर्तन नहीं करेंगे, चाहे यह बात उसे पसंद आए या न आए। उसने यह भी स्वीकार किया कि परिवर्तन

करने के लिए कारमेन को राज़ी नहीं कर पाया था, हालाँकि उसने दिल से कोशिशें की थीं। सत्र के अंत में जेम्स एक और अपॉइंटमेंट पर आने के लिए तैयार हो गया।

उसके अगले अपॉइंटमेंट में हमने इस बात पर चर्चा की कि स्थिति को नियंत्रित करने की उसकी कोशिशों का उसकी बेटी पर किस तरह नकारात्मक असर हो रहा था। उसने इस बात को भी पहचाना कि उसकी पूर्व-पत्नी के प्रति उसका गुस्सा उसकी बेटी के साथ संबंध में हस्तक्षेप कर रहा था। हमने कुछ रणनीतियों पर बातचीत की, जिनसे वह बेटी के साथ संबंध सुधारने पर अपनी कोशिशें केंद्रित कर सकता था।

जब जेम्स अपने तीसरे और अंतिम सत्र के लिए लौटा, तो मुझे पता चल गया कि वह समझ गया था, "मुझे पूरी यात्रा के दौरान उसकी माँ को गुस्से भरे मैसेज नहीं भेजने चाहिए थे कि मैं ख़ुद को नीचा दिखाने की उसकी हरकतों पर नाराज़ हूँ। इसके बजाय व्हेल देखने वाली सैर में मुझे अपनी बेटी के साथ आनंद लेने पर ध्यान केंद्रित करना चाहिए था। उसने इस बात को भी पहचाना कि हालाँकि वह कारमेन के कुछ नियमों से सहमत नहीं था, लेकिन बार-बार उसे अदालत घसीटकर ले जाने से समस्या के सुलझने की कोई उम्मीद नहीं थी। इसके बजाय इसमें उसका पैसा ही बर्बाद होगा, जो वह अपनी बेटी पर ख़र्च कर सकता था। उसने निर्णय लिया कि उसे अपनी बेटी की ख़ातिर सर्वश्रेष्ठ रोल मॉडल बनने पर अपनी ऊर्जा केंद्रित करनी चाहिए, ताकि वह उसके जीवन में एक सकारात्मक प्रभाव बन सके।

हर चीज़ को नियंत्रण में रखना

हर चीज़ को नियंत्रण में रखना बहुत सुरक्षित महसूस होता है, लेकिन यह सोचना समस्यामूलक हो सकता है कि हमारे पास हमेशा सारी डोरियाँ खींचने की शक्ति होती है। क्या आप नीचे दिए गए इन बिंदुओं में से किसी पर हाँ कहते हैं?

- आप किसी बुरी चीज़ को रोकने की कोशिश में बहुत सारा समय और ऊर्जा ख़र्च करते हैं।
- आप इस इच्छा में ऊर्जा का निवेश करते हैं कि दूसरे लोग बदल जाएँ।

- किसी मुश्किल स्थिति से सामना होने पर आप सोचते हैं कि आप हर चीज़ को अकेले ही दुरुस्त कर सकते हैं।
- आपको यह यक़ीन है कि किसी भी स्थिति का परिणाम पूरी तरह इस बात से तय होता है कि आप कितना ज़्यादा प्रयास करते हैं।
- आप मानते हैं कि सौभाग्य का सफलता से कोई संबंध नहीं होता। इसके बजाय अपने भविष्य को तय करना पूरी तरह आप पर निर्भर करता है।
- दूसरे लोग आप पर "नियंत्रण के जुनूनी" होने का आरोप लगाते हैं।
- आप दूसरे लोगों को काम सौंपने में जूझते हैं, क्योंकि आप सोचते हैं कि वे उस काम को अच्छी तरह नहीं कर पाएँगे।
- जब आपको पता होता है कि आप किसी स्थिति को पूरी तरह नियंत्रित करने में सक्षम नहीं हैं, तब भी आपको इसे छोड़ना मुश्किल लगता है।
- अगर आप किसी चीज़ में असफल हो जाते हैं, तो आप मानते हैं कि आप पूरी तरह अकेले ही ज़िम्मेदार हैं।
- आप मदद माँगने में आरामदेह महसूस नहीं करते हैं।
- आप सोचते हैं कि जो लोग अपने लक्ष्यों तक नहीं पहुँच पाते हैं, वे उनकी स्थिति के लिए पूरी तरह ज़िम्मेदार होते हैं।
- आप टीम में काम करते समय जूझते हैं, क्योंकि आपको अपनी टीम के लोगों की योग्यताओं पर संदेह होता है।
- आपको अर्थपूर्ण संबंध बनाने में मुश्किल आती है, क्योंकि आप लोगों पर विश्वास नहीं करते हैं।

क्या आप ऊपर दिए गए उदाहरणों में से किसी के दोषी हैं? हमारे हिसाब से जीवन में चीज़ें जैसी होनी चाहिए, हम सारी स्थितियों और सारे लोगों को उसी साँचे में नहीं ढाल सकते। जब आप उन बातों को छोड़ना सीख लेते हैं, जिन्हें आप नियंत्रित नहीं कर सकते, तो आपके पास बहुत सारा समय और ऊर्जा होगी, जिसे आप उन चीज़ों में लगा सकते हैं, जिन्हें आप नियंत्रित कर सकते हैं। इससे आप अविश्वसनीय काम करने में सक्षम होंगे।

हम हर चीज़ को नियंत्रित करने की कोशिश क्यों करते हैं?

जेम्स तलाक़ के बारे में बहुत अपराधी महसूस करता था। उसने कारमेन के साथ अपने विवाह को घसीटने की कोशिश की थी, क्योंकि वह चाहता था कि बेटी एक स्थिर घर में बड़ी हो। जब उनका रिश्ता ख़त्म हुआ, तो वह नहीं चाहता था कि बेटी कष्ट उठाए।

स्पष्ट रूप से जेम्स प्रेमपूर्ण पिता था, जिसे अपनी बेटी की भलाई की परवाह थी। इस बात से उसे दहशत होती थी कि माँ के घर रहते समय उसकी बेटी के साथ होने वाली चीज़ों पर उसका बहुत कम नियंत्रण था। अपनी चिंता को कम करने के लिए उसने स्थिति को ज़्यादा से ज़्यादा नियंत्रित करने की कोशिश की। उसने सोचा कि अगर वह हर चीज़ को नियंत्रित कर सके - उसकी पूर्व-पत्नी किस तरह के लोगों के साथ डेटिंग करती है या उसके घर में किस तरह के नियम चलते हैं - तो उसे बेहतर महसूस होगा।

हर चीज़ को नियंत्रित करने की कोशिश करना शुरुआत में आम तौर पर चिंता को दूर करने का तरीक़ा है। यदि आप जानते हैं कि हर चीज़ आपके नियंत्रण में है, तो चिंता करने की क्या बात है? अपनी चिंता का प्रबंधन करने के बजाय आप अपने परिवेश को नियंत्रित करने की कोशिश करने लगते हैं।

हर चीज़ को सही करने की इच्छा एक क़िस्म की महानायक ग्रंथि से भी उत्पन्न हो सकती है। हम यह मिथ्या मान्यता रखते हैं कि यदि हम पर्याप्त कड़ी कोशिश करें, तो हर चीज़ हमारे मनमाफ़िक हो जाएगी। कोई काम अपने सहकर्मी या जीवनसाथी को सौंपने के बजाय हम अक्सर इसे ख़ुद करने का चुनाव करते हैं, ताकि यह सुनिश्चित हो जाए कि यह "सही तरीक़े" से हो, क्योंकि हमें दूसरों की क्षमताओं पर विश्वास नहीं होता।

नियंत्रण का बिंदु

आपके नियंत्रण के भीतर क्या है और क्या नहीं है, यह निर्णय लेना काफ़ी हद तक आपके विश्वास तंत्र पर निर्भर करता है। मनोविज्ञान का क्षेत्र इसे आपके नियंत्रण का बिंदु यानी लोकस ऑफ़ कंट्रोल कहता है। जिन लोगों

के नियंत्रण का बिंदु बाहरी होता है, वे यह विश्वास करते हैं कि उनका जीवन बहुत हद तक तक़दीर, भाग्य या क़िस्मत पर निर्भर है। उनके यह विश्वास करने की ज़्यादा संभावना होती है, "जो होना है, वह होकर रहेगा।"

जिन लोगों के नियंत्रण का बिंदु आंतरिक होता है, वे यह विश्वास करते हैं कि उनका अपने भविष्य पर पूरा नियंत्रण है। वे जीवन में अपनी सफलताओं और असफलताओं की पूरी ज़िम्मेदारी लेते हैं। वे यह विश्वास करते हैं कि उनके पास हर चीज़ को नियंत्रित करने की योग्यता है, चाहे यह उनका वित्तीय भविष्य हो या स्वास्थ्य।

आपके नियंत्रण का बिंदु यह तय करेगा कि आप अपनी परिस्थितियों को किस प्रकार देखते हैं। नौकरी के इंटरव्यू में जाने वाले किसी व्यक्ति की कल्पना करें। उसके पास वे सारी योग्यताएँ, शिक्षा और अनुभव है, जिनकी कंपनी को तलाश है। लेकिन इंटरव्यू के कुछ दिनों बाद उसे फ़ोन पर यह ख़बर मिलती है कि उसे नौकरी नहीं मिली। यदि उसके नियंत्रण का बिंदु बाहरी है, *तो वह सोचेगा कुछ ज़्यादा योग्य लोगों ने उस पद के लिए आवेदन दिया होगा। वैसे भी यह मेरे लिए सही नौकरी नहीं थी।* यदि उसके नियंत्रण का बिंदु आंतरिक है, *तो उसके यह सोचने की ज़्यादा संभावना है, उन्हें प्रभावित करने में शायद मुझसे ही चूक हुई है। मैं जानता हूँ कि मुझे अपने रिज़्यूम को दोबारा तैयार करना चाहिए। मुझे अपनी इंटरव्यू की योग्यताओं को भी पैना करने की ज़रूरत है।*

कई बातें हैं, जो आपके नियंत्रण के बिंदु को प्रभावित करती हैं। आपके बचपन के अनुभव निश्चित रूप से भूमिका निभाते हैं। यदि आप ऐसे परिवार में बड़े हुए हैं, जहाँ कड़ी मेहनत को महत्त्व दिया जाता था, तो आपका झुकाव नियंत्रण के आंतरिक बिंदु की ओर हो सकता है, क्योंकि आपको विश्वास होगा कि कड़ी मेहनत का फल मिलता है। दूसरी ओर, अगर आप ऐसे माता-पिता के साथ बड़े हुए हैं, जिन्होंने आपमें ऐसी बातें भरी हैं, "आपकी राय इस संसार में मायने नहीं रखती है," या "चाहे आप कुछ भी कर लें, संसार आपको हमेशा नीचे रखेगा," तो आपमें नियंत्रण का बाहरी बिंदु हो सकता है।

जीवन भर के आपके अनुभव भी आपके नियंत्रण के बिंदु पर प्रभाव डाल सकते हैं। यदि आप कड़ी मेहनत के बाद सफलता हासिल करते हैं,

तो आपको लगेगा कि आपका परिणाम पर काफ़ी नियंत्रण रहता है। लेकिन यदि आपको लगता है कि आपकी तमाम कोशिशों के बावजूद परिस्थितियाँ सही नहीं हो रही हैं, तो आप यह महसूस कर सकते हैं कि आपके पास बहुत कम नियंत्रण है।

नियंत्रण के आंतरिक बिंदु को अस्तित्व के "सर्वश्रेष्ठ" तरीक़े के रूप में आदर्श ठहराया गया है। "अगर आप ठान लें, तो आप कुछ भी कर सकते हैं" जैसे विचारों को कई संस्कृतियों में महत्त्व दिया जाता है। वास्तव में, नियंत्रण के उच्च अहसास वाले लोग बेहतरीन सीईओ बनते हैं, क्योंकि उन्हें फ़र्क़ डालने की अपनी योग्यता में विश्वास होता है। डॉक्टरों को नियंत्रण के आंतरिक बिंदु वाले रोगी पसंद होते हैं, क्योंकि वे रोग की रोकथाम और उपचार करने के लिए हर संभव चीज़ करते हैं। लेकिन आप हर चीज़ को नियंत्रित कर सकते हैं, यह मानने के कई संभावित नुक़सान भी होते हैं।

जिन चीज़ों को आप नियंत्रित नहीं कर सकते, उन पर ऊर्जा बरबाद करने के साथ समस्या

जेम्स ने बेटी का संरक्षण लेने की कोशिश में बहुत सारा समय, ऊर्जा और पैसा बरबाद किया, हालाँकि बार-बार अदालत जाने से जज स्पष्ट रूप से अपना निर्णय बदलने को तैयार नहीं थे। हालाँकि उसे शुरुआत में यह लगा कि स्थिति को नियंत्रित करने की ज़्यादा कोशिशों से उसका तनाव कम होगा, लेकिन जब भी वह अपने कोशिशों में नाकाम रहता था, उसका तनाव हर बार बढ़ जाता था। नियंत्रण हासिल करने की उसकी कोशिशों ने बेटी के साथ उसके संबंध पर भी नकारात्मक असर डाला। इकट्ठे समय गुज़ारने का आनंद लेने और अपने संबंध को प्रगाढ़ बनाने पर ध्यान केंद्रित करने के बजाय वह अपनी बेटी पर सवालों की बौछार करने लगा, ताकि वह इस बारे में ज़्यादा जानकारी हासिल कर सके कि उसकी माँ के घर पर क्या चल रहा है। हर चीज़ को नियंत्रित करने की कोशिश से जुड़ी कई समस्याएँ ये हैं :

- *पूर्ण नियंत्रण क़ायम रखने की कोशिश से तनाव बढ़ता है :* अपने परिवेश की हर चीज़ को नियंत्रित करने की कोशिश करके चिंता कम करने के प्रयास नाकाम रहेंगे। स्थिति को नियंत्रित करने की आपकी कोशिशें जितनी ज़्यादा नाकाम होंगी, आप उतने ही ज़्यादा चिंतित होते जाएँगे। जब आप देखते हैं कि आप परिणाम पूरी तरह नियंत्रित करने में सक्षम नहीं हैं, तो इससे अक्षमता की भावना भी पैदा हो सकती है।

- *हर चीज़ को नियंत्रित करने की कोशिश में समय और ऊर्जा बरबाद होती है :* आपके नियंत्रण के बाहर की चीज़ों की चिंता करने से मानसिक ऊर्जा का क्षय होता है। परिस्थितियाँ अलग होने की कामना करना या लोगों से हर चीज़ अपने हिसाब से कराने की कोशिश करना और किसी बुरी चीज़ को होने से हमेशा रोकने की कोशिश इंसान को थका देती है। इससे आपकी ऊर्जा सक्रियता से समस्या सुलझाने पर केंद्रित नहीं हो पाती है और आप उन मुद्दों को अनदेखा कर देते हैं, जिन पर आपका नियंत्रण होता है।

- *नियंत्रण के जुनून से संबंधों को नुक़सान होता है :* लोगों को क्या करना चाहिए या चीज़ों को सही कैसे करें, उन्हें यह लगातार बताने से ज़्यादा मित्र बनने की संभावना नहीं है। वास्तव में, जिन लोगों में नियंत्रण का जुनून होता है, वे लोगों से निकटता नहीं बना पाते, क्योंकि वे किसी भी तरह की ज़िम्मेदारी के मामले में दूसरों पर विश्वास नहीं करते हैं।

- *आप दूसरों का कठोरता से मूल्यांकन करेंगे :* यदि आप जीवन में अपनी सारी सफलताओं का श्रेय अपनी योग्यताओं को देते हैं, तो आप उन लोगों की आलोचना करेंगे, जिन्होंने वे सफलताएँ हासिल नहीं की हैं। वास्तव में नियंत्रण के उच्च आंतरिक बिंदु वाले लोग एकाकीपन से कष्ट उठाते हैं, क्योंकि वे इस बात से चिढ़ते हैं कि दूसरे लोग उनके पैमाने पर खरे नहीं उतरते हैं।

- *आप हर चीज़ के लिए ख़ुद को नाहक दोष देंगे :* आप सारे समय बुरी चीज़ों को घटित होने से नहीं रोक सकते। लेकिन अगर आप सोचते हैं कि हर चीज़ आपके नियंत्रण के भीतर है, तो आपको यह विश्वास होगा कि जब भी जीवन आपकी योजना के अनुसार नहीं चलता है, तो इसके लिए हर बार आप ही सीधे ज़िम्मेदार हैं।

नियंत्रण का संतुलित अहसास विकसित करना

जेम्स तब तक आगे नहीं बढ़ सकता था, जब तक कि वह इस बात को स्वीकार नहीं कर लेता कि संरक्षण की स्थिति पर उसका पूरा नियंत्रण नहीं था। इसे पहचानने के बाद ही वह उन चीज़ों पर ध्यान केंद्रित कर सकता था, जिन पर उसका नियंत्रण था – जैसे बेटी के साथ अपने संबंध को बेहतर बनाना। वह अपनी पूर्व पत्नी के साथ शालीन संबंध बनाने पर भी ध्यान केंद्रित करना चाहता था, लेकिन इसके लिए उसे ख़ुद को बार-बार याद दिलाना पड़ा कि अपनी पूर्व पत्नी के घर में होने वाली चीज़ों पर उसका कोई नियंत्रण नहीं था। ज़ाहिर है, बेटी को गंभीर नुक़सान पहुँचाने वाली स्थितियों में वह क़दम उठा सकता था, लेकिन आइसक्रीम खाना और देर रात तक जागना इतने ख़तरनाक काम नहीं थे, जिनकी वजह से जज उसे संरक्षण देने को तैयार होते।

जो लोग नियंत्रण का सही संतुलन बना लेते हैं, वे इस बात को पहचानते हैं कि उनका व्यवहार किस तरह सफलता के उनके अवसरों को प्रभावित कर सकता है, लेकिन उन्हें यह भी पता होता है कि किस तरह सही समय पर सही जगह होने जैसे बाहरी घटक भूमिका निभा सकते हैं। शोधकर्ताओं ने पाया है कि इन लोगों में नियंत्रण का पूरी तरह आंतरिक या बाहरी बिंदु नहीं होता है; इनमें नियंत्रण के दोनों बिंदु होते हैं। अपने जीवन में इस संतुलन को हासिल करने के लिए इस बारे में अपने विश्वासों की जाँच करें कि आप किसे सचमुच नियंत्रित कर सकते हैं और किसे नहीं कर सकते। उन समयों पर ग़ौर करें, जब आपने उन लोगों व परिस्थितियों पर बहुत ज़्यादा ऊर्जा लगा दी थी, जिन्हें आप नियंत्रित ही नहीं कर सकते थे। ख़ुद को याद दिलाएँ कि ऐसा बहुत कुछ है, जिसे आप नियंत्रित नहीं कर सकते :

- आप एक अच्छी पार्टी दे सकते हैं, लेकिन आप इस बात को नियंत्रित नहीं कर सकते कि लोगों को मज़ा आता है या नहीं।

- आप अपने बच्चे को सफल होने के साधन तो दे सकते हैं, लेकिन आप अपने बच्चे को अच्छा विद्यार्थी नहीं बना सकते।

- आप अपनी नौकरी में अपना सर्वश्रेष्ठ प्रयास तो कर सकते हैं, लेकिन आप अपने बॉस को विवश नहीं कर सकते कि वह आपके काम को मान्यता दे।

- आप एक बेहतरीन प्रॉडक्ट तो बेच सकते हैं, लेकिन इसे कौन ख़रीदेगा, यह आप तय नहीं कर सकते।
- आप कमरे में सबसे चतुर व्यक्ति तो हो सकते हैं, लेकिन आप इस बात को नियंत्रित नहीं कर सकते कि लोग आपकी सलाह मानते हैं या नहीं।
- आप तंग कर सकते हैं, आग्रह कर सकते हैं और धमकियाँ दे सकते हैं, लेकिन आप अपने जीवनसाथी को अलग तरह से व्यवहार करने के लिए मजबूर नहीं कर सकते।
- आपके पास संसार का सबसे सकारात्मक नज़रिया तो हो सकता है, लेकिन यह किसी असाध्य रोग को ग़ायब नहीं कर सकता।
- आप इस बात को तो नियंत्रित कर सकते हैं कि आप ख़ुद की कितनी ज़्यादा परवाह करते हैं, लेकिन आप हमेशा रोग की रोकथाम नहीं कर सकते।
- आप क्या करें, इसे तो आप नियंत्रित कर सकते हैं, लेकिन आप अपने प्रतिस्पर्धी को नियंत्रित नहीं कर सकते।

अपने डरों को पहचानें

2005 में हीदर वॉन सेंट जेम्स को मीज़ोथेलियोमा बताया गया, जब उसकी बेटी सिर्फ़ तीन महीने की थी। बचपन में उसने मज़े के लिए अपने पिता की कंस्ट्रक्शन जैकेट पहन ली थी। शायद उस जैकेट में एस्बेस्टस का संक्रमण रहा होगा, जिसका संबंध मीज़ोथेलियोमा से जोड़ा गया है और जिससे यह स्पष्ट होता है कि 36 साल की उम्र में ही हीदर को वह रोग क्यों हो गया था, जिसे "बूढ़े आदमी का रोग" कहा जाता था।

डॉक्टरों ने शुरुआत में हीदर से कहा कि उसके पास सिर्फ़ पंद्रह महीने की ज़िंदगी बची है। उन्होंने कहा कि रेडिएशन और कीमोथेरेपी कराने पर वह पाँच साल तक ज़िंदा रह सकती है। बहरहाल, वह फेफड़ा निकलवाने की प्रबल दावेदार थी और हालाँकि ऑपरेशन जोखिम भरा था, लेकिन यह बचने की उसकी सर्वश्रेष्ठ संभावना थी।

हीदर ने वह बड़ा ऑपरेशन कराने का चुनाव किया, जिसमें प्रभावित फेफड़े और उसके चारों ओर की परत को हटाना था, साथ ही उसके आधे डायफ़्रैम को बदलना था और उसके हृदय की परत को सर्जिकल गोर-टेक्स से बदलना था। वह ऑपरेशन के बाद एक महीने तक अस्पताल में भर्ती रही। अस्पताल से छुट्टी मिलने पर वह कुछ महीनों के लिए अपने मायके चली गई, ताकि उसके माता-पिता बच्चे को सँभालने में उसकी मदद कर सकें, जबकि उसका पति काम पर लौट गया। तीन महीने बाद घर लौटने पर हीदर ने रेडिएशन और कीमोथेरेपी कराई। दोबारा बेहतर महसूस करने में उसे लगभग एक साल का समय लग गया, लेकिन वह आज तक कैंसरमुक्त बनी हुई है। हालाँकि अब शारीरिक श्रम से उसका दम ज़्यादा जल्दी फूल जाता है, क्योंकि उसके पास सिर्फ़ एक ही फेफड़ा है, लेकिन वह इसे तुलनात्मक रूप से छोटी क़ीमत मानती है।

जिस दिन उसका फेफड़ा हटाया गया, उसकी वर्षगाँठ मनाने के लिए हीदर अब हर साल 2 फ़रवरी को "फेफड़ा विस्थापन दिवस" के रूप में मनाती है। हर साल "फेफड़ा विस्थापन दिवस" को हीदर उन चीज़ों के बारे में अपने डरों को स्वीकार करती हैं, जिन पर उसका नियंत्रण नहीं है - जैसे कैंसर का दोबारा लौटना। वह इन डरों को मार्कर से एक प्लेट पर लिख लेती है और फिर प्लेट को आग में तोड़कर प्रतीकात्मक रूप से इन डरों को मिटा देती है। कुछ ही सालों में जश्न का दायरा फैल चुका है। आज अस्सी से ज़्यादा मित्र और परिवार वाले इस रस्म में शामिल होते हैं। अतिथि अपने-अपने डर लिखते हैं और अपनी प्लेट आग में तोड़ते हैं। उन्होंने इसे मीज़ोथेलियोमा शोध के लिए अनुदान संचय समारोह में भी बदल लिया है।

हीदर स्वीकार करती है, "कैंसर आपको बहुत अनियंत्रित महसूस कराता है।" हालाँकि वह इस वक़्त कैंसर मुक्त हैं, लेकिन उसे यह डर सताता रहता है कि कहीं उसकी बेटी को बिन माँ के बड़ा न होना पड़े। लेकिन वह अपने डरों का सीधे मुक़ाबला करने का विकल्प चुनती है और वह उन चीज़ों को लिखती है, जिनसे वह सबसे ज़्यादा डरती है। वह इस बात को पहचानती है कि ये चीज़ें उसके नियंत्रण में नहीं है। फिर वह अपने प्रयास उन चीज़ों पर केंद्रित करने का विकल्प चुनती है, जो उसके नियंत्रण में हैं - जैसे हर दिन संपूर्णता से जीना।

हीदर अब मीज़ोथेलियोमा के धैर्यवान समर्थक के रूप में काम करती है। वह नए रोगियों से बात करती है और कैंसर के बारे में उनके डरों से निपटने में उनकी मदद करती है। वह मुख्य वक्ता के रूप में आशा और उपचार का संदेश भी देती है।

जब आप इस बात पर ग़ौर करें कि आप किसी ऐसी चीज़ को नियंत्रित करने की कोशिश कर रहे हैं, जिसे आप नियंत्रित नहीं कर सकते, तो ख़ुद से पूछें, मुझे किस बात का इतना डर है? क्या आपको यह चिंता है कि कोई दूसरा बुरा विकल्प चुनने वाला है? क्या आपको यह चिंता है कि कोई चीज़ बहुत बुरी तरह गड़बड़ होने वाली है? क्या आप इस बात से दहशत में हैं कि आप सफल नहीं होंगे? अपने डरों को स्वीकार करने और उनकी समझ हासिल करने से आपको यह पहचानने में मदद मिलेगी कि आपके नियंत्रण के भीतर क्या है और क्या नहीं है।

आप जिसे नियंत्रित कर सकते हैं, उस पर ध्यान केंद्रित करें

एक बार जब आप अपने डरों को पहचान लें, तो फिर इसके बाद यह पहचानें कि आप किसे नियंत्रित कर सकते हैं और ध्यान रखें कि कई बार आप जिस इकलौती चीज़ को नियंत्रित कर सकते हैं, वह है आपका व्यवहार और नज़रिया।

आप इस बात को नियंत्रित नहीं कर सकते कि हवाई अड्डे पर किसी एयरलाइन कर्मचारी को सौंपने के बाद आपके लगेज के साथ क्या होता है। लेकिन आपका इस बात पर नियंत्रण होता है कि आप अपने साथ हवाई जहाज़ में ले जाने वाले कैरी बैग में कौन सा सामान रखते हैं। यदि आपके साथ आपके सबसे महत्त्वपूर्ण सामान और एक जोड़ी अतिरिक्त कपड़े हों, तो समय पर लगेज न पहुँचना आपातकालीन स्थिति जैसी नहीं लगेगी। जो आपके नियंत्रण में है, उस पर ध्यान केंद्रित करने से उन चीज़ों की चिंता छोड़ना ज़्यादा आसान हो जाता है, जिन्हें आप नियंत्रित नहीं कर सकते।

जब आप ग़ौर करते हैं कि किसी स्थिति को लेकर आपके मन में बहुत सारी चिंताएँ हैं, तो आप अपनी प्रतिक्रिया का प्रबंधन करने और परिणाम को प्रभावित करने के लिए वह सब करें, जो आप कर सकते हैं। लेकिन

इस बात को पहचान लें कि आप दूसरे लोगों को नियंत्रित नहीं कर सकते, इसलिए अंतिम परिणाम पर आपका कभी पूरा नियंत्रण नहीं हो सकता।

लोगों को नियंत्रित किए बिना उन्हें प्रभावित करना

जेनी बीस साल की थी, जब उसने कॉलेज की पढ़ाई अधूरी छोड़ने का विकल्प चुना। शिक्षा में उपाधि लेने के लिए दो साल तक पढ़ने के बाद उसने निर्णय लिया कि वह दरअसल गणित की शिक्षक नहीं बनना चाहती। उसकी माँ यह सुनकर दहशत में आ गईं कि अब जेनी कला के क्षेत्र में जाना चाहती थी।

हर दिन जेनी की माँ फ़ोन करके जेनी से कहती थी कि वह अपनी ज़िंदगी बरबाद कर रही है। उन्होंने यह स्पष्ट कर दिया कि वे कॉलेज छोड़ने के जेनी के निर्णय का कभी समर्थन नहीं करेंगी। उन्होंने यह धमकी भी दी कि अगर जेनी "सही मार्ग" पर नहीं चलती है, तो वे उससे संपर्क तोड़ लेंगी।

जेनी जल्दी ही अपने फ़ैसले पर माँ की हर दिन की आलोचना से तंग आ गई। उसने माँ को कई बार दोटूक बता दिया कि वह दोबारा कॉलेज नहीं जाएगी और उनके अपमानों व धमकियों से अपना इरादा नहीं बदलेगी। लेकिन इसके बावजूद उसकी माँ ज़ोर देती रहीं, क्योंकि उन्हें इस बात की चिंता थी कि चित्रकार के रूप में जेनी का जाने किस प्रकार का भविष्य होगा।

अंततः जेनी ने फ़ोन उठाना ही बंद कर दिया। उसने डिनर के लिए अपनी माँ के घर जाना भी छोड़ दिया। आख़िरकार उसकी माँ के इस तरह के भाषणों को सुनना आनंददायक नहीं था कि किस तरह कॉलेज की पढ़ाई छोड़ने वाले महत्त्वाकांक्षी चित्रकार असल संसार में कभी सफल नहीं हो पाते हैं। हालाँकि जेनी वयस्क हो चुकी थी, लेकिन फिर भी उसकी माँ उसके निर्णयों को नियंत्रित करना चाहती थीं। उनके लिए यह दर्दनाक था कि वे हाशिये पर बैठी रहें और जेनी को ऐसे विकल्प चुनते देखें, जिन्हें वे ग़ैर-ज़िम्मेदाराना मानती थीं। उन्होंने कल्पना की कि उनकी बेटी हमेशा कंगाल, दुःखी और मुश्किलों में गुज़ारा करेगी। जेनी की माँ को यह ग़लतफ़हमी थी कि वे इस बात को नियंत्रित कर सकती हैं कि जेनी अपनी ज़िंदगी के साथ क्या करती है। दुर्भाग्य से जेनी को नियंत्रित करने की उनकी कोशिशों से उनका संबंध नष्ट हो गया और जेनी को कोई अलग चीज़ करने का प्रोत्साहन भी नहीं मिला।

चुपचाप बैठकर दूसरे लोगों को वह व्यवहार करते देखना मुश्किल होता है, जो हमें पसंद नहीं है, ख़ास तौर पर अगर हम उसे आत्म-विनाशकारी मानते हैं। लेकिन माँगें करने, तंग करने और भीख माँगने से मनचाहे परिणाम नहीं मिलेंगे। यहाँ दूसरों को बदलने के लिए विवश किए बिना उन्हें प्रभावित करने की कुछ रणनीतियाँ बताई जा रही हैं :

- *पहले सुनें, बाद में बोलें :* दूसरे लोग अक्सर कम रक्षात्मक होते हैं, जब उन्हें यह दिख जाता है कि आपने उनकी बात सुनने का समय दे दिया है।

- *अपनी राय और चिंताएँ जताएँ, लेकिन सिर्फ़ एक बार :* चिंताओं को बार-बार दोहराने से आपके शब्द ज़्यादा प्रभावी नहीं होंगे। वास्तव में, इसका विपरीत असर हो सकता है।

- *अपना व्यवहार बदलें :* यदि कोई पत्नी नहीं चाहती कि उसका पति शराब पिए, तो उसकी बियर की बोतलों को तोड़कर नाली में बहाने से उसे शराब छोड़ने की प्रेरणा नहीं मिलेगी। लेकिन उसके नशे में नहीं रहने पर वह उसके साथ समय बिता सकती है और नशे में रहने पर उससे दूर रह सकती है। यदि पति को पत्नी के साथ समय बिताने में मज़ा आता है, तो वह ज़्यादा बार नशे से दूर रहने का विकल्प चुन सकता है।

- *सकारात्मक को इंगित करें :* यदि कोई परिवर्तन करने की सच्ची कोशिश कर रहा है, चाहे यह सिगरेट छोड़ना हो या व्यायाम शुरू करना हो, तो सच्ची प्रशंसा करें। अति न करें या ऐसी बात न कहें, "देखा, मैंने आपसे कहा था ना कि अगर आप जंक फूड छोड़ देंगे, तो आप बेहतर महसूस करेंगे।" अप्रत्यक्ष आलोचना या "मैंने आपसे पहले ही कहा था" से लोग बदलने के लिए प्रेरित नहीं होते।

स्वीकृति का अभ्यास करें

कल्पना करें कि एक व्यक्ति ट्रैफ़िक जाम में फँस गया है। ट्रैफ़िक बीस मिनट से एक इंच भी नहीं सरका है और उसे मीटिंग के लिए देर हो रही है। वह चिल्लाता है, गालियाँ देता है और स्टियरिंग व्हील पर मुक्के मारता

है। नियंत्रण में रहने का उसे इतना ज़्यादा जुनून है कि वह इस बात को बर्दाश्त नहीं कर सकता कि उसे देर हो रही है। *वह सोचता है, इन लोगों को मेरे रास्ते से दूर हट जाना चाहिए। भरी दोपहर में इतना ज़्यादा ट्रैफ़िक तो मूर्खतापूर्ण है।*

इस व्यक्ति की तुलना उसके बग़ल वाली कार में बैठे व्यक्ति से करें, जो इंतज़ार करते समय रेडियो चला लेता है और अपने प्रिय गानों के साथ-साथ गाने का विकल्प चुनता है। वह सोचता है, मैं वहाँ पर तब पहुँच जाऊँगा, जब तक मैं पहुँच सकता हूँ। वह अपने समय और ऊर्जा का इस्तेमाल समझदारी से करता है, क्योंकि वह जानता है कि उसका इस बात पर कोई नियंत्रण नहीं है कि ट्रैफ़िक दोबारा कब चालू होगा। इसके बजाय वह खुद से कहता है, *हर दिन सड़क पर करोड़ों कारें चल रही हैं। कई बार ट्रैफ़िक जाम का होना तो तय है।*

इनमें से कोई भी व्यक्ति भविष्य में कुछ अलग करने का विकल्प चुन सकता है। वह ज़्यादा जल्दी यात्रा शुरू कर सकता है, किसी अलग मार्ग को चुन सकता है, सार्वजनिक यातायात का इस्तेमाल कर सकता है, पहले से ट्रैफ़िक रिपोर्ट की जाँच कर सकता है या सड़क तंत्रों को बदलने की मुहिम भी छेड़ सकता है। लेकिन हाल-फ़िलहाल उसके पास दो ही विकल्प हैं : या तो वह यह स्वीकार कर ले कि वह ट्रैफ़िक जाम में फँसा है या फिर इस तथ्य पर ध्यान केंद्रित करे कि उसके साथ अन्याय हो रहा है।

हालाँकि यह हो सकता है कि आप जिस स्थिति में हों, वह आपको पसंद न आए, लेकिन आप इसे स्वीकार करने का चुनाव कर सकते हैं। आप स्वीकार कर सकते हैं कि आपका बॉस ओछा है, कि आपकी माँ आपको पसंद नहीं करती या आपके बच्चे ऊँची सफलता पाने की कोशिश नहीं कर रहे हैं। इसका यह मतलब नहीं है कि आप अपने व्यवहार को बदलकर उन्हें प्रभावित करने की दिशा में काम नहीं कर सकते, लेकिन इसका यह मतलब है कि आप उन्हें अलग बनने के लिए विवश करना छोड़ सकते हैं।

नियंत्रण छोड़ने से आप ज़्यादा शक्तिशाली बनेंगे

अठारह साल की उम्र में टेरी फ़ॉक्स को ओस्टियोसरकोमा रोग बताया गया। डॉक्टरों ने उसका पैर काट दिया, लेकिन उसे चेतावनी दी कि उसके बचने की संभावना सिर्फ़ 50 प्रतिशत थी। उन्होंने यह भी स्पष्ट कर दिया कि पिछले कुछ सालों में कैंसर चिकित्सा में बहुत प्रगति हुई थी। सिर्फ़ दो साल पहले इस प्रकार के कैंसर से बचने वालों की संख्या सिर्फ़ 15 प्रतिशत थी।

उसके ऑपरेशन के तीन सप्ताह के भीतर वह एक कृत्रिम अंग की सहायता से चल रहा था। उसके डॉक्टरों ने इस बात पर ग़ौर किया कि संभवतः उसके सकारात्मक नज़रिये की वजह से ही वह इतनी जल्दी स्वस्थ हुआ था। उसने सोलह महीने तक कीमोथेरेपी कराई और इस दौरान वह कई अन्य रोगियों से मिला, जो कैंसर से मर रहे थे। उपचार ख़त्म होने पर उसने कैंसर शोध के लिए ज़्यादा धनराशि इकट्ठी करने के लिए प्रचार करने का निर्णय ले लिया।

पैर कटने से एक रात पहले उसने एक आदमी के बारे में लेख पढ़ा, जो कृत्रिम पैर पर न्यू यॉर्क सिटी मैराथन दौड़ा था। इस लेख ने उसे शारीरिक दृष्टि से सक्षम होते ही दौड़ना शुरू करने के लिए प्रेरित किया। उसने ब्रिटिश कोलंबिया में अपनी पहली मैराथन दौड़ी और हालाँकि वह आख़िरी स्थान पर रहा, लेकिन समापन रेखा पर उसे बहुत सी शाबाशी मिली।

मैराथन पूरी करने के बाद फ़ॉक्स ने चंदा उगाहने की एक योजना बनाई। उसने हर दिन एक मैराथन पूरी करके कनाडा का चक्कर लगाने का निर्णय लिया। शुरुआत में वह परोपकार के लिए दस लाख डॉलर इकट्ठा करना चाहता था, लेकिन जल्दी ही उसने अपने इरादे और भी ऊँचे कर लिए। वह कनाडा के हर व्यक्ति से एक डॉलर इकट्ठा करना चाहता था - 24 मिलियन डॉलर की कुल राशि।

अप्रैल 1980 में वह हर दिन 26 मील दौड़ने लगा। जब उसके संकल्प की ख़बर फैली, तो उसका समर्थन भी बढ़ने लगा। कस्बे में उसके आगमन के सम्मान में वहाँ के लोग बड़े स्वागत समारोह आयोजित करने लगे।

उससे भाषण देने का आग्रह किया जाता था और उसके द्वारा इकट्ठी की गई धनराशि बढ़ गई।

आश्चर्यजनक बात यह थी कि फ़ॉक्स 143 दिनों तक लगातार दौड़ा। लेकिन एक दिन उसकी दौड़ का अंत हो गया, जब वह अपनी साँस नहीं भर पाया और उसे सीने में दर्द होने लगा। उसे अस्पताल ले जाया गया, जहाँ डॉक्टरों ने इस बात की पुष्टि की कि उसका कैंसर लौट आया था और उसके फेफड़ों तक फैल गया था। तीन हज़ार मील से ज़्यादा दौड़ने के बाद उसे रुकने के लिए मजबूर कर दिया गया था।

अस्पताल में भर्ती होने तक वह 1.7 मिलियन डॉलर इकट्ठे कर चुका था। लेकिन जैसे ही उसके अस्पताल में भर्ती होने की ख़बर फैली, उसे और ज़्यादा समर्थन मिलने लगा। पाँच घंटे की टेलीथॉन ने 10.5 मिलियन डॉलर इकट्ठे किए। दान जारी रहे और अगले वसंत तक फ़ॉक्स ने 23 मिलियन डॉलर इकट्ठे कर लिए। हालाँकि उसने बहुत सारे उपचार आज़माए, लेकिन उसका कैंसर फैलता रहा और जून 1981 में कैंसर की जटिलताओं से फ़ॉक्स की मृत्यु हो गई।

फ़ॉक्स इस बात को समझता था कि वह अपने स्वास्थ्य के हर पहलू को नियंत्रित नहीं कर सकता। वह लोगों को कैंसर होने से नहीं रोक सकता था। वह अपने शरीर में भी इसके फैलने को नियंत्रित नहीं कर सकता था। इन चीज़ों पर ध्यान केंद्रित करने के बजाय उसने अपनी ऊर्जा उन चीज़ों में लगाने का विकल्प चुना, जिन्हें वह नियंत्रित कर सकता था।

अपनी दौड़ से पहले समर्थन का आग्रह करने वाले पत्र में फ़ॉक्स ने स्पष्ट कर दिया था कि उसे नहीं लगता था कि उसकी दौड़ से कैंसर का इलाज होगा, लेकिन वह जानता था कि इससे फ़र्क़ पड़ेगा। उसने कहा, "मैं दौड़ने का काम कर सकता हूँ, भले ही मुझे हर आख़िरी मील रेंगना पड़े।"

कल्पनातीत लगने वाली चीज़ को करने का विकल्प चुनने से उसे एक ऐसा उद्देश्य मिला, जो आज भी जारी है। हर साल पूरे संसार के देश टेरी फ़ॉक्स दौड़ में हिस्सा लेते हैं। उसके सम्मान में 650 मिलियन डॉलर से भी ज़्यादा धनराशि इकट्ठी हो चुकी है।

जब आप अपने जीवन के हर पहलू को नियंत्रित करने की कोशिश छोड़ देते हैं, तो आपके पास उन चीज़ों में लगाने के लिए अधिक समय और ऊर्जा होगी, जिन्हें आप नियंत्रित कर सकते हैं। यहाँ कुछ लाभ बताए जा रहे हैं, जो आपको मिलेंगे :

- **ख़ुशी में वृद्धि** – ख़ुशी का अधिकतम स्तर तब हासिल होता है, जब लोगों में नियंत्रण का संतुलित बिंदु होता है। "संतुलित बिंदु वाली अपेक्षा" का मतलब यह है कि इंसान यह समझता है कि वह अपने जीवन को नियंत्रित करने के लिए बहुत से क़दम उठा सकता है, लेकिन वह अपनी योग्यताओं की सीमाओं को भी पहचानता है। ऐसे लोग उन लोगों से ज़्यादा ख़ुश रहते हैं, जो सोचते हैं कि वे हर चीज़ को नियंत्रित कर सकते हैं।
- **बेहतर संबंध** – जब आप नियंत्रण की आवश्यकता को छोड़ देते हैं, तो आपके संबंध बेहतर हो जाएँगे। आपको विश्वास करने में कम समस्या आएगी और आप अपने जीवन में ज़्यादा लोगों का स्वागत करेंगे। आप सहायता माँगने के के लिए ज़्यादा तैयार होंगे और दूसरे लोग आपको कम आलोचनात्मक मानेंगे। शोध दर्शाता है कि जो लोग हर चीज़ को नियंत्रित करने की कोशिश छोड़ देते हैं, वे जुड़ाव और सामाजिकता का बढ़ा हुआ अहसास महसूस करते हैं।
- **कम तनाव** – जब आप संसार का बोझ लादकर चलना छोड़ देते हैं, तो आप कम तनावग्रस्त महसूस करेंगे। नियंत्रण छोड़ने से आप ज़्यादा अल्पकालीन चिंता तो अनुभव कर सकते हैं, लेकिन आगे चलकर आपको बहुत कम तनाव और चिंता होगी।
- **नए अवसर** – जब चीज़ों को नियंत्रित करने की आपकी प्रबल आवश्यकता होती है, तो इस बात की कम संभावना होती है कि आप अपने जीवन में परिवर्तन को आमंत्रित करेंगे, क्योंकि सकारात्मक परिणाम की कोई गारंटी नहीं है। जब आप हर चीज़ को नियंत्रित करने की अपनी आवश्यकता छोड़ने का विकल्प चुनते हैं, तो आपको नए अवसर सँभालने की अपनी योग्यता में ज़्यादा आत्मविश्वास का अनुभव होगा।

- **ज़्यादा सफलता** – जो लोग हर चीज़ को नियंत्रित करना चाहते हैं, हालाँकि उनमें से ज़्यादातर में सफल होने की गहरी इच्छा होती है, लेकिन नियंत्रण का आंतरिक बिंदु दरअसल सफलता की आपकी संभावनाओं में हस्तक्षेप कर सकता है। शोध दर्शाता है कि आप सफल होने पर इतने ज़्यादा केंद्रित हो सकते हैं कि आप दरअसल उन अवसरों को ही नज़रअंदाज़ कर दें, जो आपको आगे बढ़ा सकते हैं। जब आप हर चीज़ को नियंत्रित करने की इच्छा छोड़ देते हैं, तो आप अपने आस-पास देखने को ज़्यादा इच्छुक होंगे और आप अपनी राह में आने वाली ख़ुशक़िस्मती को पहचान सकते हैं, भले ही यह आपके व्यवहार से सीधे संबद्ध नहीं है।

समस्या-निवारण और कुछ बाधाएँ

जब आप इस बात पर ध्यान केंद्रित करते हैं कि संसार के साथ क्या ग़लत है, और यह नहीं देखते कि आप अपने नज़रिये और व्यवहार को कैसे नियंत्रित कर सकते हैं, तो आप ख़ुद को अटका हुआ पाएँगे। तूफ़ान को रोकने की कोशिश में ऊर्जा बरबाद करने के बजाय इस बात पर ध्यान केंद्रित करें कि आप इसके लिए कैसे तैयारी कर सकते हैं।

क्या सहायक है

- दूसरे लोगों को काम और ज़िम्मेदारियाँ सौंपना।
- ज़रूरत होने पर मदद माँगना।
- उन समस्याओं को सुलझाने पर ध्यान केंद्रित करना, जो आपके नियंत्रण के भीतर हैं।
- अन्य पर नियंत्रण के बजाय उन्हें प्रभावित करने पर ज़ोर।
- इस बारे में संतुलित विचार सोचना कि आपके नियंत्रण के भीतर क्या है और क्या नहीं है।
- पूरे परिणाम के लिए ख़ुद पर निर्भर न होना।

क्या सहायक नहीं है

- हर चीज़ खुद करने पर ज़ोर देना, क्योंकि कोई दूसरा इसे सही नहीं कर सकता।
- हर चीज़ खुद करने का विकल्प चुनना, क्योंकि आप सोचते हैं कि आपको किसी की सहायता के बिना चीज़ें हासिल करनी चाहिए।
- यह पता लगाने में समय बिताना कि आप चीज़ों को कैसे बदलें, जो आपके सीधे नियंत्रण के परे हैं।
- दूसरे लोगों को वह करने के लिए विवश करना जो आप सोचते हैं कि उन्हें करना चाहिए, भले ही वे भिन्न राय रखते हों।
- आप चीज़ों को जिस तरह चाहते हैं, उन्हें बनाने के लिए आप क्या कर सकते हैं, सिर्फ़ इस बारे में सोचना।
- परिणाम को प्रभावित करने वाले अन्य घटकों पर ध्यान दिए बिना अंतिम परिणाम की पूरी ज़िम्मेदारी लेना।

अध्याय 5

वे हर इंसान को ख़ुश करने की चिंता नहीं पालते हैं

*इस बात की परवाह करें कि दूसरे लोग क्या सोचते हैं
और आप हमेशा उनके क़ैदी रहेंगे।*
—लाओ त्सू

मेगन तनावग्रस्त और पराजित महसूस कर रही थी, इसलिए वह सहायता की तलाश में मेरे थेरेपी ऑफ़िस में आई। उसने कहा कि उसके पास इतने ज़्यादा काम थे कि उन्हें करने के लिए पर्याप्त घंटे नहीं मिल रहे हैं।

पैंतीस साल की मेगन शादी-शुदा थी और उसके दो छोटे बच्चे थे। वह पार्ट टाइम नौकरी करती थी, संडे स्कूल में पढ़ाती थी और गर्ल स्काउट ट्रूप लीडर थी। वह एक अच्छी पत्नी और माँ बनना चाहती थी, लेकिन उसे महसूस होता था कि वह पर्याप्त अच्छा प्रदर्शन नहीं कर रही है। वह अपने परिवार के साथ अक्सर चिड़चिड़ी और खिन्न रहती थी, लेकिन उसे इसका कारण नहीं पता था।

मेगन जितनी ज़्यादा बातें बताती गई, मेरे सामने यह उतना ही ज़्यादा स्पष्ट हो गया कि वह एक ऐसी महिला थी, जो किसी को भी इंकार नहीं कर सकती थी। चर्च के सदस्य अक्सर शनिवार की रात को उसे फ़ोन करते थे और रविवार सुबह वाली चर्च की आराधना के लिए केक बनाकर लाने

का आग्रह करते थे। उसके गर्ल स्काउट ट्रूप के अभिभावक कई बार उससे आग्रह करते थे कि वे ऑफ़िस में अटके हुए हैं, इसलिए वह उनके बच्चों को घर छोड़ आए।

मेगन अक्सर अपनी बहन के बच्चों को भी सँभालती थी, ताकि उसकी बहन को बेबीसिटर पर पैसे ख़र्च न करने पड़ें। उसकी एक कज़िन भी थी, जो अहसान माँगती रहती थी। उसके सामने हमेशा आख़िरी मिनट पर कोई न कोई समस्या आ जाती थी, जो पैसों की तंगी से लेकर किसी घरेलू सुधार योजना में मदद की ज़रूरत तक कुछ भी हो सकती थी। कुछ समय से मेगन ने अपनी कज़िन का फ़ोन उठाना छोड़ दिया था, क्योंकि वह जानती थी कि वह तभी फ़ोन करती थी, जब उसे किसी चीज़ की ज़रूरत होती थी।

मेगन ने मुझे बताया कि उसका पहला नियम यह था कि परिवार को मना कभी मत करो। इसलिए जब भी उसकी कज़िन अहसान माँगती थी या उसकी बहन उससे बच्चे सँभालने को कहती थी, तो वह तपाक से हाँ कह देती थी। जब मैंने उससे पूछा कि इसका उसके पति और बच्चों पर क्या असर होता था, तो उसने मुझे बताया कि कई बार तो इस वजह से वह डिनर या बच्चों को सुलाने के समय तक घर नहीं पहुँच पाती थी। इसे ज़ोर से स्वीकार करने भर से मेगन को यह अहसास होने लगा कि फैले हुए परिवार को हाँ कहने का मतलब यह था कि वह अपने क़रीबी परिवार को ना कह रही थी। हालाँकि वह अपने फैले हुए परिवार को मूल्यवान मानती थी, लेकिन उसके पति और उसके बच्चे उसकी शीर्ष प्राथमिकताएँ थे और उसने निर्णय लिया कि वह उनके साथ इसी अनुरूप व्यवहार करेगी।

वह चाहती थी कि हर व्यक्ति उसे पसंद करे और हमने उसकी इस इच्छा की भी समीक्षा की। उसका सबसे बड़ा डर यह था कि दूसरे लोग उसे कहीं स्वार्थी न मानने लगें। बहरहाल, कुछ थेरेपी सत्रों के बाद उसे यह अहसास होने लगा कि हमेशा पसंद किए जाने की उसकी आवश्यकता किसी को इंकार करने से ज़्यादा स्वार्थपूर्ण थी। दूसरों की मदद करना दरअसल उनके जीवन को बेहतर बनाने के बारे में नहीं था; वह तो ज़्यादा से ज़्यादा त्याग इसलिए कर रही थी, ताकि बदले में उसे सम्मान मिले। जब उसने लोगों को ख़ुश करने के बारे में सोचने का तरीक़ा बदल लिया, तो वह अपने व्यवहार को बदलने में सक्षम हो गई।

लोगों को नहीं कहना शुरू करने में मेगन को थोड़ा अभ्यास करना पड़ा। वास्तव में, उसे तो यह भी नहीं पता था कि इंकार कैसे करे। उसने सोचा कि उसे बहाने बनाने होंगे, लेकिन वह झूठ नहीं बोलना चाहती थी। लेकिन मैंने उसे प्रोत्साहित किया कि वह बस इस तरह की कोई बात कह दे, "नहीं, मैं इसे नहीं कर पाऊँगी;" उसे लंबा कारण बताने की ज़रूरत नहीं थी। वह नहीं कहने का अभ्यास करने लगी और उसने पाया कि वह यह काम जितना ज़्यादा करती थी, यह उतना ही ज़्यादा आसान हो गया। हालाँकि वह कल्पना कर रही थी कि लोग उस पर नाराज़ होंगे, लेकिन उसने जल्दी ही इस बात पर ग़ौर किया कि उन्हें दरअसल कोई फ़र्क़ नहीं पड़ा था। वह अपने क़रीबी परिवार के साथ जितना ज़्यादा समय बिताती थी, वह उतनी ही कम चिड़चिड़ी महसूस करती थी। उसके तनाव का स्तर भी कम हो गया और कुछ बार नहीं कहने के बाद उसे दूसरों को ख़ुश करने का कम दबाव महसूस हुआ।

लोगों को ख़ुश करने के संकेत

अध्याय 2 में हमने इस बारे में बातचीत की थी कि अपनी शक्ति दूसरों को देने का मतलब लोगों को इस बात पर नियंत्रण करने की अनुमति देना है कि आप कैसा महसूस करते हैं; लोगों को ख़ुश करना यह नियंत्रित करने की कोशिश है कि दूसरे लोग कैसा महसूस करते हैं। क्या आप नीचे दिए गए बिंदुओं में किसी का जवाब हाँ में देते हैं?

- ❑ आप इस बात के लिए ज़िम्मेदार महसूस करते हैं कि दूसरे लोग कैसा महसूस करते हैं।
- ❑ आप पर किसी के नाराज़ होने के विचार से ही आप असहज महसूस करते हैं।
- ❑ आपमें "तुच्छ" बनने की प्रवृत्ति है, जिसका दूसरे लाभ उठा सकते हैं।
- ❑ विपरीत राय व्यक्त करने के बजाय आपको लोगों की हाँ में हाँ मिलाना ज़्यादा आसान लगता है।
- ❑ आप अक्सर तब भी क्षमा माँग लेते हैं, जब आपके हिसाब से ग़लती आपकी नहीं थी।

- आप संघर्ष से बचने के लिए बहुत दूर तक जाते हैं।
- जब आप या आपकी भावनाएँ आहत होती हैं, तब भी आप आम तौर पर लोगों को कुछ नहीं बताते हैं।
- जब लोग आपसे अहसान माँगते हैं, तब आपमें हाँ कहने की प्रवृत्ति होती है, भले ही आप सचमुच वह चीज़ नहीं करना चाहते।
- आपके हिसाब से दूसरे लोग क्या चाहते हैं, इस आधार पर आप अपना व्यवहार बदल लेते हैं।
- आप लोगों को प्रभावित करने की कोशिश में बहुत सारी ऊर्जा लगाते हैं।
- यदि आपने कोई पार्टी आयोजित की है और लोगों को उसमें आनंद नहीं आता, तो आप ज़िम्मेदार महसूस करते हैं।
- आप अपने जीवन में मौजूद लोगों से अक्सर प्रशंसा और अनुमोदन चाहते हैं।
- जब आपके आस-पास का कोई व्यक्ति परेशान होता है, तो आप उसे बेहतर महसूस कराने की ज़िम्मेदारी लेते हैं।
- आप कभी नहीं चाहते कि कोई आपको स्वार्थी माने।
- आपको जो चीज़ें करनी होती हैं, उनसे आप अक्सर काम का अतिशय बोझ महसूस करते हैं।

क्या इनमें से कोई उदाहरण जाना-पहचाना लगता है? "अच्छा इंसान" बनने की कोशिशें पलटवार कर सकती हैं, जब आपका व्यवहार लोगों को ख़ुश करने पर केंद्रित हो जाता है। यह आपके जीवन के सभी क्षेत्रों में गंभीर नुक़सान पहुँचा सकता है और अपने लक्ष्यों तक पहुँचने को असंभव बना सकता है। हर एक को ख़ुश करने की कोशिश के बिना भी आप एक दयालु और उदार व्यक्ति बन सकते हैं।

हम लोगों को ख़ुश करने की कोशिश क्यों करते हैं

मेगन ने ऐसी इंसान की प्रतिष्ठा बनाने की कोशिश की, जो दूसरे लोगों की ज़रूरतें हमेशा पूरी कर सकती थी। दूसरे लोग उसे किस तरह से देखते थे, इससे वह अपना आत्म-मूल्य तय करती थी। वह दूसरों को ख़ुश करने के लिए बहुत दूर तक इसलिए गई, क्योंकि उसके दिमाग़ में विकल्प - ख़ुद को संघर्ष के बीच में पाना, अस्वीकृत महसूस करना या संबंधों को खोना - उस भावनात्मक और शारीरिक थकान से ज़्यादा बुरे थे, जिसे वह महसूस करती थी।

डर

संघर्ष और विवाद परेशानी का सबब बन सकते हैं। किसी बैठक में लड़ने वाले सहकर्मियों के बीच बैठना आनंददायक नहीं होता। और पारिवारिक छुट्टी के समारोह में कौन जाना चाहता है, जब रिश्तेदार लड़ रहे हों? संघर्ष के डर से हम ख़ुद से कहते हैं, *यदि मैं हर एक को ख़ुश रख सकूँ, तो हर चीज़ ठीक हो जाएगी।*

जब लोगों को ख़ुश करने वाला व्यक्ति किसी कार को अपने पीछे तेज़ी से आते देखता है, तो वह ज़्यादा तेज़ गाड़ी चला सकता है, क्योंकि वह सोचता है, वह आदमी जल्दी में है। *मैं नहीं चाहता कि धीमे गाड़ी चलाकर मैं उसे गुस्सा करूँ।* लोगों को ख़ुश करने वालों को अस्वीकृति या बहिष्कृत होने का डर भी हो सकता है। *यदि मैं आपको ख़ुश नहीं करता हूँ, तो आप मुझे पसंद नहीं करेंगे।* वे दूसरों की प्रशंसा और आश्वासन पर फलते-फूलते हैं और यदि उन्हें पर्याप्त सकारात्मक पोषण नहीं मिलता है, तो वे अपना व्यवहार बदल लेते हैं और लोगों को ख़ुश महसूस कराते हैं।

सीखा हुआ व्यवहार

कई बार संघर्ष से बचने की इच्छा की जड़ें बचपन में होती हैं। यदि आपको ऐसे माता-पिता ने पाला था, जो हमेशा लड़ते रहते थे, तो हो सकता है आपने यह सीखा हो कि संघर्ष बुरा है और बहस रोकने का सबसे अच्छा तरीक़ा लोगों को ख़ुश रखना है।

मिसाल के तौर पर, शराबियों के बच्चे अक्सर बड़े होकर लोगों को ख़ुश करने वाले बनते हैं, क्योंकि अभिभावक के अनिश्चित व्यवहार से निपटने का यही सबसे अच्छा तरीक़ा था। दूसरे मामलों में अच्छे काम करना ध्यान पाने का एकमात्र तरीक़ा था।

दूसरे लोगों को पहले रखना आवश्यक और महत्त्वपूर्ण महसूस करने का तरीक़ा भी बन सकता है। *मैं किसी लायक़ तभी हूँ, अगर मैं दूसरे लोगों को ख़ुश कर सकता हूँ।* इसलिए दूसरे लोगों की भावनाओं और जीवन में ऊर्जा का निवेश करते रहना एक आदत बन जाती है।

मेरे बहुत से ग्राहक मुझे अक्सर बताते हैं कि वे किसी पाँवपोश की तरह व्यवहार करने की ज़रूरत महसूस करते हैं, क्योंकि बाइबल में उनसे ऐसी ही अपेक्षा की गई है। लेकिन मुझे काफ़ी विश्वास है कि बाइबल कहती है, "अपने पड़ोसी से ख़ुद जैसा व्यवहार करें;" यह उससे अपने से बेहतर व्यवहार करने को नहीं कहती। ज़्यादातर आध्यात्मिक मार्गदर्शन हमें प्रोत्साहित करता है कि हम अपने मूल्यों के अनुसार जीने का साहस रखें, भले ही ऐसा करने से कुछ लोग अप्रसन्न हो जाएँ।

लोगों को ख़ुश करने के साथ समस्या

दूसरों को ख़ुश करने की मेगन की इच्छा की वजह से उसने अपने मूल्यों पर से निगाह हटा ली। उसकी आवश्यकताएँ पूरी नहीं हो पा रही थीं, जिस वजह से उसकी मनोदशा प्रभावित हुई। उसे सटीकता से अहसास हो गया कि दूसरों को ख़ुश करने की उसकी बढ़ती कोशिशों से उसके परिवार पर असर हो रहा था, जब कुछ थेरेपी सत्रों के बाद उसके पति ने उससे कहा, "मुझे ऐसा महसूस होता है, जैसे मुझे मेरी पुरानी मेगन मिल गई है।"

आपकी मान्यताएँ हमेशा सच नहीं होतीं

सैली जेन को अपने साथ शॉपिंग पर चलने के लिए आमंत्रित करती है। सैली जेन को सिर्फ़ इसलिए आमंत्रित करती है, क्योंकि जेन ने पिछले सप्ताह उसे बाहर कॉफ़ी पिलाई थी और सैली सोचती है कि इसका बदला चुकाना अच्छा रहेगा। बहरहाल, सैली दरअसल यह उम्मीद कर रही है कि जेन मना कर

दे, क्योंकि वह फटाफट मॉल से जूते ख़रीदकर लौटना चाहती है। वह जानती है कि अगर जेन भी जाएगी, तो वह घंटों तक ख़रीदारी करना चाहेगी।

दूसरी तरफ़, जेन भी ख़रीदारी करने नहीं जाना चाहती है, क्योंकि उसे कुछ ज़रूरी काम निपटाने हैं। लेकिन वह सैली की भावनाओं को आहत नहीं करना चाहती। इसलिए जब सैली उसे मॉल चलने के लिए आमंत्रित करती है, तो वह हाँ कह देती है।

ये दोनों ही महिलाएँ सोचती हैं कि वे कोई ऐसी चीज़ कर रही हैं, जिससे सामने वाला ख़ुश हो जाएगा। बहरहाल, उन्हें स्पष्ट रूप से इस बात का कोई अंदाज़ा नहीं है कि सामने वाला क्या चाहता है। उनकी "अच्छे बनने की कोशिशें" दरअसल एक दूसरे के लिए परेशानी का सबब बन रही हैं। लेकिन दोनों में से किसी में भी यह बोलने का साहस नहीं है कि वह सचमुच क्या चाहती है।

हममें से ज़्यादातर लोग ग़लती से यह मान लेते हैं कि लोगों को ख़ुश करने वाला व्यवहार यह साबित करता है कि हम उदार हैं। लेकिन अगर आप इस बारे में सोचें, तो लोगों को हमेशा ख़ुश करने की कोशिश निःस्वार्थ काम नहीं है। यह दरअसल काफ़ी आत्म-केंद्रित है। इसमें यह मान लिया जाता है कि हर व्यक्ति आपके हर क़दम की परवाह करता है। इसमें यह भी मान लिया जाता है कि आपके हिसाब से आपमें इस बात को नियंत्रित करने की योग्यता है कि दूसरे लोग कैसा महसूस करते हैं।

यदि आप दूसरों को ख़ुश करने के लिए लगातार चीज़ें कर रहे हैं और आप नहीं सोचते कि वे आपके प्रयासों की क़द्र कर रहे हैं, तो आपको द्वेष अनुभव होगा। इस तरह के विचार आ जाएँगे – *मैं तुम्हारे लिए कितना ज़्यादा करता हूँ, लेकिन तुम मेरे लिए कुछ नहीं करते* – और ये अंततः आपके रिश्तों को आहत करेंगे।

लोगों को ख़ुश करने से संबंध नष्ट होते हैं

एंजेला ने अपने जीवन में हर व्यक्ति को ख़ुश करने की कोशिश नहीं की, उसने तो बस उन पुरुषों को ख़ुश करने की कोशिश की, जिनके साथ वह डेटिंग करती थी। अगर वह किसी ऐसे पुरुष के साथ डेटिंग करती थी, जो

कहता था कि उसे हास्यबोध वाली महिलाएँ पसंद हैं, तो वह जबरन कुछ चुटकुले सुनाने लगती थी। अगर उसके साथ डेटिंग करने वाला पुरुष कहता था कि उसे तत्क्षण निर्णय लेने वाली महिलाएँ पसंद थीं, तो वह उसे फ़्रांस की उस आख़िरी मिनट की यात्रा के बारे में बताती थी, जो उसने पिछली गर्मियों में की थी। बहरहाल, अगर डेटिंग करने वाला कोई तीसरा व्यक्ति कहता था कि उसे स्मार्ट महिलाएँ पसंद हैं, तो वह फ़्रांस की उसी यात्रा के बारे में बताती थी, लेकिन इस बार यह कहती थी कि वह इसलिए गई थी, क्योंकि वह फ़ाइन आर्ट देखना चाहती थी।

एंजेला जिसके साथ डेटिंग करती थी, उसके सामने ज़्यादा ख़ुद को ज़्यादा आकर्षक बनाने के लिए हर संभव कोशिश करती थी। उसे महसूस हुआ कि अगर उसकी बातों से सामने वाला ख़ुश हो जाएगा, तो उसे दूसरी डेट मिल जाएगी। उसने अपने हमेशा बदलते व्यक्तित्व के दीर्घकालीन परिणामों के बारे में नहीं सोचा। अंततः वह किसी को भी इतना ख़ुश नहीं कर पाई कि कोई दीर्घकालीन संबंध बना सके।

कोई भी सम्मानजनक पुरुष उस औरत के नक़ाब के साथ डेटिंग नहीं करना चाहता, जो कठपुतली जैसा व्यवहार करती हो। वास्तव में उसके साथ डेटिंग करने वाले बहुत सारे पुरुष तो एंजेला से काफ़ी जल्दी चिढ़ गए, क्योंकि वह उनकी कही हर बात से हमेशा सहमत हो जाती वे जो सुनना चाहते थे, वह कहने की उसकी कोशिशें उन्हें आम तौर पर समझ में आ जाती थीं।

एंजेला को इस बात का डर था कि अगर वह डेटिंग वाले पुरुष से असहमत हुई या उसने विरोधी राय रखी, तो उस आदमी की उसमें रुचि नहीं रहेगी। इससे यह पता चलता है कि उसे ख़ुद पर विश्वास नहीं था। उसके ख़याल इस तरह के थे, आप मुझे आस-पास नहीं रखेंगे, जब तक कि मैं वह न करूँ, जो आप चाहते हैं। अगर आप किसी के बारे में सचमुच परवाह करते हैं और आपको विश्वास होता है कि वह भी आपकी परवाह करता है, तो आप उस व्यक्ति को सच्चाई बताने के इच्छुक रहेंगे। आप इस बात को पहचान लेंगे कि भले ही वह आपकी कही या की हुई किसी चीज़ को पसंद नहीं करता, लेकिन फिर भी वह आपके साथ का आनंद ले सकता है।

अपने आस-पास के हर व्यक्ति को ख़ुश करना हमेशा असंभव होता है। मान लें, आपके ससुर आपसे किसी प्रोजेक्ट में मदद करने को कहते हैं। लेकिन अगर आप उनकी मदद करने के लिए जाएँगी, तो आपका जीवनसाथी नाराज़ हो जाएगा, क्योंकि आप दोनों पहले ही मिलकर लंच करने की योजनाएँ बना चुके हैं। जब ऐसा निर्णय सामने आता है, तो लोगों को ख़ुश करने वाले व्यक्ति अक्सर अपने सबसे क़रीबी व्यक्ति को ख़ुश न करने का जोखिम लेते हैं। वे जानते हैं कि उनके जीवनसाथी की नाराज़गी अंततः दूर हो जाएगी। दुर्भाग्य से, इसकी बदौलत आप जिनसे प्रेम करते हैं, वही सबसे ज़्यादा आहत या नाराज़ महसूस करते हैं। क्या हमें इसका विपरीत नहीं करना चाहिए? क्या हमें सबसे अंतरंग और ख़ास संबंधों पर सबसे ज़्यादा मेहनत नहीं करनी चाहिए?

कभी किसी ऐसे व्यक्ति से मिले हैं, जो शहीद जैसा व्यवहार करता है? दूसरे लोगों को ख़ुश करने की ऐसे लोगों की कोशिशें दरअसल नाकाम हो जाती हैं। वे लगातार इस तरह की बातें कहते हैं, "मैं यहाँ हर चीज़ करता हूँ" या "अगर मैं इसे नहीं करता हूँ, तो कोई नहीं करेगा।" ख़ुद को शहीद दिखाने वाले लोग नाराज़ या कटु बनने का जोखिम लेते हैं, क्योंकि दूसरों को ख़ुश करने की उनकी कोशिशें निष्फल हो जाती हैं।

चाहे आप यह सोचने के अपराधी हों कि आप शहीद हैं या फिर आपको किसी की भावनाओं को आहत करने के डर से इंकार करने में मुश्किल आती हो, एक बात ध्यान रखें कि इस बात की कोई गारंटी नहीं है कि लोग आपको सिर्फ़ इसलिए पसंद करेंगे, क्योंकि आप उन्हें ख़ुश करने की कोशिश करते हैं। इसके बजाय वे विश्वास तथा आपसी सम्मान पर आधारित ज़्यादा गहरा संबंध बनाए बिना ही आपसे फ़ायदा उठाने लगेंगे।

लोगों को ख़ुश करने वाले अपने मूल्यों से निगाह हटा लेते हैं

ऑस्ट्रेलिया की नर्स ब्रॉनी वेयर ने कई साल तक उन रोगियों के साथ काम किया, जो मर रहे थे। वे कहती हैं कि उन्होंने अपने रोगियों को अपनी मृत्युशैया पर कहते सुना था कि लोगों को ख़ुश करना उनके सबसे बड़े अफ़सोसों में से एक था। अपनी पुस्तक द *टॉप फ़ाइव रेग्रेट्स ऑफ़ द डाइंग*

में वे बताती हैं कि मरने वाले लोगों को सबसे बड़ा अफ़सोस यही था कि काश! उन्होंने ज़्यादा मौलिक जीवन जिया होता। ज़िंदगी भर उन्होंने दूसरों को ख़ुश करने के लिए कपड़े पहने, काम किए और बोले। इसके बजाय वे यह चाहते थे कि वे ख़ुद के प्रति सच्चे होते।

जर्नल ऑफ़ सोशल ऐंड क्लीनिकल साइकोलॉजी में प्रकाशित शोध भी दिखाता है कि लोगों को ख़ुश करने वालों में ज़्यादा खाने की प्रवृत्ति होती है, जब वे सोचते हैं कि इससे उनके आस-पास के लोग ज़्यादा ख़ुश होंगे। वे अपने स्वास्थ्य को नुक़सान पहुँचाने को तैयार रहते हैं, अगर वे सोचते हैं कि इससे कमरे में बैठे दूसरे लोग ख़ुश होंगे, हालाँकि उनके पास इस बात का कोई प्रमाण नहीं होता कि उनके आस-पास के लोग यह देख भी रहे हैं कि वे क्या खा रहे हैं।

लोगों को ख़ुश करना आपको अपनी पूरी संभावनाओं तक नहीं पहुँचने देगा। हालाँकि लोगों को ख़ुश करने वाले चाहते हैं कि उन्हें पसंद किया जाए, लेकिन वे अक्सर किसी एक चीज़ में सर्वश्रेष्ठ नहीं बनना चाहते हैं, क्योंकि उन्हें डर होता है कि बहुत ज़्यादा सम्मानित होने पर दूसरे लोगों को बुरा महसूस हो सकता है। किसी को ऑफ़िस में वह प्रमोशन इसलिए नहीं मिल सकता, क्योंकि वह अपने किए हुए कामों का श्रेय लेने में आरामदेह महसूस नहीं करता। या अगर किसी महिला के पास कोई आकर्षक पुरुष आता है, तो वह दोस्ताना बातचीत न करने का विकल्प चुन सकती है, क्योंकि वह नहीं चाहती कि उसकी सहेली को यह बात बुरी लगे कि उस पुरुष ने उससे पहले बातचीत शुरू क्यों नहीं की।

अगर आप मूलतः दूसरे लोगों को ख़ुश करने पर केंद्रित हैं, तो आपके मूल्य जो भी हों, आप उनके अनुसार व्यवहार करना छोड़ देंगे। आप जल्दी ही वह करने पर से निगाह हटा लेंगे, जो सही है और सिर्फ़ वही करने की कोशिश करेंगे, जिससे दूसरे लोग ख़ुश रहें। यह एक लोकप्रिय विकल्प है, लेकिन इसका यह मतलब नहीं है कि यह सही विकल्प भी है।

लोगों को ख़ुश करने से बचें

मेगन को हाँ कहने की आदत पड़ गई थी और वह स्वचालित अंदाज़ में दूसरों की बात से सहमत हो जाती थी।

इसलिए मैंने उसे एक मंत्र दिया, जिसे वह ख़ुद के सामने दोहराती थी, "दूसरों को हाँ कहने का मतलब है अपने पति और बच्चों को नहीं कहना।" वह जानती थी कि कुछ चीज़ों को हाँ कहना ठीक था, जिनसे उसके पति और बच्चों पर विपरीत प्रभाव न पड़े। वह सारे समय हाँ नहीं कर सकती थी, अन्यथा उसकी मनोदशा और परिवार को कष्ट पहुँचता।

यह तय करें कि आप किसे ख़ुश करना चाहते हैं

यदि आप अपने लक्ष्यों तक पहुँचने में सफल होना चाहते हैं, तो आपको अपना मार्ग तय करने की ज़रूरत है; सिर्फ़ वही न करते रहें, जो दूसरे लोग आपसे कराना चाहते हैं। क्रैगलिस्ट के सीईओ जिम बकमास्टर अपनी आपबीती से इसका महत्त्व समझते हैं।

बकमास्टर 2000 में क्रैगलिस्ट के सीईओ बने। हालाँकि दूसरी वेबसाइटें विज्ञापन से फ़ायदा उठा रही थीं, लेकिन क्रैगलिस्ट ऐसा नहीं कर रही थी। वास्तव में, क्रैगलिस्ट ने आमदनी उत्पन्न करने के बहुत सारे अवसरों को ठुकरा दिया। इसके बजाय बकमास्टर और उनके दल ने वेबसाइट को सरल रखने का निर्णय लिया और इसका इस्तेमाल करने वालों से कुछ बहुत चुनिंदा क़िस्म की सूचियों के लिए ही पैसे लिए। प्रयोक्ता की ज़्यादातर सूचियाँ मुफ़्त बनी हुई हैं। वास्तव में, कंपनी की कोई मार्केटिंग टीम भी नहीं है।

इस निर्णय के लिए क्रैगलिस्ट की काफ़ी आलोचना हुई और बकमास्टर आलोचना का निशाना थे। उन पर पूँजीवाद-विरोधी होने का आरोप लगाया गया और उन्हें "सामाजिक अराजकतावादी" भी कहा गया। लेकिन बकमास्टर ने अपने आलोचकों को ख़ुश करने की कोशिश नहीं की। इसके बजाय वे क्रैगलिस्ट को उसी तरह चलाते रहे, जिस तरह यह हमेशा चली थी।

बहाव के ख़िलाफ़ जाने की चाहत और क्रैगलिस्ट को विज्ञापनों पर बहुत ज़्यादा निर्भर होने से रोकने से संभवतः कारोबार चलता रहा है। यह डॉट कॉम क्रैश में आसानी से बच गई और संसार की सबसे लोकप्रिय वेबसाइटों में से एक बनी हुई है। क्रैगलिस्ट का अनुमानित मूल्य कम से कम 5 अरब डॉलर आँका गया है। हर एक को ख़ुश करने की चिंता न करके बकमास्टर कंपनी को इसके उद्देश्य और इसके ग्राहकों पर केंद्रित रखने में सफल रहे।

आपके हिसाब से दूसरे लोग जो चाहते हैं, उसके आधार पर अपने व्यवहार को बदलने से पहले अपने विचारों और भावनाओं का आकलन करें। जब आप सोचते हैं कि क्या आपको अपनी राय व्यक्त करनी चाहिए, तो लोगों को ख़ुश करने संबंधी इन सत्यों को याद रखें :

- *हर एक को ख़ुश करने की चिंता समय की बरबादी है :* आप इस बात को नियंत्रित नहीं कर सकते कि दूसरे लोग कैसा महसूस करते हैं और आप यह सोचने में जितना ज़्यादा समय लगाते हैं कि क्या लोग ख़ुश होंगे, आपके पास उस बारे में सोचने के लिए उतना ही कम समय रहेगा, जो सचमुच मायने रखता है।
- *लोगों को ख़ुश करने वालों को उल्लू बनाकर दूसरे लोग अपना मतलब निकाल लेते हैं :* दूसरे लोगों को ख़ुश करने वालों को एक मील दूर से पहचान लिया जाता है। चालाक लोग अक्सर इनकी भावनाओं से फ़ायदा उठाने के लिए चालें चलते हैं और उनके व्यवहार को नियंत्रित करते हैं। उन लोगों की ताक में रहें, जो इस तरह की बातें कहते हैं, "मैं आपसे यह करने को सिर्फ़ इसलिए कह रहा हूँ, क्योंकि आप सबसे अच्छा काम करेंगे" या "मुझे आपसे यह माँगते हुए नफ़रत है, लेकिन..."
- *दूसरे लोग नाराज़ या निराश रहें, तो ठीक है :* ऐसा कोई कारण नहीं है कि लोगों को सारे समय ख़ुश रहने की ज़रूरत हो। हर व्यक्ति में बहुत सारी भावनाओं से निपटने की योग्यता होती है और यह आपका काम नहीं है कि आप उन्हें नकारात्मक भावनाएँ महसूस करने से रोकें। कोई नाराज़ हो जाता है, इसका हमेशा यह मतलब नहीं होता कि आपने कोई ग़लत चीज़ की है।
- *आप हर एक को ख़ुश नहीं कर सकते :* यह असंभव है कि हर व्यक्ति एक ही चीज़ से ख़ुश हों। स्वीकार करें कि कुछ लोगों को कभी ख़ुश किया ही नहीं जा सकता और उन्हें ख़ुश रखना आपका काम नहीं है।

अपने मूल्यों को स्पष्ट करें

किसी अकेली माँ की कल्पना करें, जो किसी फ़ैक्ट्री में पूर्णकालिक नौकरी करती है। एक दिन जब वह स्कूल के लिए अपने बच्चे को जगाती है, तो

वह कहता है कि उसकी तबियत ठीक नहीं लग रही है। जाँच करने पर माँ को पता चलता है कि बेटे को थोड़ा बुख़ार है। ज़ाहिर है, वह स्कूल नहीं जा सकता।

माँ को यह निर्णय लेना है कि वह दिन भर बेटे का क्या करे। कोई सहेली या परिवार का सदस्य नहीं है, जो उसके साथ रह सके। वह अपनी नौकरी में बीमारी की छुट्टी ले सकती है, लेकिन अगर वह छुट्टी लेती है, तो उसे पैसे नहीं मिलेंगे। अगर उसे उस दिन के पैसे नहीं मिलेंगे, तो वह सप्ताह भर के किराने का ख़र्च कैसे उठाएगी। उसे यह चिंता भी होती है कि ऑफ़िस में एक और दिन की छुट्टी से उसकी नौकरी पर आँच आ सकती है। बच्चों के बीमार होने की वजह से वह पहले ही बहुत सारी छुट्टियाँ ले चुकी थी।

वह दिन भर अपने बेटे को घर पर अकेला छोड़ने का निर्णय लेती है। वह जानती है कि संभवतः दूसरे लोग इस बात की आलोचना करेंगे कि वह बीमार बच्चे को घर पर अकेला छोड़ गई, जबकि उसकी उम्र सिर्फ़ दस साल है। बहरहाल, उसके मूल्य उसे बताते हैं कि उसकी परिस्थितियों को देखते हुए यह सही विकल्प है, चाहे दूसरे उसका कैसा भी मूल्यांकन करें। ऐसी बात नहीं है कि वह अपनी नौकरी को अपने बेटे से ज़्यादा महत्त्व देती है। वास्तव में, वह अपने परिवार को किसी दूसरी चीज़ से ज़्यादा महत्त्व देती है। लेकिन वह जानती है कि ऑफ़िस जाने में ही उसके परिवार की ज़्यादा दीर्घकालीन भलाई है और यह सर्वश्रेष्ठ निर्णय है।

जब जीवन में आपको निर्णय लेने होते हैं, तो सटीकता से यह जानना महत्त्वपूर्ण होता है कि आपके मूल्य क्या हैं, क्योंकि तभी आप सर्वश्रेष्ठ विकल्प चुन सकते हैं। क्या आप आसानी से अपने दिमाग़ में आने वाले शीर्ष पाँच मूल्यों की सूची बता सकते हैं? ज़्यादातर लोग नहीं बता सकते। लेकिन अगर आपके मूल्य ही सचमुच स्पष्ट नहीं हैं, तो आपको कैसे पता चलेगा कि अपनी ऊर्जा कहाँ लगाना है और सर्वश्रेष्ठ निर्णय कैसे लेना है? अपने मूल्यों को स्पष्ट करने में समय लगाना एक बहुत सार्थक अभ्यास हो सकता है। आम मूल्यों में ये शामिल हैं :

- बच्चे
- रूमानी रिश्ते

- विस्तृत परिवार
- धार्मिक/आध्यात्मिक विश्वास
- स्वयंसेवा या दूसरे लोगों की मदद करना
- करियर
- धन
- अच्छे संबंध क़ायम रखना
- अपने शारीरिक स्वास्थ्य की देखभाल करना
- उद्देश्य का अहसास होना
- फ़ुरसत की गतिविधियाँ
- लोगों को ख़ुश करना
- शिक्षा

जीवन में अपने शीर्ष पाँच मूल्य चुनें और उन्हें सबसे महत्त्वपूर्ण से कम महत्त्वपूर्ण के क्रम में जमा लें। अब ठहरकर इस बारे में सोचें कि क्या आप सचमुच उन मूल्यों के मुताबिक़ जी रहे हैं। आप हर एक के लिए कितना समय, धन, ऊर्जा और योग्यता ख़र्च कर रहे हैं? क्या आप किसी ऐसी चीज़ में बहुत ज़्यादा कोशिश कर रहे हैं, जो आपकी सूची में भी नहीं है?

आपकी सूची में लोगों को ख़ुश करना कहाँ आता है? यह कभी शिखर पर नहीं होना चाहिए। समय-समय पर अपनी सूची के क्रम की समीक्षा करने से आपको यह पता लग सकता है कि क्या आपका जीवन संतुलन के बाहर है।

हाँ या न का निर्णय लेने में समय लें

मेगन अपनी कज़िन से बचती थी, क्योंकि वह जानती थी कि अगर उससे अहसान करने को कहा गया, तो वह मना नहीं कर पाएगी। नहीं कहने में उसकी मदद के लिए हमने एक पटकथा तैयार की। जब भी कोई उससे कुछ करने को कहता था, तो वह जवाब देती थी, "मैं देखती हूँ कि मेरे दूसरे कार्यक्रम क्या हैं और मैं आपको बाद में बताती हूँ।" इससे उसे यह सोचने

का थोड़ा समय मिल जाता था कि क्या वह सचमुच उस चीज़ को करना चाहती है। फिर वह सुनिश्चित कर सकती थी कि अगर वह हाँ कहती है, तो ऐसा इसलिए है क्योंकि वह इसे करना चाहती है, सिर्फ़ इसलिए नहीं, क्योंकि वह अपनी क़ीमत पर दूसरों को ख़ुश करना चाहती है।

यदि स्वचालित ढंग से हाँ कहना जीवन में आपकी आदत बन गया है, तो जवाब देने से पहले अपने निर्णय का मूल्यांकन करना सीखें। जब कोई आपसे कुछ करने को कहे, तो प्रतिक्रिया करने से पहले ख़ुद से ये तीन सवाल पूछें :

- *क्या यह कोई ऐसी चीज़ है, जिसे मैं करना चाहता हूँ?* लोगों को ख़ुश करने वाले ज़्यादातर लोग यह जानते भी नहीं हैं कि वे क्या चाहते हैं, क्योंकि वे चीज़ों को स्वचालित ढंग से करने के बहुत आदी होते हैं। अपनी राय के आकलन में एक पल का समय लगाएँ।
- *यह करके मैं क्या छोड़ूँगा?* अगर आप किसी दूसरे के लिए कोई चीज़ कर रहे हैं, तो आपको कोई न कोई दूसरी चीज़ छोड़नी होगी। शायद यह अपने परिवार के साथ समय हो या शायद इसमें आपको पैसे भी ख़र्च करने पड़ें। कोई निर्णय लेने से पहले पहचानें कि हाँ कहने का आपके लिए क्या मतलब होगा।
- *यह करने से मुझे क्या हासिल होगा?* शायद इससे आपको अपना संबंध बेहतर बनाने का अवसर मिलेगा या शायद आपको इस तरह के काम में आनंद आता होगा। हाँ कहने के संभावित लाभों के बारे में सोचें।
- *अगर मैं इसे करता हूँ, तो मैं कैसा महसूस करूँगा?* क्या आपके नाराज़ और द्वेषपूर्ण महसूस करने की संभावना है? या फिर आप ख़ुश और गर्वीला महसूस करेंगे? अपने विकल्प तौलते वक़्त यह कल्पना करने में थोड़ा समय लगाएँ कि आपको कैसा महसूस होने की संभावना है।

जैसा मेगन ने पाया, आपको इस बारे में बहाना बनाने की ज़रूरत नहीं है कि आप कोई चीज़ क्यों नहीं कर सकते। इंकार करते समय आप इस तरह की बात कह सकते हैं, "काश! मैं कर सकती, लेकिन मैं नहीं कर पाऊँगी" या "माफ़ करें, लेकिन मैं यह नहीं कर पाऊँगी।" यदि आपको इंकार करने

की आदत नहीं है, तो इसमें थोड़ा अभ्यास लग सकता है, लेकिन यह समय के साथ ज़्यादा आसान होता जाता है।

दृढ़ व्यवहार का अभ्यास करें

यह ज़रूरी नहीं है कि सीधे बात करना बुरा या डरावना हो। वास्तव में दृढ़ विचार-विमर्श काफ़ी स्वस्थ हो सकता है और अपनी चिंताएँ बताने से संबंध बेहतर बन सकते हैं। एक बिंदु पर मेगन ने अपनी कज़िन से सीधे बात की और उसे बता दिया कि उसे महसूस होता था, जैसे उसने अतीत में उसका नाजायज़ फ़ायदा उठाया था। कज़िन ने माफ़ी माँगी और कहा कि उसे ज़रा भी पता नहीं था कि मेगन को ऐसा महसूस होता था और वह दोबारा कभी ऐसा नहीं करेगी। मेगन ने अपनी भावनाओं और अपने व्यवहार की थोड़ी ज़िम्मेदारी स्वीकार की, क्योंकि उसने नापसंद काम करने से इंकार नहीं किया था। इस सफ़ाई के बाद मेगन और उसकी कज़िन का संबंध ख़राब होने के बजाय बेहतर हो गया।

अगर कोई आपका फ़ायदा उठाता है, तो अपने दिल की बात बोल दें और माँग लें। आपको रौबीले या बदतमीज़ होने की ज़रूरत नहीं है; इसके बजाय सम्मानजनक और विनम्र रहें। अपनी भावनाएँ व्यक्त करें और तथ्यों पर केंद्रित रहें। "मैं या मुझे" वाले कथनों का इस्तेमाल करें, जैसे "मुझे इस बात पर कुंठा होती है कि आप हमेशा तीस मिनट देर से आते हैं।" इस तरह का वाक्य न बोलें, "आप कभी समय पर नहीं आते।"

मैं कई माता-पिताओं के साथ काम करती हूँ, जो इस बात को बर्दाश्त नहीं कर पाते कि उनके बच्चे ख़ुश नहीं रहते। वे अपने बच्चों को यह नहीं बताना चाहते कि वे कोई चीज़ नहीं कर सकते, क्योंकि वे नहीं चाहते कि उनके बच्चे रोएँ या उन पर कंजूस होने का आरोप लगाएँ। चाहे ये आपके बच्चे हों, कोई मित्र हो, सहकर्मी हो या अजनबी भी हो, कई बार यह जानने से उलझन महसूस होती है कि कोई आप पर नाराज़ है, अगर आप अपनी बात रखने के आदी नहीं हैं। लेकिन अभ्यास के साथ इस असहजता को झेलना ज़्यादा आसान हो जाता है और दृढ़ता से व्यवहार करना ज़्यादा आसान हो जाता है।

आप हर एक को ख़ुश नहीं कर सकते, यह मानने से आप ज़्यादा शक्तिशाली बनते हैं

मोज़ जिंजररिच एक ऐसा निर्णय लेने की कशमकश से जूझ रहे थे, जिसे लेने की कल्पना भी हममें से ज़्यादातर लोग नहीं कर सकते। उनकी परवरिश विस्कॉन्सिन के एमिश समुदाय में हुई थी, जहाँ वे खेतों में हल चलाते थे और हाथ से गायों का दूध निकालते थे। लेकिन मोज़ को विश्वास नहीं था कि वे एमिश बने रहना चाहते हैं। जिस समुदाय में प्रश्नों को हतोत्साहित किया जाता था, वहाँ मोज़ ने हर चीज़ पर सवाल किया, जो उन्हें ईश्वर और एमिश जीवनशैली के बारे में सिखाई गई थी।

वे बरसों तक एमिश समुदाय छोड़ने की सोचते रहे। उन्होंने अब तक सिर्फ़ एमिश जीवनशैली ही देखी थी। इसे स्थायी तौर पर छोड़ने का परिणाम यह होगा कि उन्हें एमिश समुदाय में किसी से भी कभी संपर्क करने की अनुमति नहीं दी जाएगी, जिसमें उनकी माँ और उनके भाई-बहन शामिल थे। इसके अलावा, "अँग्रेज़ संसार" में क़दम रखना विदेश जाकर रहने जैसा होगा। मोज़ को कभी आधुनिक युग की सुविधाओं के इस्तेमाल की अनुमति नहीं दी गई थी, जैसे कंप्यूटर या बिजली। फिर वे बाहरी जगत में अपने दम पर कैसे कामयाब हो सकते थे, जिसके बारे में वे ज़्यादा नहीं जानते थे।

तुलनात्मक रूप से अनजान संसार में दाख़िल होना मोज़ के लिए सबसे डरावना पहलू नहीं था। इसके बजाय उन्हें सबसे ज़्यादा दहशत तो इस बात से होती थी कि उन्हें नरक में जाना होगा। उन्हें हमेशा यह चेतावनी दी गई थी कि एमिश ईश्वर ही एकमात्र ईश्वर था और एमिश समुदाय को छोड़ने का मतलब यह था कि वे ईश्वर को छोड़ रहे हैं। एमिश बुज़ुर्गों ने उन्हें बताया कि बाहरी जगत के लोगों के लिए कोई उम्मीद नहीं थी। जो लोग एमिश समुदाय छोड़कर ईसाई बने रहने की कोशिश करते थे, वे आग के साथ खेल रहे थे।

मोज़ अपनी किशोरावस्था और शुरुआती वयस्क वर्षों में कुछ समय तक अपने एमिश समुदाय से दूर गए थे। उन्होंने देश भर की यात्रा करके दूसरी एमिश संस्कृतियों के बारे में जानकारी हासिल की और बाहरी संसार का स्वाद चखा। उनकी जाँच-पड़ताल से उन्हें संसार और ईश्वर के बारे में अपना ख़ुद का दृष्टिकोण बनाने में मदद मिली। अंततः उन्होंने यह निर्णय लिया कि

उनके विचार एमिश समुदाय के विश्वासों के अनुरूप नहीं थे। इसलिए मोज़ ने एमिश जीवन को हमेशा-हमेशा के लिए छोड़ने का निर्णय लिया।

मोज़ ने मिज़ूरी में खुद के लिए एक नया जीवन बनाया, जहाँ उन्होंने बहुत सारे रोमांचकारी काम किए, जैसे खुद का भवन निर्माण कारोबार खोला और रिएलिटी टीवी शो में सितारा बने। उन्हें अपने परिवार की किसी भी तरह की मदद के बिना अपना रास्ता खुद बनाना था, क्योंकि उनके परिवार वाले और उनके पुराने समुदाय के दूसरे लोग अब उनसे बातचीत नहीं करते थे। मोज़ अक्सर दूसरे पूर्व-एमिश युवाओं को मार्गदर्शन देते हैं, जब वे "अँग्रेज़ संसार" में अनुकूलन करने के लिए जूझते हैं, क्योंकि मोज़ अपने अनुभव से जानते हैं कि समर्थन के बिना नौकरी खोजना, ड्राइवर का लाइसेंस हासिल करना और सांस्कृतिक मान्यताओं को समझना मुश्किल हो सकता है।

मुझे उनसे यह पूछने का अवसर मिला कि उन्होंने वह निर्णय कैसे लिया। उन्होंने मुझे बताया कि अपने खुद के विश्वासों का सामना करने पर उन्हें अहसास हुआ कि "यह संसार वैसा ही है, जैसा इंसान इसे बनाता है और वह जिसे चुनता है उसे ही बनाता है। वे चयन मेरे थे। इसलिए मैंने छोड़ने का चुनाव किया और आधुनिक संसार के पक्ष में अपनी क़िस्मत दाँव पर लगा दी। हर दिन जब मैं अपनी पत्नी, दो बेटियों और सौतेले बेटे के साथ जागता हूँ, तो मैं ईश्वर को धन्यवाद देता हूँ कि मैंने ऐसा किया।"

यदि मोज़ ने हर व्यक्ति को खुश करने पर ध्यान केंद्रित किया होता, तो वे अब भी एमिश समुदाय में रह रहे होते, हालाँकि वे जानते थे कि यह उनके लिए सही नहीं था। लेकिन मोज़ इतने शक्तिशाली थे कि हर सिखाई गई चीज़ और हर सिखाए गए व्यक्ति से दूर जाने का जोखिम लेकर उन्होंने वह काम किया, जो उन्हें अपने लिए सही लग रहा था। वे उस जीवन से संतुष्ट हैं, जो उन्होंने खुद के लिए बनाया है और वे इसमें इतने सुरक्षित हैं कि पूरे एमिश समुदाय की नापसंदगी झेल सकते हैं।

सचमुच प्रामाणिक जीवन का आनंद लेना शुरू करने से पहले आपके शब्दों और आपके व्यवहार को आपके विश्वासों के अनुरूप होना चाहिए। जब आप हर एक को खुश करने की चिंता छोड़ देते हैं और अपने खुद के मूल्यों के अनुरूप जीने का साहस करते हैं, तो आपको कई लाभ होंगे :

- *आपका आत्मविश्वास आसमान छूने लगेगा :* आपको लोगों को ख़ुश नहीं करना है, यह देखने में आप जितने ज़्यादा सक्षम होंगे, आप उतनी ही ज़्यादा स्वतंत्रता और आत्मविश्वास हासिल करेंगे। आप जो निर्णय लेते हैं, आप उनसे संतुष्ट महसूस करेंगे, भले ही आपके कार्यों से दूसरे लोग असहमत हों, क्योंकि आपको पता होगा कि आपने सही निर्णय लिया है।
- *आपके पास अपने लक्ष्यों के लिए ज़्यादा समय और ऊर्जा होगी :* दूसरे आपको जैसा बनाना चाहते हैं, आप वैसा बनने में अपनी ऊर्जा बरबाद नहीं करेंगे। इसलिए आपके पास अपने मनचाहे काम करने के लिए समय और ऊर्जा होगी। जब आप उस प्रयास को अपने लक्ष्यों की दिशा में लगाते हैं, तो आपके सफल होने की कहीं ज़्यादा संभावना होगी।
- *आप कम तनावग्रस्त महसूस करेंगे :* स्वस्थ सीमाएँ तय करने पर आपको काफ़ी कम तनाव और चिढ़ का अनुभव होगा। आप ऐसा महसूस करेंगे, जैसे आपका अपने जीवन पर ज़्यादा नियंत्रण है।
- *आप ज़्यादा स्वस्थ संबंध बनाएँगे :* जब आप दृढ़ अंदाज़ में व्यवहार करेंगे, तो दूसरे लोग आपका ज़्यादा सम्मान करेंगे। आपका संप्रेषण बेहतर हो जाएगा और आप लोगों के प्रति क्रोध और द्वेष भी नहीं रखेंगे।
- *आपकी इच्छाशक्ति बढ़ जाएगी :* 2008 में *जर्नल ऑफ़ एक्सपेरिमेंटल साइकोलॉजी* में एक रोचक अध्ययन प्रकाशित हुआ, जिसमें दिखाया गया कि जब लोग किसी दूसरे को ख़ुश करने के बजाय अपने हिसाब से विकल्प चुनते हैं, तो उनमें बहुत ज़्यादा इच्छाशक्ति होती है। यदि आप किसी दूसरे को ख़ुश करने के लिए कोई चीज़ कर रहे हैं, तो आप अपने लक्ष्य तक पहुँचने के लिए जूझेंगे। आप अच्छा काम जारी रखने के लिए तभी प्रेरित होंगे, जब आपको यह विश्वास है कि यह आपके लिए सर्वश्रेष्ठ चयन है।

समस्या–निवारण और कुछ बाधाएँ

आपके जीवन में कुछ क्षेत्र ऐसे हो सकते हैं, जहाँ अपने मूल्यों के अनुसार व्यवहार करना आसान होगा और दूसरे क्षेत्र ऐसे हो सकते हैं, जहाँ आप लोगों को ख़ुश करने के बारे में चिंता करते होंगे। चेतावनी के संकेतों के बारे में जागरूक बनें और ऐसा जीवन जीने पर मेहनत करें, जो आपके विश्वासों के अनुरूप हो, वैसा नहीं, जिससे ज़्यादातर लोग ख़ुश रहें।

क्या सहायक है

- अपने मूल्यों को पहचानना और उनके अनुसार व्यवहार करना।
- किसी के आग्रह पर हाँ कहें या नहीं, यह निर्णय लेने से पहले अपनी भावनाओं के बारे में जागरूक बनें।
- जब आप कोई चीज़ नहीं करना चाहते, तब इंकार करना।
- संघर्ष और आमने-सामने बात स्पष्ट करने से जुड़े असहज भावों को सहन करने का अभ्यास करना।
- दृढ़ता से व्यवहार करना, भले ही आपकी बोली गई बातों को अच्छी तरह न लिया जाए।

क्या सहायक नहीं है

- आप कौन हैं और आपके मूल्य क्या हैं, इस पर से ध्यान हटाना।
- अपने बारे में सोचे बिना सिर्फ़ दूसरे की भावनाओं पर ही विचार करना।
- यह विकल्प अच्छा है या नहीं, इस बारे में सोचे बिना कोई आमंत्रण अपने आप स्वीकार करना।

- मुठभेड़ से बचने के लिए लोगों से सहमत होना और आग्रहों का पालन करना।
- भीड़ के साथ चलना या कोई ऐसी राय व्यक्त करने से इंकार करना, जो ज़्यादातर लोगों की सोच के ख़िलाफ़ जाती हो।

अध्याय 6

वे सुविचारित जोखिम लेने से नहीं डरते हैं

अपने कार्यों के बारे में बहुत ज़्यादा कातर और शंकालु न बनें।
पूरी ज़िंदगी एक प्रयोग है।
आप जितने ज़्यादा प्रयोग करते हैं, उतना ही बेहतर है।
—रैल्फ़ वॉल्डो एमर्सन

डेल लगभग तीस साल से हाई स्कूल में प्रशिक्षक के रूप में काम कर रहा था और हालाँकि उसे अपना काम पसंद था, लेकिन अब वह इसके बारे में पहले जितना जोशीला नहीं था। वह लचीलेपन, स्वतंत्रता और पैसे के सपने देखता था, जो उसे ख़ुद का फ़र्नीचर स्टोर खोलने से मिल सकते थे। लेकिन जब उसने यह विचार अपनी पत्नी को बताया, तो उसने अपनी आँखें गोल-गोल घुमाईं और कहा कि वह दिवास्वप्न देख रहा है।

डेल ने इस बारे में जितना ज़्यादा सोचा, उसे उतना ही ज़्यादा विश्वास हुआ कि उसकी पत्नी शायद सही कहती है। लेकिन वह भविष्य में पढ़ाते रहने का उसका दिल नहीं था, क्योंकि पढ़ाने से वह ऊब गया था और थक भी चुका था। उसे लगा कि अब वह पढ़ाने में उतना प्रभावी नहीं था, जितना पहले था। उसे लगा कि यह उसके विद्यार्थियों के प्रति अन्याय है कि इस परिस्थिति में वह अनिश्चित काल तक पढ़ाता रहे।

अपना ख़ुद का कारोबार खोलना निश्चित रूप से डेल के मन में आने वाला पहला बड़ा विचार नहीं था। उसने कभी सेलबोट पर जीने का सपना देखा था। जीवन के एक और दौर में वह हवाई में गेस्ट हाउस खोलना चाहता था। उसने अपने किसी विचार पर अमल करने की कभी कोशिश नहीं की थी, क्योंकि उसे हमेशा महसूस हुआ था, जैसे उसे अपने परिवार की ख़ातिर पैसे कमाने पर ध्यान केंद्रित करना चाहिए। हालाँकि बच्चे अब बड़े हो गए थे और उनकी आर्थिक स्थिति अच्छी थी, लेकिन उसने सोचा कि उसे रिटायरमेंट तक नौकरी करनी चाहिए।

डेल प्रशिक्षक के रूप में काम तो करता रहा, लेकिन उसकी मनोदशा उलझन में थी। वह पराजित महसूस करने लगा और हताश हो गया; ऐसा अनुभव उसे पहले कभी नहीं हुआ था। उसने परामर्श इसलिए लिया, क्योंकि उसे महसूस हुआ कि कोई न कोई गड़बड़ होगी, तभी अपने करियर में पहली बार उसे अपने काम में मज़ा नहीं आ रहा था।

हालाँकि डेल ने मुझे बताया कि वह अपनी पत्नी की बात से सहमत है कि उसे उद्यमी बनने का जोखिम नहीं लेना चाहिए, लेकिन यह स्पष्ट था कि दिल की गहराई में वह अब भी इस संभावना को लेकर रोमांचक था। ख़ुद का फ़र्नीचर कारोबार खोलने के ज़िक्र से ही उसके चेहरे पर चमक आ जाती थी, उसकी बॉडी लैंग्वेज बदल जाती थी और उसकी पूरी मनोदशा का कायाकल्प हो जाता था।

हमने जोखिम लेने के बारे में उसके अतीत के अनुभवों पर बातचीत की। उसने कहा कि बरसों पहले उसने रियल इस्टेट में निवेश किया था और बहुत सारा पैसा गँवा दिया था। तब से वह किसी भी तरह का वित्तीय जोखिम लेने से घबराने लगा था। कुछ थेरेपी सत्रों के बाद डेल ने स्वीकार किया कि वह अब भी एक कारोबार शुरू करना पसंद करेगा, लेकिन उसे बँधी-बँधाई नौकरी छोड़ने के विचार से दहशत होती थी। उसे अपनी काष्ठकारी की योग्यताओं पर भरोसा था, लेकिन उसमें व्यावसायिक ज्ञान की कमी थी। हमने इस बारे में बातचीत की कि ख़ुद को व्यावसायिक शिक्षा देने के लिए वह कौन से क़दम उठा सकता है। डेल ने कहा कि वह स्थानीय सामुदायिक कॉलेज में व्यावसायिक कक्षाओं में जाने के अवसर का स्वागत करेगा। उसने यह भी कहा कि उसे स्थानीय व्यावसायिक नेटवर्किंग समूह से जुड़ने में ख़ुशी

महसूस होगी और वह एक मार्गदर्शक की तलाश भी करेगा, जो कारोबार शुरू करने में उसकी मदद कर सके। वह अपने सपने को अब भी सजीव रख सकता है, यह विचार मन में रखकर डेल ख़ुद का कारोबार शुरू करने के सकारात्मक और नकारात्मक पहलुओं को तौलता रहा।

कुछ ही सप्ताह में डेल ने एक निर्णय ले लिया - वह अपना व्यवसाय पार्ट टाइम करेगा। उसने अपने गैराज में रात बिताने और वीकएंड में फ़र्नीचर बनाने की योजना बनाई। उसके पास पहले ही बहुत कुछ था, जो कारोबार शुरू करने के लिए ज़रूरी था, लेकिन उसे नई सामग्री के लिए थोड़े पैसों के निवेश की ज़रूरत थी। कुल मिलाकर, उसे आत्मविश्वास महसूस हुआ कि वह तुलनात्मक रूप से कम निवेश में कारोबार शुरू कर सकता है। शुरुआत में वह अपना फ़र्नीचर दुकान से नहीं, बल्कि ऑनलाइन और अख़बारों के माध्यम से बेचेगा। यदि उसके फ़र्नीचर में लोगों ने ज़्यादा रुचि दिखाई, तो वह बाद में कभी दुकान खोलने पर विचार करेगा और शायद तब वह शिक्षक के रूप में अपनी नौकरी हमेशा के लिए छोड़ देगा।

जैसे ही डेल ने अपने सपने को हक़ीक़त में बदलने के बारे में सोचना शुरू किया, उसकी मनोदशा में काफ़ी सुधार नज़र आया। कुछ और थेरेपी सत्रों के बाद डेल की स्थिति बेहतर हुई, जब वह अपने लक्ष्यों की दिशा में काम करता रहा। हमने एक महीने बाद एक और अपॉइंटमेंट तय किया, ताकि यह सुनिश्चित हो सके कि उसकी मनोदशा का यह सुधार स्थायी है। जब वह लौटा, तो उसने मुझे एक काफ़ी रोचक बात बताई - न सिर्फ़ वह अपने कारोबार के लिए फ़र्नीचर बनाने लगा था, बल्कि उसे क्लास में पढ़ाने में अब जितना मज़ा आ रहा था, उतना पहले कभी नहीं आया था। उसने कहा कि ख़ुद का कारोबार खोलने की संभावना ने पढ़ाने के प्रति उसके जोश को एक बार फिर चिंगारी दे दी थी। उसने कहा कि वह अंशकालीन रूप से फ़र्नीचर बनाता रहेगा, लेकिन अब वह पढ़ाना नहीं छोड़ना चाहता है। इसके बजाय वह अपने विद्यार्थियों को वे नई चीज़ें सिखाने के बारे में रोमांचित था, जो वह अपने फ़र्नीचर व्यवसाय में सीख रहा था।

जोखिम से बचना

हम अपने जीवन में कई जोखिमों का सामना करते हैं - वित्तीय, शारीरिक, भावनात्मक, सामाजिक, व्यावसायिक जोखिम आदि, लेकिन अक्सर लोग डर की वजह से उन जोखिमों से बचते हैं, जो उन्हें उनकी पूरी संभावना तक पहुँचा सकते हैं। क्या आप नीचे दिए किसी बिंदु पर हाँ में जवाब देते हैं?

- आप अपने जीवन में महत्त्वपूर्ण निर्णय लेने में संघर्ष करते हैं।
- आप इस बारे में दिवास्वप्न देखने में बहुत समय लगाते हैं कि आप क्या करना चाहेंगे, लेकिन आप कोई क़दम नहीं उठाते हैं।
- कई बार आप आवेग में कोई निर्णय इसलिए ले लेते हैं, क्योंकि सोच-विचार करने से बहुत ज़्यादा चिंता हो जाएगी।
- आप अक्सर सोचते हैं कि आप जीवन में बहुत जोखिम भरी और रोमांचक चीज़ें कर सकते हैं, लेकिन डर आपको पीछे रोक देता है।
- जब आप कोई जोखिम लेने के बारे में सोचते हैं, तो आप आम तौर पर सबसे बुरे परिदृश्य की कल्पना करते हैं और जोखिम न लेने का चयन करते हैं।
- आप कई बार दूसरों को अपनी ख़ातिर निर्णय लेने की अनुमति इसलिए दे देते हैं, ताकि आपको निर्णय न लेना पड़े।
- आप अपने जीवन के कम-से-कम कुछ क्षेत्रों - सामाजिक, वित्तीय या शारीरिक - में जोखिमों से बचते हैं, क्योंकि आपको डर लगता है।
- आप अपने डर के स्तर के अनुसार निर्णय लेते हैं। यदि आपके डर का स्तर कम है, तो आप कुछ कर सकते हैं। लेकिन अगर आपको सचमुच बहुत डर लग रहा है, तो आप निर्णय लेते हैं कि जोखिम लेना मूर्खतापूर्ण है।
- आप सोचते हैं कि परिणाम काफ़ी हद तक भाग्य पर निर्भर होते हैं।

जोखिम का आकलन कैसे करना है, इस बारे में अज्ञान की वजह से डर बढ़ जाता है। डरने के बाद अक्सर जोखिम से कतराने की प्रवृत्ति होती है। लेकिन आप सटीकता से जोखिम का आकलन करने की अपनी योग्यता को

बढ़ाने के लिए कुछ क़दम उठा सकते हैं और अभ्यास करने पर आपकी जोखिम लेने की योग्यताएँ बेहतर बन सकती हैं।

हम जोखिमों से क्यों बचते हैं

जब डेल ने कारोबार खोलने की अपनी तसवीर देखी, तो उसे वह मौक़ा याद आया, जब उसने पिछली बार वित्तीय जोखिम लिया था और उसे मुँह की खानी पड़ी थी। दूसरा जोखिम लेने के बारे में उसके विचार बहुत नकारात्मक थे। उसने कल्पना की कि वह दिवालिया हो जाएगा या वह अपने रिटायरमेंट का पूरा पैसा ऐसे कारोबार में दाँव पर लगा देगा, जो अंततः नाकाम हो जाएगा। उसके अतिशयोक्तिपूर्ण नकारात्मक विचार डर और चिंता की ओर ले गए, जिन्होंने उसे क़दम उठाने से रोका। यह उसे कभी सूझा ही नहीं कि वह जोखिम को घटाने और सफलता की संभावनाओं को बढ़ाने के तरीक़े खोजे।

भावना तर्क पर हावी हो जाती है

भले ही हमारी भावनाओं में किसी प्रकार के तर्क का आधार न हो, तब भी हम कई बार उन भावनाओं को हावी होने देते हैं। "क्या हो सकता है…" यह सोचने के बजाय हम "कहीं ऐसा न हो जाए…" पर ध्यान केंद्रित कर बैठते हैं। लेकिन जोखिमों का सामना लापरवाही से नहीं करना चाहिए।

मेरा पीला लैब्राडोर जेट काफ़ी भावनात्मक है। उसका व्यवहार उसके अहसास से पूरी तरह संचालित होता है। न जाने क्यों, उसे कुछ बहुत अजीब चीज़ों से दहशत होती है। मिसाल के तौर पर, वह ज़्यादातर प्रकार के फ़र्शों से डरता है। उसे गलीचे पर चलना पसंद है, लेकिन लिनोलियम पर चलने से वह साफ़ इंकार कर देता है। उसके दिमाग़ में यह गहरा विश्वास बैठ चुका है कि ज़्यादातर फ़र्श फिसलन भरे होते हैं और उसे दहशत होती है कि वह गिर सकता है।

लोग अक्सर जिस तरह अपनी चिंता का प्रबंधन करते हैं, उसी तरह जेट ने भी अपने डर संबंधी नियम बना लिए हैं। वह मेरे लिविंग रूम में लकड़ी के फ़र्श पर बिना किसी समस्या के चल सकता है। लेकिन वह हॉल

की टाइल पर एक क़दम भी नहीं रखता है। वह हॉल के सिरे पर खड़ा रहता था और घंटों तक बिसूरता रहता था, क्योंकि वह ऑफ़िस में मुझसे मिलने तो आना चाहता था, लेकिन टाइल पर क़दम रखने का जोखिम नहीं लेना चाहता था। मुझे उम्मीद थी कि वह अंततः मुझसे मिलने की ख़ातिर यह जोखिम ले लेगा, लेकिन उसने ऐसा नहीं किया। अंततः मैंने छोटे आसन बिछाकर एक रास्ता बना दिया और अब वह फ़र्श पर चलने से बचने के लिए एक आसन से दूसरे आसन पर सावधानी से क़दम रखता है।

उसके दूसरे घरों के बारे में भी नियम हैं, जहाँ वह कभी-कभार जाता है। जब वह लिंकन की माँ के टाइल वाले घर में जाता है, तो वह पीछे की तरफ़ चलकर लिविंग रूम में जाता है। उसके श्वान मस्तिष्क को स्पष्ट रूप से उनकी टाइल पर आगे चलने के बजाय पीछे चलने में समझदारी नज़र आती है।

एक बार जब हम शहर से बाहर गए थे, तो मेरे डैडी ने जेट को सँभाला था और पूरे वीकएंड में वह दरवाज़े के ठीक भीतर स्वागत कालीन पर बैठा रहा। कई बार तो जेट कुछ इमारतों में दाख़िल ही नहीं होता था और उसे सिर्फ़ इसलिए उठाकर ले जाना पड़ता था, क्योंकि वह लिनोलियम पर पैर रखने को तैयार नहीं होता था। अस्सी पौंड के कुत्ते को पशुचिकित्सक के क्लीनिक में उठाकर ले जाना आसान काम नहीं है, इसलिए हम कई बार उसका रास्ता बनाने के लिए अपने ख़ुद के आसन लेकर जाते हैं।

जेट का डर आम तौर पर कुछ फ़र्शों पर चलने से बचने की उसकी इच्छा पर भारी पड़ता है, लेकिन इस नियम का एक अपवाद है - जब भी कैट फ़ूड दाँव पर हो, तो वह जोखिम लेने को तैयार रहता है। टाइल के फ़र्श के कारण जेट दरअसल कभी किचन में दाख़िल ही नहीं हुआ। लेकिन जैसे ही उसे पता चला कि कैट फ़ूड की कोई डिश रखी हुई है, उसका रोमांच उसके डर पर भारी पड़ गया।

लगभग हर दिन जब वह सोचता है कि हम देख नहीं रहे हैं, तो जेट धीरे से किचन में एक पंजा रखता है। जल्दी ही वह फ़र्श पर दो पंजे रख देगा और किचन में ज़्यादा से ज़्यादा आगे पहुँचने की कोशिश करेगा। अंततः वह फ़र्श पर अपने तीन पंजे रख देगा। जब उसका आख़िरी पंजा गलीचे पर रहेगा, तब वह ज़्यादा से ज़्यादा तनकर किचन में पहुँच जाएगा। कई

बार तो वह अपने चारों पंजे टाइल पर सुरक्षित रूप से रखकर कैट फ़ूड डिश तक पहुँच जाता है।

मैं नहीं जानती कि जेट यह निष्कर्ष किस आधार पर निकालता है कि कौन सा फ़र्श "सुरक्षित" है और कौन सा "डरावना" है। तर्क के अभाव के बावजूद जेट को इसमें समझदारी नज़र आती है।

हालाँकि यह मूर्खतापूर्ण लगता है, लेकिन इंसान भी अक्सर काफ़ी कुछ इसी तरह जोखिम का आकलन करते हैं। हम अपने निर्णय तर्क के बजाय भावना के आधार पर लेते हैं। हम ग़लती से मान लेते हैं कि हमारे डर के स्तर और जोखिम के स्तर के बीच कोई सीधा संबंध होता है। लेकिन अक्सर हमारी भावनाएँ तार्किक नहीं होती हैं। यदि हम सचमुच यह बात समझते हैं कि जोखिम का आकलन कैसे किया जाए, तो हम यह भी समझ जाएँगे कि कौन से जोखिम लेने लायक़ हैं और हम उन्हें लेने के बारे में काफ़ी कम डर महसूस करेंगे।

हम जोखिमों के बारे में नहीं सोचते हैं

जोखिम का आकलन करने के लिए हमें इस संभावना को भाँपना चाहिए कि हमारे व्यवहार का परिणाम सकारात्मक होगा या नकारात्मक। फिर यह मापें कि इन परिणामों का कितना प्रभाव पड़ेगा। अक्सर कोई जोखिम इतना डर जगाता है कि हम इसके या इसके परिणामों के बारे में न सोचने का निर्णय ले लेते हैं। किसी जोखिम के संभावित परिणामों को समझे बिना हम आम तौर पर अंततः जोखिम भरे विचारों या सपनों से कतराते हैं।

जोखिम एक विचार प्रक्रिया के रूप में शुरू होता है। चाहे आप कोई नया घर ख़रीदने के बारे में सोच रहे हों या यह निर्णय ले रहे हों कि अपना सीट बेल्ट लगाना है या नहीं, हर निर्णय में थोड़ा जोखिम शामिल होता है। जोखिम के बारे में आपके विचार आपके अहसास और अंततः आपके व्यवहार को प्रभावित करेंगे। जब आप अपनी कार चलाते हैं, तो आप यह निर्णय लेते हैं कि कितनी तेज़ चलना है। आप सड़क पर कार चलाते समय सुरक्षा और क़ानूनी जोखिमों का सामना करते हैं और आपको इन जोखिमों को अपने समय के साथ संतुलित करना पड़ता है। आप जितनी ज़्यादा तेज़ कार चलाते हैं, आप कार में उतना ही कम समय बिताएँगे, लेकिन ज़्यादा

तेज़ कार चलाने से दुर्घटना होने का जोखिम और क़ानूनी परिणाम झेलने का जोखिम बढ़ जाएगा।

ऐसा नहीं होता कि हर दिन कार से ऑफ़िस जाते समय आप इस बारे में ज़्यादा सोचते हैं कि कितनी तेज़ जाना है। इसके बजाय क़ानून का पालन करने या गति सीमा तोड़ने का आपका निर्णय आपकी आम दिनचर्या पर भारी पड़ता है। लेकिन अगर आपको किसी दिन देर हो रही है, तो आपको यह निर्णय लेने की ज़रूरत होगी कि क्या ज़्यादा तेज़ कार चलाकर शारीरिक व क़ानूनी ख़तरे का जोखिम लिया जाए या ऑफ़िस देर से पहुँचने का जोखिम लेना मुनासिब होगा।

सच्चाई यह है, हममें से ज़्यादातर लोग दरअसल यह आकलन करने में ज़्यादा समय का निवेश ही नहीं करते हैं कि कौन से जोखिम लेने चाहिए और किन जोखिमों से बचना चाहिए। इसके बजाय हम अपने निर्णय भावनाओं या आदत के आधार पर लेते हैं। यदि यह बहुत डरावना लगता है, तो हम जोखिम से बचते हैं। यदि हम संभावित लाभों के बारे में रोमांचित हैं, तो इस बात की ज़्यादा संभावना है कि हम जोखिम को अनदेखा कर देंगे।

जोखिम से डरने के साथ समस्या

एक बार जब डेल के सभी बच्चों की कॉलेज की पढ़ाई पूरी हो गई, तो वह अपने जीवन में ज़्यादा रोमांचक चीज़ें करना चाहता था। बहरहाल, जब उसने कारोबार शुरू करने के बारे में सोचा, तो उसे महसूस हुआ, जैसे वह सुरक्षा जाल के बिना पहाड़ी से नीचे खाई में कूद रहा है। डेल ने जोखिम से बचने की वजह से उसे होने वाली भावनात्मक क्षति का आकलन नहीं किया था। उसके सपने का पीछा न करने से उसकी मनोदशा प्रभावित हुई, क्योंकि इसने स्वयं के बारे में उसका दृष्टिकोण बदल दिया। वह अपने पढ़ाने की नौकरी के बारे में जैसा महसूस करता था, वह अहसास भी बदल गया।

सुविचारित जोखिम लिए बिना आप असाधारण नहीं बनते हैं

ओथमार अम्मान स्विट्ज़रलैंड में जन्मे इंजीनियर थे, जो अमेरिका में आकर बस गए थे। उन्होंने पोर्ट अथॉरिटी ऑफ़ न्यू यॉर्क में चीफ़ इंजीनियर के रूप

में शुरुआत की और सात साल में ही उन्हें तरक्की देकर इंजीनियरिंग का निदेशक बना दिया गया। हर दृष्टि से उनके पास एक महत्त्वपूर्ण काम था।

लेकिन जहाँ तक उन्हें याद था, अम्मान ने आर्किटेक्ट बनने के सपने देखे थे। इसलिए उन्होंने अपनी बेहतरीन नौकरी छोड़ दी और अपना ख़ुद का व्यवसाय शुरू कर दिया। आने वाले वर्षों में अम्मान ने कुछ बेहद प्रभावशाली अमेरिकी पुल बनाए, जिनमें वेराजेनो-नैरोज़, डेलावेयर मेमोरियल और वॉल्ट व्हिटमैन शामिल थे। अलंकृत, जटिल और महँगी इमारतों को डिज़ाइन करने और बनाने की उनकी योग्यता की बदौलत उन्हें बहुत सारे पुरस्कार मिले।

सबसे ज़्यादा प्रभावी बात यह हो सकती है कि करियर बदलते वक़्त अम्मान की उम्र साठ साल थी। वे तब तक वास्तुशिल्प की बेजोड़ कलाकृतियाँ बनाते रहे, जब तक कि वे 86 साल के नहीं हो गए। जिस उम्र में ज़्यादातर लोग आगे जोखिम नहीं लेना चाहते, उस उम्र में अम्मान ने एक ऐसा सुविचारित जोखिम लेने का चुनाव किया, जिसने उन्हें उनके सपनों के अनुसार जीने की अनुमति दी। यदि हम केवल वही जोखिम लेते हैं, जो हमें सबसे ज़्यादा सुविधाजनक लगते हैं, तो संभवतः हम कुछ महान अवसर चूक जाएँगे। सुविचारित जोखिम लेना अक्सर साधारण जीवन जीने और असाधारण जीवन जीने के बीच का फ़र्क़ होता है।

भावना तार्किक चुनाव में हस्तक्षेप करती है

आपको ट्रैफ़िक में क़दम रखने के बारे में थोड़ा डरना चाहिए। यह डर आपको याद दिलाता है कि सड़क पार करने से पहले आपको दोनों तरफ़ देख लेना चाहिए, ताकि आप किसी कार से टकराने के जोखिम को कम कर सकें। यदि आपके मन में कोई डर नहीं होता, तो संभवतः आप लापरवाही भरा व्यवहार करते।

लेकिन हमारे "डर के मीटर" हमेशा विश्वसनीय नहीं होते हैं। वे कई बार तो तब भी सक्रिय हो जाते हैं, जब हम पर कोई वास्तविक ख़तरा नहीं मँडराता है। जब हम डरे हुए महसूस करते हैं, तो हममें वैसा ही व्यवहार करने की प्रवृत्ति होती है, क्योंकि हम यह ग़लत विश्वास कर लेते हैं "यदि यह डरावना महसूस होता है, तो यह बहुत जोखिम भरा होगा।"

बरसों से हमें घातक मधुमक्खियों से लेकर मैड काउ डिसीज़ तक हर चीज़ के खतरों के ख़िलाफ़ चेतावनी दी जाती रही है। हम इतने सारे ख़तरों के बारे में विभिन्न आँकड़े, शोध अध्ययन और चेतावनियाँ लगातार सुनते हैं कि हमारे जीवन में वास्तविक जोखिमों के दायरे को तय करना मुश्किल होता है। मिसाल के तौर पर, कैंसर संबंधी शोध को लें। कई अध्ययनों का आकलन है कि कैंसर हर चार में से एक मृत्यु के लिए ज़िम्मेदार होता है और कुछ रिपोर्टें चेतावनी देती हैं कि कुछ सालों में हममें से आधे लोगों को कैंसर हो जाएगा। हालाँकि इस प्रकार के आँकड़े डर का कारण हो सकते हैं, लेकिन वे अक्सर भ्रामक होते हैं। संख्याओं को ज़्यादा ग़ौर से देखने पर पता चलता है कि जो स्वस्थ युवा स्वस्थ जीवनशैली जीता है, उसे कैंसर होने का ख़तरा उस ज़्यादा उम्र वाले, मोटे व्यक्ति से तुलनात्मक रूप से कम होता है, जो सिगरेट पीता है। लेकिन जब हम पर ऐसे डरावने आँकड़ों की लगातार बमबारी की जा रही हो, तो जोखिम के हमारे व्यक्तिगत स्तर को सही परिप्रेक्ष्य में रखना कई बार मुश्किल होता है।

सफ़ाई करने वाले द्रवों के निर्माता हमें विश्वास दिलाने के लिए कड़ी मेहनत कर रहे हैं कि हमें कीटाणुओं से बचने के लिए शक्तिशाली रसायनों, हैंड सेनिटाइज़र्स और एंटीबैक्टीरियल साबुनों की ज़रूरत होती है। मीडिया हमें चेतावनी देता है कि हमारे किचन में हमारी टॉयलेट सीट से ज़्यादा कीटाणु होते हैं, जब हमें दिखाया जाता है कि जाँच वाले बर्तन में बैक्टीरिया कितनी तेज़ी से बढ़ते हैं। कीटाणुओं से डरने वाले लोग इन चेतावनियों पर ध्यान देते हैं और कीटाणुओं के संपर्क में आने से बचने के लिए भारी सतर्कता बरतते हैं। वे क्षार वाले रसायनों से अपने घर को हर दिन अच्छी तरह साफ़ करते हैं, एंटीबैक्टीरियल उत्पादों से अपने हाथ लगातार साफ़ करते हैं और कीटाणुओं के फैलने को कम करने के लिए हाथ मिलाने के बजाय मुट्ठी टकराते करते हैं। लेकिन कीटाणुओं से युद्ध जीतने की कोशिशें दरअसल भलाई से ज़्यादा नुक़सान कर सकती हैं। वास्तव में ऐसा शोध है, जो यह दर्शाता है कि बहुत सारे कीटाणुओं से बचने की वजह से बीमारी से प्रतिरक्षा बनाने की हमारी योग्यता कम हो जाती है। जॉन्स हॉपकिन्स चिल्ड्रन्स सेंटर के एक अध्ययन में यह पाया गया कि जिन नवजात शिशुओं को कीटाणुओं, पालतू जानवरों आदि की रूसी और कीड़ों आदि के एलर्जी-उत्पादक तत्वों के संपर्क में रखा गया, उन्हें अस्थमा और एलर्जी होने की कम संभावना

थी। डर की वजह से कई लोग ग़लती से यह मान बैठते हैं कि कीटाणुओं का ख़तरा वास्तविकता से बहुत ज़्यादा है, जबकि दरअसल बैक्टीरिया रहित परिवेश हमारी सेहत को कीटाणुओं से ज़्यादा ख़तरे में डाल सकता है।

निर्णय लेने की पूरी प्रक्रिया में अपनी भावनाओं के बारे में जागरूक रहना महत्त्वपूर्ण है। यदि आप दुःखी महसूस कर रहे हैं, तो इस बात की संभावना है कि आप असफलता की उम्मीद करेंगे और जोखिम से बचेंगे। यदि आप ख़ुश महसूस कर रहे हैं, तो आप जोखिम को नज़रअंदाज़ करके क़दम उठा सकते हैं। शोध ने तो यहाँ तक दिखाया है कि जोखिम से बिलकुल असंबद्ध किसी चीज़ का डर भी आपके निर्णय को प्रभावित कर सकता है। यदि आप अपनी नौकरी के बारे में तनावग्रस्त हैं और एक नया घर ख़रीदने की भी सोच रहे हैं, तो इस बात की ज़्यादा संभावना है कि आप घर की ख़रीदी को ज़्यादा बड़ा जोखिम मानेंगे, जो आप तब नहीं मानते, अगर आप ऑफ़िस में तनाव महसूस नहीं करते। अक्सर हम अपनी भावनाओं को प्रभावित करने वाले घटकों को अलग करने में अच्छे नहीं होते, इसलिए हम उन सबको इकट्ठा कर देते हैं।

जोखिमों को आँकें और डर कम करें

यह डेल को पहले कभी लगा ही नहीं था कि उसे सिर के बल किसी कारोबार में कूदने की ज़रूरत नहीं थी। जब वह दिवालियेपन के जोखिम को कम करने के तरीक़े खोजने लगा, तो उसे राहत महसूस हुई और वह इस बारे में ज़्यादा तार्किकता से सोच पाया कि वह अपने कारोबार के सपने को हक़ीक़त में कैसे बदल सकता है। ज़ाहिर है, यह आशंका तो है कि उसने कारोबार शुरू करने में जो पैसा लगाया है, वह शायद उसे न कमा पाए, लेकिन इस पर पूरा सोच-विचार करने के बाद यह एक ऐसा सुविचारित जोखिम था, जिसे वह स्वीकार करने को तैयार था।

भावना को तर्क से संतुलित करें

मूर्खतावश यह न सोचें कि आपको अपनी चिंता के आधार पर जोखिम के बारे में अंतिम निर्णय लेना चाहिए। आपकी भावनाएँ बहुत अविश्वसनीय हो सकती हैं। आप जितना ज़्यादा भावनात्मक महसूस करते हैं, आपके विचार

उतने ही कम तार्किक होंगे। अपनी भावनात्मक प्रतिक्रिया को संतुलित करने के लिए जोखिम के बारे में अपने तार्किक विचारों को बढ़ाएँ।

कई लोग विमान में बैठने से दहशत खाते हैं। यह डर अक्सर नियंत्रण के अभाव से उत्पन्न होता है। यात्री नहीं, बल्कि पायलट नियंत्रण में होता है और नियंत्रण के इस अभाव से डर उत्पन्न होता है। कई संभावित यात्री तो इतना ज़्यादा डरते हैं कि वे विमान में बैठने के बजाय बहुत दूर तक कार से जाने का विकल्प चुनते हैं। लेकिन कार चलाने का उनका निर्णय तर्क पर नहीं, भावना पर आधारित होता है। तर्क कहता है कि आँकड़ों की दृष्टि से किसी कार दुर्घटना में मरने की आशंका 5,000 में से 1 होती है, जबकि विमान दुर्घटना में मरने की आशंका 11 मिलियन में से 1 होती है।

यदि आप जोखिम लेने वाले हैं, ख़ास तौर पर ऐसा जिसमें आपका स्वास्थ्य शामिल हो सकता है, तो क्या आप संभावनाओं को अपने पक्ष में नहीं चाहेंगे? बहरहाल, ज़्यादातर लोग ऐसा विकल्प चुनते हैं, जिससे उन्हें सबसे कम चिंता हो। उन विचारों पर ध्यान दें, जो आपके मन में जोखिम लेने के बारे में हैं और सुनिश्चित करें कि आप अपने निर्णय सिर्फ़ भावनाओं के आधार पर नहीं, बल्कि तथ्यों के आधार पर करें।

ज़्यादातर शोध दिखाता है कि हम जोखिम का सटीक आकलन करने में काफ़ी बुरे होते हैं। डरावनी बात यह है कि हमारे जीवन के कई बड़े निर्णय पूरी तरह से अतार्किकता पर आधारित होते हैं :

- *हम ग़लत अनुमान लगा लेते हैं कि किसी स्थिति पर हमारा कितना नियंत्रण है :* हम आम तौर पर ज़्यादा बड़े जोखिम लेने के इच्छुक रहते हैं, जब हम सोचते हैं कि हमारा ज़्यादा नियंत्रण है। मिसाल के तौर पर, ख़ुद कार चलाते समय ज़्यादातर लोग ज़्यादा आरामदेह होते हैं, लेकिन आप ड्राइवर की सीट पर बैठे हैं, इसका यह मतलब नहीं है कि आपकी दुर्घटना नहीं हो सकती।
- *सुरक्षात्मक क़दम होने पर हम अति करते हैं :* जब सुरक्षा जाल मौजूद होता है, तो हम ज़्यादा दुःसाहसी हो जाते हैं और अंततः अपने जोखिम को बढ़ा लेते हैं। जब लोग अपने सीट बेल्ट लगा लेते हैं, तो उनमें ज़्यादा तेज़ कार चलाने की प्रवृत्ति होती है। बीमा कंपनियों ने पाया है

कि कारों में बढ़े सुरक्षा साधनों के साथ-साथ दुर्घटना की दर बढ़ती जा रही है।

- *हम योग्यता और संयोग के बीच का फ़र्क़ नहीं पहचान पाते :* कैसिनो वालों ने पाया है कि जब जुआरी क्रैप्स नामक पाँसे का खेल खेलते हैं, तो वे पाँसे को अलग-अलग तरीक़ों से लुढ़काते हैं, जो इस बात पर निर्भर करता है कि उन्हें जीतने के लिए कितने अंक चाहिए। जब वे किसी ऊँची संख्या के लिए पाँसा लुढ़काना चाहते हैं, तो वे पाँसे को कसकर फेंकते हैं। जब वे कोई छोटी संख्या चाहते हैं, तो वे पाँसे को धीरे से लुढ़काते हैं। हालाँकि यह संयोग का खेल है, लेकिन लोग इस तरह व्यवहार करते हैं, मानो इसमें योग्यता के किसी स्तर की ज़रूरत है।
- *हम अपने अंधविश्वासों से प्रभावित होते हैं :* चाहे कोई व्यवसायी अपने सौभाग्यशाली मोज़े पहनता हो या कोई व्यक्ति घर से बाहर निकलने से पहले अपनी भविष्यवाणी पढ़ता है, अंधविश्वास जोखिम लेने की हमारी इच्छा पर प्रभाव डालते हैं। औसतन तेरह तारीख़ शुक्रवार को विमान से यात्रा करने वालों की संख्या में दस हज़ार की कमी आ जाती है और उस दिन काली बिल्लियों के आश्रय से स्वीकार करने की कम संभावना होती है। हालाँकि शोध दिखाता है कि ज़्यादातर लोग सोचते हैं कि अँगुलियों से क्रॉस बनाने से उनकी ख़ुशक़िस्मती बढ़ जाती है, लेकिन वास्तव में इससे जोखिम कम नहीं होता है।
- *जब हम किसी बड़े फ़ायदे को संभव मानते हैं, तो हम आसानी से धोखा खा जाते हैं :* भले ही संभावनाएँ आपके ख़िलाफ़ हों, तब भी अगर आप संभावित फ़ायदे को सचमुच पसंद करते हैं, मिसाल के तौर पर लॉटरी, तो आप अपनी सफलता की संभावनाओं का अति आकलन कर लेंगे।
- *हम परिचित के साथ आरामदेह हो जाते हैं :* हम जितनी ज़्यादा बार कोई जोखिम लेते हैं, हममें उतना ही ग़लत आकलन करने की प्रवृत्ति होती है कि हम दरअसल कितना बड़ा जोखिम ले रहे हैं। यदि आप वही जोखिम बार-बार लेते हैं, तो आप उसे जोखिम मानना ही छोड़ देंगे। यदि आप हर दिन ऑफ़िस जाते समय तेज़ कार चलाते हैं, तो आप उस ख़तरे को बहुत कम आँकेंगे, जो आप उठा रहे हैं।

- *हम जोखिम को सटीकता से पहचानने की दूसरे लोगों की योग्यताओं पर बहुत विश्वास कर लेते हैं : भावनाएँ संक्रामक होती हैं।* यदि आप लोगों की भीड़ में हैं, जो धुएँ की ख़ुशबू पर प्रतिक्रिया नहीं करते हैं, तो यह संभव है कि आप ज़्यादा ख़तरा नहीं भाँपेंगे। इसके विपरीत अगर दूसरे लोग दहशत में आने लगते हैं, तो आपके प्रतिक्रिया करने की कहीं ज़्यादा संभावना होगी।

- *जोखिम लेते समय हम मीडिया से भी प्रभावित हो सकते हैं :* अगर आप अख़बार में किसी दुर्लभ बीमारी के बारे में लगातार लेख पढ़ते हैं, तो आपके यह सोचने की ज़्यादा संभावना है कि आपको वह रोग होने की आशंका ज़्यादा है, भले ही अख़बार सिर्फ़ इक्का-दुक्का घटनाओं की ही ख़बर छाप रहे हों। इसी तरह, प्राकृतिक आपदाओं या दुःखद घटनाओं वाले लेखों की वजह से आप यह महसूस कर सकते हैं कि आपको विभीषिका का वास्तविकता से ज़्यादा जोखिम है।

जोखिम न्यूनतम करें, सफलता अधिकतम करें

मेरे हाई स्कूल के स्नातक समारोह में हर साल सर्वश्रेष्ठ ग्रेड वाले विद्यार्थी को भाषण देना होता था। सीनियर ईयर में आधा साल बीतने पर जब मुझे पता चला कि मैं वह विद्यार्थी बनने वाली हूँ, तो अपनी क्लास में सर्वोच्च जीपीए पाने का मुझे जितना रोमांच था, भाषण देने का उससे ज़्यादा डर था। मैं बेहद शर्मीली थी, इस हद तक कि मैं आम तौर पर क्लास में बोलती भी नहीं थी, हालाँकि मेरे सहपाठियों को मैं किंडरगार्टन से जानती थी। मंच पर खड़े होकर खचाखच भरे सभागार के सामने भाषण देने का विचार ही मेरे घुटनों को कमज़ोर बनाने के लिए काफ़ी था।

जब मैंने भाषण लिखने की कोशिश की, तो मुझे काग़ज़ पर लिखने के लिए कोई शब्द ही नहीं मिले। मैं लोगों की भीड़ के सामने बोलने के विचार से बहुत परेशान थी। लेकिन मैं जानती थी कि मुझे कुछ न कुछ तो लिखना था, क्योंकि घड़ी सरपट भाग रही थी।

"श्रोताओं के अंडरवियर में होने की तसवीर देखें" या "किसी आईने के सामने अपना भाषण पढ़ने का अभ्यास करें" जैसी आम सलाह मेरी घबराहट को शांत करने के लिए काफ़ी नहीं थी। मैं आतंकित थी।

इसलिए मैंने यह सोचने में कुछ समय गुज़ारा कि सार्वजनिक संभाषण में मेरा सबसे बड़ा डर क्या था। यह पता चला कि मैं श्रोताओं की अस्वीकृति से डर रही थी। मैं यह कल्पना कर रही थी कि मेरा भाषण ख़त्म होने पर श्रोता पूरी तरह ख़ामोश रहेंगे, क्योंकि मैंने जो बुदबुदाया था, वह या तो पूरी तरह सुनाई नहीं दिया था या इतनी ख़राब तरीक़े से पेश किया गया था कि कोई भी ताली नहीं बजाना चाहता था। इसलिए अपने जोखिम को कम करने के लिए मैंने अपनी अच्छी सहेलियों से बातचीत की और उन्होंने एक शानदार योजना बनाने में मेरी मदद की।

इस योजना ने मेरे जोखिम और घबराहट को इतना कम कर दिया कि मैं अपना भाषण लिख पाई। कुछ सप्ताह बाद स्नातक दिवस पर मंच पर खड़े होते समय मैं बहुत ज़्यादा घबराहट महसूस कर रही थी। मेरी आवाज़ पूरी समय तड़कती रही, जब मैंने वह सलाह पेश की, जो कोई अठारह साल की लड़की अपने सहपाठियों को दे सकती थी। लेकिन मैंने यह कर दिया। जब मेरा भाषण पूरा हुआ, तो मेरी सहेलियों ने हमारी योजना पर अमल किया। संकेत पर वे उठकर खड़ी हो गईं और इस तरह तालियाँ बजाने लगीं, जैसे उन्होंने अभी-अभी संसार का सर्वश्रेष्ठ रॉक कन्सर्ट देखा हो। जब कमरे में कुछ लोग तालियाँ बजाने के लिए खड़े होते हैं, तब क्या होता है? बाक़ी लोग भी ऐसा ही करते हैं। मेरी खड़े होकर जय-जयकार की गई।

क्या वह भाषण इस लायक़ था? शायद। शायद नहीं। आज तक यह हिस्सा दरअसल मेरे लिए मायने नहीं रखता। मुद्दे की बात यह थी, मैं जानती थी कि अगर मैं अपने सबसे बड़े डर - कि कोई मेरे लिए तालियाँ नहीं बजाएगा - से छुटकारा पा लूँ, तो मैं भाषण दे सकती हूँ।

आप किसी स्थिति में कितना जोखिम महसूस करेंगे, वह आपके लिए अनूठा होता है। किसी समूह के सामने भाषण देना कुछ के लिए जोखिम भरा होता है, लेकिन बाक़ी लोगों के लिए नहीं होता। ख़ुद से नीचे दिए प्रश्न पूछें, ताकि आपको जोखिम के अपने स्तर का आकलन करने में मदद मिले :

- *संभावित लागत क्या है?* कई बार जोखिम लेने की लागत मूर्त होती है - जैसे निवेश में लगाने वाला पैसा - लेकिन बाक़ी समय, जोखिम से अमूर्त लागतें जुड़ी होती हैं, जैसे अस्वीकृति का जोखिम।

- *संभावित लाभ क्या हैं?* जोखिम लेने के संभावित परिणाम के बारे में सोचें। अगर जोखिम कामयाब हो जाता है, तो क्या होगा? क्या आपकी आर्थिक स्थिति बेहतर होगी? बेहतर संबंध? बेहतर स्वास्थ्य? फ़ायदा इतना ज़्यादा होना चाहिए कि यह संभावित लागतों पर भारी पड़े।

- *इससे मुझे अपना लक्ष्य हासिल करने में कैसे मदद मिलेगी?* अपने ज़्यादा बड़े लक्ष्यों की जाँच करना और यह देखना महत्त्वपूर्ण है कि यह जोखिम उस लक्ष्य की प्राप्ति में क्या भूमिका निभाता है। मिसाल के तौर पर, यदि आप ज़्यादा पैसा हासिल करना चाहते हैं, तो अपने जोखिम की जाँच करते वक़्त देखें कि ख़ुद का कारोबार खोलने से आपको उस लक्ष्य में कैसे मदद मिल सकती है।

- *विकल्प क्या हैं?* कई बार हम जोखिम को इस तरह देखते हैं, मानो हमारे पास सिर्फ़ दो ही विकल्प हैं : जोखिम लें या इसे छोड़ दें। लेकिन अक्सर कई अलग-अलग प्रकार के अवसर होते हैं, जो आपको अपने लक्ष्यों तक पहुँचा सकते हैं। बीच के उन विकल्पों को पहचानना महत्त्वपूर्ण है, ताकि आप सबसे अच्छा निर्णय ले सकें।

- *यदि सबसे अच्छा परिदृश्य सच हो जाए, तो यह कितना अच्छा होगा?* जोखिम के फ़ायदे के बारे में सचमुच कुछ समय सोचें और यह भी कि वह फ़ायदा आपके जीवन को किस तरह प्रभावित कर सकता है। इस बारे में यथार्थवादी अपेक्षाएँ तय करें कि सर्वश्रेष्ठ संभव परिदृश्य आपको कैसे लाभ पहुँचा सकता है।

- *वह सबसे बुरी चीज़ क्या है, जो हो सकती है और मैं इसके होने के जोखिम को कम करने के लिए क्या कर सकता हूँ?* सबसे बुरे परिदृश्य की जाँच करना भी महत्त्वपूर्ण है और फिर उन क़दमों के बारे में सोचें, जो आप इसके होने को न्यूनतम करने के बारे में उठा सकते हैं। मिसाल के तौर पर, यदि आप किसी कारोबार में निवेश करने की सोच रहे हैं, तो आप सफलता के अपने अवसर कैसे बढ़ा सकते हैं?

- *अगर सबसे बुरा परिदृश्य सच हो जाए, तो यह कितना बुरा होगा?* जिस तरह अस्पतालों, शहरों और सरकारों के पास आपदा प्रबंधन योजना होती है, उसी तरह आपको भी अपनी आपदा प्रबंधन योजना

बनानी चाहिए। एक योजना बनाएँ कि सबसे बुरे परिदृश्य के आने पर आप कैसे प्रतिक्रिया कर सकते हैं।

- *यह निर्णय पाँच साल बाद कितना महत्त्वपूर्ण होगा?* चीज़ों को सही परिप्रेक्ष्य में रखने के लिए ख़ुद से पूछें कि इस ख़ास जोखिम के आपके भविष्य को कितना प्रभावित करने की संभावना है। यदि यह छोटा जोखिम है, तो आज से कुछ साल बाद आपको यह याद भी नहीं रहेगा। यदि यह बड़ा जोखिम है, तो यह आपके भविष्य पर ज़्यादा प्रभाव डाल सकता है।

अपने जवाबों को लिखने से मदद मिलती है, ताकि आप उनकी समीक्षा कर सकें और उन्हें दोबारा पढ़ सकें। जब आपके पास किसी जोखिम के उचित आकलन के लिए तथ्य उपलब्ध न हों, तो अधिक शोध करने और ज़्यादा से ज़्यादा जानकारी हासिल करने के इच्छुक रहें। जब जानकारी उपलब्ध न हो, तो अपने पास मौजूद जानकारी के साथ सर्वश्रेष्ठ निर्णय लेने का संकल्प लें।

जोखिम लेने का अभ्यास करें

2007 में उनकी मृत्यु से पहले *साइकोलॉजी टुडे* ने अल्बर्ट एलिस को "महानतम जीवित मनोवैज्ञानिक" का ख़िताब दिया था। एलिस लोगों को यह सिखाने के लिए मशहूर थे कि वे अपने आत्म-पराजयी विचारों और विश्वासों को कैसे चुनौती दें। वे ये सिद्धांत सिर्फ़ सिखाते ही नहीं थे, बल्कि अपने जीवन में इनका पालन भी करते थे।

युवावस्था में एलिस बेहद संकोची थे और युवतियों से बात करने में घबराते थे। उन्हें अस्वीकृति से दहशत होती थी, इसलिए वे किसी युवती से डेट पर चलने का आग्रह नहीं करते थे। लेकिन अंततः वे यह समझ गए कि अस्वीकृति संसार में सबसे बुरी चीज़ नहीं है और उन्होंने अपने डर का सामना करने का निर्णय लिया।

वे एक महीने तक हर दिन स्थानीय बौटेनिकल गार्डन में गए। जब भी वे किसी महिला को अकेले बेंच पर बैठे देखते थे, तो वे उसके बग़ल में बैठ जाते थे। उन्होंने ख़ुद को मजबूर किया कि वे बैठने के एक मिनट के भीतर बातचीत शुरू कर दें। उस महीने उन्हें महिलाओं से बातचीत करने के 130

अवसर मिले और इनमें से 30 महिलाएँ उनके बैठते ही उठकर चली गईं, लेकिन उन्होंने बाक़ी के साथ बातचीत शुरू की। उन्होंने 100 महिलाओं को डेट के लिए आमंत्रित किया, जिनमें से एक ने हाँ तो कर दी, लेकिन वह आई नहीं। लेकिन एलिस निराश नहीं हुए। इसके बजाय इससे उनका यह विश्वास मज़बूत हुआ कि अस्वीकृति से डरने के बावजूद वे जोखिम लेना गवारा कर सकते थे।

अपने डरों का सामना करके एलिस ने अपने अतार्किक विचारों को पहचाना, जिन्होंने उन्हें जोखिम लेने से ज़्यादा डरा रखा था। ये विचार उनकी भावनाओं को किस तरह प्रभावित करते थे, यह समझने से उन्हें बाद में नई थेरेपी तकनीकें ईजाद करने में मदद मिली, जो दूसरे लोगों की अतार्किक सोच को दूर करने के काम आईं।

एलिस की तरह ही अपने लिए हुए जोखिमों के परिणाम की निगरानी करें। ग़ौर करें कि जोखिम लेने से पहले, उसके दौरान और बाद में आपको कैसा महसूस हुआ। ख़ुद से पूछें कि आपने क्या सीखा और आप भावी निर्णयों में उस ज्ञान का इस्तेमाल कैसे कर सकते हैं।

सुविचारित जोखिम लेने से आप ज़्यादा शक्तिशाली बनते हैं

इंग्लैंड स्थित वर्जिन ग्रुप के संस्थापक रिचर्ड ब्रान्सन जोखिम लेने के लिए मशहूर हैं। आख़िर आप कुछ छलाँगें लगाए बिना चार सौ कंपनियों के मालिक नहीं बनते हैं। लेकिन उन्होंने सुविचारित जोखिम लिए, जिन्होंने उन्हें निश्चित रूप से फ़ायदा पहुँचाया।

बचपन में ब्रान्सन स्कूल में पढ़ाई से जूझते थे। उन्हें डिसलेक्सिया था और उनका शैक्षणिक प्रदर्शन समस्याग्रस्त रहा। लेकिन इस वजह से वे पीछे नहीं रुके। इसके बजाय किशोरावस्था में उन्होंने कारोबारी उद्यम शुरू कर दिए। पंद्रह साल की उम्र में उन्होंने पक्षी प्रजनन का कारोबार शुरू किया।

उनके कारोबारी उद्यम जल्दी ही बढ़ने लगे, जब उन्होंने बाद में रिकॉर्ड कंपनियाँ, एयरलाइन कंपनियाँ और मोबाइल फ़ोन कंपनियाँ शुरू कीं। उनके साम्राज्य का विस्तार हो चुका है और वर्तमान में उनकी नेट वर्थ लगभग 5

अरब डॉलर है। हालाँकि वे आराम से बैठकर अपनी मेहनत के फलों का आनंद ले सकते हैं, लेकिन ब्रान्सन ख़ुद को और अपने कर्मचारियों को हर दिन चुनौती देने से प्रेम करते हैं।

"वर्जिन में मैं अपनी टीम को उसी पुरानी दिनचर्या से स्वतंत्र करने के लिए दो तकनीकों का इस्तेमाल करता हूँ : रिकॉर्ड तोड़ना और शर्त लगाना," ब्रान्सन *एंटरप्रेन्योर* पत्रिका के एक लेख में लिखते हैं। "जोखिम लेना अपनी और अपने समूह की जाँच करने का बेहतरीन तरीक़ा है और सीमाओं को धकेलने का भी, जिस दौरान हम एक साथ मज़े लेते हैं।" वे सीमाओं को धकेल देते हैं। उनकी टीमें ऐसे प्रॉडक्ट बनाती हैं, जिनके बारे में लोग कहते हैं कि वे काम नहीं करेंगे। वे ऐसे रिकॉर्ड तोड़ते हैं, जिनके बारे में लोग दावा करते हैं कि उन्हें तोड़ना असंभव है। वे ऐसी चुनौतियाँ स्वीकार करते हैं, जिनकी कोई दूसरा कोशिश भी नहीं करता है। लेकिन इस सबके बीच ब्रान्सन स्वीकार करते हैं कि उनके जोखिम "अंधा जुआ नहीं, बल्कि सामरिक निर्णय" होते हैं।

सफलता आपके पास नहीं आएगी। आपको इसका पीछा करना होगा। सावधानी से सुविचारित जोखिम लेने के लिए अज्ञात में क़दम रखने से आप अपने सपनों तक पहुँच सकते हैं और अपने लक्ष्यों को हासिल कर सकते हैं।

समस्या-निवारण और कुछ बाधाएँ

निगरानी करें कि आप किस प्रकार के जोखिम ले रहे हैं और उन जोखिमों के बारे में आप कैसा महसूस कर रहे हैं। साथ ही यह भी दर्ज करें कि आप किन अवसरों को पास से गुज़रने दे रहे हैं। इससे यह सुनिश्चित करने में मदद मिल सकती है कि आप वे जोखिम ले रहे हैं, जो आपको सबसे ज़्यादा लाभ पहुँचा सकते हैं, इस तरह के भी जिनसे थोड़ी चिंता होती है। याद रहे, जोखिम का आकलन करने में अभ्यास की ज़रूरत होती है, लेकिन अभ्यास के साथ आप सीख सकते हैं और विकास कर सकते हैं।

क्या सहायक है

- जोखिम लेने पर भावनात्मक प्रतिक्रियाओं के बारे में जागरूक बनना।
- यह पहचानना कि किस प्रकार के जोखिम ख़ास तौर पर चुनौतीपूर्ण हैं।
- अतार्किक विचारों को पहचानना, जो आपके निर्णय पर असर डालते हैं।
- ख़ुद को तथ्यों के बारे में शिक्षित करना।
- निर्णय लेने से पहले हर जोखिम का आकलन करने में समय लगाना।
- जोखिम लेने का अभ्यास करना और परिणामों की निगरानी करना, ताकि आप हर जोखिम से सीख सकें।

क्या सहायक नहीं है

- आप कैसा महसूस करते हैं, इस आधार पर जोखिम के बारे में निर्णय लेना।
- उस तरह के जोखिमों से बचना, जिनसे सबसे ज़्यादा डर लगता है।
- किसी नई चीज़ को आज़माने की अपनी इच्छा को अतार्किक विचारों से प्रभावित होने की अनुमति देना।
- तथ्यों को नज़रअंदाज़ करना या ज़्यादा सीखने की कोशिश न करना, जब आपके पास वह जानकारी न हो, जिसकी ज़रूरत सर्वश्रेष्ठ निर्णय लेने के लिए है।

- जोखिम को तौलने का समय लिए बिना आवेगपूर्ण प्रतिक्रिया करना।
- ऐसे जोखिम लेने से इंकार करना, जो आपको असहज बनाते हैं।

अध्याय 7

वे अतीत में नहीं रहते हैं

हम अतीत में रहकर उसका उपचार नहीं करते हैं; अतीत का
उपचार तो हम वर्तमान में पूरी तरह जीकर करते हैं।
—मैरियन विलियमसन

ग्लोरिया पचपन वर्षीय मेहनती महिला थी, जिसे काउंसलिंग लेने की सलाह दी गई, जब उसने डॉक्टर को बताया कि वह बहुत तनावग्रस्त महसूस कर रही थी। उसकी अट्ठाईस साल की बेटी हाल ही में उसके पास दोबारा आकर रहने लगी थी। बेटी ग्लोरिया के घर से अठारह साल की उम्र में दूसरी जगह जाकर रहने लगी थी, लेकिन इसके बाद वह कम से कम एक दर्जन बार दोबारा वहाँ रहने आई थी। उसे आम तौर पर एक नया बॉयफ्रेंड मिल जाता था और कुछ ही दिनों या हफ़्तों के बाद वह उसके साथ रहने चली जाती थी। लेकिन उसका कोई संबंध कभी लंबे समय तक नहीं टिक पाया था और वह हमेशा ग्लोरिया के पास रहने चली आती थी।

ग्लोरिया की बेटी बेरोज़गार थी और वह काम तलाश करने की ख़ास कोशिश भी नहीं कर रही थी। उसके दिन तो टीवी देखने और इंटरनेट पर सर्फ़िंग करने में गुज़रते थे। उससे घरेलू काम करने या सफ़ाई करने में भी परेशानी होती थी। ग्लोरिया को ऐसा महसूस होता था, जैसे वह होटल वाली और नौकरानी की सेवाएँ दे रही है, लेकिन इसके बावजूद बेटी के आने पर वह हमेशा उसका स्वागत करती थी।

उसने सोचा कि अपनी बेटी को रहने का ठिकाना देना उसका फ़र्ज़ था। उसने अपनी बेटी को वह बचपन नहीं दिया था, जिसकी वह हक़दार थी और उसने स्वीकार किया कि वह बहुत अच्छी माँ नहीं थी। अपने पति से तलाक़ होने के बाद ग्लोरिया ने बहुत से पुरुषों के साथ डेटिंग की थी और उनमें से कई स्वस्थ रोल मॉडल नहीं थे। ग्लोरिया अब समझ गई थी कि उसने परवरिश से ज़्यादा ऊर्जा शराब पीने और डेटिंग करने में ख़र्च की थी। उसे महसूस हुआ कि उसने जो ग़लतियाँ की थीं, उन्हीं की वजह से उसकी बेटी का जीवन इस वक़्त इतना ढुलमुल है। शुरू से ही यह स्पष्ट था कि ग्लोरिया अपनी परवरिश को लेकर शर्मिंदा थी और इसी वजह से वह अपनी बेटी की ग़लत हरकतों को बढ़ावा दे रही थी, हालाँकि अब वह वयस्क हो चुकी थी। अपनी बेटी के अपरिपक्व व्यवहार पर ग्लोरिया को सबसे ज़्यादा चिंता होती थी और यही उसके तनाव का मूल कारण था। उसे अपनी बेटी के भविष्य की चिंता सताती थी और वह चाहती थी कि बेटी अच्छी सी नौकरी करे और स्वतंत्रता से अपना जीवन जिए।

हमने जितनी ज़्यादा बात की, ग्लोरिया को उतना ही ज़्यादा समझ में आया कि उसकी शर्म और अपराधबोध की वजह से वह इस वक़्त एक अच्छी अभिभावक नहीं बन पा रही है। अगर वह अपनी बेटी के लिए सर्वश्रेष्ठ करना चाहती थी, तो इससे पहले उसे ख़ुद को क्षमा करना था और अतीत से बाहर निकलना था। जब मैंने ग्लोरिया से पूछा कि क्या उसकी बेटी एक दिन जागेगी और वर्तमान परिस्थितियों को देखकर अपने आप ज़िम्मेदारी भरा व्यवहार करने लगेगी, तो ग्लोरिया ने स्वीकार किया कि यह नहीं होगा, लेकिन उसे समझ में नहीं आ रहा है कि वह क्या करे।

अगले कुछ सप्ताह तक हमने इस बारे में पड़ताल की कि ग्लोरिया अतीत को कैसे देखती है। जब भी वह अपनी बेटी के बचपन के बारे में सोचती थी, तो इस तरह की बातें उसके दिमाग़ में आती थीं, मैं बहुत बुरी हूँ, क्योंकि मैंने अपनी बेटी की ज़रूरतों को पहले स्थान पर नहीं रखा या मेरी ग़लती की वजह से ही मेरी बेटी के साथ इतनी सारी समस्याएँ हैं। हमने उसके विचारों की पड़ताल की और धीरे-धीरे लेकिन निश्चित रूप से ग्लोरिया समझ गई कि उसकी आत्म-निंदा का बेटी के साथ उसके वर्तमान व्यवहार पर काफ़ी असर हो रहा था।

धीरे-धीरे ग्लोरिया इस सच्चाई को स्वीकार करने लगी कि हालाँकि वह आदर्श माँ नहीं थी, लेकिन उसके लिए आज ख़ुद को दंड देने से अतीत नहीं बदल जाएगा। उसने यह भी पहचाना कि उसकी बेटी के प्रति उसका वर्तमान व्यवहार कारगर नहीं हो रहा है, बल्कि उसकी बेटी के आत्म-विनाशकारी व्यवहार को ही बढ़ावा दे रहा है।

अपने नए नज़रिये से लैस होकर ग्लोरिया ने अपनी बेटी के लिए कुछ नियम और सीमाएँ तय कीं। उसने उसे बता दिया कि वह उसके घर में तभी रह सकती है, अगर वह सक्रियता से नौकरी की तलाश करे। वह उसे अपने पैरों पर खड़े होने के लिए कुछ समय देने को तैयार थी, लेकिन दो महीने बाद भी अगर वह उसके घर पर रहेगी, तो उसे किराया देना होगा। हालाँकि बेटी शुरुआत में ग्लोरिया के नए नियमों से विचलित हुई, लेकिन कुछ ही दिनों के भीतर नौकरी की तलाश करने लगी।

कुछ ही सप्ताह बाद ग्लोरिया ने मेरे ऑफ़िस में घुसकर गर्व से घोषणा की कि उसकी बेटी को नौकरी मिल गई है और पहले की नौकरियों के विपरीत इसमें उसका करियर बन सकता है। उसने कहा कि जब से उसे यह नौकरी मिली है, तब से उसने अपनी बेटी में भारी परिवर्तन देखा है और अब वह भावी आकांक्षाओं के बारे में बहुत ज़्यादा बात करने लगी है। हालाँकि ग्लोरिया ने अतीत के लिए ख़ुद को अब भी पूरी तरह माफ़ नहीं किया था, लेकिन उसने पहचान लिया कि अठारह साल तक बुरा अभिभावक होने से ज़्यादा बुरी बस एक ही चीज़ थी कि अगले अठारह साल तक भी बुरा अभिभावक बना जाए।

अतीत में उलझना

कई बार लोग उन चीज़ों में अटके रहते हैं, जो बरसों पहले हुई थीं, जबकि बाक़ी में पिछले सप्ताह हुई चीज़ों में अटकने की प्रवृत्ति होती है। क्या इनमें से कोई परिदृश्य आपको जाना-पहचाना लगता है?

- ❑ आपका मन होता है कि आप रिवाइंड बटन दबा सकें और अपने जीवन के कुछ हिस्सों में अलग काम कर सकें।
- ❑ आप अपने अतीत के बारे में बहुत अफ़सोस करते हैं।

- आप बहुत सारा समय यह सोचने में बिताते हैं कि अगर आपने थोड़ा अलग मार्ग चुना होता, तो जीवन कैसा होता।
- कई बार आप महसूस करते हैं, जैसे आपकी ज़िंदगी के सबसे अच्छे दिन गुज़र चुके हैं।
- आप अतीत की यादों को अपने मन में किसी फ़िल्म के दृश्य की तरह बार-बार चलाते रहते हैं।
- आप अलग परिणाम पाने के लिए अतीत की यादों में कुछ अलग कहने या करने की कल्पना करते हैं।
- आप ख़ुद को सज़ा देते हैं या यह विश्वास दिलाते हैं कि आप ख़ुश होने के हक़दार नहीं हैं।
- आपको अपने अतीत पर शर्मिंदगी महसूस होती है।
- जब आप कोई ग़लती करते हैं या किसी शर्मनाक प्रसंग का अनुभव करते हैं, तो आप अपने मन में उस घटना को दोहराते रहते हैं।
- आप बहुत सारा समय उन सारी चीज़ों के बारे में सोचने में लगाते हैं, जो आपको अलग तरीक़े से "करनी चाहिए थीं" या जो "हो सकती थीं।"

हालाँकि आत्म-चिंतन स्वस्थ है, लेकिन अतीत पर केंद्रित रहना आत्म-विनाशकारी होता है, क्योंकि यह आपको वर्तमान का आनंद लेने और भविष्य की योजना बनाने से रोक सकता है। लेकिन आपको अतीत में अटके रहने की ज़रूरत नहीं है। आप इस पल में जीना शुरू करने का विकल्प चुन सकते हैं।

हम अतीत पर केंद्रित क्यों रहते हैं

ग्लोरिया की बेटी अक्सर अपनी माँ के अपराधबोध का सहारा लेकर उसके साथ चालाकी करती थी और ग्लोरिया को याद दिलाती रहती थी कि बचपन में वह हमेशा उसके पास नहीं थी। यह सुनकर ग्लोरिया का पश्चाताप बढ़ जाता था। यदि उसकी बेटी ने ही उसे अब तक माफ़ नहीं किया था, तो ग्लोरिया ख़ुद को कैसे माफ़ कर सकती थी? ग्लोरिया सतत ग्लानि की

भावनाओं को पुरानी ग़लतियों का प्रायश्चित मानती रही और फलस्वरूप अतीत पर केंद्रित बनी रही।

अपराधबोध, शर्म और क्रोध ऐसी भावनाएँ हैं, जो आपको अतीत में अटकाए रख सकती हैं। आप अवचेतन रूप से यह सोच सकते हैं, *यदि मैं पर्याप्त लंबे समय तक दुःखी बना रहता हूँ, तो मैं अंततः ख़ुद को क्षमा कर सकूँगा।* हो सकता है, आप यह न जानते हों कि दिल की गहराई में आपको यह विश्वास नहीं है कि आप ख़ुशी के हक़दार हैं।

आगे बढ़ने का डर हमें अतीत में अटकाए रखता है

मेरी माँ के गुज़रने के दो सप्ताह बाद मेरे डैडी के मकान में आग लग गई। आग बेसमेंट तक ही सीमित रही, लेकिन पूरे घर में धुआँ और काली राख फैल गई। बीमा कंपनी द्वारा नियुक्त मज़दूरों को पूरे घर की हर चीज़ को ऊपर से नीचे तक साफ़ करना पड़ा। अजनबी लोगों ने मेरी माँ की सभी निशानियों को छुआ। इससे मुझे काफ़ी भावनात्मक परेशानी हुई।

मैं चाहती थी कि चीज़ें ठीक वैसी ही रहें, जैसा मेरी माँ उन्हें छोड़कर गई थीं। मैं चाहती थी कि उनके कपड़े अलमारी में वैसे ही टँगे रहें, जैसे उन्होंने टाँगे थे। मैं चाहती थी कि उनकी क्रिसमस की सजावट बक्सों में बिलकुल वैसी ही रखी रहे, जैसी उन्होंने रखी थी। मैं किसी दिन - बहुत बाद में - उनका ज्वेलरी बॉक्स खोलकर देखना चाहती थी कि उन्होंने अपनी ज्वेलरी आख़िरी बार कैसे रखी थी। लेकिन हमारे पास यह विलासिता नहीं थी। इसके बजाय मज़दूरों ने हर चीज़ को उलट-पलट दिया था। माँ के कपड़ों में अब उनकी ख़ुशबू नहीं आती थी। मेरे पास तो अब यह जानने का भी कोई तरीक़ा नहीं था कि वे आख़िरी पुस्तक कौन सी पढ़ रही थीं। हम अपनी गति से उनका सामान व्यवस्थित करने में कभी कामयाब नहीं हो पाते।

कुछ साल बाद जब लिंकन की मृत्यु हुई, तो मैं एक बार फिर चाहती थी कि हर चीज़ जहाँ की तहाँ रुक जाए। मुझे ऐसा महसूस हुआ कि अगर मैं इस बात पर ग़ौर करूँ कि वे अपने कपड़े अलमारी में कैसे रखते थे या अगर मैं यह पता लगा सकूँ कि उन्होंने अपनी पुस्तकें किस क्रम में पढ़ी थीं, तो मैं उनके बारे में ज़्यादा जान सकूँगी, हालाँकि अब वे इस दुनिया में नहीं थे। मैं सोचती थी कि अगर चीज़ों को इधर-उधर किया गया, फेंका

गया या दोबारा व्यवस्थित जमाया गया, तो मैं उन मूल्यवान संकेतों का अध्ययन करने का अवसर गँवा दूँगी, जो मुझे उनके बारे में ज़्यादा ज्ञान और जानकारी दे सकते थे।

यह तो वैसा ही था, जैसे उनकी चीज़ें अपने पास जस की तस रखकर मैं इस मुग़ालते को बनाए रखना चाहती थी कि वे मेरे साथ ही हैं। शायद उन्होंने किसी काग़ज़ पर कुछ लिखा होगा। या शायद मुझे उनकी कोई तसवीर मिल जाएगी, जो मैंने पहले कभी नहीं देखी थी। मैं किसी तरह लिंकन से जुड़ी नई यादें उत्पन्न करना चाहती थी, हालाँकि अब वे वहाँ नहीं थे। हम छह साल तक साथ रहे थे, लेकिन यह पर्याप्त नहीं लग रहा था। मैं कोई भी ऐसी चीज़ छोड़ने को तैयार नहीं थी, जो मुझे उनकी याद दिलाती हो। मैं सोचती थी कि अगर मैंने उनके सामानों से छुटकारा पाया जिनकी मुझे अब ज़रूरत नहीं थी, तो इसका मतलब यह होगा कि मैं उन्हें पीछे छोड़ रही हूँ, और मैं यह नहीं चाहती थी।

हर चीज़ को समय में स्थिर रखने की मेरी कोशिशें कारगर नहीं रहीं। ज़ाहिर है, बाक़ी का संसार अपनी गति से चलता रहा। बाद के महीनों में मैं हर चीज़ को टाइम कैप्सूल में स्थिर रखने की अपनी इच्छा को छोड़ने में कामयाब हो गई। धीरे-धीरे मैंने ख़ुद को दोबारा आश्वस्त किया कि लिंकन की लिखी किसी चीज़ को फेंकना ठीक है। मैं उन पत्रिकाओं से छुटकारा पाने लगी, जो उनके नाम से डाक में आती थीं। लेकिन मुझे स्वीकार करना होगा कि उनका टूथब्रश फेंकने में मुझे दो साल लग गए। मैं जानती थी कि उन्हें इसकी ज़रूरत नहीं थी, लेकिन इसे फेंकने का काम एक तरह से विश्वासघात जैसा लग रहा था। अतीत में बने रहना ज़्यादा आरामदेह था, क्योंकि लिंकन और मेरे मन में मौजूद उनकी यादें वहीं मौजूद थीं। लेकिन जब बाक़ी का संसार बदल गया था और आगे बढ़ गया था, वहाँ अटके रहना स्वस्थ या सहायक नहीं था। मुझे यह विश्वास करना था कि आगे बढ़ने पर मैं एक भी अद्‌भुत याद नहीं भूलूँगी।

हालाँकि थेरेपिस्ट के रूप में मैं लोगों से तार्किक सोच पर काम कराती हूँ, लेकिन दुःख मेरे अपने मन में बहुत सारे अतार्किक विचार लेकर आया। इसकी वजह से मैं अतीत में रहना चाहती थी, क्योंकि अतीत में ही तो लिंकन जीवित थे। लेकिन अगर मैंने अतीत के बारे में सोचने में सारा समय

गुज़ारा होता, तो मैं दोबारा कभी नई और सुखद यादें बनाने में कामयाब नहीं हो पाती।

अतीत में रहना आपको वर्तमान से भटकाता है

लोग सिर्फ़ दुःखद या त्रासदी की घटनाओं की वजह से ही अतीत पर केंद्रित नहीं रहते हैं। कई बार हम वर्तमान से बचने के लिए भी अतीत में रहते हैं। शायद आप किसी चालीस साल के पूर्व हाई स्कूल क्वार्टरबैक को जानते होंगे, जो अब भी अपने स्कूल-कॉलेज की जैकेट को जैसे-तैसे पहनता है और "पुराने सुनहरे दिनों" की बात करता है। या शायद आप पैंतीस वर्षीय किसी माँ की सहेली होंगी, जो अब भी "हाई स्कूल ब्यूटी क्वीन" को अपनी सबसे बड़ी उपलब्धि मानती होगी। अक्सर हम वर्तमान की समस्याओं से बचने के लिए अतीत को रूमानी बना लेते हैं।

मिसाल के तौर पर, अगर आप अपने वर्तमान संबंध में ख़ुश नहीं हैं या आपका किसी के साथ संबंध ही नहीं है, तो किसी पुरानी प्रेमिका के बारे में बहुत समय तक सोचने का लालच आ सकता है। शायद आप यह चाहते हों कि काश! आपका पिछला संबंध कामयाब हुआ होता या यह सोचते हों कि अगर आपकी शादी हाई स्कूल की प्रेमिका से हुई होती, तो आप बेहतर स्थिति में होते।

इस बात पर केंद्रित रहना लुभावना हो सकता है कि जीवन उस समय कितना ज़्यादा आसान या ख़ुशनुमा था। आप अपने कुछ निर्णयों पर अफ़सोस भी कर सकते हैं, जिनकी बदौलत आप वहाँ पहुँचे जहाँ आप आज हैं और इस तरह की बातें कह सकते हैं, "अगर मैंने अपने पुराने बॉयफ्रेंड से शादी कर ली होती, तो मैं अब भी ख़ुश होती," "अगर मैंने कॉलेज की पढ़ाई नहीं छोड़ी होती, तो मेरे पास मेरी पसंदीदा नौकरी होती," या "अगर मैं किसी नए शहर में जाने को तैयार नहीं होता, तो मेरी ज़िंदगी अब भी अच्छी होती।" सच्चाई यह है, हम नहीं जानते कि अगर हमने वे विकल्प चुने होते, तो ज़िंदगी कैसी होती। लेकिन हमारे लिए यह कल्पना करना आसान होता है कि अगर हम किसी तरह अतीत को बदल सकते, तो जीवन बेहतर हो सकता था।

अतीत में रहने के साथ समस्या

ग्लोरिया अपनी बेटी को सक्षम वयस्क के रूप में नहीं देखती थी; उसे तो बस ख़ुद की ग़लतियाँ ही दिखती थीं। उसके अपराधबोध ने उसे वर्तमान पर ध्यान केंद्रित करने से रोका और फलस्वरूप उसने अपनी बेटी के ग़ैर-ज़िम्मेदाराना व्यवहार को बढ़ावा दिया। दुर्भाग्य से उसकी बेटी भी ग्लोरिया की बहुत सारी पुरानी ग़लतियाँ दोहरा रही थी। अतीत में रहना सिर्फ़ ग्लोरिया को ही अपनी पूरी संभावना तक पहुँचने से ही नहीं रोक रहा था, बल्कि यह उसकी बेटी को ज़िम्मेदार व परिपक्व वयस्क बनने से भी रोक रहा था।

अतीत की जुगाली करने से यह नहीं बदलता है। अतीत के बारे में बहुत ज़्यादा सोचने से भविष्य में सिर्फ़ ज़्यादा समस्याएँ ही आएँगी। यहाँ कुछ तरीक़े बताए जा रहे हैं, जिनसे अतीत में रहना आपको सर्वश्रेष्ठ स्वरूप में नहीं रहने देता है :

- *आप वर्तमान को चूक जाते हैं :* यदि आपका मन अतीत में ही अटकता और भटकता रहता है, तो आप वर्तमान का आनंद नहीं ले सकते। अगर आपका ध्यान लगातार अतीत में हो चुकी चीज़ों से भटकता रहता है, तो आप आज के नए अवसरों का अनुभव करने और आनंदों का जश्न मनाने से वंचित रह जाएँगे।
- *अतीत में रहने से भविष्य की पर्याप्त तैयारी असंभव हो जाती है :* जब आपका एक बड़ा हिस्सा अतीत में अटका रहता है, तो आप स्पष्ट लक्ष्य तय नहीं कर पाएँगे और परिवर्तन करने के लिए प्रेरित नहीं हो पाएँगे।
- *अतीत में रहना निर्णय लेने की योग्यताओं में हस्तक्षेप करता है :* जब आपके पास अतीत के अनसुलझे मुद्दे होते हैं, तो आप उन्हीं के बारे में सोचते रहेंगे। जब आप कल की किसी चीज़ से नहीं उबर सकते, तो आप इस बारे में अच्छा निर्णय नहीं ले पाएँगे कि आज आपके लिए क्या सर्वश्रेष्ठ है।
- *अतीत में रहने से कोई चीज़ नहीं सुलझती है :* दिमाग़ में वही पटकथाएँ बार-बार दोहराने और आपके नियंत्रण के बाहर की चीज़ों पर ध्यान केंद्रित करने से कोई समस्या नहीं सुलझेगी।

- *अतीत में रहने से डिप्रेशन हो सकता है :* नकारात्मक घटनाओं के बारे में सोचते रहने से नकारात्मक भावनाएँ उत्पन्न होती हैं। जब आप दुःखी महसूस करते हैं, तो इस बात की ज़्यादा संभावना है कि आप और ज़्यादा दुःखद यादें इकट्ठी करेंगे। अतीत में रहना एक दुष्चक्र बन सकता है, जो आपको उसी भावनात्मक अवस्था में अटकाए रखता है।
- *अतीत का रूमानीकरण करना - घास ज़्यादा हरी है वाला दर्शन - सहायक नहीं होता :* ख़ुद को यह विश्वास दिलाना आसान होता है कि आप तब ज़्यादा ख़ुश, ज़्यादा आत्मविश्वासी और चिंतारहित महसूस करते थे। लेकिन इस बात की अच्छी संभावना है कि आप इस समय अतिशयोक्ति कर रहे हैं कि तब चीज़ें कितनी बेहतरीन थीं। संभवतः इसी तरह आप इस बारे में भी अतिशयोक्ति कर रहे हों कि इस समय चीज़ें कितनी बुरी हैं।
- *अतीत में रहना आपकी शारीरिक सेहत के लिए बुरा होता है :* नकारात्मक घटनाओं के बारे में लगातार सोचने से आपके शरीर में इनफ़्लेमेशन बढ़ जाता है, जैसा ओहियो युनिवर्सिटी के शोधकर्ताओं ने 2013 के एक अध्ययन में पाया। अतीत में रहने से हृदय रोग, कैंसर और मनोभ्रंश जैसी बीमारियों का जोखिम बढ़ सकता है।

अतीत की वजह से न रुकें

एक बार जब ग्लोरिया ने पहचान लिया कि वह अतीत के लिए ख़ुद को दोष देने के बजाय इससे सबक़ सीख सकती है, तो उसकी सोच बदल गई। उसने अपना व्यवहार बदला और अपनी बेटी की परवरिश का तरीक़ा भी बदला। इससे उसने यह पहचाना कि अतीत की ग़लतियों ने उसे परवरिश संबंधी मूल्यवान सबक़ सिखाए थे। दो ही महीनों में वह शर्म के भारी अहसास के बिना परवरिश की पुरानी ग़लतियों को याद कर सकती थी।

अपनी सोच बदलें

अतीत में रहना संज्ञानात्मक प्रक्रिया के रूप में शुरू होता है, लेकिन अंततः यह आपकी भावनाओं और व्यवहार को प्रभावित करता है। आप अतीत के बारे में जिस तरह से सोचते हैं, उसे बदलकर आप आगे बढ़ सकते हैं।

- *अतीत की किसी घटना के बारे में सोचने का समय तय करें :* कई बार हमारे मस्तिष्क को व्यवस्थित होने के मौक़ा चाहिए होता है। आप इससे जितना ज़्यादा कहते हैं कि यह अमुक वस्तु या व्यक्ति के बारे में न सोचे, दिन में उसी की यादें बार-बार उभर आती हैं। यादों का दमन करने के लिए जूझने के बजाय ख़ुद को याद दिलाएँ, मैं आज रात डिनर के बाद इस बारे में सोचूँगा। फिर डिनर के बाद बीस मिनट तक उस बारे में सोचें। समय ख़त्म होने पर किसी दूसरी चीज़ के बारे में सोचने लगें।

- *सोचने के लिए ख़ुद को कोई दूसरी चीज़ दें :* किसी दूसरी चीज़ के बारे में सोचने की योजना बनाएँ। मिसाल के तौर पर, यह निर्णय लें कि जब भी आप उस नौकरी के बारे में सोचते हैं, जो आपको नहीं मिली, तो आप अपनी अगली छुट्टियों के बारे में सोचने पर ध्यान केंद्रित करेंगे। यदि आपमें रात को सोने से ठीक पहले नकारात्मक चीज़ों पर ध्यान केंद्रित करने की प्रवृत्ति हो, तो इससे ख़ास तौर पर मदद मिलती है।

- *भविष्य के लिए लक्ष्य बनाएँ :* भविष्य की योजना बनाते वक़्त अतीत पर केंद्रित होना असंभव होता है। अल्पकालीन और दीर्घकालीन दोनों तरह के लक्ष्य तय करें और फिर उन्हें हासिल करने की योजना पर काम शुरू कर दें। इससे आप आशावान बन जाएँगे और आपको अतीत की बहुत याद नहीं आएगी।

हमारी यादें उतनी सटीक नहीं होती हैं, जितनी कि हम उन्हें मानते हैं। अक्सर जब भी हम अप्रिय घटनाओं को याद करते हैं, तो हम उन्हें बढ़ा-चढ़ाकर देखते हैं और उनमें विभीषिका का तत्व भर देते हैं। यदि आप किसी ग़लत बात के बारे में सोचते हैं, जो आपने किसी मीटिंग में कही थी, तो आप यह कल्पना कर सकते हैं कि लोगों ने वास्तविकता में जितनी नकारात्मक प्रतिक्रिया की थी, वे उससे बहुत ज़्यादा नकारात्मक प्रतिक्रिया कर रहे थे। जब भी नकारात्मक यादें उभरें, तो अपने अनुभवों को सही परिप्रेक्ष्य में रखने के लिए इन रणनीतियों को आज़माएँ :

- *सीखे हुए सबक़ों पर ध्यान केंद्रित करें :* यदि आपने मुश्किल समय झेले हैं, तो इस बात पर ध्यान केंद्रित करें कि आपने उस अनुभव से क्या सीखा। स्वीकार करें कि यह हो चुका है और सोचें कि इसकी वजह से आप किस तरह बदले हैं, लेकिन यह पहचान लें कि शायद यह इतनी बुरी चीज़ भी नहीं है। शायद ख़राब व्यवहार झेलने की बदौलत आपने बोलना सीख लिया हो या शायद आपने यह सीखा हो कि संबंध क़ायम रखने के लिए आपको ईमानदार होने की ज़रूरत है। जीवन के कुछ सर्वश्रेष्ठ सबक़ हमारे सबसे मुश्किल समयों में सीखे जा सकते हैं।
- *भावनाओं के नहीं, तथ्यों के बारे में सोचें :* नकारात्मक घटनाओं के बारे में सोचना बहुत दुःखदायक हो सकता है, क्योंकि आप संभवतः इस बात पर ध्यान केंद्रित करेंगे कि घटना के दौरान आपको कैसा महसूस हुआ था। लेकिन यदि आप स्मृति के विवरणों और तथ्यों के ज़रिये किसी घटना को याद करते हैं, तो आपका दुःख कम हो जाता है। किसी अंत्येष्टि में जाने पर आपको कैसा महसूस हुआ, इस बात पर केंद्रित रहने के बजाय स्पष्ट विवरण याद करें कि आप कहाँ बैठे, आपने क्या पहना, वहाँ कौन-कौन आया था। जब आप किसी घटना के इर्द-गिर्द की भावना को हटाने लगते हैं, तो आपके इस पर कम केंद्रित रहने की संभावना होती है।
- *स्थिति को अलग तरीक़े से देखें :* अपने अतीत की समीक्षा करते वक़्त ग़ौर करें कि उस स्थिति को आप किन दूसरे तरीक़ों से देख सकते हैं। आप अपनी कहानी कैसे बुनते हैं, इस पर आपका नियंत्रण होता है। वही कहानी असंख्य तरीक़ों से बताई जा सकती है और इसके बावजूद सच हो सकती है। अगर आपका वर्तमान संस्करण आपको परेशान कर रहा है, तो सोचें कि आप इसे किस दूसरे तरीक़े से देख सकते हैं। मिसाल के तौर पर, ग्लोरिया ख़ुद को याद दिला सकती थी कि उसकी बेटी के वर्तमान चयनों का उसके बचपन से कोई संबंध नहीं है। वह यह पहचान सकती थी कि हालाँकि उसने कुछ ग़लतियाँ की थीं, लेकिन वह उन चयनों के लिए ज़िम्मेदार नहीं थी, जो उसकी बेटी उस समय कर रही थी।

अतीत के साथ शांति बनाएँ

जब जेम्स बैरी छह साल के थे, तो उनका तेरह साल का बड़ा भाई डेविड एक आइस स्केटिंग दुर्घटना में मर गया। हालाँकि उनकी माँ के कुल मिलाकर दस बच्चे थे, लेकिन यह कोई रहस्य नहीं था कि डेविड उनका चहेता था। उसकी मृत्यु के बाद वे इतनी व्याकुल हो गईं कि उनके लिए ज़िंदगी से जूझना मुश्किल हो गया।

इसलिए छह साल की उम्र में बैरी ने हर वह चीज़ की, जो वे अपनी माँ के दुःख की भरपाई के लिए कर सकते थे। डेविड की मृत्यु से माँ जो शून्य महसूस करती थीं, उसे भरने के लिए उन्होंने डेविड की भूमिका निभाने की भरसक कोशिश की। उन्होंने डेविड के कपड़े पहने और डेविड की तरह सीटी बजाना सीखा। वे माँ के सहचर बने और उन्होंने अपना पूरा बचपन अपनी माँ के चेहरे पर मुस्कान लाने की कोशिशों में लगा दिया।

अपनी माँ को ख़ुश रखने की बैरी की कोशिशों के बावजूद वे अक्सर उन्हें आगाह करती थीं कि वयस्क होने में कितनी मुश्किलें हैं। उन्होंने बैरी से कहा कि वे कभी बड़े न हों, क्योंकि वयस्क जीवन में सिर्फ़ दुःख ही दुःख भरे होते हैं। उन्होंने यह भी कहा कि उन्हें इस बात की थोड़ी तसल्ली है कि डेविड को कभी बड़ा नहीं होना पड़ेगा और वयस्क जीवन की वास्तविकताओं का सामना नहीं करना पड़ेगा।

अपनी माँ को ख़ुश करने की कोशिश में बैरी ने परिपक्वता का यथासंभव प्रतिरोध किया। जिस उम्र में डेविड की मृत्यु हुई थी, ख़ास तौर पर बैरी उससे ज़्यादा बड़े नहीं होना चाहते थे। उन्होंने बच्चे बने रहने के लिए जीतोड़ कोशिश की। बच्चे बने रहने की कोशिशों से उनका शारीरिक विकास अवरुद्ध हुआ और उनका क़द मुश्किल से पाँच फ़ुट ही हो पाया।

स्कूल की पढ़ाई पूरी करने के बाद बैरी लेखक बनना चाहते थे। लेकिन उनके परिवार ने उन पर किसी युनिवर्सिटी में पढ़ने का दबाव डाला, क्योंकि डेविड यही करता। इसलिए बैरी ने एक समझौते का रास्ता खोजा - वे कॉलेज तो जाएँगे, लेकिन साहित्य का अध्ययन करेंगे।

बैरी ने आगे चलकर बाल साहित्य की सबसे मशहूर कृतियों में से एक लिखी, जिसका नाम था *पीटर पैन ऑर द बॉय हू वुडन्ट ग्रो अप*। इसे मूलतः नाटक के रूप में लिखा गया था, जिस पर बाद में मशहूर फ़िल्म भी बनी। इसका मुख्य पात्र पीटर पैन बचपन की मासूमियत और वयस्क जीवन की ज़िम्मेदारी के बीच जूझता है। पीटर बच्चा बने रहने का चुनाव करता है और बाक़ी सभी बच्चों को भी ऐसा ही करने के लिए प्रोत्साहित करता है। आदर्श परीकथा की तरह ही यह काफ़ी आनंददायक बाल कथा लगती है। लेकिन जब आपको लेखक के इतिहास की जानकारी होती है, तो यह काफ़ी दुःखद लगती है।

बैरी की माँ अपने बेटे की मृत्यु के बाद आगे नहीं बढ़ पाईं। उन्हें विश्वास था कि बचपन उनके जीवन का सबसे अच्छा समय था और वर्तमान तथा भविष्य में सिर्फ़ दुःख-दर्द भरा हुआ था। अतीत में रहने के अतिवादी प्रकरण की तरह उन्होंने इसे अपने बच्चों की भलाई में हस्तक्षेप करने की अनुमति दी। इसने न सिर्फ़ बैरी के बचपन को, बल्कि उनके पूरे वयस्क जीवन को भी प्रभावित किया।

हम दुःख के बारे में जो ग़लत धारणाएँ रखते हैं, वे हमें अतीत में जीने के लिए प्रेरित कर सकती हैं। कई लोग यह ग़लत विश्वास कर लेते हैं कि आप किसी व्यक्ति से जितना प्रेम करते थे, आपको उसके लिए उतने ही लंबे समय तक शोक मनाना चाहिए। यदि आप मृतक से कम प्रेम करते थे, तो आप कुछ महीनों तक शोक मनाते हैं। लेकिन अगर आप उससे बेइंतहा प्रेम करते थे, तो आप बरसों तक या पूरी ज़िंदगी शोक मनाएँगे। लेकिन सच्चाई यह है, शोक मनाने के लिए कोई निश्चित समयावधि नहीं होती। वास्तव में, आप बरसों तक या हमेशा के लिए भी शोक मना सकते हैं, लेकिन आपके दुःख और उस प्रेम की मात्रा समान नहीं हो सकती, जो आपके मन में उस व्यक्ति के लिए था।

आशावादी अंदाज़ में देखें, तो आपके पास अपने प्रियजन की कई मूल्यवान स्मृतियाँ होती हैं। लेकिन आगे बढ़ने का मतलब है नई यादें बनाने के लिए सक्रियता से काम करना, ख़ुद के लिए सर्वश्रेष्ठ निर्णय लेना और हमेशा वह नहीं करना, जो कोई दूसरा आपसे कराना चाहता है।

यदि आप ख़ुद को अतीत के किसी पहलू पर विचार करते पाएँ, तो आपको अतीत के साथ शांति बनाने के लिए काम करना चाहिए। यहाँ अतीत के साथ शांति बनाने के कुछ तरीक़े बताए जा रहे हैं :

- *ख़ुद को आगे बढ़ने की अनुमति दें :* कई बार आपको बस ख़ुद को आगे बढ़ने की अनुमति ही देनी होती है। आगे बढ़ने का मतलब किसी प्रियजन की यादों को भूलना नहीं है। इसका मतलब तो यह है कि आप वे चीज़ें कर सकते हैं, जो आपको पल का आनंद लेने के लिए और जीवन से अधिकतम हासिल करने के लिए करना चाहिए।
- *आगे बढ़ने या अतीत में अटके रहने की भावनात्मक क्षति को पहचानें :* कई बार अतीत पर केंद्रित रहने की रणनीति अल्पकाल में तो काम कर जाती है, लेकिन दीर्घकाल में काम नहीं करती। यदि आप अतीत के बारे में सोचते हैं, तो आप वर्तमान पर ध्यान केंद्रित नहीं करते हैं। लेकिन दीर्घकाल में इसके हानिकारक परिणाम होते हैं। पहचानें कि अतीत पर केंद्रित करके आप जीवन में क्या चूक जाएँगे।
- *क्षमा का अभ्यास करें :* चाहे आप अतीत की चोट और क्रोध पर ध्यान केंद्रित कर रहे हों, क्योंकि आप ख़ुद को या किसी दूसरे को क्षमा नहीं कर सकते, लेकिन क्षमा उस चोट को भुलाने में मदद कर सकती है। क्षमा करने का मतलब यह नहीं है कि जो हुआ है, उसे भूल जाएँ। यदि किसी ने आपको चोट पहुँचाई थी, तो आप उसे क्षमा तो कर सकते हैं, लेकिन उससे आगे किसी तरह का संपर्क न रखने का निर्णय ले सकते हैं। इसके बजाय नकारात्मक भावनाओं को छोड़ने पर ध्यान केंद्रित करें, ताकि आपके अंदर चोट और क्रोध न भरा रहे।
- *उस व्यवहार को बदल लें, जो आपको अतीत में अटकाए रखता है :* यदि आप ख़ुद को निश्चित गतिविधियों से बचते हुए पाते हैं - क्योंकि आप डर रहे हैं कि इससे बुरी यादें ताज़ा हो जाएँगी या आप उन्हें करने के हक़दार नहीं हैं - तो इसके बावजूद उन्हें करने के बारे में सोचें। आप अतीत को नहीं बदल सकते। लेकिन आप इसे स्वीकार करने का चुनाव कर सकते हैं। यदि आपने ग़लतियाँ की हैं, तो आप अतीत में जाकर उन्हें सुधार या मिटा नहीं सकते। आप अपने किए

नुक़सान की मरम्मत के लिए क़दम ज़रूर उठा सकते हैं, लेकिन इससे हर चीज़ बेहतर नहीं होगी।

- *ज़रूरत होने पर पेशेवर सहायता लें :* कई बार सदमे भरी घटनाएँ मानसिक स्वास्थ्य संबंधी समस्याओं की ओर ले जा सकती हैं, जैसे सदमे के बाद तनाव विकृति। मिसाल के तौर पर, मृत्यु के क़रीबी अनुभव अतीत के अवलोकन और दुःस्वप्नों की ओर ले जा सकते हैं, जिससे अतीत के साथ शांति बनाना मुश्किल हो जाता है। पेशेवर परामर्श सदमे भरी यादों के दुःख को कम कर सकता है, ताकि आप ज़्यादा उपयोगी तरीक़े से आगे बढ़ सकें।

अतीत के साथ शांति बनाने से आप ज़्यादा शक्तिशाली कैसे बनते हैं

वाइनोना वार्ड ग्रामीण वरमॉन्ट में बड़ी हुई थी। उनका परिवार ग़रीब था और उस इलाक़े के कई घरों की तरह ही वहाँ भी घरेलू हिंसा आम थी। वार्ड के पिता शारीरिक और यौन शोषण करते थे। वह अक्सर देखती थी कि उसके पिता उसकी माँ को पीटते थे। हालाँकि डॉक्टर उसकी माँ के घावों का इलाज कर देते थे और पड़ोसी उनकी चीख़ें सुनते थे, लेकिन किसी ने भी कभी हस्तक्षेप नहीं किया।

वार्ड ने अपनी पारिवारिक समस्याओं को गोपनीय रखा। उसने ख़ुद को शैक्षणिक संसार में डुबा लिया और स्कूल की बेहतरीन विद्यार्थी बन गई। सत्रह साल की उम्र में उसने घर छोड़कर शादी कर ली। वह और उसके पति लंबी दूरी तक माल पहुँचाने वाले ट्रक ड्राइवर बन गए।

पूरे देश में सोलह साल तक ट्रक ड्राइवर के रूप में यात्रा करने के बाद वार्ड को पता चला कि उसके बड़े भाई ने परिवार की एक छोटी सदस्य के साथ दुर्व्यवहार कर दिया था। उस पल उसने कुछ करने का निर्णय लिया। उसने दोबारा कॉलेज जाने का निर्णय लिया, ताकि वह अपने परिवार में पीढ़ी दर पीढ़ी चले आ रहे दुर्व्यवहार को ख़त्म कर सके।

वार्ड ने वरमॉन्ट युनिवर्सिटी में नाम लिखाया और ट्रक में पढ़ाई की, जबकि उसके पति ट्रक चलाते थे। उसने अपनी उपाधि पूरी की और आगे

की शिक्षा के लिए वरमॉन्ट लॉ स्कूल गई। क़ानून की उपाधि मिलने के बाद उसने एक छोटे अनुदान की मदद से हैव जस्टिव विल ट्रैवल नामक संगठन शुरू किया, जो घरेलू हिंसा से प्रभावित ग्रामीण अंचलों के परिवारों की सेवा करता है।

वार्ड ग्रामीण घरेलू हिंसा के शिकारों को मुफ़्त क़ानूनी प्रतिनिधित्व मुहैया कराती है। वह उन्हें उचित सामाजिक सेवाओं से भी जोड़ती है। चूँकि कई परिवारों के पास किसी ऑफ़िस तक आने-जाने के संसाधन या यातायात के साधन नहीं होते हैं, इसलिए वार्ड यात्रा करके उनके पास तक ख़ुद जाती है। वह शिक्षा और सेवाएँ प्रदान करती है, जिनसे परिवारों में पीढ़ी दर पीढ़ी चले आ रहे दुर्व्यवहार के चक्र को ख़त्म करने में मदद मिले। अपने भयंकर अतीत को याद करने के बजाय वार्ड इस बात पर ध्यान केंद्रित करती है कि वह वर्तमान में दूसरे लोगों की मदद करने के लिए क्या कर सकती है।

अतीत में रहने से इंकार करने का यह मतलब नहीं है कि आप यह नाटक करें कि अतीत हुआ ही नहीं। वास्तव में, इसका मतलब होता है अपने अनुभवों को अंगीकार और स्वीकार करना, ताकि आप वर्तमान में रह सकें। ऐसा करने से आपकी मानसिक ऊर्जा स्वतंत्र हो जाती है और आपको अपने भविष्य की योजना इस आधार पर बनाने की अनुमति मिलती है कि आप क्या बनना चाहते हैं, इस आधार पर नहीं कि आप क्या थे। यदि आप सावधान न रहें, तो क्रोध, शर्म और ग्लानि आपका जीवन तबाह कर सकते हैं। इन भावनाओं को छोड़ने से आपको अपने जीवन की बागडोर थामने में मदद मिलती है।

समस्या-निवारण और कुछ बाधाएँ

यदि आप पूरे समय पीछे वाले आईने में ही देखते रहेंगे, तो आप आगे के काँच के पार नहीं देख सकते। अतीत में ही अटके रहने से आप भविष्य का आनंद नहीं ले पाएँगे। आप अतीत पर कब ध्यान केंद्रित कर रहे हैं, ऐसे अवसरों को पहचानें और अपनी भावनाओं के उपचार के लिए आवश्यक क़दम उठाएँ, ताकि आप आगे क़दम बढ़ा सकें।

क्या सहायक है

- अतीत पर इतना सोच-विचार करना, ताकि आप इससे सीख सकें।
- अपने जीवन में आगे बढ़ना, भले ही ऐसा करना दर्दनाक हो।
- दुःख में सक्रियता से काम करना, ताकि आप वर्तमान पर ध्यान केंद्रित कर सकें और भविष्य की योजना बना सकें।
- नकारात्मक घटनाओं के बारे में भावनाओं के नहीं, तथ्यों के संदर्भ में सोचना।
- अतीत के साथ शांति बनाने के तरीक़े खोजना।

क्या सहायक नहीं है

- यह नाटक करना कि अतीत हुआ ही नहीं है।
- ख़ुद को जीवन में आगे बढ़ने से रोकना।
- वर्तमान में जीने के बजाय इस बात पर ध्यान केंद्रित करना कि आपने जीवन में क्या खोया है।
- अपने मन में दुःखद घटनाओं को बार-बार दोहराना और इस बात पर ध्यान केंद्रित करना कि आपने उस समय कैसा महसूस किया था।
- अतीत को मिटाने या पुरानी ग़लतियों की भरपाई करने की कोशिश करना।

अध्याय 8

वे बार-बार वही ग़लतियाँ नहीं करते हैं

एकमात्र सच्ची ग़लती वह है,
जिससे हम कुछ नहीं सीखते हैं।
—जॉन पॉवेल

जब क्रिस्टी मेरे थेरेपी क्लीनिक में आई, तो उसने पहली बात यह कही, "मेरे पास कॉलेज की उपाधि है और मैं इतनी समझदार हूँ कि अपने सहकर्मियों पर नहीं चिल्लाती हूँ। तो फिर मैं अपने बच्चों पर चिल्लाना क्यों नहीं छोड़ सकती?" हर सुबह वह वादा करती थी कि वह अपनी दो किशोर संतानों पर नहीं चिल्लाएगी। लेकिन हर शाम को वह कम से कम एक से ऊँची आवाज़ में बोलने लगती थी।

उसने मुझे बताया कि वह इसलिए चिल्लाती थी, क्योंकि जब उसके बच्चे उसकी बात नहीं सुनते थे, तो वह कुंठित महसूस करती थी। कुछ समय से तो ऐसा लग रहा था, जैसे वे कभी सुनते ही नहीं थे। उसकी तेरह साल की बेटी अक्सर घरेलू काम करने से इंकार कर देती थी और उसका पंद्रह साल का बेटा होमवर्क करने की कोई कोशिश ही नहीं करता था। जब भी क्रिस्टी ऑफ़िस में दिन भर मेहनत करने के बाद घर लौटती थी, तो वह उन्हें टीवी देखते और वीडियो गेम खेलते पाती थी। यह देखकर वह उनसे काम करने को कहती थी। इस पर वे आम तौर पर पलटकर जवाब देते थे

और क्रिस्टी को चिल्लाने का सहारा लेना पड़ता था।

क्रिस्टी अच्छी तरह जानती थी कि चिल्लाने से उसके बच्चों पर अच्छा असर नहीं हो रहा है, उल्टे स्थिति बिगड़ रही थी। उसे गर्व था कि वह बुद्धिमान और सफल है, इसलिए जब वह अपने जीवन के इस क्षेत्र को क़ाबू में रखने के लिए जूझती थी, तो इस बात से उसे हैरानी होती थी।

क्रिस्टी ने यह जाँच करने में कुछ सत्र बिता दिए कि वह वही ग़लती बार-बार क्यों कर रही थी। उसे पता चला कि दरअसल वह यह जानती ही नहीं थी कि चिल्लाए बिना बच्चों को अनुशासित कैसे किया जाए, इसलिए वह अपने बच्चों पर चिल्लाना तब तक नहीं छोड़ सकती थी, जब तक कि उसके पास इस बारे में कोई दूसरी योजना न हो कि क्या करना है। हमने कई रणनीतियों पर काम किया, जिनके ज़रिये वह असम्मानजनक और अवज्ञापूर्ण व्यवहार पर प्रतिक्रिया कर सकती थी। क्रिस्टी ने निर्णय लिया कि अगर उसके बच्चे उसका कहना नहीं मानते हैं, तो वह एक चेतावनी देगी और फिर सीधे परिणाम पर पहुँच जाएगी।

उसे यह भी सीखना था कि वह इस बात को कैसे पहचाने कि उसे कब गुस्सा आ रहा है, ताकि वह चिल्लाना शुरू करने से पहले उस स्थिति से दूर हट सके। उसकी समस्या यह थी कि जब वह अपना संयम खो देती थी, तो अनुशासन संबंधी तार्किक विचार हवा हो जाते थे।

मैंने क्रिस्टी के साथ आगे काम किया, ताकि वह अनुशासन के बारे में सोचने का एक नया तरीक़ा खोज सके। जब वह पहली बार आई, तो उसने स्वीकार किया कि यह उसकी ज़िम्मेदारी है कि उसके बच्चे हर क़ीमत पर उसका कहा करें, क्योंकि ऐसा नहीं करने का मतलब यह होगा कि वे जीत गए हैं। लेकिन इस नीति से हमेशा उलटी प्रतिक्रिया मिलती थी। एक बार जब क्रिस्टी ने यह सोचना छोड़ दिया कि उसे शक्ति के संघर्ष में जीतने की ज़रूरत है, तो उसने अनुशासन संबंधी एक नया नज़रिया विकसित कर लिया। यदि उसके बच्चे उसके निर्देशों का पालन नहीं करते हैं, तो वह बहस नहीं करेगी, अच्छे काम करने के लिए विवश नहीं करेगी, बल्कि चुपचाप उनके इलेक्ट्रॉनिक उपकरण छीन लेगी।

परवरिश की रणनीतियाँ बदलने में क्रिस्टी को थोड़ा अभ्यास करना पड़ा। कई मौक़ों पर उसने ख़ुद को चिल्लाते पाया, लेकिन अब उसके पास

वैकल्पिक अनुशासन रणनीतियाँ थीं। जब भी वह ख़ुद को फिसलते पाती थी, तब वह इसके कारणों को समझ सकती थी और अगली बार अपनी आवाज़ ऊँची न करने की रणनीतियाँ पहचान सकती थी।

बार-बार का अपराधी

हालाँकि हमें यह सोचना पसंद होता है कि हम पहली बार में ही अपनी ग़लतियों से सीख लेते हैं, लेकिन सच्चाई तो यह है कि हर व्यक्ति कई बार ग़लतियों को दोहराता है। यह इंसान होने का हिस्सा है। ग़लतियाँ व्यवहार संबंधी हो सकती हैं - जैसे ऑफ़िस देर से पहुँचना - या फिर वे संज्ञानात्मक या सोच संबंधी हो सकती हैं। सोचने की ग़लतियों में यह मानना शामिल होता है कि लोग आपको पसंद नहीं करते हैं। इसमें कभी आगे की योजना न बनाना भी शामिल हो सकता है। हालाँकि कोई कह सकता है, "अगली बार मैं निष्कर्षों पर नहीं कूदूँगा," लेकिन अगर वह सतर्क न रहे, तो वह सोचने की वही ग़लतियाँ दोहरा सकता है। क्या नीचे दिए कथनों में से कोई जाना-पहचाना लगता है?

- जब आप किसी लक्ष्य तक पहुँचने की कोशिश कर रहे हों, तो किसी बिंदु पर आप अक्सर ख़ुद को अटका पाते हैं।
- जब आपके सामने कोई बाधा होती है, तो आप इससे उबरने के नए तरीक़े खोजने में ज़्यादा समय नहीं लगाते हैं।
- आपको बुरी आदतें छोड़ने में मुश्किल आती है, क्योंकि आप अपनी पुरानी आदतों में फिसलते रहते हैं।
- आप यह विश्लेषण करने में ज़्यादा समय नहीं लगाते हैं कि लक्ष्य तक पहुँचने की आपकी कोशिशें क्यों नाकाम हो रही हैं।
- आप ख़ुद पर क्रोधित हो जाते हैं, क्योंकि आप कुछ पुरानी आदतों से छुटकारा नहीं पा सकते।
- आप कई बार इस तरह की बातें कहते हैं, "मैं यह दोबारा कभी नहीं करूँगा," लेकिन आप ख़ुद को वही चीज़ दोबारा करते पाते हैं।

- कई बार ऐसा महसूस होता है, जैसे चीज़ें करने के नए तरीक़े सीखने में बहुत ज़्यादा कोशिश की ज़रूरत है।
- आप अक्सर आत्म-अनुशासन की कमी से कुंठित महसूस करते हैं।
- जब आप असहज या विचलित महसूस करने लगते हैं, तो अलग तरीक़े से चीज़ें करने की आपकी प्रेरणा हवा हो जाती है।

क्या इन बिंदुओं में से कोई आप पर लागू होता है? कई बार हम पहली बार में ही नहीं सीख पाते हैं। लेकिन हम कई क़दम उठा सकते हैं, ताकि हम उन अस्वस्थ ग़लतियों को न दोहराएँ, जो हमें अपने लक्ष्यों तक पहुँचने से रोकती हैं।

हम वही ग़लतियाँ क्यों दोहराते हैं

अपनी कुंठा के बावजूद क्रिस्टी ने कभी सचमुच इस बारे में नहीं सोचा था कि वह क्यों चिल्लाती है या कौन से विकल्प ज़्यादा प्रभावी हो सकते हैं। शुरुआत में तो वह एक नई अनुशासन योजना पर अमल करने में हिचक रही थी, क्योंकि उसे चिंता थी कि इलेक्ट्रॉनिक सामान छीनने से उसके बच्चे भड़क जाएँगे और ज़्यादा असम्मानजनक व्यवहार करने लगेंगे। अपनी परवरिश की योग्यताओं पर विश्वास हासिल करने के बाद ही वह ग़लतियाँ दोहराना छोड़ सकती थी।

अगर कोई कहता है, "मैं यह दोबारा कभी नहीं करूँगा," तो इसके बावजूद वह वही चीज़ बार-बार क्यों करता है? सच्चाई यह है कि हमारा व्यवहार जटिल होता है।

लंबे समय तक कई शिक्षक यह विश्वास करते थे कि अगर कोई बच्चा ग़लत अनुमान लगा लेता है, तो वह ग़लत जवाब को ही सही जवाब मानकर स्मृति में सँजो सकता है। मिसाल के तौर पर, अगर कोई बच्चा यह अनुमान लगाता है कि चार और चार का जोड़ 6 होता है, तो वह हमेशा 6 को ही सही जवाब के रूप में याद करेगा, भले ही शिक्षक ने उसे सही जवाब बता दिया हो। इसे रोकने के लिए शिक्षक बच्चों को अनुमान लगाने की कोशिश ही नहीं करने देते थे और पहले ही सही जवाब बता देते थे।

2012 में *जर्नल ऑफ़ एक्सपेरिमेंटल साइकोलॉजी : लर्निंग, मेमोरी ऐंड कॉग्नीशन* में एक शोध अध्ययन प्रकाशित हुआ, जिसमें बताया गया कि अगर पढ़ाई करते वक़्त विद्यार्थियों को सही जानकारी सीखने का मौक़ा दिया जाए, तो वे पुरानी ग़लतियों से सीख सकते हैं। वास्तव में शोधकर्ताओं ने पाया कि जब बच्चे संभावित जवाबों के बारे में सोचते थे, तो भले ही उनके जवाब ग़लत हों, लेकिन उनकी ग़लतियों को सही करने पर सही जवाब याद रखने की दर बेहतर हो जाती थी। वयस्कों की तरह ही बच्चे भी अपनी ग़लतियों से सीखने में सक्षम होते हैं, बशर्ते उन्हें ऐसा करने का अवसर दिया जाए।

हमारे पास अब एक समाधान है, जो साबित करता है कि हम अपनी ग़लतियों से सीख सकते हैं, इस तथ्य के बावजूद बचपन में सीखी बातें पूरी तरह से भूलना मुश्किल होता है। हो सकता है, बड़े होते समय आपने यह सीखा हो कि अपनी ग़लतियों को छिपाना परिणाम झेलने से बेहतर होता है। स्कूल ही एकमात्र जगह नहीं थी, जहाँ हमने ग़लतियों को सुधारने के बारे में सीखा। मशहूर हस्तियाँ, नेता और खिलाड़ी अक्सर मीडिया में अपनी ग़लतियाँ छुपाने की कोशिश करते हैं। वे झूठ बोलते हैं और यह नहीं मानते हैं कि उन्होंने कोई ग़लत चीज़ की, हालाँकि इसके बारे में काफ़ी प्रमाण मौजूद होते हैं। जब हम अपनी ग़लतियों से ही इंकार करते हैं, तो इस बात की कम संभावना होती है कि हम उनकी जाँच करेंगे और उनसे सच्ची समझ या सबक़ हासिल करेंगे। नतीजा यह होता है कि हम भविष्य में भी उन्हें दोहराते रहेंगे। हम सभी ने यह पंक्ति पहले भी सुनी है : "मैं अपने निर्णयों पर अटल हूँ..." इसमें व्यवहार को तो स्वीकार किया जा रहा है, लेकिन ग़लती को नहीं और इसका कारण अहंकार है।

ज़िद पकड़ना बार-बार के अपराधियों के लिए भी एक बड़ा घटक है। ख़राब निवेश करने वाला व्यक्ति कह सकता है, "देखिए, मैंने इस समय बहुत ज़्यादा निवेश कर रखा है; बेहतर होगा मैं इसकी एवरेजिंग कर लूँ।" थोड़े से पैसे का नुक़सान झेलने के बजाय वह ज़्यादा पैसों का जोखिम लेता है, क्योंकि वह इतना ज़िद्दी है कि रुक नहीं सकता। मान लें कोई महिला ऐसी नौकरी में है, जिससे वह नफ़रत करती है, "मैंने इस कंपनी को अपने जीवन के दस साल दिए हैं। अब मैं इसे छोड़कर नहीं जाना चाहती।" लेकिन किसी अस्वस्थ या अनुपयोगी चीज़ में दस साल से ज़्यादा निवेश करने से ज़्यादा

बुरी एक ही चीज़ है और वह है दस साल, एक दिन का निवेश करना।

आवेगमयी होने की वजह से भी लोग ग़लतियाँ दोहराते हैं। "अपनी धूल झाड़ो और दोबारा घोड़े पर चढ़ जाओ," हालाँकि इस वाक्य के समर्थन में बहुत कुछ कहा जा सकता है, लेकिन दोबारा शुरू करने से पहले यह पता लगाना ज़्यादा समझदारीपूर्ण है कि आप उस पर से गिरे क्यों थे।

क्या आप लगातार ग़लतियाँ करने की अवस्था में अटके हुए हैं? हो सकता है, आप ज़रूरत से ज़्यादा आरामदेह बन रहे हों। कोई महिला एक के बाद एक बुरे संबंध बनाती है, क्योंकि वह बस यही जानती है। वह उसी सामाजिक दायरे के भीतर के पुरुषों से डेटिंग करती रहती है, जिनके साथ एक जैसी समस्याएँ हों, क्योंकि उसमें किसी और जगह बेहतर संभावना की तलाश का आत्मविश्वास नहीं है। इसी तरह, तनावग्रस्त होने पर कोई पुरुष शराब की ओर मुड़ सकता है, क्योंकि वह नहीं जानता कि होश में रहकर समस्याओं से कैसे निपटा जाता है। इन ग़लतियों से बचना और कुछ भिन्न करना असहज महसूस होता है।

कुछ लोग ऐसे भी होते हैं, जो सफलता के मामले में इतने असहज होते हैं कि वे अपनी ख़ुद की कोशिशों पर पानी फेर लेते हैं। जब परिस्थितियाँ अच्छी चल रही हों, तो वे तनावपूर्ण महसूस कर सकते हैं और "दूसरे जूते के गिरने का" इंतज़ार कर सकते हैं। इस तनाव से राहत पाने के लिए वे अपने पुराने आत्म-विनाशकारी व्यवहार में संलग्न हो जाते हैं और वही ग़लतियाँ दोहराते हैं।

अपनी ग़लतियाँ दोहराने के साथ समस्या

क्रिस्टी ने यह पहचान लिया कि हर दिन बच्चों पर चिल्लाने से कोई मदद नहीं मिल रही थी। वह उन्हें यह नहीं सिखा रही थी कि समस्याओं को प्रभावी ढंग से कैसे सुलझाया जाता है। इसके बजाय वह तो उन्हें यह सिखा रही थी कि चिल्लाना जायज़ होता है। वह उन पर जितना चिल्लाती थी, वे भी पलटकर उतना ही चिल्लाते थे। क्या आपने कभी किसी कुत्ते को गोल-गोल अपनी पूँछ का पीछा करते देखा है? अपनी ग़लतियाँ दोहराते वक़्त आप भी ऐसा ही कर रहे हैं। आप थक जाएँगे, लेकिन कहीं नहीं पहुँच पाएँगे।

जूली थेरेपी के लिए मुझसे मिलने इसलिए आई, क्योंकि वह ख़ुद से बहुत नाराज़ थी। उसने पिछले साल चालीस पौंड वज़न कम किया था, लेकिन धीरे-धीरे वह पूरा का पूरा बढ़ गया। यह पहली बार नहीं हुआ था। वह लगभग एक दशक से यही चालीस पौंड वज़न घटा और बढ़ा रही थी। वह बहुत कुंठित थी कि उसने अपना वज़न कम करने में इतने ज़्यादा समय और ऊर्जा का निवेश किया था, लेकिन यह एक बार फिर बढ़ गया था।

हर बार वज़न कम होने पर वह थोड़ी ढील दे देती थी। वह ख़ुद को डिनर में एक और रोटी खाने की अनुमति दे देती थी या आइसक्रीम खाकर जश्न मनाती थी। वह कई दिन व्यायाम में नागे करने के बहाने खोज लेती थी और इससे पहले कि उसे पता चल पाए, उसका वज़न एक बार फिर बढ़ने लगता था। वह जल्दी ही ख़ुद से चिढ़ गई और यह सोचने लगी, "मैं अपने शरीर के साथ क्या करती हूँ, मैं इसके नियंत्रण में क्यों नहीं रह सकती?" जूली की कहानी निश्चित रूप से अनूठी नहीं है। वास्तव में, आँकड़े बताते हैं कि जो बहुसंख्यक लोग अपना वज़न घटना लेते हैं, उनका वज़न दोबारा बढ़ जाता है। वज़न कम करना कड़ी मेहनत का काम है। इसलिए अगर दोबारा लौटकर वहीं आना है, तो इसे कम करने का कष्ट क्यों किया जाए? अक्सर ऐसा इसलिए होता है, क्योंकि लोग वही ग़लतियाँ दोहराते हैं, जिनकी वजह से उनका वज़न पहली बार बढ़ा था।

वही ग़लतियाँ दोहराने से कई समस्याएँ हो जाती हैं, जैसे ये :

- *आप अपने लक्ष्यों तक नहीं पहुँच पाएँगे :* चाहे आप पाँचवीं बार वज़न कम करने की कोशिश कर रहे हों या दसवीं बार सिगरेट छोड़ने की मेहनत कर रहे हों, अगर आप वही ग़लतियाँ दोहराते रहेंगे, तो अपने लक्ष्यों तक कभी नहीं पहुँच पाएँगे। इसके बजाय आप उसी बिंदु पर अटके रहेंगे और आगे नहीं बढ़ पाएँगे।
- *समस्या नहीं सुलझेगी :* यह एक दुष्चक्र है। जब आप कोई ग़लती दोहराते हैं, तो समस्या जारी रहती है और आपके वही चीज़ करते रहने की संभावना ज़्यादा होती है। जब तक आप कोई भिन्न चीज़ नहीं करेंगे, तब तक समस्या नहीं सुलझेगी।

- *आप ख़ुद के बारे में अलग तरीक़े से सोचेंगे :* यदि आप किसी निश्चित बाधा को पार नहीं कर पाएँगे, तो आप ख़ुद को पूर्णतः अक्षम या असफल मान सकते हैं।

- *हो सकता है आप उतनी कड़ी कोशिश न करें :* यदि पहली कुछ कोशिशें सफल नहीं रहती हैं, तो आपके कोशिश छोड़ने की ज़्यादा आशंका रहती है। जब आप कड़ी कोशिश नहीं करते हैं, तो आपके सफल होने की संभावना भी कम हो जाती है।

- *जब दूसरे आपको वही ग़लतियाँ बार-बार करते देखते हैं, तो वे भी कुंठित हो सकते हैं :* यदि आप उन्हीं समस्याओं में उलझे रहते हैं, तो आपके मित्र और परिवार वाले आपकी शिकायतें सुनते-सुनते तंग आ सकते हैं। इससे भी बुरी बात, यदि आप ख़ुद को बार-बार समस्याग्रस्त स्थितियों में उलझा लेते हैं और उन्हें आपको उनमें से निकालना पड़ता है, तो ग़लतियाँ दोहराने से आपके संबंध नष्ट हो सकते हैं।

- *आप अपनी ग़लतियों को क्षमा करने के लिए अतार्किक विश्वास खोज सकते हैं :* आपका व्यवहार आपकी प्रगति के साथ किस तरह हस्तक्षेप कर रहा है, यह देखने के बजाय आप इस निष्कर्ष पर पहुँच सकते हैं, यह "होना ही नहीं" था। जो मोटा आदमी वज़न कम करने और इसे कम रखने में जूझता है, वह यह बहाना बना सकता है, "मेरी हड्डियाँ ही बड़ी हैं। मैं इससे छोटा तो हो ही नहीं सकता था।"

वही ग़लतियाँ बार-बार दोहराने से बचें

क्रिस्टी चिल्लाने के दुष्चक्र में अटकी हुई थी। इसे तोड़ने के लिए उसे सबसे पहले तो अपनी अनुशासन शैली की जाँच करनी थी और वैकल्पिक परिणाम सोचने थे। वह जानती थी कि शुरुआत में उसके बच्चे संभवतः उसकी थोपी हुई बंदिशों की जाँच करेंगे, इसलिए जब तक वह अपनी भावनाओं से निपटने की ठोस योजना नहीं बना लेती, तब तक वह अपना संयम खोए बिना अपने ग़लत व्यवहार को नहीं रोक सकती थी।

ग़लती का अध्ययन करें

1800 के दशक के मध्य में रोलैंड मेसी ने हैवरहिल, मैसेच्युसेट्स में एक ड्राई गुड्स स्टोर खोला। उन्होंने यह स्टोर शहर के एक शांत इलाक़े में खोला था, जहाँ ग्राहक तो क्या, दूसरे लोग भी कम आते थे। उन्हें विश्वास था कि उनका स्टोर खुलने के बाद बहुत से लोग आकर्षित होंगे। लेकिन उनका विश्वास ग़लत निकला और स्टोर चलाना काफ़ी मुश्किल साबित हो रहा था। शहर के उस हिस्से में व्यवसाय को आकर्षित करने की कोशिश में उन्होंने एक बड़ी परेड की व्यवस्था की, जिसमें एक मार्चिंग बैंड भी था, ताकि लोगों को सड़कों पर आने का लालच दिया जा सके। परेड उनके स्टोर के सामने ख़त्म होनी थी, जहाँ बोस्टन का एक मशहूर व्यवसायी भाषण देने वाला था।

दुर्भाग्य से, परेड वाले दिन बेहद गर्म मौसम की वजह से कोई भी बैंड के पीछे-पीछे चलने के लिए बाहर नहीं निकला, जैसी रोलैंड को उम्मीद थी। उनकी मार्केटिंग की इस ग़लती की वजह से उन्हें काफ़ी घाटा हुआ और उनके कारोबार में कोई वृद्धि नहीं हुई।

बहरहाल, रोलैंड अपनी ग़लतियों से सीखने में माहिर थे और कुछ ही साल बाद उन्होंने डाउनटाउन न्यू यॉर्क में "आर.एच. मैसी ड्राई गुड्स" खोला। यह उनका पाँचवाँ स्टोर था, जो उनके पिछले चार असफल कारोबारों के बाद खोला गया था। लेकिन उन्होंने जो भी ग़लतियाँ कीं, हर ग़लती से कुछ न कुछ नया सीखा। जब उन्होंने "आर.एच. मैसी ड्राई गुड्स" खोला, तब तक वे कारोबार चलाने और इसकी सफलतापूर्वक मार्केटिंग के बारे में काफ़ी कुछ सीख चुके थे।

मैसी का डिपार्टमेंट स्टोर आगे चलकर संसार के सबसे सफल स्टोर्स में से एक बना। रोलैंड की पहली परेड के विपरीत, जो गर्मियों के शिखर में आयोजित की गई थी, स्टोर अब अपनी सालाना मैसीज़ थैंक्सगिविंग डे परेड ठंड के मौसम में आयोजित करता है। न सिर्फ़ यह सड़कों पर भारी भीड़ को आकर्षित करती है, बल्कि इसे हर साल पैंतालीस लाख से ज़्यादा दर्शकों के लिए टीवी पर भी प्रसारित किया जाता है।

रोलैंड मैसी ने बहानों की तलाश नहीं की कि उनके शुरुआती कारोबारी अभियान क्यों सफल नहीं हुए। इसके बजाय उन्होंने तथ्यों का अध्ययन किया और हर ग़लती में अपनी भूमिका की ज़िम्मेदारी ली। फिर उन्होंने

उस ज्ञान पर अमल किया, जिससे उन्हें अगली बार कुछ अलग करने में मदद मिली।

अगर आप किसी ग़लती को दोहराने से बचना चाहते हैं, तो इसके अध्ययन में थोड़ा समय लगाएँ। अगर आपके मन में कोई नकारात्मक भावनाएँ हों, तो उन्हें अलग रख दें। उन घटकों को स्वीकार करें, जिनकी वजह से वह ग़लत क़दम उठाया गया था और इससे सीखें। बहाना बनाए बिना स्पष्टीकरण की तलाश करें। ख़ुद से नीचे दिए प्रश्न पूछें :

- *क्या गड़बड़ हुई?* अपनी ग़लतियों पर विचार करने में थोड़ा समय बिताएँ। जो हुआ है, उसके बारे में तथ्यों को पहचानने की कोशिश करें। शायद आप हर महीने अपने बजट से ज़्यादा ख़र्च कर देते हैं, क्योंकि आप ख़रीदारी के प्रलोभन का प्रतिरोध नहीं कर पाते हैं। या शायद आप अपने जीवनसाथी से बार-बार वही बहस करने लगते हैं, क्योंकि वह समस्या दरअसल नहीं सुलझी है। परीक्षण करें कि कौन से विचारों, व्यवहारों और बाहरी घटकों ने उस ग़लती में योगदान दिया था।

- *मैं क्या बेहतर कर सकता था?* स्थिति पर विचार करते समय उन चीज़ों की तलाश करें, जिन्हें आप बेहतर कर सकते हैं। शायद आप किसी चीज़ में पर्याप्त लगन से नहीं जुटे रहे। मिसाल के तौर पर, हो सकता है कि आपने दो सप्ताह बाद ही वज़न कम करने की कोशिश छोड़ दी हो। या शायद आपकी ग़लती यह है कि आप इस बारे में बहुत सारे बहाने खोज लेते हैं कि आपको व्यायाम क्यों नहीं करना चाहिए और इस वजह से आप वज़न कम करने वाली प्रभावी दिनचर्या का लंबे समय तक पालन नहीं करते। ख़ुद का ईमानदारी से आकलन करें।

- *मैं अगली बार क्या अलग कर सकता हूँ?* आप कोई ग़लती दोबारा नहीं करेंगे, यह कहना और इसे सचमुच करना दो बहुत अलग बातें हैं। इस बारे में सोचें कि आप वही ग़लती दोबारा करने से बचने के लिए अगली बार क्या अलग तरीक़े से कर सकते हैं। स्पष्ट रणनीतियाँ पहचानें, जिनका इस्तेमाल आप अपने पुराने व्यवहार से बचने के लिए कर सकते हैं।

योजना बनाएँ

कॉलेज इंटर्नशिप के दौरान मैंने नशीले पदार्थों और शराब पुनर्वास केंद्र में भर्ती होने वाले रोगियों के साथ कुछ समय काम किया। उस केंद्र में आने वाले कुछ रोगियों ने पहले भी नशे की लत छोड़ने की कोशिश की थी। जब तक वे हमारे यहाँ आते थे, वे हताश हो चुके होते थे और इस तथ्य से उकता जाते थे कि वे शराब और नशे की लत नहीं छोड़ सकते थे। लेकिन गहन उपचार के कुछ सप्ताह बाद उनके नज़रिये आम तौर पर बदल जाते थे। वे भविष्य को लेकर आशावादी हो जाते थे और संकल्प लेते थे कि अब वे अपने पुराने तौर-तरीक़ों में नहीं लौटेंगे।

लेकिन केंद्र छोड़ने से पहले रोगियों को एक स्पष्ट योजना बनाना ज़रूरी था। इस योजना का उद्देश्य यह था कि यहाँ से जाने के बाद भी लत छोड़ने के बारे में उनका वही सकारात्मक नज़रिया क़ायम रहे। पुरानी आदतों में दोबारा उलझने से बचने के लिए उन्हें अपनी जीवनशैली में कुछ गंभीर परिवर्तन करने की ज़रूरत थी।

ज़्यादातर लोगों के लिए इसका मतलब एक नया सामाजिक दायरा खोजना था। वे अपने पुराने मित्रों के पास लौटकर नहीं जा सकते थे, जो नशे या शराब का भारी सेवन करते थे। उनमें से कुछ को नौकरी तक बदलनी होती थी। ज़्यादा स्वस्थ आदतों का मतलब किसी अस्वस्थ संबंध को ख़त्म करना या पार्टियों की जगह पर समर्थन समूह बैठकों में जाना हो सकता है।

हर व्यक्ति एक लिखित योजना बनाता था, जिनमें नशामुक्त बने रहने की रणनीतियाँ और संसाधन शामिल थे। जो लोग अपनी नशामुक्ति में सबसे सफल रहे, वे वही थे जिन्होंने अपनी योजनाओं पर अमल किया। जो लोग अपनी पुरानी जीवनशैलियों में दोबारा उलझ गए, वे एक बार फिर नशे के जाल में फँस गए, क्योंकि वे ख़ुद को वही ग़लतियाँ करने से नहीं रोक पाए। पुराने परिवेश में लौटने की वजह से उनके सामने दोबारा बहुत सारे हानिकारक प्रलोभन थे। चाहे आप किसी भी तरह की ग़लतियों से बचने की कोशिश कर रहे हों, सफलता की कुंजी यह है कि आप एक अच्छी योजना बना लें। लिखित योजना बनाने से इस पर अमल करने की संभावना बढ़ जाती है।

लिखित योजना बनाने के लिए इन क़दमों पर चलें, जो ग़लतियाँ दोहराने से बचने में आपकी मदद करेंगे :

- *पुराने व्यवहार की जगह पर कोई नया व्यवहार शुरू करें :* अगर इंसान को तनाव से जूझना है, तो शराब पीने के लिए बैठने के बजाए वह वैकल्पिक रणनीतियाँ खोज सकता है, जैसे टहलने जाना या किसी मित्र को फ़ोन करना। निर्णय लें कि कौन सा स्वस्थ व्यवहार अस्वस्थ व्यवहार दोहराने से बचा सकता है।

- *आप दोबारा ग़लत मार्ग पर चल रहे हैं, इसकी चेतावनी के संकेतों को पहचानें :* पुराने व्यवहार के तौर-तरीक़ों की ताक में रहना महत्त्वपूर्ण है, क्योंकि वे दोबारा लौट सकते हैं। अगर आप क्रेडिट कार्ड पर फिर से ख़रीदारी करने लगते हैं, तो आप समझ सकते हैं कि आपके ख़र्च की आदतें एक बार फिर नियंत्रण से बाहर हो रही हैं।

- *ख़ुद को जवाबदेह ठहराने का तरीक़ा खोजें :* अपनी ग़लतियाँ छिपाना या उन्हें नज़रअंदाज़ करना तब मुश्किल होगा, जब आपको उनके लिए जवाबदेह ठहराया जाएगा। किसी विश्वसनीय मित्र या रिश्तेदार से बात करने से मदद मिल सकती है, जो आपको जवाबदेह ठहराए या आपकी ग़लतियाँ बताए। ख़ुद को जवाबदेह रखने के लिए आप एक जर्नल भी रख सकते हैं या अपनी प्रगति की निगरानी के लिए कैलेंडर का इस्तेमाल भी कर सकते हैं।

आत्म-अनुशासन का अभ्यास करें

आत्म-अनुशासन कोई ऐसी चीज़ नहीं है, जो आपमें या तो होता है या फिर नहीं होता। इसके बजाय हर व्यक्ति में आत्म-अनुशासन को बढ़ाने की योग्यता होती है। चिप्स या कुकीज़ के पैकेट को नहीं कहने के लिए आत्म-नियंत्रण की ज़रूरत होती है और व्यायाम करने के लिए भी, जब आपकी इच्छा न हो। जो ग़लतियाँ आपकी प्रगति को तहस-नहस कर सकती हैं, उनसे बचने के लिए सतत सतर्कता और कठोर मेहनत की ज़रूरत होती है।

अपने आत्म-नियंत्रण को बढ़ाने के लिए काम करते समय कुछ चीज़ें दिमाग़ में रखें :

- *असुविधा को सहन करने का अभ्यास करें :* जब आप अकेलापन महसूस कर रहे हों और आपके मन में अपनी पूर्व प्रेमिका को मैसेज भेजने का प्रलोभन जागे, जो आपके लिए अच्छा नहीं है या आप कोई मिठाई खाने के लिए ललचा रहे हों, जो आपके डाइट प्लान को चौपट कर देगी, तब असुविधा को सहन करने का अभ्यास करें। हालाँकि लोग अक्सर ख़ुद को विश्वास दिलाते हैं कि अगर वे "बस एक बार यह कर लेंगे," तो इससे मदद मिलेगी, लेकिन शोध इसके विपरीत दर्शाता है। जब भी आप हार मानते हैं, तो हर बार आपका आत्म-नियंत्रण घट जाता है।
- *सकारात्मक आत्म-चर्चा का इस्तेमाल करें :* यथार्थवादी दृढ़ कथन कमज़ोरी के पलों में प्रलोभन का प्रतिरोध करने में सहायक होते हैं। "मैं यह कर सकता हूँ," या "मैं अपने लक्ष्यों की दिशा में बेहतरीन काम कर रहा हूँ" जैसी बातें बोलने से आपको पटरी पर बने रहने में मदद मिलती है।
- *अपने लक्ष्यों को दिमाग़ में रखें :* अपने लक्ष्यों के महत्त्व पर ध्यान केंद्रित करने से प्रलोभन कम आते हैं। इसलिए अगर आप इस बात पर ध्यान केंद्रित करते हैं कि कार का पूरा क़र्ज़ चुकाने पर आपको कितना अच्छा महसूस होगा, तो आप किसी ऐसी चीज़ की ख़रीदारी करने के लिए कम ललचाएँगे, जो महीने के बजट को तबाह कर सकती है।
- *ख़ुद पर बंदिशें लगाएँ :* यदि आप जानते हैं कि दोस्तों के साथ बाहर जाने पर आप बहुत ज़्यादा ख़र्च कर सकते हैं, तो अपने साथ ज़्यादा पैसे लेकर न जाएँ। ऐसे क़दम उठाएँ, जिनसे प्रलोभन के सामने आने पर उससे हार मानना असंभव नहीं, तो मुश्किल ज़रूर हो जाए।
- *उन सभी कारणों की सूची बनाएँ कि आप अपनी ग़लती क्यों नहीं दोहराना चाहते :* इस सूची को अपने साथ रखें। जब भी पुराने व्यवहार की आदतों पर लौटने का प्रलोभन आए, तो यह सूची पढ़ लें। यह पुरानी आदतों को दोहराने का प्रतिरोध करने में आपकी प्रेरणा को बढ़ा सकती है। मिसाल के तौर पर, कारणों की सूची बनाएँ कि आपको डिनर के बाद टहलने क्यों जाना चाहिए। जब आपका मन व्यायाम करने

के बजाय टीवी देखने को ललचाए, तो यह सूची पढ़ लें। इससे आगे बढ़ने की आपकी प्रेरणा बढ़ सकती है।

ग़लतियों से सीखने से आप ज़्यादा शक्तिशाली बनेंगे

बारह साल की उम्र में स्कूल की पढ़ाई छोड़ने के बाद मिल्टन हर्शे एक प्रिंट शॉप में काम करने लगे, लेकिन उन्हें जल्दी ही इस बात का अहसास हो गया कि उनकी रुचि प्रिंटिंग कारोबार के करियर में नहीं थी। इसलिए वे कैंडी और आइसक्रीम की दुकान में काम करने लगे। उन्नीस साल की उम्र में उन्होंने अपनी ख़ुद की कैंडी कंपनी खोलने का निर्णय लिया। उन्हें अपने परिवार से आर्थिक सहायता मिली और उन्होंने कारोबार को अपने पैरों पर खड़ा कर दिया। बहरहाल, कंपनी सफल नहीं रही और कुछ ही सालों में वे दिवालिया घोषित होने के लिए मजबूर हो गए।

इस असफल कारोबारी प्रयास के बाद वे कोलोरेडो गए। वे वहाँ के बहुत फलते-फूलते चाँदी खनन उद्योग में अमीर बनने की हसरत लेकर गए थे। लेकिन वे बहुत देर से पहुँचे थे, इसलिए उन्हें काम मिलने में बहुत मुश्किल आई। आख़िरकार उन्हें एक और कैंडी निर्माता के यहाँ नौकरी मिल गई। यहाँ उन्होंने ताज़े दूध से बेहतरीन कैंडी बनाने का तरीक़ा सीखा।

हर्शे एक बार फिर अपना कैंडी कारोबार शुरू करने के लिए न्यू यॉर्क सिटी पहुँचे। उन्हें उम्मीद थी कि नई सीखी योग्यताओं और जानकारी की बदौलत इस बार उनका कैंडी कारोबार कामयाब हो जाएगा। लेकिन हर्शे के पास पैसों की कमी थी और उस इलाक़े में बहुत सारे दूसरे कैंडी स्टोर भी थे। एक बार फिर उनका कारोबार ठप्प हो गया। इस बिंदु पर उनके परिवार के कई लोगों ने, जिन्होंने कारोबार शुरू करने में पैसों की मदद की थी, उनकी ग़लतियों को देखते हुए उनसे किनारा कर लिया।

लेकिन हर्शे ने हार नहीं मानी। उन्होंने पेनसिल्वेनिया जाकर कैरमल बनाने वाली कंपनी खोली। वे दिन में कैंडी बनाते थे और शाम को ठेला लेकर सड़कों पर कैरमल बेचते थे। उन्हें अंततः एक बड़ा ऑर्डर मिल गया और इसे पूरा करने के लिए बैंक लोन भी मिल गया। जैसे ही ऑर्डर का भुगतान हुआ, हर्शे ने लोन अदाकर लैंकास्टर कैरमल कंपनी शुरू की। जल्दी

ही वे मिलियनेअर और अपने इलाक़े के सबसे सफल व्यवसायियों में से एक बन गए।

वे अपने कारोबार का विस्तार करते रहे। वे चॉकलेट बनाने लगे और 1900 तक उन्होंने लैंकास्टर कैरमल कंपनी बेचकर एक चॉकलेट फ़ैक्ट्री खोल ली। हर्शे ने चॉकलेट के फ़ॉर्मूले को आदर्श बनाने पर अथक मेहनत की। जल्दी ही वे अमेरिका के इकलौते व्यक्ति बन गए, जो बड़े पैमाने पर मिल्क चॉकलेट का उत्पादन कर सकते थे और जल्द ही उनकी चॉकलेटें पूरे संसार में बिकने लगीं।

जब प्रथम विश्व युद्ध की वजह से शकर की कमी हो गई, तो हर्शे ने क्यूबा में अपनी ख़ुद की शुगर रिफ़ाइनरी डाल ली। लेकिन युद्ध ख़त्म होने पर शकर का बाज़ार गिर गया। एक बार फिर हर्शे वित्तीय संकट में फँस गए। उन्होंने अपनी जायदाद गिरवी रखकर बैंक से पैसा उधार लिया। बहरहाल, हर्शे दो साल के भीतर ही क़र्ज़ पटाने और अपने कारोबार को व्यवस्थित करने में कामयाब हो गए।

उन्होंने न सिर्फ़ समृद्ध चॉकलेट फ़ैक्ट्री बनाई, बल्कि एक फलता-फूलता कस्बा भी बनाया। महामंदी के दौरान भी हर्शे ने अपने कर्मचारियों की छँटनी नहीं की। उन्होंने कस्बे में बहुत सारी इमारतें बनाईं, जिनमें स्कूल, स्पोर्ट्स अरेना और होटल शामिल थे। इस नए निर्माण कार्य से बहुत से लोगों को रोज़गार मिला। बेहद सफल होने के अलावा वे महान परोपकारी भी थे। अपनी ग़लतियों से सीखने की हर्शे की योग्यताओं ने मदद की कि वे असफल कैंडी कारोबार से विश्व की सबसे बड़ी चॉकलेट कंपनी के स्वामी बनने तक की यात्रा करें।

आज भी उस कस्बे का नाम हर्शे, पेनसिल्वेनिया जाना जाता है और यह हर्शेज़ किसेस के आकार की स्ट्रीटलाइटों से सजा है। तीस लाख से ज़्यादा पर्यटक हर्शेज़ वर्ल्ड चॉकलेट फ़ैक्ट्री का भ्रमण करके यह जानकारी हासिल करते हैं कि मिल्टन हर्शे ने चॉकलेट को बीन से बार तक कैसे पहुँचाया।

जब आप ग़लतियों को बुरा मानना छोड़ देते हैं और उन्हें ख़ुद को बेहतर बनाने के अवसर के रूप में देखते हैं, तो आप भविष्य में उनसे बचने में समय और ऊर्जा लगाएँगे। वास्तव में, मानसिक रूप से शक्तिशाली लोग

दूसरों को अपनी ग़लतियाँ बताने के लिए अक्सर इच्छुक होते हैं, ताकि वे उन ग़लतियों को न दोहराएँ।

क्रिस्टी को भारी राहत महसूस हुई, जब उसने हर दिन अपने बच्चों पर चिल्लाना छोड़ दिया। उसने यह सीखा कि अगर बच्चे कभी-कभार नियम तोड़ते हैं, तो यह सामान्य है, लेकिन उसके पास यह विकल्प कि वह कैसी प्रतिक्रिया करे। उसे महसूस हुआ कि घर में चिल्ला-चोट न होने से घर का माहौल ज़्यादा सुखद रहता था। जब क्रिस्टी ने अपने अनुशासन की ग़लतियाँ दोहराना छोड़ दिया और बच्चों के लिए प्रभावी परिणामों पर अमल करने लगी, तो उसे ख़ुद पर और अपने जीवन पर ज़्यादा नियंत्रण महसूस हुआ।

समस्या-निवारण और कुछ बाधाएँ

आम तौर पर किसी ख़ास समस्या को सुलझाने के कई अलग-अलग तरीक़े होते हैं। यदि आपका वर्तमान तरीक़ा सफल नहीं हो रहा है, तो कोई नई चीज़ आज़माकर देखें। हर ग़लती से सीखने के लिए आत्म-जागरूकता और विनम्रता की ज़रूरत होती है, लेकिन यह पूरी क्षमता तक पहुँचने की सबसे बड़ी कुंजियों में से एक है।

क्या सहायक है

- हर ग़लती के लिए अपनी व्यक्तिगत ज़िम्मेदारी स्वीकार करना।
- ग़लती दोहराने से बचने के लिए लिखित योजना बनाना।
- पुराने व्यवहार की आदतों के उद्दीपकों और चेतावनी संकेतों को पहचानना।
- आत्म-अनुशासन की रणनीतियों का अभ्यास करना।

क्या सहायक नहीं है

- बहाने बनाना या परिणाम में अपनी भूमिका की जाँच करने से इंकार करना।
- विकल्पों के बारे में सोचे बिना आवेगमयी प्रतिक्रिया करना।
- ख़ुद को ऐसी स्थितियों में रखना, जहाँ आपके असफल होने की आशंका हो।
- यह मानना कि आप हमेशा प्रलोभन का प्रतिरोध कर सकते हैं या यह निर्णय लेना कि आप अपनी ग़लतियाँ दोहराने के लिए अभिशप्त हैं।

अध्याय 9

वे दूसरों की सफलता से नहीं जलते हैं

द्वेष करना ज़हर पीकर यह उम्मीद करना है
कि इससे आपके दुश्मन मर जाएँगे।
–नेल्सन मंडेला

डैन और उसका परिवार अक्सर अपने इलाक़े के सामाजिक समारोहों में जाते रहते थे। वे जिस समुदाय में रहते थे, वहाँ घर के पीछे के बगीचों में उद्यान-भोज होते थे और माता-पिता अक्सर एक-दूसरे के बच्चों के जन्मदिन की पार्टियों में जाते थे। डैन और उसकी पत्नी भी समय-समय पर मिलन-समारोह आयोजित करते थे। हर दृष्टि से डैन दोस्ताना और बहिर्मुखी इंसान था। ऐसा लगता था कि उसके पास सब कुछ था। उसके पास एक अच्छा घर था और एक प्रतिष्ठित कंपनी में अच्छी नौकरी थी। उसकी एक प्यारी पत्नी और दो स्वस्थ बच्चे भी थे। लेकिन डैन की ज़िंदगी में एक स्याह रहस्य भी था।

वह उन पार्टियों में जाने से चिढ़ता था, जहाँ उसे माइकल के प्रभावशाली प्रमोशन या बिल की चमचमाती नई कार के बारे में सुनना पड़े। डैन को इस बात पर गुस्सा आ जाता था कि उसके पड़ोसी इतनी महँगी छुट्टियाँ मना सकते हैं और बाज़ार में नई आने वाली सबसे महँगी चीज़ें ख़रीद सकते हैं। उसने और उसकी पत्नी ने कुछ साल पहले यह निर्णय

लिया था कि पत्नी को कुछ साल तक घर पर रहने वाली अभिभावक बनने के लिए अपनी नौकरी छोड़ देनी चाहिए। बस उसी समय से उनके यहाँ पैसे की तंगी शुरू हो गई थी। दौलत के दिखावे को बरकरार रखने की कोशिशों की बदौलत डैन क़र्ज़ में गले तक डूब गया था। उसने अपनी पत्नी तक को यह नहीं बताया था कि वह कितनी ज़्यादा वित्तीय समस्याओं में घिरा हुआ है। लेकिन डैन को महसूस हुआ कि उसे हर क़ीमत पर शान-ओ-शौकत का दिखावा करना चाहिए और पड़ोसियों की बराबरी करनी चाहिए।

डैन ने तब मदद लेनी चाही, जब उसकी पत्नी ने उसे सलाह दी कि वह ज़रा-ज़रा सी बात पर भड़क जाता है और इसे दूर करने के लिए उसे मदद लेनी चाहिए। जब वह शुरुआत में थेरेपी के लिए आया, तो उसे पता नहीं था कि थेरेपी उसकी मदद कैसे कर सकती है। वह जानता था कि उसके चिड़चिड़ेपन का कारण यह था कि वह हर समय बहुत थका रहता था। वह इतना थका इसलिए रहता था, क्योंकि उसे बिल चुकाने के लिए कई-कई घंटे काम करना पड़ता था।

हमने उसकी आर्थिक स्थिति पर बातचीत की और इस बारे में भी कि वह इतने लंबे घंटों तक काम क्यों करता है। पहले तो उसने इसके लिए अपने पड़ोसियों को दोष दिया। उसने कहा कि वे लोग इतनी अच्छी चीज़ें ख़रीदने पर इतना घमंड करते थे कि वह भी उनकी बराबरी करने के लिए मजबूर था। जब मैंने उसे नरमी से चुनौती दी कि क्या उसे उनसे बराबरी करने के लिए "मजबूर" किया जाता था, तो उसने स्वीकार किया कि वह मजबूर तो नहीं था, लेकिन वह ऐसा करना चाहता था।

डैन कुछ और थेरेपी सत्रों में आने के लिए तैयार हो गया। अगले कुछ सप्ताहों में पड़ोसियों के प्रति उसका द्वेष स्पष्ट हो गया। हमने उन कारणों की पड़ताल की कि वह अपने पड़ोसियों से इतना नाराज़ क्यों था। डैन ने उजागर किया कि वह ग़रीबी में पला-बढ़ा था और वह कभी अपने बच्चों को वह महसूस नहीं कराना चाहता था, जो उसने अपने बचपन में महसूस किया था। उसे इसलिए चिढ़ाया और सताया जाता था, क्योंकि उसका परिवार उतने महँगे कपड़े या खिलौने नहीं ख़रीद सकता था, जो दूसरे बच्चों के पास थे। इसलिए उसे दूसरे लोगों की बराबरी करने और अपने

परिवार को आस-पास वालों के बराबर जीवनशैली देने पर गर्व का अहसास होता था।

बहरहाल, गहराई में डैन के लिए दौलत इतनी महत्त्वपूर्ण नहीं थी, जितना कि परिवार के साथ समय बिताना था। जब हमने उसकी वर्तमान जीवनशैली पर बात की, तो उसे ख़ुद से नफ़रत होने लगी। वह जानता था कि वह ज़्यादा चीज़ें ख़रीदने के लिए ओवरटाइम करने के बजाय परिवार के साथ ज़्यादा समय बिताना चाहता है। धीरे-धीरे डैन अपने व्यवहार के बारे में सोचने का दृष्टिकोण बदलने लगा और अपने पड़ोसियों की बराबरी करने के बजाय वह अपने ख़ुद के लक्ष्यों तथा मूल्यों पर ध्यान केंद्रित करने लगा।

डैन की पत्नी एक थेरेपी सत्र में उसके साथ आई और उसने पत्नी को बता दिया कि वह बिलों का भुगतान करने के लिए कई बार पैसे उधार लेता था। वह यह सुनकर दंग रह गई, लेकिन डैन ने पत्नी को अपने मूल्यों के अनुसार जीने की योजना बताई और यह भी कि पड़ोसियों से बराबरी करने के चक्कर में वह अपनी आमदनी से ज़्यादा ख़र्च नहीं करेगा। पत्नी ने उसका समर्थन किया और पूरी प्रक्रिया में उसे जवाबदेह ठहराने के लिए तैयार हो गई।

डैन का अपने बारे में, अपने पड़ोसियों के बारे में और जीवन में अपनी हैसियत के बारे में जो दृष्टिकोण था, उसे बदलने के लिए डैन को बहुत मेहनत करनी पड़ी। लेकिन एक बार जब उसने अपने पड़ोसियों से प्रतिस्पर्धा छोड़ दी और वह उन चीज़ों पर ध्यान केंद्रित करने लगा, जो उसके लिए सचमुच महत्त्वपूर्ण थीं, तो इसके बाद दूसरों के प्रति उसका द्वेष बहुत कम हो गया। उसका चिड़चिड़ापन भी कम हो गया।

ईर्ष्या का डंक

ईर्ष्या का वर्णन इस तरह किया जा सकता है, "मैं वह चाहता हूँ, जो तुम्हारे पास है।" लेकिन किसी की सफलता पर द्वेष इसके आगे तक जाता है, "मैं वह चाहता हूँ, जो तुम्हारे पास है और मैं नहीं चाहता कि यह तुम्हारे पास हो।" कभी-कभार की छुटपुट ईर्ष्या आम होती है। लेकिन द्वेष अस्वस्थ होता है। क्या इनमें से कोई कथन जाना-पहचाना लगता है?

- आप अपनी दौलत, ओहदे और हुलिये की तुलना अपने आस-पास के लोगों से करते हैं।
- आप उन लोगों से ईर्ष्या करते हैं, जो आपसे ज़्यादा महँगा सामान ख़रीद सकते हैं।
- जब दूसरे लोग अपनी सफलता की कहानियाँ बताते हैं, तो आपको अच्छा नहीं लगता।
- आप सोचते हैं कि आपको अपनी उपलब्धियों के लिए जितनी मान्यता मिलती है, आप उससे ज़्यादा मान्यता के हक़दार हैं।
- आपको इस बात की चिंता सताती है कि कहीं दूसरे लोग आपको पराजित न मान लें।
- कई बार ऐसा महसूस होता है कि आप चाहे जितनी कड़ी मेहनत करें, बाक़ी लोग ज़्यादा सफल नज़र आते हैं।
- जो लोग अपने सपने साकार करने में सफल हुए हैं, आप उनके प्रति ख़ुशी नहीं, चिढ़ महसूस करते हैं।
- ऐसे लोगों के आस-पास रहना मुश्किल होता है, जो आपसे ज़्यादा पैसे कमाते हैं।
- आप अपनी सफलता के अभाव पर शर्मिंदगी महसूस करते हैं।
- आप कई बार दूसरों के सामने यह जताते हैं कि आप वास्तविकता से बेहतर प्रदर्शन कर रहे हैं।
- जब किसी सफल व्यक्ति पर कोई मुसीबत आती है, तो आप मन ही मन ख़ुशी महसूस करते हैं।

यदि आप किसी दूसरे की उपलब्धियों पर द्वेष महसूस करते हैं, तो यह संभवतः अतार्किक विचार पर आधारित है और इसकी वजह से आप अतार्किक अंदाज़ में व्यवहार कर सकते हैं। किसी दूसरे की दौलत से द्वेष किए बिना अपनी ख़ुद की सफलता की राह पर ध्यान केंद्रित करने के क़दम उठाएँ।

हम दूसरे लोगों की सफलताओं से क्यों जलते हैं

हालाँकि द्वेष की भावनाएँ क्रोध की भावनाओं के समान होती हैं, लेकिन क्रोध के आम तौर पर व्यक्त होने की ज़्यादा संभावना होती है, जबकि द्वेष आम तौर पर छिपा रहता है। डैन जैसे लोग अपनी सच्ची भावनाओं को नक़ली भलमनसाहत के नक़ाब तले छिपा लेते हैं। लेकिन मुस्कान के नीचे रोष और ईर्ष्या का खौलता मिश्रण होता है।

डैन का द्वेष अन्याय के अहसास से उत्पन्न हुआ था। कई बार अन्याय वास्तविक हो सकता है और कई बार यह काल्पनिक हो सकता है। डैन को यह न्यायपूर्ण नहीं लगता था कि उसके पड़ोसी बहुत पैसे कमा रहे थे। वह इस तथ्य पर लगातार सोचता रहता था कि उन लोगों के पास इतना ज़्यादा पैसा था और इतनी ज़्यादा महँगी चीज़ें थीं कि वह उन्हें नहीं ख़रीद सकता था। ख़ुद को ग़रीब महसूस कराने के लिए उसने अपने पड़ोसियों को दोष दिया; अगर वह कम समृद्ध इलाक़े में रह रहा होता, तो ख़ुद को अमीर महसूस करता।

दूसरों की सफलता के प्रति द्वेष गहरी असुरक्षाओं का परिणाम भी होता है। जब आप अपने बारे में बुरा महसूस करते हैं, तो किसी मित्र की सफलता पर ख़ुश होना मुश्किल होता है। जब आप असुरक्षित होते हैं, तो किसी दूसरे की सफलता से आपको अपनी कमियाँ बढ़-चढ़कर दिखती हैं। आप तब भी कटु बन सकते हैं, जब आप ग़लती से यह मान लेते हैं कि क़िस्मत दूसरों पर ज़्यादा मेहरबान है, जबकि आप ख़ुशक़िस्मती के ज़्यादा हक़दार हैं।

दूसरों से या उनके पास की चीज़ों से द्वेष करना तब आसान होता है, जब आपको यह पता न हो कि आप क्या चाहते हैं। जो युवती कभी यात्रा वाली नौकरी नहीं करना चाहती थी, वह अंतरराष्ट्रीय कारोबारी यात्राओं पर जाने वाली सहेली को देखकर यह सोच सकती है कि *वह कितनी ख़ुशक़िस्मत है। मैं भी यही करना चाहती हूँ।* इसके तुरंत बाद वह घरेलू कारोबार करने वाली दूसरी सहेली को देख सकती है, जो बिलकुल भी यात्रा नहीं करती, और यह सोच सकती है, काश! मैं भी ऐसा कर सकती। ग़ौर करें, ये दोनों जीवनशैलियाँ पारस्परिक विरोधी हैं, लेकिन वह दोनों की ही हसरत कर रही है। याद रखें, आपको हर मनचाही चीज़ नहीं मिल सकती।

जब आप इस तथ्य को नज़रअंदाज़ कर देते हैं कि ज़्यादातर लोग आवश्यक समय, धन ओर प्रयास का निवेश करके ही अपने लक्ष्य तक पहुँचते हैं, तो उनकी उपलब्धियों से द्वेष करने की ज़्यादा संभावना रहती है। किसी पेशेवर खिलाड़ी के बारे में यह कहना आसान होता है, "काश मैं यह कर सकता!" क्या सचमुच? क्या आप चाहते हैं कि आप सुबह जल्दी उठकर दिन में बारह घंटे तक व्यायाम करें? क्या आप सचमुच चाहते हैं कि आपकी पूरी आमदनी सिर्फ़ आपकी खेल योग्यताओं पर ही निर्भर हो, जो उम्र बढ़ने के साथ-साथ घटती जाएँगी? क्या आप सचमुच चाहते हैं कि चुस्त रहने के लिए आप अपने सारे प्रिय व्यंजन खाना छोड़ दें? क्या आप सचमुच चाहते हैं कि आप साल भर खेल का अभ्यास करने की ख़ातिर मित्रों और परिवार वालों के साथ समय बिताना छोड़ दें।

दूसरे लोगों की सफलता से द्वेष के साथ समस्या

पड़ोसियों के प्रति डैन के द्वेष ने उसके जीवन के लगभग हर क्षेत्र को प्रभावित किया था – उसका करियर, ख़र्च की आदतें और पत्नी के साथ संबंध भी। यह उस पर इतना हावी हो गया कि उसकी मनोदशा बिगड़ गई और वह आस-पड़ोस के सामाजिक समारोहों में आनंदित नहीं होता था। वह ख़ुद को एक दुष्चक्र में फँसा रहा था – वह अपने पड़ोसियों की सफलता से प्रतिस्पर्धा करने की जितनी ज़्यादा कोशिशें कर रहा था, उनके प्रति उतना ही ज़्यादा द्वेष महसूस कर रहा था।

दूसरे लोगों के बारे में आपका दृष्टिकोण शत-प्रतिशत सही नहीं होता

आप दरअसल यह कभी जानते ही नहीं हैं कि दूसरों के यहाँ बंद दरवाज़ों के पीछे क्या होता है। डैन को यह नहीं पता था कि उसके पड़ोसियों को किस तरह की समस्याएँ हैं। वह तो सामने दिखने वाली चीज़ों के आधार पर उनसे द्वेष करता था।

द्वेष की भावनाएँ किसी रूढ़ि की वजह से भी उभर सकती हैं। शायद आप यह मानते हों कि "अमीर" लोग बुरे होते हैं या यह सोचते हों कि "कारोबार के मालिक" लालची होते हैं। इस तरह की रूढ़ि की वजह से आप

किसी अनजान व्यक्ति से भी द्वेष कर सकते हैं।

2013 के एक अध्ययन "देयर पेन, अवर प्लेज़र : स्टीरियोटाइप कंटेंट ऐंड स्कैडेनफ्रॉयड" ने उजागर किया कि लोग न सिर्फ़ किसी "अमीर पेशेवर" की सफलता से द्वेष करते हैं, बल्कि वे उसके दुर्भाग्य पर ख़ुश भी होते हैं। शोधकर्ताओं ने प्रतिभागियों को चार अलग-अलग लोगों के चित्र दिखाए - एक बुजुर्ग, एक विद्यार्थी, एक शराबी और एक अमीर पेशेवर। उनके साथ होने वाली विभिन्न घटनाओं की तसवीरें दिखाने पर प्रतिभागियों के मस्तिष्क की गतिविधियों का अध्ययन किया गया। उन्हें पता चला कि प्रतिभागियों को सबसे ज़्यादा आनंद तब आया, जब अमीर पेशेवर किसी संकट में फँस गया, जैसे टैक्सी यात्रा में ज़्यादा किराया देने पर मजबूर होना। वास्तव में, लोगों को इस तसवीर में इतना ज़्यादा मज़ा आया, जितना उन तसवीरों में भी नहीं आया था, जिनमें किसी के साथ कोई बहुत अच्छी घटना हुई थी। इसकी वजह यह रूढ़ि थी कि "अमीर पेशेवर बुरे होते हैं।"

यदि आप सतर्क न रहें, तो द्वेष आसानी से आपके पूरे जीवन पर हावी हो सकता है। द्वेष की वजह से ये समस्याएँ उत्पन्न हो सकती हैं :

- *आप सफलता की अपनी राह पर ध्यान केंद्रित करना छोड़ देंगे :* आप किसी दूसरे की उपलब्धियों पर ध्यान केंद्रित करने में जितना ज़्यादा समय ख़र्च करते हैं, अपने लक्ष्यों पर काम करने के लिए आपके पास उतना ही कम समय होता है। किसी दूसरे की उपलब्धियों पर वैमनस्य करने से आप राह भटक जाते हैं और आपकी प्रगति धीमी हो जाती है।
- *आपके पास जो है, उससे आप कभी संतुष्ट नहीं होंगे :* अगर आप हमेशा दूसरे लोगों की बराबरी करने की कोशिश करते हैं, तो आपको अपनी वर्तमान स्थिति पर शांति का कभी अहसास नहीं होगा। आप हर किसी से आगे निकलने की लगातार कोशिश में ही पूरी ज़िंदगी बिता देंगे। आप कभी संतुष्ट नहीं हो पाएँगे, क्योंकि हमेशा कोई न कोई ऐसा होगा, जिसके पास ज़्यादा पैसा है, जो ज़्यादा आकर्षक है और जिसके पास सारी अच्छी चीज़ें एक साथ नज़र आती हैं।

- *आप अपनी योग्यताओं और गुणों को नज़रअंदाज़ कर देंगे :* आप किसी दूसरे जितने सफल होने की हसरत में जितना ज़्यादा समय लगाएँगे, अपनी ख़ुद की योग्यताओं को तराशने में उतना ही कम समय लगा पाएँगे। ध्यान रखें, अगर आप दूसरे लोगों की योग्यता के कम होने की इच्छा रखते हैं, तो इससे आपकी योग्यता नहीं बढ़ जाती है।

- *आप अपने मूल्यों को छोड़ सकते हैं :* द्वेष के वशीभूत होकर लोग उतावले अंदाज़ में व्यवहार कर सकते हैं। अपने मूल्यों के प्रति सच्चे रहना तब मुश्किल होता है, जब आप उन लोगों के प्रति बहुत क्रोध महसूस करते हों, जिनके पास वे चीज़ें हैं, जो आपके पास नहीं हैं। दुर्भाग्य से, द्वेष लोगों से असामान्य व्यवहार करा सकता है – जैसे किसी दूसरे के प्रयासों को मटियामेट करना या बराबरी करने के लिए क़र्ज़ में डूबना।

- *आपके संबंध नष्ट हो सकते हैं :* जब आप किसी से द्वेष करते हैं, तो आप उससे स्वस्थ संबंध क़ायम नहीं रख पाएँगे। द्वेष अप्रत्यक्ष संवाद, कटाक्ष और चिड़चिड़ेपन की ओर ले जाता है, जो अक्सर झूठी मुस्कान के पीछे छुपा होता है। अगर आप मन ही मन किसी से द्वेष करते हों, तो आप उससे प्रामाणिक और वास्तविक संबंध नहीं रख पाएँगे।

- *आप अपना ख़ुद का गुणगान कर सकते हैं :* आप जिससे द्वेष करते हैं, उसकी बराबरी करने की कोशिश में आप पहलेपहल उसकी नक़ल कर सकते हैं। लेकिन अगर उस व्यक्ति की उपलब्धियाँ आपसे बहुत ज़्यादा दिखती हों, तो आप अपने बारे में डींगें हाँक सकते हैं या अपनी उपलब्धियों के बारे में सरासर झूठ भी बोल सकते हैं। दूसरे लोगों को "नीचा दिखाने" या ख़ुद को उनसे "एक क़दम ऊपर दिखाने" की कोशिशें आम तौर पर प्रशंसनीय नहीं होती हैं, लेकिन कई बार द्वेषपूर्ण लोग अपने मूल्य तथा महत्त्व को साबित करने के लिए निराशा में ऐसा ही व्यवहार करते हैं।

अपनी ईर्ष्या पर क़ाबू रखें

दूसरों की उपलब्धियों पर द्वेष करना छोड़ने से पहले डैन को अपने जीवन का मूल्यांकन करने के लिए ठहरना ज़रूरी था। जब उसने सफलता की अपनी

ख़ुद की परिभाषा चुन ली – जिसमें अपने परिवार के साथ समय बिताना और बच्चों को अपने मूल्यों के अनुसार पालना शामिल था – तो उसे समझ में आ गया कि उसके पड़ोसियों की ख़ुशक़िस्मती उसके लक्ष्यों तक पहुँचने में बाधक नहीं थी।

अपनी असुरक्षाओं पर विचार करने के अलावा डैन को अपनी सोच को भी चुनौती देनी थी। उसने ख़ुद को विश्वास दिला रखा था कि अगर वह अपने बच्चों को सबसे अच्छे कपड़े और सबसे नए प्रौद्योगिकी उपकरण नहीं देता था, जैसे उस इलाक़े के सभी दूसरे बच्चों के पास थे, तो उन्हें चिढ़ाया जाएगा। जब उसे अहसास हो गया कि लगभग सभी बच्चों को किसी न किसी समय, किसी न किसी बात पर चिढ़ाया जाता है और इस बात की कोई गारंटी नहीं थी कि भौतिक सामानों से इसे रोका जा सकता हो, तो वह उनके लिए हर चीज़ ख़रीदने की ज़िद छोड़ने में कामयाब हुआ। जब यह बात उसके दिमाग़ में घुसी कि वह अनजाने में ही उन्हें भौतिकतावादी बनने के लिए उकसा रहा है, जैसा वह उन्हें नहीं बनाना चाहता था, तो उसने उनके साथ गुणवत्तापूर्ण समय बिताने के प्रयास बढ़ा दिए।

अपनी परिस्थितियों को बदलें

मैं दो महीनों से थेरेपी ऑफ़िस में एक ऐसे आदमी का इलाज कर रही थी, जिसके साथ बहुत सारी समस्याएँ थीं। वह हर दिन अपनी पत्नी और बच्चों पर चीख़ता-चिल्लाता था। वह दिन में दो बार मारिजुआना पीता था और सप्ताह में कई बार बेहोश भी हो जाता था। "नौकरियों के बीच" रहते हुए उसे छह महीने हो गए थे और उसके बिलों का ढेर बढ़ता जा रहा था। वह हमेशा शिकायत करता था कि उसका जीवन कितना अन्यायपूर्ण है और वह मदद की कोशिश करने वाले हर व्यक्ति से बहस करता था। एक दिन वह मेरे ऑफ़िस में आकर बोला, "एमी, मैं अपने बारे में अच्छा महसूस नहीं करता।" उसके होश उड़ गए, जब मैंने कहा, "अच्छी बात है।" वह चकराकर बोला, "आप ऐसा क्यों कहती हैं? आपका काम तो मेरे आत्म-गौरव को बढ़ाने में मेरी मदद करना है।" मैंने उसे समझाया कि उसके वर्तमान व्यवहार के बारे में अच्छा महसूस न करना दरअसल एक स्वस्थ संकेत है। मैं यह

क़तई नहीं चाहती थी कि वह अपने वर्तमान स्वरूप के बारे में अच्छा महसूस करे। ज़ाहिर है, मैं यह बात किसी दूसरे से इस तरह साफ़-साफ़ नहीं कहती, लेकिन मैं उसे कुछ समय से जानती थी और मेरा उसके साथ इतना अच्छा तालमेल था कि मैं जानती थी कि वह इस बात को झेल जाएगा।

अगले कुछ महीनों तक मुझे उसे विकास करते और बदलते देखने की ख़ुशी मिली। उपचार के अंत तक वह ख़ुद के बारे में बेहतर महसूस करने लगा और इसका कारण यह नहीं था कि वह ख़ुद को झूठी शाबाशी दे रहा था। इसके बजाय वह नौकरी करने लगा, उसने नशे और शराब को छोड़ दिया और लोगों के साथ अच्छा व्यवहार करने के लिए कड़ी मेहनत की। उसका वैवाहिक जीवन बेहतर हो गया। बेटियों के साथ उसके संबंध भी अच्छे हो गए। जब वह अपने मूल्यों के अनुरूप व्यवहार करने लगा, तो वह बहुत अच्छा महसूस करने लगा। बुरा महसूस करना इस बात का संकेत था कि उसे बदलने की ज़रूरत थी।

आप जो हैं, अगर आपको उसके बारे में अच्छा महसूस नहीं होता है, तो इसके कारणों की जाँच करना महत्त्वपूर्ण है। शायद आप स्वस्थ आत्म-मूल्य बनाने वाला व्यवहार नहीं कर रहे हैं। अगर यह मामला है, तो जाँच करें कि आप अपने जीवन में क्या अलग कर सकते हैं, ताकि आपका व्यवहार आपके मूल्यों और लक्ष्यों के सामंजस्य में आ जाए।

अपना नज़रिया बदलें

अगर आपका व्यवहार आपके मूल्यों और लक्ष्यों के सामंजस्य में है, लेकिन इसके बावजूद आप दूसरे लोगों की उपलब्धियों से द्वेष करते हैं, तो हो सकता है कि कुछ अतार्किक विचारों की वजह से आप उनकी सफलताओं की क़द्र नहीं कर पा रहे हैं। अगर आप लगातार इस तरह की बातें सोच रहे हों, जैसे *मैं मूर्ख हूँ या मैं दूसरे लोगों जितना अच्छा नहीं हूँ,* तो यह संभव है कि दूसरों की सफलताओं पर आप द्वेष महसूस करेंगे। आप न सिर्फ़ ख़ुद के बारे में अतार्किक तरीक़े से सोच सकते हैं, बल्कि आप दूसरों के बारे में भी अतार्किक तरीक़े से सोच सकते हैं।

2013 में एक अध्ययन किया गया, जिसका शीर्षक था, "एनवी ऑन फ़ेसबुक : अ हिडन थ्रेट टु यूज़र्स लाइफ़ सैटिसफ़ैक्शन।" इसमें यह पड़ताल

की गई कि कुछ लोग फ़ेसबुक के संदेश पढ़ते समय नकारात्मक भावनाएँ क्यों महसूस करते हैं। शोधकर्ताओं ने पाया कि लोगों को सबसे ज़्यादा क्रोध और द्वेष तब महसूस होता है, जब उनके "मित्र" छुट्टियों के फ़ोटो डालते हैं। उन्हें तब भी द्वेष महसूस होता था, जब उनके मित्रों को उनके जन्मदिन पर "हैप्पी बर्थडे" की बहुत सारी शुभकामनाएँ मिलती थीं। अध्ययन का निष्कर्ष था कि जो लोग फ़ेसबुक के संदेश देखते समय नकारात्मक भावनाएँ महसूस करते हैं, वे जीवन से कम संतुष्ट हो जाते हैं। क्या सचमुच संसार ऐसा हो गया है - कि हम अपने जीवन से इसलिए असंतुष्ट हो जाते हैं, क्योंकि किसी दूसरे वयस्क को फ़ेसबुक पर जन्मदिन की बहुत सारी शुभकामनाएँ मिल जाती हैं? या फिर हम इस बात पर द्वेष महसूस करने लगते हैं कि हमारा मित्र छुट्टी मनाने चला गया?

अगर आप ख़ुद को दूसरे लोगों से द्वेष करता पाएँ, तो अपने विचारों को बदलने के लिए इन रणनीतियों का इस्तेमाल करें :

- *दूसरों से तुलना करना छोड़ दें :* दूसरों से अपनी तुलना करना सेव और नारंगी की तुलना करने जैसा है। आपके पास अनूठे गुणों, योग्यताओं और जीवन अनुभवों का एक अलग भंडार है, इसलिए दूसरे लोगों से अपनी तुलना करना आत्म-मूल्य मापने का सटीक तरीक़ा नहीं है। इसके बजाय, अपनी तुलना उससे करें जो पहले थे और यह देखें कि इंसान के रूप में आप किस तरह विकास कर रहे हैं।
- *अपनी रूढ़ियों को जानें :* लोगों को जानने के लिए मेहनत करें; रूढ़ियों के आधार पर उनकी आलोचना न करें। ख़ुद को यह मानने की अनुमति न दें कि जिस व्यक्ति की दौलत, शोहरत या किसी दूसरी चीज़ से आपको ईर्ष्या होती है, वह बुरा है।
- *अपनी कमज़ोरियों पर ज़ोर देना छोड़ दें :* यदि आप उन सारी चीज़ों पर ध्यान केंद्रित करते हैं, जो आपके पास नहीं हैं या जो आप नहीं कर सकते, तो आप उन लोगों से द्वेष करेंगे, जिनके पास वे चीज़ें हैं। इसके बजाय अपनी शक्तियों, योग्यताओं और ख़ूबियों पर ध्यान केंद्रित करें।
- *दूसरे लोगों की शक्तियों को बढ़ा-चढ़ाकर देखना छोड़ें :* द्वेष अक्सर इस बात को अतिशयोक्तिपूर्ण ढंग से देखने से उत्पन्न होता है कि

दूसरे लोग कितनी अच्छी ज़िंदगी जी रहे हैं या उनके पास कितनी सारी अच्छी चीज़ें हैं। याद रखें, हर व्यक्ति की कमज़ोरियाँ, असुरक्षाएँ और समस्याएँ भी होती हैं - सफल लोगों की भी।

- *दूसरे लोगों की उपलब्धियों का अपमान न करें :* किसी दूसरे की उपलब्धियों को नीचा दिखाने से सिर्फ़ द्वेष की भावनाएँ ही उत्पन्न होंगी। इस तरह की बातें कहना छोड़ें, "उसके प्रमोशन में उसकी योग्यता का कोई हाथ नहीं था। उसे तो प्रमोशन सिर्फ़ इसलिए मिला, क्योंकि उसकी बॉस से दोस्ती थी।"
- *क्या न्यायपूर्ण है, यह सोचना छोड़ें :* उन चीज़ों पर ध्यान केंद्रित न करें, जो आपके हिसाब से न्यायपूर्ण नहीं हैं। दुर्भाग्य से, कई बार लोग आगे निकलने के लिए धोखे का सहारा लेते हैं। कुछ लोग तो सिर्फ़ संयोग से ही सफल हो जाते हैं। लेकिन आप इस बारे में सोचने में जितना ज़्यादा समय लगाते हैं कि कौन सफलता का "हक़दार" है और कौन नहीं है, आपके पास किसी उपयोगी काम में लगाने के लिए उतना ही कम समय होगा।

प्रतिस्पर्धा के बजाय सहयोग पर ध्यान केंद्रित करें

परामर्श देने के अपने काम में मैं कई विवाहित दंपतियों से मिली हूँ, जो हिसाब रखते हैं और माँग करते हैं कि चीज़ें "न्यायपूर्ण" हों। मैंने कई ऐसे बॉस भी देखे हैं, जो अपने कर्मचारियों की सफलता से जलते हैं, भले ही इससे उनकी कंपनी को लाभ होता हो।

जब तक आप लोगों को अपना प्रतिस्पर्धी मानते हैं, आप हमेशा "जीतने" पर ध्यान केंद्रित करेंगे। लोगों के साथ आपके स्वस्थ संबंध नहीं रह सकते, अगर आप सिर्फ़ यह सोच रहे हों कि मदद करने के बजाय उन्हें कैसे हराया जाए। उन लोगों के बारे में सोचें, जिन्हें आप अपना प्रतिस्पर्धी मानते हैं। शायद आप अपने सर्वश्रेष्ठ मित्र से ज़्यादा आकर्षक बनना चाहते हैं। या शायद आप अपने भाई से ज़्यादा पैसे चाहते हैं। इस बात पर ग़ौर करें कि इन लोगों को अपना प्रतिस्पर्धी मानना आपके संबंधों के लिहाज़ से स्वस्थ नहीं है। इसकी जगह अगर आप उन्हें अपनी टीम के रूप में देखने लगें, तो कितना अच्छा रहेगा? अगर आपके जीवन में ऐसे लोग हैं, जिनके

पास बहुत सी योग्यताएँ और गुण हों, तो दरअसल इससे आपको बहुत फ़ायदा हो सकता है। अगर आपका भाई दौलतमंद है, तो उसकी बराबरी की कोशिशें करने के बजाय आप उससे वित्तीय ज्ञान हासिल सकते हैं। अगर आपका कोई पड़ोसी स्वास्थ्य के बारे में बहुत जागरूक है, तो क्यों न उससे कुछ नुस्ख़े पूछें? आप ख़ुद के और दूसरे लोगों के बारे में कैसा महसूस करते हैं, विनम्र व्यवहार करने से इसमें चमत्कार हो सकते हैं।

जैसा हमने एक अध्याय पहले सीखा था, मिल्टन हर्शे इसलिए सफल हुए क्योंकि उन्होंने अपनी ग़लतियों से सीखा, लेकिन दूसरों की सफलता को स्वीकार करने से भी उन्हें मदद मिली थी। जब उनके एक कर्मचारी एच.बी. रीज़ ने उसी शहर में एक और कैंडी कंपनी खोल ली, तो उन्होंने द्वेष नहीं किया। चॉकलेट फ़ैक्ट्री में काम करते समय रीज़ ने हर्शे से हासिल ज्ञान का इस्तेमाल करके अपनी ख़ुद की कैंडी ईजाद की। कुछ साल बाद रीज़ ने चॉकलेट-कवर्ड पीनट बटर कप बनाया और हर्शे चॉकलेट को मिल्क चॉकलेट का सप्लायर बना लिया।

हालाँकि हर्शे आसानी से रीज़ को प्रतिस्पर्धी माना सकते थे, जो उनके चॉकलेट व्यवसाय से ग्राहक चुरा रहा था, लेकिन इसके बजाय उन्होंने रीज़ के कारोबारी अभियानों में सहायता की। हालाँकि दोनों एक ही समुदाय में कैंडी बेच रहे थे, लेकिन उनके संबंध अच्छे बने रहे। वास्तव में उन दोनों की मृत्यु के बाद हर्शे चॉकलेट कॉरपोरेशन और रीज़ कैंडी कंपनी का विलय हो गया। रीज़ के पीनट बटर कप्स आज भी हर्शे के सबसे लोकप्रिय प्रॉडक्ट्स में से एक बने हुए हैं। ज़ाहिर है, कहानी का अंत काफ़ी अलग हो सकता था। सच तो यह है कि अगर उन्होंने आपस में सहयोग नहीं किया होता, तो उनका व्यवसाय बरबाद हो सकता था। लेकिन इसके बजाय दोनों ही अपने पूरे करियर में मित्रतापूर्ण और सहयोगी बने रहे।

जब आप दूसरे लोगों की सफलताओं पर ख़ुश होते हैं, तो आप सफल लोगों को विकर्षित करने के बजाय आकर्षित करेंगे। जो लोग अपने लक्ष्यों तक पहुँचने के लिए कड़ी मेहनत कर रहे हैं, ऐसे लोगों से घिरे रहना आपके लिए अच्छा हो सकता है। आपको प्रेरणा, प्रोत्साहन और जानकारी हासिल हो सकती है, जिससे आपकी यात्रा में आपको मदद मिल सकती है।

सफलता की अपनी ख़ुद की परिभाषा गढ़ें

हालाँकि कई लोग सफलता को पैसे से जोड़ते हैं, लेकिन स्पष्ट रूप से हर व्यक्ति के मन में दौलतमंद बनने की इच्छा सबसे प्रबल नहीं होती। हो सकता है जीवन में सफलता की आपकी परिभाषा यह हो कि आप अपना समय और योग्यताएँ देकर समाज को फ़ायदा पहुँचाएँ। शायद आप अपने बारे में सर्वश्रेष्ठ तब महसूस करेंगे, जब आप कम घंटे काम करें और ज़रूरतमंद लोगों को अपना समय दे पाएँ। यदि यह सफलता की आपकी परिभाषा है, तो उस व्यक्ति से द्वेष करने की कोई ज़रूरत नहीं है, जिसने बहुत सा पैसा कमाने का विकल्प चुना है, क्योंकि यह सफलता की उसकी परिभाषा के सामंजस्य में है।

जब लोग कहते हैं, "मेरे पास हर वह चीज़ है, जो मैं कभी चाहता था, लेकिन इसके बावजूद मैं ख़ुश नहीं हूँ," तो ऐसा अक्सर इसलिए होता है, क्योंकि उनके पास दरअसल वह हर चीज़ नहीं है, जो वे चाहते थे। वे अपने प्रति सच्चे होने के बजाय सफलता की किसी दूसरे की परिभाषा के अनुरूप जी रहे हैं। डैन का ही प्रकरण लें। वह उन सारी भौतिक वस्तुओं को हासिल करने के लिए मेहनत कर रहा था, जो उसके पड़ोसियों के पास थीं। लेकिन इससे उसे कोई ख़ुशी नहीं मिल रही थी। उसने और उसकी पत्नी ने मिलकर यह विकल्प चुना था कि पत्नी घर पर रहकर बच्चों को सँभाले, क्योंकि यह उनके लिए अतिरिक्त नौकरी से मिलने वाले पैसे से ज़्यादा महत्त्वपूर्ण था। लेकिन उसने अपने मूल्यों पर से निगाह हटा ली और अपने पड़ोसियों की नक़ल करने लगा।

सफलता की ख़ुद की परिभाषा बनाने के लिए कई बार सबसे अच्छा यह रहता है कि आप सिर्फ़ मौजूदा अवस्था को ही न देखें, बल्कि अपने जीवन की बड़ी तसवीर देखें। कल्पना करें कि आप अपने जीवन के अंत में पहुँच गए हैं और पलटकर इन बरसों को देख रहे हैं। नीचे दिए गए प्रश्नों के किन उत्तरों से आपको शांति का सबसे ज़्यादा अहसास होगा?

- *जीवन में मेरी सबसे बड़ी उपलब्धियाँ क्या होंगी?* क्या आपकी सबसे बड़ी उपलब्धियों में पैसा शामिल होगा? आपने दूसरे लोगों के प्रति क्या योगदान दिया? वह परिवार जो आपने बनाया? वह कारोबार जिसे आपने खड़ा किया? यह तथ्य कि आपने संसार में फ़र्क़ डाला?

- *मैं यह पता कैसे लगाऊँ कि मैंने ये चीज़ें हासिल कर ली हैं?* आपके पास क्या प्रमाण है, जिससे यह साबित होता है कि आप अपने लक्ष्यों तक पहुँच गए हैं? क्या लोग आपको बताते हैं कि वे आपके योगदानों की क़द्र करते हैं? क्या आपका बैंक अकाउंट यह साबित करता है कि आपने बहुत सा पैसा कमाया है?
- *मेरे समय, पैसा और गुण ख़र्च करने के कौन से तरीक़े सर्वश्रेष्ठ हैं?* आपके जीवन की कौन सी यादें आपके लिए सबसे ज़्यादा महत्त्वपूर्ण होंगी? कौन सी गतिविधियाँ आपको गर्व और संतुष्टि का सबसे ज़्यादा अहसास देंगी?

सफलता की अपनी परिभाषा को लिख लें। जब आपका मन दूसरे लोगों से द्वेष करने को ललचाए, जो सफलता की उनकी परिभाषा के अनुरूप काम कर रहे हों, तो ख़ुद को अपनी परिभाषा याद दिलाएँ। सफलता का हर व्यक्ति का मार्ग भिन्न होता है और यह पहचानना महत्त्वपूर्ण है कि आपकी यात्रा अनूठी है।

दूसरे लोगों की उपलब्धियों का जश्न मनाएँ

अगर आप सफलता की ख़ुद की परिभाषा के अनुरूप काम कर रहे हैं और आपने अपनी असुरक्षाओं को दूर कर लिया है, तो आप दूसरे लोगों की उपलब्धियों का जश्न बिना किसी द्वेष के मना सकते हैं। जब आप यह मान लेते हैं कि कोई आपका प्रतिस्पर्धी नहीं है, तो आपको यह चिंता नहीं सताएगी कि किसी दूसरे की सफलता से आप असफल दिखेंगे। इसके बजाय, अगर कोई व्यक्ति कामयाबी के एक नए मील के पत्थर तक पहुँचता है, ज़्यादा पैसे कमाता है या कोई ऐसी चीज़ करता है, जो आपने नहीं की है, तो आपको उसके लिए सचमुच ख़ुशी महसूस होगी।

पीटर बुकमैन ऐसे व्यक्ति की बेहतरीन मिसाल हैं, जो दूसरे लोगों की उपलब्धियों का जश्न मनाते हैं, हालाँकि कुछ मायनों में उन्हें द्वेषपूर्ण महसूस करना चाहिए। स्व-वर्णित मियादी उद्यमी के रूप में उन्होंने बहुत सी सफल कंपनियाँ शुरू की हैं। वे उस कंपनी के संस्थापक थे, जो अंततः फ़्यूज़न-आयो बनी। यह एक कंप्यूटर हार्डवेयर और सॉफ़्टवेयर सिस्टम कंपनी है, जिसकी ग्राहक सूची में फ़ेसबुक और एपल जैसी कंपनियाँ शामिल हैं। पीटर ने साढ़े

तीन साल तक इसे खड़ा किया और फिर उन्हें बताया गया कि निवेशकों और संचालक मंडल के मन में कंपनी के भविष्य की जो तसवीर थी, वह उनकी तसवीर से अलग थी। इसलिए पीटर ने कंपनी छोड़ दी। इसके बाद यह हुआ कि उन्होंने जिन लोगों को नौकरी दी थी, उनमें से कई आगे चलकर बहुत सफल हुए।

वास्तव में, फ़्यूज़न-आयो आगे जाकर अरबों-डॉलर की कंपनी बनी, जिसने पीटर के जाने के बाद संस्थापकों के लिए 250 मिलियन डॉलर कमाए। अपनी पूर्व कंपनी की सफलता पर द्वेष करने के बजाय पीटर उनकी कामयाबी से ख़ुश हैं। वे स्वीकार करते हैं कि बहुत से लोगों ने उनसे कहा कि उन्हें इस बारे में नाराज़ होना चाहिए कि जिस कंपनी को उन्होंने शुरू किया था, वह उनके बिना सफल हो गई। जब मैंने उनसे पूछा कि वे कोई शत्रुता क्यों नहीं रखते हैं, तो उनका जवाब था, "मुझे यह समझ में नहीं आता है कि उनकी सफलता से मेरा क्या नुक़सान होता है। मुझे ख़ुशी है कि मैंने अपनी भूमिका निभाई और मैं दूसरों का सपना हासिल करने में उनकी मदद करना चाहता हूँ, चाहे परिणाम मेरे सर्वश्रेष्ठ हित में हो या न हो।" स्पष्ट रूप से पीटर किसी की सफलता से द्वेष करने में अपनी ज़िंदगी का एक मिनट भी बरबाद नहीं कर रहे हैं। जब लोग अपने सपनों को साकार करते हैं, तो वे उनके साथ ख़ुशी-ख़ुशी जश्न मनाते हैं।

दूसरों की उपलब्धियों को स्वीकार करने से आप शक्तिशाली बनते हैं

हर्ब ब्रुक्स हाई स्कूल और कॉलेज में सफल हॉकी खिलाड़ी थे। 1960 में वे अमेरिकी ओलंपिक हॉकी टीम के सदस्य बन गए। बहरहाल, ओलंपिक खेल शुरू होने के एक सप्ताह पहले ब्रुक्स टीम से बाहर निकाले गए आख़िरी खिलाड़ी थे। उन्होंने टीम को अपने बिना खेलते हुए और अमेरिकी इतिहास में हॉकी का पहला पुरुष गोल्ड मेडल जीतते हुए देखा। विजेता टीम से ख़ुद को हटाने पर गुस्सा होने के बजाय ब्रुक्स ने कोच से कहा, "देखिए आपने सही निर्णय लिया था - आप जीत गए।"

इसके बाद कई लोगों के मन में हॉकी खेलना छोड़ने का प्रलोभन जागता, लेकिन ब्रुक्स हार मानने को तैयार नहीं थे। वे 1964 और 1968

के ओलंपिक खेलों में खेले। उनकी टीमें सफलता के उस स्तर को नहीं छू पाईं, जो उन्हें टीम से निकाले जाने पर ओलंपिक में मिली थीं, लेकिन उनका हॉकी करियर वहीं ख़त्म नहीं हुआ। खिलाड़ी के रूप में रिटायर होने के बाद वे कोच बन गए।

कई वर्षों तक कॉलेज स्तर पर कोच रहने के बाद उन्हें ओलंपिक टीम का कोच बना दिया गया। अपनी टीम के लिए खिलाड़ी चुनते वक़्त वे ऐसे खिलाड़ियों की तलाश करते थे, जो मिलकर अच्छी तरह खेल सकें। वे यह नहीं चाहते थे कि कोई अकेला खिलाड़ी शोहरत चुराने की कोशिश करे। ब्रुक्स की टीम कमज़ोर दावेदार के रूप में 1980 के ओलंपिक में दाख़िल हुई, जबकि पिछले सात में से छह ओलंपिक खेलों में सोवियत संघ की टीम ने स्वर्ण पदक जीता था। लेकिन ब्रुक्स की कोचिंग की बदौलत अमेरिका ने सोवियत संघ की टीम को 4-3 से हरा दिया। उनका ज़ोरदार उलटफेर "बर्फ़ पर चमत्कार" नाम से मशहूर हुआ। उसके बाद अमेरिका ने फ़िनलैंड को हराकर गोल्ड मेडल जीत लिया।

जैसे ही उनकी टीम जीती, हर्ब मैदान से बाहर और कैमरों से दूर चले गए। उनके बारे में यह मशहूर था कि वे मैच ख़त्म होते ही बाहर चले जाते थे और अपनी टीम को जीत का जश्न मनाने देते थे। उन्होंने बाद में पत्रकारों को बताया कि वे जीत का श्रेय अपने खिलाड़ियों के लिए छोड़ना चाहते थे, जो इसके हक़दार थे। वे उनकी शोहरत नहीं चुराना चाहते थे।

न सिर्फ़ हर्ब ब्रुक्स सफल लोगों से जलते नहीं थे, बल्कि वे उनके प्रयासों में उनका समर्थन भी करते थे। वे किसी को विवश नहीं करते थे कि वह उनके साथ अपनी सफलता बाँटें, बल्कि इसके बजाय वे सारा श्रेय दूसरों को देने के विनम्रतापूर्वक इच्छुक रहते थे। उन्होंने अपने खिलाड़ियों से यह मशहूर वाक्य कहा था, "सफलता के बारे में किसी दूसरे की पुस्तक पढ़ने के बजाय अपनी ख़ुद की पुस्तक लिखो।"

जब आप दूसरों की सफलता पर द्वेष करना छोड़ देते हैं, तो आप अपने ख़ुद के लक्ष्यों की दिशा में काम करने के लिए स्वतंत्र हो जाएँगे। आपमें अपने ख़ुद के मूल्यों के अनुसार जीने की इच्छा होगी और आप उन लोगों के प्रति नाराज़गी या धोखे की भावना महसूस नहीं करेंगे, जो उनके मूल्यों के अनुसार जीते हैं।

जब डैन सफलता की अपनी ख़ुद की परिभाषा तक पहुँचने पर ध्यान केंद्रित करने लगा, तो उसे शांति और मुक्ति का अहसास हुआ। अपने पड़ोसियों के साथ प्रतिस्पर्धा करने के बजाय वह ख़ुद से प्रतिस्पर्धा करने लगा। वह हर दिन ख़ुद को थोड़ा बेहतर बनने की चुनौती देना चाहता था। डैन की तरह ही प्रामाणिक जीवनशैली जीना उस व्यक्ति के लिए अनिवार्य है, जो जीवन में सच्ची सफलता चाहता है।

समस्या–निवारण और कुछ बाधाएँ

जब आप ख़ुद सफल हो रहे हों, तो दूसरों की सफलता के प्रति द्वेष महसूस करने से बचना आसान होता है। लेकिन जीवन में संभवतः ऐसे पल भी आएँगे, जब आप संघर्ष कर रहे होंगे। तब दूसरे लोगों से न जलना बहुत मुश्किल हो सकता है। जब आप अपने लक्ष्यों तक पहुँचने के लिए जूझ रहे हों और आपके आस-पास के लोग उनके लक्ष्यों तक पहुँच रहे हों, तो अपनी भावनाओं पर क़ाबू रखने के लिए कड़ी मेहनत और लगन की ज़रूरत होती है।

क्या सहायक है

- सफलता की अपनी ख़ुद की परिभाषा बनाना।
- द्वेष उत्पन्न करने वाले नकारात्मक विचारों की जगह ज़्यादा तार्किक विचार रखना।
- दूसरों की उपलब्धियों का जश्न मनाना।
- अपनी शक्तियों पर ध्यान केंद्रित करना।
- हर व्यक्ति के साथ प्रतिस्पर्धा करने के बजाय सहयोग करना।

क्या सहायक नहीं है

- हर व्यक्ति के सपनों का पीछा करना।
- यह कल्पना करना कि दूसरों का जीवन कितना बेहतर है।
- अपने आस-पास के हर व्यक्ति से लगातार अपनी तुलना करना।
- दूसरे लोगों की उपलब्धियों को कम करके बताना।
- हर व्यक्ति के साथ ऐसा व्यवहार करना, मानो वह आपका प्रतिस्पर्धी हो।

अध्याय 10

वे पहली असफलता के बाद हार नहीं मानते हैं

असफलता सफलता की प्रक्रिया का हिस्सा है।
जो लोग असफलता से बचते हैं, वे सफलता से भी बचते हैं।
—रॉबर्ट टी. कियोसाकी

सूज़न काउंसलिंग के लिए मेरे पास आई, क्योंकि उसे महसूस हो रहा था कि उसका जीवन उतना संतुष्टिदायक नहीं है, जितना होना चाहिए था। उनका वैवाहिक जीवन सुखद था और उनकी दो साल की सुंदर बेटी थी। सूज़न स्थानीय स्कूल में रिसेप्शनिस्ट की स्थायी नौकरी कर रही थी और परिवार की वित्तीय स्थिति अच्छी थी। सूज़न ने कहा कि सचमुच सुखी महसूस न करना थोड़ा स्वार्थपूर्ण लग रहा था, क्योंकि उसकी ज़िंदगी काफ़ी अच्छी चल रही थी।

शुरुआती दो थेरेपी सत्रों में सूज़न ने बताया कि वह हमेशा से टीचर बनना चाहती थी। हाई स्कूल के बाद उसने शिक्षक बनने के लिए पढ़ाई की थी। जिस युनिवर्सिटी में वह पढ़ने गई थी, वह हालाँकि उसके घर से कुछ ही घंटों की दूरी पर थी, लेकिन उसे घर की बहुत याद सताने लगी थी। वह बहुत ही ज़्यादा संकोची थी और उसे नई सहेलियाँ बनाने में परेशानी होती थी। उसे कक्षाएँ मुश्किल और थकाने वाली लगीं। इन सभी कारणों से सूज़न अपने पहले सेमेस्टर के बीच में ही पढ़ाई छोड़कर घर लौट आई।

घर लौटने के कुछ ही समय बाद उसे एक स्कूल में रिसेप्शनिस्ट की नौकरी मिल गई और वह तभी से वहाँ काम कर रही थी। हालाँकि यह उसके सपनों की नौकरी नहीं थी, लेकिन उसके ख़याल से यह टीचर बनने के उतना ही क़रीब था, जितना वह पहुँच सकती थी। सूज़न की बातों से यह स्पष्ट था कि वह अब भी टीचर बनना चाहती थी। उसे तो बस यह भरोसा नहीं था कि वह यह काम कर सकती है।

जब मैंने पहली बार दोबारा कॉलेज जाने का विषय छेड़ा, तो सूज़न ने ज़ोर दिया कि उसकी उम्र बहुत ज़्यादा हो गई है। लेकिन उसके विचार बदल गए, जब मैंने उसे एक महिला के बारे में लेख पढ़ाया, जिसने 94 साल की उम्र में हाई स्कूल का डिप्लोमा लिया था। हमने अगले कुछ सप्ताह तक इस बारे में बात की कि शिक्षा का अध्ययन करने से उसे कौन सी चीज़ रोक रही है। उसने कहा कि उसने बस यह निर्णय लिया था कि उसमें "कॉलेज का दम" नहीं था। वह पहली बार ऐसा करने में नाकाम रही थी और उसे विश्वास था कि अब वह कॉलेज की परीक्षाएँ उत्तीर्ण नहीं कर पाएगी, क्योंकि स्कूल छोड़े हुए उसे बहुत समय हो गया था।

अगले कुछ सप्ताह तक हमने असफलता संबंधी उसके विचारों पर बात की और इस बारे में भी कि अगर वह एक बार नाकाम हुई है, तो क्या वह दोबारा भी नाकाम होगी। हमें सूज़न के जीवन में एक स्पष्ट आदत का पता चला – जब भी वह किसी चीज़ में पहली कोशिश में सफल नहीं होती थी, तो वह कोशिश करना छोड़ देती थी। जब उसे हाई स्कूल की बास्केटबॉल टीम में नहीं लिया गया, तो उसने वह खेल ही छोड़ दिया। जब उसने डाइटिंग करके पंद्रह पौंड वज़न कम किया और वह दोबारा बढ़ गया, तो उसने वज़न कम करने की कोशिश ही छोड़ दी। ऐसे ही कई अन्य उदाहरण थे और उनसे यह पता चला कि असफलता संबंधी उसके विश्वासों ने उसके चयनों को किस तरह प्रभावित किया था।

हालाँकि उसने दोबारा पढ़ने की योजना कभी नहीं बनाई थी, लेकिन मैंने उसे कॉलेज के विकल्पों के बारे में आस-पास देखने के लिए प्रोत्साहित किया, क्योंकि पिछले पंद्रह सालों में शिक्षा जगत में बहुत से परिवर्तन हुए थे। उसे यह जानकर ख़ुशी हुई कि कॉलेज के नियमित विद्यार्थी बनने के कई विकल्प मौजूद थे। कुछ ही सप्ताह बाद उसने कॉलेज की ऑनलाइन कक्षाओं

के लिए अपना नाम लिखा दिया। वह यह सोचकर रोमांचित थी कि कक्षाओं की वजह से उसे अपने परिवार से ज़्यादा समय दूर रहना नहीं होगा और वह वहाँ पर पार्ट-टाइम जा सकती है।

कक्षाओं में जाना शुरू करने के बाद जल्दी ही उसने घोषणा की कि उसे महसूस हो रहा था, जैसे उसे कोई खोई हुई चीज़ मिल गई थी। एक नए पेशेवर लक्ष्य की दिशा में मेहनत करना ही वह चुनौती थी, जिसकी कमी उसे खल रही थी और सुखी नहीं होने दे रही थी। इसके बाद उसने जल्दी ही थेरेपी छोड़ दी और अपने भविष्य के बारे में आशा के अहसास तथा असफलता संबंधी एक नए दृष्टिकोण के साथ जीने लगी।

अगर आप पहली बार में सफल नहीं होते हैं...

हालाँकि असफलता से कुछ लोगों को अगली बार बेहतर प्रदर्शन करने की प्रेरणा मिलती है, लेकिन बाक़ी लोग बस हाथ खड़े कर देते हैं। क्या इनमें से कोई बिंदु आपके तार झनझनाता है?

- आप इस बारे में चिंता करते हैं कि दूसरे लोग आपको असफल मानेंगे।
- आप सिर्फ़ उन चीज़ों में हिस्सेदारी करना चाहते हैं, जहाँ आपके उत्कृष्ट बनने की संभावना हो।
- यदि किसी चीज़ में आपकी पहली कोशिश नाकाम रहती है, तो आपके दोबारा कोशिश करने की संभावना नहीं है।
- आपको विश्वास है कि ज़्यादातर सफल लोग सफल होने के नैसर्गिक गुणों के साथ पैदा हुए थे।
- आपको लगता है कि ऐसी बहुत सी चीज़ें हैं, जिन्हें करना आप कभी नहीं सीख सकते, चाहे आप कितनी ही कड़ी कोशिश करें।
- आपका ज़्यादातर आत्म-मूल्य सफल होने की आपकी योग्यता से जुड़ा है।
- असफल होने का विचार बहुत बेचैन कर देता है।
- अपनी असफलता के लिए आपमें बहाने बनाने की प्रवृत्ति है।

◻ नई योग्यताएँ सीखने के बजाय आप पहले से मौजूद योग्यताओं की शान झाड़ना ज़्यादा पसंद करेंगे।

असफलता अंत नहीं होती है। वास्तव में, ज़्यादातर सफल लोग असफलता को सफलता की लंबी यात्रा की सिर्फ़ शुरुआत मानते हैं।

हम हार क्यों मान लेते हैं

हममें से कई लोगों की तरह ही सूज़न को महसूस हुआ कि अगर वह एक बार असफल हो गई है, तो वह निश्चित रूप से दोबारा भी असफल हो जाएगी, इसलिए उसने कोशिश करने की जहमत ही नहीं उठाई। हालाँकि वह जानती थी कि उसके जीवन में किसी चीज़ की कमी है, लेकिन उसके मन में यह विचार कभी आया ही नहीं कि वह दोबारा कॉलेज की कक्षाओं में पढ़ सकती है, क्योंकि उसने मान लिया था कि उसमें "कॉलेज का दम" नहीं है। सूज़न निश्चित रूप से अकेली नहीं है। लगभग हर व्यक्ति ने पहली नाकाम कोशिश के बाद किसी न किसी चीज़ से हार मानी है।

हम अगर किसी चीज़ में पहली बार में असफल हो चुके हैं, तो डर की वजह से दोबारा कोशिश नहीं करना चाहते। लेकिन ध्यान रहे, असफलता के बारे में हर व्यक्ति के डर अलग-अलग होते हैं। किसी युवती को यह चिंता हो सकती है कि उसके माता-पिता निराश हो जाएँगे, जबकि दूसरी युवती को यह चिंता हो सकती है कि वह इतनी नाज़ुक है कि एक और झटका नहीं झेल पाएगी। इन डरों का सामना करने के बजाय कई लोग एक और असफलता का जोखिम लेने से बचते हैं, जिसे हम शर्म से जोड़ देते हैं। हममें से कुछ लोग अपनी असफलताओं को छिपाने की कोशिश करते हैं; बाक़ी बहाने बनाने में बहुत सारी ऊर्जा ख़र्च कर देते हैं। कोई छात्रा कह सकती है, "इस टेस्ट के लिए पढ़ने के लिए मेरे पास समय नहीं था," हालाँकि उसने तैयारी में कई घंटे लगाए थे, क्योंकि वह इस तथ्य को ढँकना चाहती है कि उसके अच्छे अंक नहीं आए। दूसरा विद्यार्थी अपने अभिभावकों से अपने टेस्ट के नंबर छिपा सकता है, क्योंकि अपने ख़राब अंकों पर वह शर्मिंदा है।

दूसरे प्रकरणों में हम असफलता को ख़ुद को परिभाषित करने की अनुमति देते हैं। सूज़न के लिए कॉलेज पूरा करने में असफलता का मतलब

था कि आगे की शिक्षा ग्रहण करने लायक़ बुद्धिमान नहीं थी। किसी दूसरे को यह विश्वास हो सकता है कि कारोबार में एक असफलता का यह मतलब है कि उसकी तक़दीर में कभी उद्यमी बनना लिखा ही नहीं है या जो व्यक्ति अपनी पहली पुस्तक प्रकाशित करने में असफल होता है, वह इस नतीजे पर पहुँच सकता है कि वह ख़राब लेखक है।

हार मानना सीखा हुआ व्यवहार भी हो सकता है। शायद बचपन में जब आप पहली कोशिश में कोई काम नहीं कर पाए थे, तो आपकी माँ दौड़कर आपकी मदद करने चली आई थीं। या शायद जब आपने अपनी शिक्षक को बताया था कि आप गणित के सवाल को नहीं समझ पा रहे थे, तो उन्होंने आपको सीधे जवाब बता दिए, ताकि आपको हल करने का तरीक़ा समझने की ज़रूरत ही न रहे। कोई हमारे बचाव के लिए आएगा, यह उम्मीद वयस्क जीवन में भी एक आदत बन जाती है और इसे छोड़ना मुश्किल होता है। इस आदत की वजह से असफल होने पर दोबारा कोशिश करने की कम संभावना होती है।

कई लोग इसलिए हार मान लेते हैं, क्योंकि अपनी योग्यताओं के बारे में उनकी एक निश्चित मानसिकता होती है। वे मानते हैं कि उनकी योग्यता के स्तर पर उनका कोई नियंत्रण नहीं है, इसलिए वे असफलता के बाद बेहतर बनने और दोबारा कोशिश करने की जहमत नहीं उठाते हैं। वे सोचते हैं कि अगर आपको ईश्वर ने कोई चीज़ करने का पैदाइशी हुनर नहीं दिया है, तो सीखने की कोशिश करने में कोई तुक नहीं है।

असफलता के सामने हार मानने के साथ समस्या

सूज़न ज़्यादा समय यही सोचती रही थी, *मैं शिक्षक बनने लायक़ बुद्धिमान नहीं हूँ और मैं सफल होने में विद्यार्थियों की मदद कभी नहीं कर सकती, क्योंकि मैं ख़ुद असफल हूँ।* इस तरह के विचारों के कारण वह कभी लक्ष्य तक नहीं पहुँच पाई और उसे यह कभी लगा ही नहीं कि वह अब भी दोबारा कॉलेज जा सकती है। यदि आप अपनी पहली असफलता के बाद उसी तरह हार मान लेते हैं, जिस तरह सूज़न ने मानी थी, तो आप अपने जीवन में बहुत सारे अवसर चूक जाएँगे। दरअसल असफलता एक बेहतरीन अनुभव हो सकती है, बशर्ते आप उससे हासिल ज्ञान के साथ आगे बढ़ें।

कम से कम एक बार असफल हुए बिना सफल होना मुश्किल होता है। मिसाल के तौर पर, थियोडोर गीज़ल को लें, जिन्हें डॉ. स्यूस के नाम से भी जाना जाता है - जिनकी पहली पुस्तक बीस से ज़्यादा प्रकाशकों ने अस्वीकृत कर दी थी। अंततः उन्होंने बच्चों की बहुत मशहूर 46 पुस्तकें प्रकाशित कीं, जिनमें से कुछ पर टेलीविज़न स्पेशल, फ़ीचर फ़िल्में और ब्रॉडवे म्यूज़िकल भी बने। अगर उन्होंने पहली अस्वीकृति मिलने पर ही हार मान ली होती, तो संसार को उनकी अनूठी लेखन शैली का आनंद लेने का अवसर कभी नहीं मिलता, जो दशकों से बच्चों का मनोरंजन कर रही है।

पहली असफलता के बाद हार मानना आसानी से ख़ुद पूरी होने वाली भविष्यवाणी बन सकता है। जब आप किसी चीज़ में हार मानते हैं, तो आप इस विचार को मज़बूत बना लेते हैं कि असफलता बुरी होती है और यह विचार आपको दोबारा कोशिश करने से रोकेगा; इस तरह असफलता का डर सीखने की आपकी योग्यता में बाधक होता है। 1998 में *जर्नल ऑफ़ पर्सनैलिटी ऐंड सोशल साइकोलॉजी* में प्रकाशित अध्ययन में शोधकर्ताओं ने पाँचवीं ग्रेड के बच्चों की तुलना की। एक तरफ़ वे बच्चे थे, जिनकी बुद्धि के लिए उनकी प्रशंसा की जाती थी और दूसरी तरफ़ वे बच्चे थे, जिनकी प्रशंसा उनके प्रयासों के लिए की जाती थी। सभी बच्चों को एक बहुत मुश्किल परीक्षण दिया गया। उनके स्कोर दिखाते समय उन्हें दो विकल्प दिए गए - वे या तो अपने से कम नंबर लाने वाले बच्चों की टेस्ट कॉपी देख सकते थे, या फिर अपने से ज़्यादा नंबर लाने वाले बच्चों की टेस्ट कॉपी देख सकते थे। जिन बच्चों की प्रशंसा उनकी बुद्धि के लिए की जाती थी, उन्होंने ज़्यादातर मामलों में अपने से कम स्कोर वालों की कॉपी देखने का चुनाव किया, ताकि उनका आत्म-गौरव बढ़ सके। जिन बच्चों की प्रशंसा उनके प्रयासों के लिए की जाती थी, वे अपने से ज़्यादा नंबर लाने वाले बच्चों की टेस्ट कॉपी देखने के लिए ज़्यादा उत्सुक थे, ताकि वे अपनी ग़लतियों से सीख सकें। यदि आप असफलता से डरते हैं, तो आपके ग़लतियों से सीखने और दोबारा कोशिश करने की कम संभावना होती है।

हार न मानें

जैसे ही सूज़न को इस बात का अहसास हुआ कि एक बार असफल होने का मतलब यह नहीं था कि वह दोबारा भी असफल होगी, तो वह अपनी शिक्षा के विकल्पों की तलाश करने के लिए सक्रिय हो गई। जब उसने कॉलेजों के बारे में जानकारी हासिल करके ऐसे व्यक्ति की तरह व्यवहार शुरू कर दिया, जो असफलता से उबर सकती थी, तो वह ज़्यादा आशावादी हो गई कि वह शिक्षक बनने का अपना सपना साकार कर सकती है।

असफलता संबंधी उन विश्वासों को पहचानें, जो आपको दोबारा कोशिश करने से रोकते हैं

थॉमस एडिसन सभी युगों के सबसे उर्वर आविष्कारकों में से एक थे। उनके पास प्रॉडक्ट्स और इनका समर्थन करने वाली प्रणालियों के लिए 1,093 पेटेंट थे। बिजली का बल्ब, मोशन पिक्चर और फ़ोनोग्राफ़ उनके कुछ सबसे मशहूर आविष्कार थे। लेकिन उनके सभी आविष्कार इतने ज़्यादा सफल नहीं हुए। शायद आपने कभी उनके इलेक्ट्रिक पेन या घोस्ट मशीन के बारे में नहीं सुना होगा। वे उनके दो असफल आविष्कार थे।

एडिसन जानते थे कि उनके कुछ आविष्कारों का असफल होना तय था और जब भी उनका कोई प्रॉडक्ट कारगर नहीं होता था या बाज़ार में लोकप्रिय नज़र नहीं आता था, तो वे ख़ुद को असफल नहीं मानते थे। वास्तव में, वे तो हर असफलता को सीखने का एक महत्त्वपूर्ण अवसर मानते थे। थॉमस एडिसन की 1915 में लिखी गई जीवनी के अनुसार एक युवा सहायक ने एक बार कहा कि यह कितनी शर्म की बात है कि कई हफ़्तों से काम करने के बावजूद कोई परिणाम नहीं दिख रहे हैं। इस पर एडिसन ने यह जवाब दिया था, "परिणाम! कोई परिणाम नहीं? देखो, भले आदमी, मुझे बहुत सारे परिणाम मिले हैं! मुझे कई हज़ार चीज़ों का पता चल चुका है, जो कारगर नहीं होंगी।"

यदि आप एक बार असफल होने के बाद दोबारा कोशिश नहीं करते हैं, तो संभवतः आपके अंदर असफलता के बारे में कुछ ग़लत या अनुपयोगी विश्वास हैं। ये विश्वास असफलता के बारे में आपके सोचने, महसूस करने

और व्यवहार करने के तरीक़े पर असर डालते हैं। लगन और असफलता के बारे में शोध यह कहता है :

- *जान-बूझकर किया गया अभ्यास नैसर्गिक गुण से ज़्यादा महत्त्वपूर्ण होता है :* हालाँकि हमें अक्सर यह विश्वास दिलाया जाता है कि हममें या तो नैसर्गिक प्रतिभा होती है या फिर नहीं होती, लेकिन ज़्यादातर योग्यताएँ कड़ी मेहनत से विकसित की जाती हैं। शोध अध्ययनों में यह पाया गया है कि दस साल के दैनिक अभ्यास के बाद लोग शतरंज, खेलों, संगीत और दृश्यात्मक कलाओं में नैसर्गिक प्रतिभा वाले दूसरे लोगों से आगे निकल सकते हैं। बीस साल के समर्पित अभ्यास के बाद नैसर्गिक योग्यता के अभाव वाले कई लोग विश्व-स्तरीय उपलब्धि हासिल कर सकते हैं। लेकिन अक्सर हम यह विश्वास करते हैं कि अगर हम किसी निश्चित प्रतिभा के साथ पैदा नहीं हुए थे, तो हम कभी सफल होने लायक़ योग्यता हासिल नहीं कर पाएँगे। यह विश्वास आपको हार मानने के लिए विवश कर सकता है और आप सफल होने के लिए आवश्यक योग्यताएँ विकसित करने का अवसर चूक जाएँगे।
- *दृढ़ता सफलता का आईक्यू से बेहतर सूचक है :* ज़ाहिर है, उच्च आईक्यू वाला हर व्यक्ति ऊँची सफलता प्राप्त नहीं कर पाता है। दरअसल किसी व्यक्ति का आईक्यू इस बात का बहुत अच्छा सूचक नहीं होता कि वह आगे चलकर सफल होगा या नहीं। दृढ़ता, जिसे लगन और दीर्घकालीन लक्ष्यों के प्रति जोश के रूप में परिभाषित किया गया है, सफलता की आईक्यू से कहीं ज़्यादा सटीक सूचक होती है।
- *योग्यता की कमी को असफलता का कारण मानना सीखी हुई असहायता की ओर ले जाता है :* अगर आप सोचते हैं कि आप योग्यता की कमी के कारण असफल हुए हैं - और आप सोचते हैं कि आप उस योग्यता को नहीं बढ़ा सकते - तो यह संभावना है कि आपके अंदर सीखी हुई असहायता का अहसास आ जाएगा। असफलता के बाद दोबारा कोशिश करने के बजाय आप या तो हार मान लेंगे या फिर अपनी ख़ातिर इसे करने के लिए दूसरे व्यक्ति का इंतज़ार करेंगे। अगर आप सोचते हैं कि आप बेहतर नहीं बन सकते, तो आप संभवतः बेहतर बनने की कोशिश ही नहीं करेंगे।

अपनी योग्यताओं के बारे में ग़लत विश्वासों को यह अनुमति न दें कि वे आपको सफल होने से रोक दें। असफलता संबंधी अपने विश्वासों के बारे में सोचने में कुछ समय लगाएँ। सफलता के अपने मार्ग को 100 मीटर की फर्राटेदार दौड़ के बजाय मैराथन की तरह देखें। स्वीकार करें कि असफलता प्रक्रिया का हिस्सा है, जो सीखने और विकास करने में आपकी मदद करती है।

असफलता के बारे में सोचने का तरीक़ा बदल लें

अगर आप सोचते हैं कि असफलता बहुत बुरी होती है, तो एक बार असफल होने के बाद आप उसी काम को दोबारा करने से बचेंगे या उसमें जूझेंगे। यहाँ असफलता संबंधी कुछ विचार दिए जा रहे हैं, जो दोबारा कोशिश करने से आपको हतोत्साहित कर सकते हैं :

- *असफलता स्वीकार नहीं की जा सकती।*
- *मैं या तो पूरी तरह सफल या पूरी तरह असफल हूँ।*
- *असफलता में हमेशा मेरी पूरी ग़लती होती है।*
- *मैं इसलिए असफल हुआ, क्योंकि मैं ख़राब हूँ।*
- *अगर मैं असफल हो गया, तो लोग मुझे पसंद नहीं करेंगे।*
- *अगर मैं पहली बार में कोई चीज़ सही नहीं कर पाया हूँ, तो मैं इसे दूसरी बार में भी सही नहीं कर पाऊँगा।*
- *मैं इतना अच्छा नहीं हूँ कि सफल हो सकूँ।*

असफलता संबंधी अतार्किक विचारों की वजह से आप पहली नाकाम कोशिश के बाद मैदान छोड़ सकते हैं। उनकी जगह पर ज़्यादा यथार्थवादी विचार रखने की मेहनत करें। असफलता संभवतः उतनी बुरी नहीं होती, जितना आप इसे अपने दिमाग़ में बना लेते हैं। इसके बजाय अपनी कोशिशें परिणाम पर केंद्रित करें। जब आप कोई मुश्किल काम पूरा करने की कोशिश कर रहे हों, तो इस बात पर ध्यान केंद्रित करें कि आप चुनौती से क्या हासिल कर सकते हैं। क्या आप कोई नई चीज़ सीख सकते हैं? क्या आप

अपनी योग्यताओं को बेहतर बना सकते हैं, भले ही आप शुरुआत में सफल न हों? आप अनुभव से क्या सीख सकते हैं, इस बारे में सोचने से आपके यह स्वीकार करने की ज़्यादा संभावना होगी कि असफलता सफलता की प्रक्रिया का हिस्सा है।

ऊँचे आत्म-गौरव के बजाय आत्म-संवेदना आपकी पूरी क्षमता तक पहुँचने की कुंजी हो सकती है। ख़ुद पर बहुत सख़्त होना विरक्ति की ओर ले जा सकता है कि आप पर्याप्त अच्छे नहीं हैं। ख़ुद पर बहुत नरम होने पर आप अपने व्यवहार के लिए बहाने बना सकते हैं। लेकिन आत्म-संवेदना सही संतुलन स्थापित कर सकती है। आत्म-संवेदना का मतलब है अपनी असफलताओं को दयालुता लेकिन यथार्थवादी तरीक़े से देखना। इसका मतलब यह समझना है कि हर व्यक्ति में कमियाँ होती हैं, आपमें भी, और असफलता इंसान के रूप में आपके मूल्य को कम नहीं करती है। जब आप अपनी कमज़ोरियों के प्रति संवेदनशील नीति अपनाते हैं, तो आप यह समझ लेंगे कि आप विकास कर सकते हैं और बेहतर बन सकते हैं।

2012 के एक अध्ययन "स्व-संवेदना ने स्व-सुधार प्रेरणा को बढ़ा दिया" में अनुत्तीर्ण विद्यार्थियों को स्कोर बेहतर करने का अवसर दिया गया। विद्यार्थियों के एक समूह ने अपनी असफलता के बारे में आत्म-संवेदना का नज़रिया रखा, जबकि दूसरे समूह ने अपने आत्म-गौरव को बढ़ाने पर ध्यान केंद्रित किया। परिणामों ने पाया कि आत्म-संवेदना का नज़रिया रखने वाले विद्यार्थियों ने 25 प्रतिशत ज़्यादा समय पढ़ाई की और दूसरे टेस्ट में उन विद्यार्थियों से ज़्यादा अंक हासिल किए, जिन्होंने अपने आत्म-गौरव को बढ़ाने पर ध्यान केंद्रित किया था।

अपने मूल्य को ऊँची सफलता पर निर्भर न रखें, वरना आप उन चीज़ों को करने का जोखिम ले सकते हैं, जहाँ आप असफल हो सकते हैं। अतार्किक विचारों की जगह पर ये यथार्थवादी बातें याद रखें :

- *असफलता अक्सर सफलता की यात्रा का हिस्सा होती है।*
- *मैं असफलता को बर्दाश्त कर सकता हूँ।*
- *मैं अपनी असफलताओं से सीख सकता हूँ।*

- *असफलता इस बात का संकेत है कि मैं ख़ुद को चुनौती दे रहा हूँ और मैं दोबारा कोशिश करने का चुनाव कर सकता हूँ।*
- *यदि मैं ठान लूँ, तो मेरे पास असफलता से उबरने की शक्ति है।*

असफलता के अपने डर का सामना करें

मेरे ससुर रॉब ऐसे इंसान थे, जो हमेशा ख़ुद पर हँस सकते थे और उन्हें अपनी असफलताओं की कहानियाँ सबको सुनाने में कोई शर्म महसूस नहीं होती थी। लेकिन मुझे लगता है कि वे उनमें से किसी को भी असफलता नहीं मानते थे। दरअसल अगर कहानी अच्छी होती थी, तो वे अपने जोखिम भरे काम को सफल मानते थे।

मुझे उनकी एक कहानी याद है, जो तब की थी, जब वे 1960 के दशक में पायलट थे। वे एयर टैक्सी सर्विस के माध्यम से प्राइवेट विमानों में लोगों को यात्रा कराते थे। कई बार वे वाणिज्यिक फ़्लाइट से उतरने वाले ग्राहकों को लेने जाते थे, जो अपनी आख़िरी मंज़िल पर पहुँचने के लिए एयर टैक्सी सेवा का इस्तेमाल कर रहे थे। एक ख़ास मौक़े पर वे एक दौलतमंद व्यवसायी को लेने गए थे। चूँकि उन दिनों एयरपोर्ट पर सुरक्षा काफ़ी शिथिल होती थी, इसलिए वे उस आदमी का तभी अभिवादन कर सकते थे, जब वह विमानतल पर विमान से डामर की सड़क पर उतर रहा हो।

हालाँकि ज़्यादातर प्राइवेट पायलट इंतज़ार करते और अपने ग्राहक का नाम लिखकर तख़्ती थामे रहते, लेकिन यह रॉब की शैली नहीं थी। जब उनका यात्री विमान से उतरता था, तो रॉब उससे हाथ मिलाते थे और कहता था, "आपसे मिलकर बहुत अच्छा लगा, मि. स्मिथ। मैं आज आपका पायलट हूँ।" मि. स्मिथ जवाब देते थे कि उन्हें यह बहुत अच्छा लगा कि रॉब ने उन्हें तुरंत पहचान लिया। मि. स्मिथ को यह पता नहीं था कि रॉब ने विमान से उतरने वाले हर व्यक्ति से हाथ मिलाया था और उनमें से हर एक से यही शब्द कहे थे, "आपसे मिलकर बहुत अच्छा लगा, मि. स्मिथ।" यदि वह व्यक्ति दुविधा में दिखता था या कहता था कि वह मि. स्मिथ नहीं है, तो रॉब अगले व्यक्ति का अभिवादन करने लगते थे, जब तक कि उन्हें अंततः मि. स्मिथ मिल नहीं जाते थे।

मैं सोचती हूँ कि ग़लत नाम लेकर किसी का अभिवादन करने पर कई लोगों को शर्म आएगी और इसके बाद वे भविष्य में इतने ज़ोरदार ढंग से अजनबियों का अभिवादन नहीं करेंगे। लेकिन रॉन का अंदाज़ ही निराला था। वे ख़ुशी-ख़ुशी किसी अजनबी से हाथ मिलाते थे और उसे ग़लत नाम से पुकारते थे। वे जानते थे कि उन्हें अंततः मि. स्मिथ मिल ही जाएँगे। वे बार-बार असफल होने से नहीं डरते थे, बशर्ते वे अंततः सफल हो जाएँ।

जब आप असफल होने के आदी हो जाते हैं, तो आपके अंदर का डर काफ़ी कम हो जाता है, ख़ास तौर पर जब आप एक बार यह सीख लेते हैं कि असफलता और अस्वीकृति आपके साथ हो सकने वाली सबसे बुरी चीज़ें नहीं हैं।

असफलता के बाद आगे बढ़ जाएँ

अगर आपकी कोशिशें शुरुआत में कामयाब नहीं होती हैं, तो कुछ समय तक मूल्यांकन करें कि क्या हुआ था और आप कैसे आगे बढ़ना चाहते हैं। अगर आप किसी ऐसी चीज़ में नाकाम रहे हैं, जो आपके लिए ज़्यादा महत्त्वपूर्ण नहीं है, तो आप यह निर्णय ले सकते हैं कि दोबारा कोशिश करने में समय या ऊर्जा का निवेश करने में कोई तुक नहीं है और कई बार यह समझदारी भरा निर्णय होता है। मिसाल के तौर पर, मैं बहुत बुरी चित्रकार हूँ। ड्रॉइंग में मैं आम तौर पर रेखाकृतियाँ ही बना पाती हूँ। हालाँकि मैं ड्रॉइंग में नाकाम हूँ, लेकिन मैं अपने जीवन के इस क्षेत्र का इतना महत्त्वपूर्ण नहीं मानती हूँ कि उसमें सफल होने के लिए अपना समय और ऊर्जा लगाऊँ। इसके बजाय मैं अपनी ऊर्जा उन क्षेत्रों में लगाना चाहूँगी, जिनके बारे में मैं जोशीली हूँ।

अगर अपने सपने तक पहुँचने के लिए आपको जीवन में किसी बाधा से उबरना ज़रूरी हो, तो दोबारा कोशिश करने में समझदारी होती है। लेकिन दोबारा ठीक उसी तरह प्रयास करने से मदद नहीं मिलेगी। इसके बजाय एक ऐसी योजना बनाएँ, जिससे सफलता की आपकी संभावना बढ़ जाए। जिस तरह आपको ग़लतियाँ दोहराने से बचने के लिए उनसे सीखना चाहिए, उसी तरह आपको असफलता से भी सीखना चाहिए, ताकि अगली बार आप बेहतर प्रदर्शन कर सकें। कई मर्तबा इसका मतलब अपनी योग्यताओं को

बेहतर बनाना होता है; बाक़ी समय इसका मतलब बेहतर अवसरों की तलाश करना हो सकता है, जहाँ आपकी योग्यताओं की क़द्र हो।

एलियास "वाल्ट" डिज़्नी निश्चित रूप से कुछ असफलताओं के बिना इतने सफल नहीं बने थे। उन्होंने मूलतः लॉफ़-ओ-ग्राम कारोबार खोला, जिसमें उन्होंने कैन्सस सिटी थिएटर के साथ अनुबंध किया कि यह उनकी सात मिनट की परीकथाएँ पर्दे पर दिखाए, जो लाइव एक्शन और एनिमेशन का मिश्रण थीं। हालाँकि उनके कार्टून लोकप्रिय हुए, लेकिन वाल्ट गहरे क़र्ज़ में डूब गए और कुछ ही साल बाद ख़ुद को दिवालिया घोषित करने के लिए मजबूर होना पड़ा।

लेकिन इससे वाल्ट नहीं रुके। वे अपने भाई के साथ हॉलीवुड चले गए और उन्होंने डिज़्नी ब्रदर्स स्टूडियो खोल लिया। एक डिस्ट्रिब्यूटर ने उनके साथ एक सौदा किया, जिसमें वह वाल्ट के बनाए एक कार्टून पात्र का वितरण करने वाला था - ओसवाल्ड द लकी रैबिट। लेकिन कुछ ही साल बाद डिस्ट्रिब्यूटर ने ओसवाल्ड और उनके कई अन्य कार्टून पात्रों के अधिकार चुरा लिए। डिज़्नी ब्रदर्स ने तुरंत अपने ख़ुद के तीन नए कार्टून बनाए, जिनमें एक ही पात्र था और जिसका सृजन ख़ुद वाल्ट ने किया था - मिकी माउस। लेकिन वे इसके लिए डिस्ट्रिब्यूटर नहीं खोज पाए। जब तक कि फ़िल्म में ध्वनि को शामिल नहीं किया गया, तब तक वे इस पर फ़िल्म नहीं बना पाए।

इसके बाद जल्दी ही डिज़्नी ब्रदर्स की सफलता आसमान छूने लगी। महामंदी के बीच में वाल्ट भारी आमदनी वाली फ़िल्में बनाने लगे। इसके बाद उन्होंने और उनके भाई ने मिलकर डिज़्नीलैंड बनाया, जो 17 मिलियन डॉलर का थीम पार्क था। यह बेहद सफल हुआ और वे इससे होने वाले मुनाफ़े का इस्तेमाल करके डिज़्नी वर्ल्ड बनाने लगे। दुःखद बात यह है कि थीम पार्क के पूरा होने से पहले ही वाल्ट गुज़र गए।

जो आदमी कार्टून उद्योग में असफल कारोबारी अभियान के बाद दिवालिया हो गया था, वह महामंदी के दौर में कुछ ही साल में मल्टीमिलियनेअर बन गया। जिन कार्टूनों को लोगों ने बार-बार अस्वीकृत किया था, जो नहीं सोचते थे कि वे कभी सफल होंगे, उन्हीं की बदौलत उस आदमी को इतने ज़्यादा अकादमी पुरस्कार मिले, जितने इतिहास में किसी दूसरे व्यक्ति

को नहीं मिले थे। हालाँकि वाल्ट लगभग पचास साल पहले गुज़र चुके हैं, लेकिन डिज़्नी कंपनी आज भी अरबों डॉलर का कॉरपोरेशन है और वाल्ट का कार्टून पात्र मिकी माउस डिज़्नी का मुख्य प्रतीक बना हुआ है। स्पष्ट रूप से वाल्ट एक ऐसे इंसान थे, जिन्होंने अपनी असफलताओं से सफल होने की प्रेरणा ली।

असफलता के बाद वापसी आपको ज़्यादा शक्तिशाली बना देगी

वैली एमॉस टेलेंट एजेंट का काम करते थे। मशहूर हस्तियों को अपने साथ साइन कराने के लिए वे उन्हें घर पर बनाई चॉकलेट चिप कुकीज़ भेजते थे। मित्रों के आग्रह पर उन्होंने अंततः एजेंट का काम छोड़ दिया और कुकीज़ बनाने के प्रति अपना जीवन समर्पित कर दिया। कुछ मशहूर मित्रों की आर्थिक सहायता की बदौलत उन्होंने अपनी पहली कुकी शॉप खोली और इसका नाम "फ़ेमस एमॉस" रखा।

जल्द ही स्टोर बेहद लोकप्रिय हो गया और कारोबार फैल गया। एमॉस ने अगले दशक में पूरे देश कई स्टोर खोले। उनकी सफलता से उन्हें राष्ट्रीय ख्याति मिली और राष्ट्रपति रोनाल्ड रीगन ने उन्हें अवार्ड ऑफ़ एंटरप्रेन्योरियल एक्सीलेंस प्रदान किया।

लेकिन एमॉस ने हाई स्कूल की पढ़ाई अधूरी छोड़ दी थी और उनके पास कोई औपचारिक प्रशिक्षण नहीं था। इस वजह से एमॉस में कारोबारी ज्ञान की कमी थी, इसलिए उनका मिलियन-डॉलर साम्राज्य समस्याओं से घिर गया। उन्होंने मदद के लिए लोगों को नियुक्त करने की कोशिश की, लेकिन दुर्भाग्य से वे भी कंपनी का कायाकल्प नहीं कर पाए। अंततः एमॉस को अपनी कंपनी बेचने के लिए विवश होना पड़ा। न सिर्फ़ उन्हें अपने कारोबार में वित्तीय समस्याओं का अनुभव हुआ, बल्कि व्यक्तिगत जीवन में भी एक बड़े वित्तीय संकट का अनुभव करना पड़ा : उनका घर नीलाम हो गया।

कुछ साल बाद उन्होंने एक नई कंपनी खोली - वैली एमॉस प्रज़ेन्ट्स चिप ऐंड कुकी। कंपनी के जिन अधिकारियों ने फ़ेमस एमॉस को ख़रीदा था,

उन्होंने उनके ख़ुद के नाम के इस्तेमाल के लिए उन पर दावा ठोक दिया। उन्होंने अपने नए व्यवसाय का नाम बदलकर "अंकल नोनेम" कर दिया। उनकी नई कुकी कंपनी ने भारी प्रतिस्पर्धा का सामना किया और वे इसे सफल नहीं बना पाए। जब उन पर एक मिलियन डॉलर से ज़्यादा क़र्ज़ हो गया, तो वे दिवालियेपन का आवेदन देने को मजबूर हो गए।

आख़िरकार एमॉस ने एक मफ़िन कंपनी शुरू की। लेकिन इस बार उन्होंने रोज़मर्रा का कार्यसंचालन एक साझेदार के हवाले कर दिया, जो आहार वितरण में विशेषज्ञता रखता था। उन्होंने अपनी पुरानी असफलताओं से यह सीखा था कि उन्हें कारोबार चलाने में मदद की ज़रूरत है। उनका नया कारोबार उनके कुकी कारोबार जितनी ऊँचाइयों तक तो नहीं पहुँच पाया, लेकिन कंपनी आज तक चल रही है।

अंततः एमॉस को एक और अवसर मिल गया। कीबलर ने उनके फ़ेमस एमॉस कुकीज़ के मूल ब्रांड को ख़रीद लिया। प्रबंधन ने उनके सामने प्रॉडक्ट का प्रवक्ता बनने की पेशकश की। हालाँकि वे इस तथ्य पर नाराज़ हो सकते थे कि जिस कंपनी की उन्होंने स्थापना की थी, वह उनके स्वामी न रहने पर ज़बर्दस्त सफलता हासिल कर चुकी थी, लेकिन एमॉस ने कृतज्ञता और विनम्रता से लौटकर लोगों से वे कुकीज़ ख़रीदने का आग्रह किया, जिन्हें बनाना उन्होंने तीस साल से ज़्यादा समय पहले शुरू किया था। उन्होंने लेखक और प्रेरक वक्ता के रूप में भी सफलता पाई।

असफलता आपको नए तरीक़ों से चुनौती देकर चरित्र का निर्माण कर सकती है। यह आपके जीवन के ऐसे क्षेत्र पहचानने में आपकी मदद कर सकती है, जिन पर काम करने की ज़रूरत है। साथ ही यह उन छिपी हुई शक्तियों को भी उजागर कर सकती हे, जिन्हें आपने पहले कभी पहचाना भी नहीं था। सूज़न ने जब कॉलेज में नाम लिखा लिया, तो उसे भावी झटकों से निपटने की अपनी योग्यता में विश्वास हासिल हो गया। अब वह असफलता को अंतिम मानने के बजाय बेहतर बनने का तरीक़ा मानती थी। असफलता के बावजूद कैसे जुटे रहें, यह सीखना आपकी मानसिक शक्ति को बढ़ा सकता है, बशर्ते आप यह जान लें कि असफलता आपके प्रदर्शन को कैसे बेहतर बना सकती है।

भले ही आप बार-बार असफल हो जाएँ, लेकिन आप ठीक रहेंगे, यह समझने से जीवन में बहुत शांति और संतुष्टि मिलती है। अब आप सर्वश्रेष्ठ बनने के बारे में चिंता नहीं करेंगे या यह महसूस नहीं करेंगे, जैसे सराहना पाने के लिए आपको सबसे ज़्यादा हासिल करना है। इसके बजाय आप यह विश्वास रख सकते हैं कि हर असफलता के साथ आप बेहतर बन रहे हैं।

समस्या–निवारण और कुछ बाधाएँ

कई बार लोग अपने जीवन के कुछ क्षेत्रों में असफलता को आराम से झेल जाते हैं, लेकिन बाक़ी क्षेत्रों में नहीं झेल पाते। हो सकता है कि किसी व्यक्ति को सेल्सपर्सन के रूप में बिक्री करने में नाकाम रहने की आदत हो, लेकिन सिटी काउंसिल में न चुने जाने पर वह बहुत विचलित हो सकता है। अपने जीवन के उन क्षेत्रों का पता लगाएँ, जहाँ आपके द्वारा असफलता के बाद हार मानने की ज़्यादा संभावना है और इस बात पर ध्यान केंद्रित करें कि आप अपनी झेली हुई असफलताओं से कैसे सीख सकते हैं। यदि आप असफल होने के बाद दोबारा कोशिश करने के आदी नहीं हैं, तो अपने डरों से सीधे-सीधे मुक़ाबला करना शुरुआत में मुश्किल हो सकता है। आप बहुत सारी भावनाओं को महसूस करेंगे और आपके हताशा भरे विचार आपको दोबारा कोशिश करने से रोक सकते हैं। बहरहाल, अभ्यास के बाद आपको यह पता चलेगा कि असफलता सफल बनने की दिशा में एक महत्त्वपूर्ण क़दम कैसे हो सकती हैं।

क्या सहायक है

- असफलता को सीखने का अवसर मानना।
- अगर आपका पहला प्रयास सफल न हो, तो दोबारा कोशिश करने का संकल्प लेना।
- असफलता के डर का सामना करना।
- सफलता के अवसर को बढ़ाने की एक नई योजना बनाना।

- असफलता के बारे में अतार्किक विचारों को पहचानना और उनकी जगह पर तार्किक विचार रखना।
- अपनी योग्यताओं की शान झाड़ने के बजाय उन्हें बेहतर बनाने पर ध्यान केंद्रित करना।

क्या सहायक नहीं है

- असफलता को यह अनुमति देना कि यह आपको अपने लक्ष्यों तक पहुँचने से रोक दे।
- यदि आपकी पहली कोशिश सफल नहीं होती, तो भावी कोशिशों को भी असफल मानना।
- आप असुविधा सहन नहीं करना चाहते, इसलिए हार मान लेना।
- किसी काम को असंभव मान लेना, क्योंकि यह पहली बार में संभव नहीं हुआ था।
- ख़ुद को यह सोचने देना कि असफलता वास्तविक से ज़्यादा बुरी है।
- ऐसे कामों में सहभागी बनने से इंकार करना, जहाँ आपके बेहतरीन होने की संभावना न हो।

अध्याय 11

वे अकेले रहने से नहीं घबराते हैं

मनुष्य के सारे दुःख इस बात से उत्पन्न हुए हैं
कि उसमें कमरे में शांति से अकेले बैठने की क्षमता नहीं है।
—ब्लेज़ पास्कल

वैनेसा ने अपने डॉक्टर से नींद की दवा माँगी, लेकिन डॉक्टर ने पहले मनोवैज्ञानिक परामर्श को आज़माने की सलाह दी। हालाँकि वैनेसा नहीं जानती थी कि मनोवैज्ञानिक परामर्श से कैसे मदद मिलेगी, लेकिन फिर भी वह मुझसे मिलने को तैयार हो गई। उसने बताया कि वह रात को अपने दिमाग़ को बंद नहीं कर पाती थी। हालाँकि वह थकान महसूस करती थी और सोने की पूरी कोशिश करती थी, लेकिन उसका दिमाग़ कई घंटों तक दौड़ता रहता था, इसलिए वह अक्सर रात को जागती रहती थी। कई बार वह दिन में अपनी कही बातों पर दोबारा विचार करती थी, तो कई बार अगले दिन करने वाले कामों की चिंता करती थी। कई बार उसके दिमाग़ में इतने सारे विचार दौड़ते रहते थे कि उसे पता ही नहीं होता था कि वह दरअसल किस बारे में सोच रही है।

दिन में वैनेसा को चिंता के विचार नहीं सताते थे। वह रियल इस्टेट एजेंट थी और उसके दिन व्यस्त तथा अक्सर बहुत लंबे होते थे। जब वह आधिकारिक तौर पर काम नहीं करती थी, तो वह अपने मित्रों के साथ

बाहर डिनर लेती थी या दूसरे युवा पेशेवरों के साथ नेटवर्किंग करती थी। काम और आनंद के बीच की लकीर अक्सर धुँधली हो जाती थी, क्योंकि सोशल मीडिया या उसके विभिन्न समूहों से उसे कारोबारी संदर्भ अक्सर मिलते रहते थे। वह अपनी सक्रिय जीवनशैली से प्रेम करती थी और उसे लगातार भागमभाग में मज़ा आता था। हालाँकि काम की वजह से उसे बहुत तनाव होता था, लेकिन उसे अपना काम काफ़ी संतुष्टिदायक लगता था और वह बिक्री में बहुत सफल थी।

जब मैंने उससे पूछा कि वह अकेले में कितना समय गुज़ारती है या वह कितनी बार बैठकर सोचती है, तो वह बोली, "ओह कभी नहीं। मैं अपने दिन का एक भी पल अनुपयोगी रहने में बरबाद नहीं करना चाहती।" जब मैंने उसे बताया कि रात को उसे अपना दिमाग़ शांत करने में जो परेशानी आ रही है, उसका कारण यह हो सकता है कि वह दिन में अपने दिमाग़ को चीज़ें व्यवस्थित करने का समय नहीं देती है, तो वह शुरुआत में हँसी, लेकिन फिर बोली, "ऐसी बात नहीं है। मेरे पास दिन में सोचने के लिए बहुत समय रहता है। कई बार मैं एक साथ बहुत सारी चीज़ों के बारे में सोचती रहती हूँ।" मैंने उसे बताया कि उसके दिमाग़ को थोड़े आराम की, शांत होने के अवसर की ज़रूरत हो सकती है। मैंने सुझाव दिया कि वह हर दिन कुछ समय अकेले बिताने की योजना बनाए। हालाँकि उसे विश्वास नहीं था कि एकांत में रहने से उसकी नींद अच्छी कैसे हो सकती है, लेकिन वह प्रयोग करने के लिए तैयार हो गई।

हमने इस बारे में बातचीत की कि अपने विचारों के साथ कुछ समय अकेले बिताने के कुछ तरीक़े क्या हो सकते हैं। वह सोने से पहले हर दिन कम से कम दस मिनट रोज़मर्रा का ब्योरा लिखने के लिए तैयार हो गई, जबकि किसी प्रकार की बाधा न हो - कोई टीवी नहीं, कोई सेलफ़ोन नहीं और पृष्ठभूमि में कोई रेडियो भी नहीं। अगले सप्ताह लौटकर उसने बताया कि उसे ख़ामोशी थोड़ी चुभ रही थी, लेकिन ब्योरा लिखने में मज़ा आ रहा था। उसने सोचा कि उसे नींद भी ज़्यादा तेज़ी से आ रही है।

अगले कुछ सप्ताहों तक उसने कुछ अन्य गतिविधियों को आज़माया, जिनमें ध्यान और सचेतनता के अभ्यास शामिल थे। उसे आश्चर्य हुआ कि हर सुबह चंद मिनटों का ध्यान उसके दिन की सबसे महत्त्वपूर्ण गतिविधियों

में से एक बन गया था। उसने कहा कि उसे महसूस हो रहा था, जैसे उसका मन "ज़्यादा शांत" हो गया था। वह ब्योरा लिखती रही, क्योंकि उसे महसूस हुआ कि यह उसके दिमाग़ में दौड़ने वाली चीज़ों को सुलझाने का एक ज़रिया है और ध्यान ने उसे सिखाया कि वह अपने दौड़ते विचारों को शांत कैसे करे। हालाँकि उसकी नींद की समस्याओं का पूरी तरह उपचार नहीं हुआ था, लेकिन उसे महसूस हुआ कि अब वह ज़्यादा तेज़ी से सोने में सक्षम हो चुकी है।

एकांत का डर

अकेले समय बिताना ज़्यादातर लोगों की प्राथमिकता सूची में ऊपर नहीं होता है। हममें से कई लोगों को अकेले रहने का विचार आकर्षक नहीं लगता है। बाक़ी लोगों को यह बहुत डरावना लगता है। क्या नीचे दिया गया कोई बिंदु आपका वर्णन करता है?

- जब आपके पास ख़ाली समय होता है, तो आपके जो आख़िरी चीज़ करने की संभावना है, वह यह है कि आप बस बैठकर सोचें।
- आप सोचते हैं कि अकेले समय बिताना उबाऊ होता है।
- जब आप घर में कामकाज करते हैं, तो पृष्ठभूमि ध्वनि के लिए आपको टीवी या रेडियो चलाना पसंद है।
- आप ख़ामोशी से परेशान हो जाते हैं।
- आप अकेले रहने को अकेलापन मानते हैं।
- आपको अकेले कुछ करने में कभी ख़ुशी नहीं मिलती, जैसे फ़िल्म देखने जाना या संगीत समारोह में जाना।
- आप अकेले कोई चीज़ करके बहुत अपराधबोध महसूस करते हैं।
- जब आपके पास वेटिंग रूम में या कामों के बीच थोड़ा ख़ाली समय होता है, तो आपके फ़ोन करने, संदेश भेजने या सामाजिक मीडिया का इस्तेमाल करने की संभावना होती है।

- जब आप अकेले कार चलाते हैं, तो आप आम तौर पर रेडियो चालू रखते हैं या मनोरंजन के लिए फ़ोन पर बात करते हैं।
- डायरी में कुछ लिखना या ध्यान लगाना आपको समय की बरबादी लगती है।
- आपके पास एकांत के लिए समय या मौक़ा ही नहीं होता।

अपने विचारों के साथ अकेले रहने का समय निकालना एक शक्तिशाली अनुभव हो सकता है, जो आपके लक्ष्यों तक आपको पहुँचाने में सहायक हो सकता है। मानसिक शक्ति के लिए यह ज़रूरी हो सकता है कि आप विकास पर ध्यान केंद्रित करने के लिए दैनिक जीवन की व्यस्तता में से थोड़ा समय निकालें।

हम अकेले रहने से क्यों कतराते हैं

वैनेसा एकांत को अपने समय के इस्तेमाल का उपयोगी तरीक़ा नहीं मानती थी। उसने रियल इस्टेट उद्योग में अपनी पहचान बनाने पर इतना ज़्यादा ध्यान केंद्रित किया था कि जब भी वह सामाजिक मेल-मिलाप या नेटवर्किंग नहीं करती थी, तो वह अपराधी महसूस करती थी। वह एक भी नए बिक्री संपर्क की जानकारी पाने का अवसर नहीं चूकना चाहती थी।

हालाँकि एकांत को कई मुख्य धर्मों में बहुत सराहा गया है - ईसा मसीह, मुहम्मद और बुद्ध सभी के बारे में कहा गया था कि वे एकांत को पसंद करते थे - लेकिन आधुनिक समाज में अकेले रहने के कुछ नकारात्मक अर्थ लगाए जाते हैं। कार्टूनों, परी कथाओं और फ़िल्मों में एकांत के अतिवादी मामले, जैसे किसी को "संत" के रूप में चित्रित किया जाए, अक्सर नकारात्मक माने जाते हैं। "बूढ़ी बिल्ली वाली औरत" बनने के बारे में मज़ाक़ भी नर्मी से यह सुझाते हैं कि "अकेले रहने से आप पगला जाते हैं।" बच्चों के दुर्व्यवहार करने पर माता-पिता उन्हें अकेले कमरे में बंद कर देते हैं, जिससे यह संदेश मिलता है कि अकेले रहना सज़ा है। "एकांत कारावास" सबसे बुरे क़ैदियों को दी गई सज़ा का वर्णन है। ज़ाहिर है, अति एकांत स्वस्थ नहीं होता, लेकिन अकेले समय गुज़ारने को इतना बुरा मानना ठीक नहीं है।

"अकेले रहना बुरा है" और "लोगों से घिरे रहना अच्छा है" यह धारणा हम पर अपने सामाजिक कैलेंडर भरे रखने का दबाव डालती है। कई बार ऐसा लगता है कि शनिवार की रात को अकेले घर पर बैठना स्वस्थ नहीं है या इसका मतलब यह है कि आप "पराजित" हैं। कैलेंडर लबालब या उससे ज़्यादा भरा रखने से लोग महत्त्वपूर्ण महसूस करते हैं। आपके फ़ोन की घंटी जितनी ज़्यादा बार बजती है और आप जितनी ज़्यादा योजनाएँ बनाते हैं, आपको उतना ही ज़्यादा महत्त्वपूर्ण समझा जाएगा।

व्यस्त रहना अद्भुत मनबहलाव के रूप में भी सहायता कर सकता है। यदि आपके पास ऐसी समस्याएँ हैं, जिन्हें आप नहीं सुलझाना चाहते, तो क्यों न पड़ोसियों को डिनर पर बुला लिया जाए या कुछ मित्रों के साथ शॉपिंग करने चला जाए? अगर आप अपने मस्तिष्क को सुखद बातचीत में उलझाए रखते हैं, तो आपको अपनी समस्याओं के बारे में नहीं सोचना पड़ेगा। भले ही आप दूसरे लोगों के साथ शारीरिक रूप से समय नहीं गुज़ार सकते, लेकिन प्रौद्योगिकी की तरक्की का यह मतलब है कि आपको दरअसल कभी अकेले रहने की ज़रूरत ही नहीं है। आप लगभग कहीं भी फ़ोन पर बात कर सकते हैं, सामाजिक मीडिया के ज़रिये लोगों के सतत संपर्क में रह सकते हैं और अपने ख़ाली समय में टेक्स्ट मैसेज भेज सकते हैं। आप दिन के लगभग हर मिनट अपने विचारों के साथ अकेले रहने से बच सकते हैं।

उपयोगी होने के सामाजिक दबाव भी होते हैं। जो लोग यह महसूस करते हैं कि उन्हें सारे समय कुछ हासिल करना चाहिए, वे "एकांत के समय" को "समय बरबाद करना" मान सकते हैं। इसलिए वे हर ख़ाली पल को गतिविधि से भर लेते हैं। चाहे वे घर की सफ़ाई कर रहे हों या ज़्यादा कार्यसूचियाँ बना रहे हों, वे बैठकर सोचने में समय लगाने को ज़्यादा महत्त्व इसलिए नहीं देते हैं, क्योंकि इससे तुरंत मूर्त परिणाम नहीं मिलते हैं। वास्तव में, अगर वे "कोई काम नहीं कर रहे हैं," तो वे ख़ुद को अपराधी मान सकते हैं।

ज़ाहिर है, कुछ लोग अकेले रहने में आरामदेह महसूस ही नहीं करते हैं। उन्हें उथलपुथल, सतत शोरगुल और निरंतर गतिविधि की आदत पड़ चुकी है। सुकून, ख़ामोशी और आत्म-परवाह जैसे शब्द उनकी शब्दावली में हैं

ही नहीं। वे अपने विचारों के साथ अकेले रहने से आतंकित होते हैं, क्योंकि वे जानते हैं कि वे परेशान करने वाली चीज़ों के बारे में सोच सकते हैं। यदि उनके पास कुछ ख़ाली पल होंगे, तो उन्हें कोई दुःखद चीज़ याद आ जाएगी या भविष्य की चिंता होने लगेगी। इसलिए अपनी असहज भावनाओं को दूर रखने की कोशिश में वे अपने मन को ज़्यादा से ज़्यादा व्यस्त रखते हैं।

एकांत में रहने को अक्सर ग़लती से अकेला रहना मान लिया जाता है। अकेलेपन का संबंध ख़राब नींद, उच्च रक्तचाप, कमज़ोर प्रतिरोधक तंत्र और बढ़े हुए तनाव हॉर्मोनों के साथ जोड़ गया है। लेकिन अकेले रहने से हमेशा अकेलापन उत्पन्न नहीं होता है। वास्तव में, कई लोग तो भीड़ भरे कमरे में दूसरों से घिरे होने के बावजूद अकेलापन महसूस करते हैं। अकेलापन तो यह अहसास है कि आपका वहाँ कोई नहीं है। दूसरी ओर, एकांत अपने विचारों के साथ अकेले रहने का चयन है।

अकेलेपन से डरने के साथ समस्या

वैनेसा अपने दिन को सतत गतिविधि से जितना ज़्यादा भरती थी, उसका दिमाग़ रात को उतनी ही ज़्यादा देर से बंद होता था। वह दौड़ते हुए विचारों का जितना ज़्यादा अनुभव करती थी, वह उन्हें डुबाने की उतनी ही ज़्यादा कोशिश करती थी, जिससे एक निरंतर चक्र बन गया। उसके विचार उसे रात को हमेशा जगाए रखते थे, इसलिए वह "शांत समय" को तनाव के साथ जोड़ने लगी। वह सोते समय टीवी को पृष्ठभूमि ध्वनि के रूप में चलाने लगी थी, क्योंकि वह अपने विचारों को दबाना चाहती थी।

अगर हम ठहरकर ख़ुद के नवीनीकरण का समय न निकालें, तो दैनिक ज़िम्मेदारियों और संबंधों की सतत देखभाल भी हम पर हावी हो सकती है। दुर्भाग्य से, एकांत के लाभों को अक्सर नज़रअंदाज़ किया जाता है या कम माना जाता है। शोध बताता है कि हममें से जो लोग एकांत से डरते हैं, वे कुछ मुख्य लाभों से वंचित रह सकते हैं :

- *थोड़ा अकेले रहना बच्चों के लिए अच्छा है :* 1997 में एक अध्ययन हुआ, "द इमर्जेन्स ऑफ़ सॉलिट्यूड एज़ अ कंस्ट्रक्टिव डोमेन ऑफ़ एक्सपीरिएंस इन अर्ली एडोलेसेंस।" इसमें यह पाया गया कि पाँचवीं

से लेकर नवें ग्रेड तक के जो बच्चे थोड़ा समय अकेले में गुज़ारते थे, उनमें व्यवहार की कम समस्याएँ होती थीं। उन्हें डिप्रेशन भी कम होता था और उनके ग्रेड पॉइंट का एवरेज ज़्यादा था।

- *ऑफ़िस में एकांत उत्पादकता को बढ़ा सकता है :* हालाँकि कई ऑफ़िस खुले कार्यस्थल और बड़े विचारमंथन सत्रों को बढ़ावा देते हैं, लेकिन 2000 के अध्ययन "कॉग्निटिव स्टिमुलेशन इन ब्रेनस्टॉर्मिंग" ने पाया कि थोड़ा एकांत स्थान मिलने पर ज़्यादातर लोगों का प्रदर्शन बेहतर हुआ। हर एक से दूर कुछ समय बिताने को बढ़ी हुई उत्पादकता से जोड़ा गया है।
- *एकांत का समय आपकी परानुभूति को बढ़ा सकता है :* जब लोग खुद के साथ समय गुज़ारते हैं, तो उनके दूसरों के प्रति संवेदनशील होने की ज़्यादा संभावना होती है। यदि आप अपने सामाजिक दायरे में बहुत समय बिता रहे हैं, तो यह बहुत संभव है कि आपमें एक "हम बनाम वे" मानसिकता विकसित हो जाएगी, जिसकी वजह से आप अपने सामाजिक दायरे के बाहर के लोगों से कम सहानुभूतिपूर्ण तरीक़े से व्यवहार कर सकते हैं।
- *अकेले समय गुज़ारने से सृजनात्मकता को चिंगारी मिलती है :* कई सफल चित्रकार, लेखक और संगीतकार एकांत को अपने बेहतर प्रदर्शन का श्रेय देते हैं। शोध बताता है कि समाज की माँगों से दूर समय बिताने से सृजनात्मकता बढ़ सकती है।
- *एकाकी योग्यताएँ मानसिक स्वास्थ्य के लिए अच्छी होती हैं :* हालाँकि सामाजिक योग्यताओं के महत्त्व पर बहुत ज़ोर दिया जाता है, लेकिन प्रमाण सुझाता है कि एकाकीपन की योग्यताएँ भी स्वास्थ्य और कल्याण के लिए इतनी ही महत्त्वपूर्ण हो सकती हैं। अकेलेपन के समय को झेलने की योग्यता का संबंध बढ़ी हुई ख़ुशी, जीवन संतुष्टि और बेहतर तनाव प्रबंधन से जोड़ा गया है। जो लोग अकेले ख़ुश रहते हैं, उन्हें डिप्रेशन भी कम होता है।
- *एकांत मरम्मत का काम भी करता है :* अकेले गुज़ारा गया समय आपको अपनी बैटरी को रिचार्ज करने का समय देता है। शोध दर्शाता

है कि प्रकृति में अकेले समय बिताने से आराम मिलता है और नवीनीकरण होता है।

हालाँकि धीमे होना और ख़ुद के लिए समय निकालना मुश्किल हो सकता है, लेकिन ऐसा नहीं करने के गंभीर परिणाम हो सकते हैं। मेरी अच्छी सहेली एलिसिया को कुछ साल पहले एक चरम परिणाम का अनुभव हुआ। मैं तब उसे नहीं जानती थी, इसलिए मुझे यह सुनकर हैरानी हुई कि ख़ुद की परवाह नहीं करने की वजह से उसके जीवन में तनाव का बहुत संचित प्रभाव पड़ा।

उसने उसी समय अपनी पहली संतान को जन्म दिया था और वह एक ऐसी नौकरी में हर सप्ताह पच्चीस से तीस घंटे काम करती थी, जिससे वह प्रेम नहीं करती थी। वह अभी-अभी पूर्णकालिक रूप से कॉलेज जाने लगी थी, क्योंकि अब तक डिग्री पूरी नहीं करने पर उसे बहुत बुरा महसूस हो रहा था। उसके मन में यह अपराधबोध भी था कि अपनी व्यस्त दिनचर्या की वजह से उसे अपनी संतान से बहुत समय दूर रहना पड़ रहा है।

मातृत्व, कामकाज और कॉलेज की माँगों ने एलिसिया को भावनात्मक और शारीरिक तौर पर थका दिया। वह लगातार चिंता करती रहती थी और कई बार तो ऐसा भी महसूस करती थी, जैसे वह साँस भी नहीं ले सकती थी। उसे पित्ती की समस्या हो गई और उसकी भूख भी मर गई। लेकिन उसने चेतावनी के संकेतों को नज़रअंदाज़ किया, जो बता रहे थे कि उसका तनाव ख़तरनाक स्तरों तक पहुँच गया है। वह बेधड़क वह आगे बढ़ती रही। जिस दिन उसका तनाव आख़िरकार उस पर हावी हुआ, उसका वह दिन भी बाक़ी दिनों जैसा ही शुरू हुआ था – या उसे ऐसा बताया गया है। उसे उस दिन की कोई याद नहीं है। वास्तव में, उस दिन की जो पहली चीज़ याद है, वह है अस्पताल में ख़ुद को परिवार से घिरा पाना।

यह सुनकर वह दहशत में आ गई कि उसे पूरी तरह से बदहवास हालत में एक गैस स्टेशन पर पाया गया था। गैस स्टेशन के अटेंडेंट ने उसकी दुविधा को पहचान लिया और एम्बुलैंस बुला ली। एम्बुलैंस वालों ने उससे सवाल पूछे, जैसे उसका नाम क्या है और वह कहाँ रहती है, लेकिन वह उनका जवाब नहीं दे पाई। वह उन्हें बस एक ही बात बता पाई कि उसकी संतान घर पर अकेली थी।

पुलिस ने जब उसकी कार की तलाशी ली, तो उन्हें उसका पर्स और सेलफ़ोन मिला। उन्होंने उसके परिवार वालों से संपर्क किया और उन्हें यह जानकर राहत मिली कि उसकी संतान घर पर सुरक्षित थी, जिसकी देखभाल एलिसिया का पति कर रहा था। एलिसिया के परिवार के अनुसार वह उस दिन अच्छी दिख रही थी। उसने अपने पति से बात की थी, कॉलेज जाने के लिए तैयार हुई थी और अपनी संतान से आँसू भरी विदा ली थी। उसने यात्रा के दौरान अपने डैडी को भी फ़ोन किया था। लेकिन क्लास जाने तक की कार यात्रा में वह बदहवास हो गई थी।

उसके शरीर में कोई नशीली चीज़ या शराब नहीं है, यह पुष्टि करने के बाद डॉक्टरों ने स्ट्रोक या दिमाग़ी चोट की किसी भी आशंका को नकार दिया। जब सारे परीक्षणों का नतीजा नकारात्मक आया, तो एलिसिया को ट्रांज़िएंट ग्लोबल एमनेसिया बताया गया - यह अल्पकालीन विस्मृति का एक दुर्लभ रूप होता है, जो गंभीर भावनात्मक कष्ट की वजह से प्रेरित हो सकता है। एलिसिया का सौभाग्य था कि इसके लक्षण कुछ ही दिनों में ठीक हो गए और उसे दीर्घकालीन परिणाम नहीं झेलने पड़े।

इस घटना ने एलिसिया की आँखें खोल दीं कि अपनी देखभाल करना कितना महत्त्वपूर्ण है। वह कहती है कि पहले वह उन सारी चीज़ों के बारे में सोचती हुई जागती थी, जो उसे करनी "थीं" और अपने कामों की सूची निपटाने के चक्कर में वह पूरा दिन हड़बड़ी में गुज़ार देती थी। अब वह धीमी हो जाती है और हर दिन अपने कामों का आनंद लेती है, जैसे अपने कुत्ते को टहलाना और अपने आँगन में काम करना। अब वह अपने तनाव के स्तर के बारे में कहीं ज़्यादा जागरूक है और अपनी बेहतर देखभाल करती हैं। उसकी कहानी हमें आगाह करती है कि धीमे होने और अपने शरीर द्वारा दिए जा रहे चेतावनी के संकेतों को सुनना कितना महत्त्वपूर्ण है।

अकेले रहने के साथ आरामदेह बनना

वैनेसा के दिन उन गतिविधियों से भरे थे, जो अकेले समय गुज़ारने से ज़्यादा प्राथमिकता वाली थीं। अपनी दैनिक दिनचर्या में एकांत को शामिल करने का उसके पास बस एक ही तरीक़ा था कि वह इसका निश्चित समय तय करे और अपने साथ अकेले रहने को अपने बाक़ी सभी मेल-मुलाक़ातों जितना

महत्त्व दे। उसे अपनी एकाकी गतिविधियों को अभ्यास मानना था। ध्यान और सचेतनता जैसी नई योग्यताएँ सीखने और जर्नल लिखने की दैनिक आदत डालने में समर्पण की ज़रूरत होती है। शुरुआत में वैनेसा ने पढ़कर और ऑनलाइन ट्यूटोरियल देखकर ध्यान करना सीखा। लेकिन जब उसे अहसास हुआ कि उसे इसमें मज़ा आ रहा है, तो उसने ध्यान कक्षा में जाने की रुचि व्यक्त की। उसने महसूस किया कि वह जितनी ज़्यादा योग्यताएँ सीखती है, वह रात को अपने मन को उतनी ही जल्दी शांत करने में सक्षम बनती है।

ख़ामोशी को सहन करने का अभ्यास

हममें से ज़्यादातर लोग दिन भर अपने आस-पास बहुत सारे शोर-शराबे के आदी होते हैं। कई बार तो लोग सक्रियता से शोरगुल की तलाश करते हैं, ताकि उन्हें अपने विचारों के साथ अकेले न रहना पड़े। क्या आप या आपका कोई परिचित पृष्ठभूमि की आवाज़ के लिए टीवी या रेडियो चलाकर सोता है? सतत शोर से ख़ुद पर बमबारी करके अपने विचारों को डुबाने की कोशिश करना स्वास्थ्यवर्धक नहीं है। अपने दिन में बस कुछ शांत पल शामिल करके आप अपनी बैटरी रिचार्ज कर सकते हैं। शांति से अकेले बैठने के लिए हर दिन कम से कम दस मिनट का समय निकालें और सोचने के अलावा कुछ भी न करें। यदि आपको निरंतर शोर और गतिविधि की आदत है, तो ख़ामोशी पहलेपहल असहज महसूस हो सकती है। बहरहाल, अभ्यास के साथ यह काम ज़्यादा आसान हो जाता है। नीचे दिए गए काम करने के लिए अकेले में रहने के समय का इस्तेमाल करें।

- *अपने लक्ष्यों पर विचार करें :* अपने व्यक्तिगत या पेशेवर लक्ष्यों के बारे में हर दिन कुछ पल सोचें। यह मूल्यांकन करें कि आप कैसा प्रदर्शन कर रहे हैं और क्या आप कोई परिवर्तन करना चाहते हैं।
- *अपनी भावनाओं पर ध्यान दें :* अपनी जाँच करें कि आप शारीरिक और भावनात्मक दोनों दृष्टियों से कैसा महसूस कर रहे हैं। अपने तनाव के स्तर के बारे में सोचें। आकलन करें कि क्या आप ख़ुद की अच्छी परवाह कर रहे हैं और सोचें कि किन तरीक़ों से आप अपनी ज़िंदगी को बेहतर बना सकते हैं।

- *भविष्य के लिए लक्ष्य बनाएँ :* आप अपने भविष्य को कैसा देखना चाहते हैं, इस बारे में सपने देखना न छोड़ें। आप जिस तरह का जीवन देखना चाहते हैं, उसे वैसा बनाने का पहला क़दम यह निर्णय लेना है कि आप भविष्य को कैसा देखना चाहते हैं।
- *जर्नल में लिखें :* जर्नल लिखना एक शक्तिशाली साधन है, जो आपकी भावनाओं को बेहतर समझने और सीखने में मदद करता है। शोध अध्ययन दर्शाते हैं कि अपने अनुभवों और उनसे उत्पन्न भावनाओं के बारे में लिखने से प्रतिरक्षा तंत्र मज़बूत होता है, तनाव कम होता है और मानसिक सेहत बेहतर होती है।

हम एक ऐसे संसार में रहते हैं, जहाँ हम लोगों के साथ लगातार जुड़े रह सकते हैं। लेकिन डिजिटल कनेक्टिविटी की बदौलत हमें अपने विचारों के साथ अकेले रहने के अवसर कम मिलते हैं। मैसेज देखने के लिए फ़ोन की तरफ़ हाथ बढ़ाने, सोशल मीडिया पर नज़र रखने और ऑनलाइन समाचार पढ़ने में आपका बहुत सारा समय लग सकता है। यहाँ-वहाँ कुछ मिनट बिताकर हम एक दिन में कई घंटे यूँ ही गँवा सकते हैं। सतत संवाद आपकी दैनिक गतिविधियों में बाधा डालता है और तनाव व चिंता के स्तर को बढ़ा सकता है। प्रौद्योगिकी को कुछ समय बंद रखें और अपने दैनिक जीवन में शांत समय को शामिल करने के लिए नीचे दिए क़दमों को आज़माएँ :

- जब आप सचमुच टीवी न देख रहे हों, तो उसे बंद कर दें।
- रेडियो चलाए बिना कार में यात्रा करें।
- सेल फ़ोन लिए बिना टहलने जाएँ।
- सिर्फ़ विराम लेने के लिए कभी-कभार अपने सारे इलेक्ट्रॉनिक उपकरण बंद कर दें।

ख़ुद के साथ एक डेट तय करें

अकेले समय बिताना तभी सार्थक होता है, जब इसे चुना जाए। मिसाल के तौर पर, जो बुज़ुर्ग लोग अकेले और समाज से अलग-थलग रहते हैं, उनके अकेलापन महसूस करने की ज़्यादा संभावना है और उन्हें एकांत से कम लाभ

मिलेंगे। लेकिन जो लोग व्यस्त जीवन जीते हैं, जिसमें बहुत सारा सामाजिक मेल-मिलाप शामिल है, उनके लिए कुछ समय अकेले में बिताना विश्राम और नवीनीकरण का अवसर प्रदान कर सकता है। यदि आप अकेले समय बिताने के विचार पर असहज महसूस करते हैं, तो कुंजी है एकांत में सकारात्मक अनुभव बनाना। हर दिन कुछ मिनट अकेले निकालने के अलावा महीने में कम से कम एक बार ख़ुद के साथ डेट तय करें।

"डेट" कहने से आपको यह याद रहती है कि आप कोई चीज़ अकेले करने का चुनाव कर रहे हैं, इसलिए नहीं क्योंकि आपको सामाजिक संबंधों की कमी है, बल्कि इसलिए क्योंकि यह करना एक अच्छी चीज़ है। 2011 में एक शोध अध्ययन "एन एक्सरसाइज टु टीच द साइकोलॉजिकल बेनिफ़िट्स ऑफ़ सॉलिट्यूड : द डेट विथ द सेल्फ़" ने पाया कि ख़ुद के साथ डेट पर जाने वाले बहुसंख्यक लोगों को शांति का अनुभव हुआ। वे जो करना चाहते थे, उसे सामाजिक बंधनों या अपेक्षाओं के बिना करने में उन्हें स्वतंत्रता का आनंद मिला। जिन कुछ प्रतिभागियों को यह अनुभव आनंददायक नहीं लगा, वे अकेले रहने में सहज नहीं थे। बहरहाल, अकेले ज़्यादा समय रहने से यह गतिविधि भविष्य में ज़्यादा आनंददायक बन सकती है।

झील के बीच में जाकर नाव में मछली पकड़ना एक व्यक्ति को शांतिदायक और नवीनीकरण करने वाला अनुभव दे सकता है, लेकिन कई दूसरे लोग इस काम को बहुत नापसंद करेंगे। अगर आप किसी चीज़ से नफ़रत करते हैं, तो संभवतः आप इसे लंबे समय तक जारी नहीं रखेंगे। ऐसी एकाकी गतिविधियों को खोजना सबसे अच्छा है, जिनमें आपको मज़ा आता है, ताकि आप उन्हें अपनी दिनचर्या में शामिल कर सकें।

यदि आप प्रकृति से प्रेम करते हैं, तो जंगलों में समय बिताने के बारे में सोचें। यदि आप अच्छे भोजन से प्रेम करते हैं, तो अपने मनपसंद रेस्तराँ में जाएँ। एकांत का आनंद लेने के लिए आपको घर पर रुकने की ज़रूरत नहीं है। इसके बजाय कोई ऐसा काम करने का विकल्प चुनें, जो आप लोगों के साथ रहने पर सामान्य तौर पर नहीं कर सकते। बस यह सुनिश्चित करें कि अकेले में आप किसी पुस्तक में अपनी नाक दफ़न न कर लें या किसी को टेक्स्ट मैसेज भेजने में समय न बिताएँ। ख़ुद के साथ डेट तय करने का मक़सद ही अपने विचारों के साथ अकेले रहना है।

ध्यान लगाना सीखें

हालाँकि एक समय था, जब ध्यान को एक ऐसी चीज़ माना जाता था, जो सिर्फ़ संन्यासी या हिप्पी लगाते थे, लेकिन अब यह आम जनता में लोकप्रिय होने लगा है। कई डॉक्टर, सीईओ, मशहूर हस्तियाँ और नेता अपने मानसिक, शारीरिक और आध्यात्मिक स्वास्थ्य पर ध्यान के शक्तिशाली प्रभाव की क़द्र करने लगे हैं। शोध दर्शाता है कि ध्यान आपकी मानसिक तरंगों को बदल देता है और समय के साथ आपके मस्तिष्क की शारीरिक संरचना भी बदल जाती है। अध्ययनों ने दर्शाया है कि सीखने, स्मृति और भावना नियंत्रण से संबद्ध मस्तिष्क क्षेत्र वास्तव में कुछ महीनों के ध्यान के बाद ही घने होने लगते हैं।

ध्यान के बहुत से भावनात्मक लाभ बताए गए हैं, जिनमें नकारात्मक भावनाएँ कम करने और तनावपूर्ण स्थितियों पर नया दृष्टिकोण हासिल करने में सहायता मिलना शामिल है। कुछ अध्ययन बताते हैं कि ध्यान से चिंता और डिप्रेशन कम होता है। आध्यात्मिक लाभ मिलते हैं, सो अलग। कुछ लोग दावा करते हैं कि अकेला ध्यान ही प्रबुद्धता प्रदान करता है, जबकि बाक़ी लोग प्रार्थना और ध्यान को मिश्रित करने की सलाह देते हैं।

अतिरिक्त शोध बताता है कि ध्यान बहुत से शारीरिक रोगों में मदद कर सकता है, जिनमें अस्थमा, कैंसर, नींद की समस्याएँ, दर्द और हृदय रोग शामिल हैं। हालाँकि इनमें से कुछ शोधों पर चिकित्सकों ने सवाल उठाए हैं, लेकिन इस बात से इंकार नहीं किया जा सकता कि ध्यान का आपके शरीर पर शक्तिशाली प्रभाव पड़ता है। यक़ीन न हो, तो विम हॉफ़ से पूछ लें।

हॉफ़ को बर्फ़मानव का उपनाम दिया गया है, क्योंकि वे ध्यान का इस्तेमाल करके भारी ठंड सहन करने की क्षमता रखते हैं। यह अधेड़ हॉलैंडवासी अपने हैरतअंगेज़ कारनामों से बीस विश्व कीर्तिमान बना चुका है, जिनमें एक घंटे से ज़्यादा समय तक बर्फ़ में बैठे रहना शामिल है। वे माउंट किलिमिंजारो पर चढ़ चुके हैं, पोलर सर्कल में मैराथन दौड़ चुके हैं और माउंट एवरेस्ट की चढ़ाई भी आधी चढ़ चुके हैं (पैर की चोट की वजह से उन्हें अपनी यह यात्रा अधूरी छोड़नी पड़ी) और वह भी सिर्फ़ शॉर्ट्स पहनकर। संदेहवादी शोधकर्ताओं ने उन पर बहुत से परीक्षण किए, क्योंकि कई मानते थे कि उन्होंने किसी तरह की धोखाधड़ी की होगी, लेकिन वैज्ञानिक इस नतीजे पर पहुँचे कि बहुत ठंडे बाहरी तापमान के बावजूद वे

ध्यान लगाकर अपने शरीर के तापमान को एक निश्चित स्तर पर रख सकते हैं। हॉफ़ ने दूसरे लोगों को भी यह सिखाया है कि वे ध्यान के ज़रिये अपने शरीर के तापमान को कैसे नियंत्रित कर सकते हैं।

हालाँकि एक घंटे तक आइस बाथ में डूबने की क्षमता कोई ऐसी योग्यता नहीं है, जिसकी हममें से ज़्यादातर को ज़रूरत हो - या हम ऐसा करना चाहें - लेकिन हॉफ़ की कहानी निश्चित रूप से मस्तिष्क और शरीर के बीच के अविश्वसनीय संबंध को प्रदर्शित करती है। ध्यान के बहुत से प्रकार होते हैं, इसलिए यह पता लगाने के लिए थोड़ा शोध करना चाहिए कि कौन सा प्रकार आपके लिए सर्वश्रेष्ठ है। ज़रूरी नहीं है कि यह लंबी या औपचारिक प्रक्रिया हो। इसके बजाय ध्यान बस ऐसी चीज़ हो सकती है, जिसे आप हर दिन पाँच मिनट अपने मन को शांत करने और आत्म-जागरूकता का बेहतर अहसास विकसित करने के लिए करते हैं।

सरल ध्यान के क़दम

इसके सबसे सरल रूप में आप कभी भी और कहीं भी कुछ आसान क़दमों में ध्यान लगा सकते हैं।

- **तनावरहित मुद्रा में बैठ जाएँ** - ऐसी मुद्रा खोजें, जिसमें आपका मेरुदंड सीधा रहे, कुर्सी पर या फ़र्श पर।

- **अपनी साँस पर ध्यान केंद्रित करें** - गहरी, धीमी साँसें लें और साँस लेते या छोड़ते समय सचमुच अपनी साँस को महसूस करें।

- **अपनी चेतना अपनी साँस पर लौटाएँ** - आपका मन भटकेगा और विचार आपके दिमाग़ में दाख़िल होंगे। ऐसा होने पर अपना ध्यान साँस पर दोबारा केंद्रित करें।

सचेतनता संबंधी योग्यताएँ

सचेतनता का इस्तेमाल अक्सर ध्यान के पर्यायवाची के रूप में किया जाता है, लेकिन ये दोनों अलग हैं। सचेतनता इस बात की तीक्ष्ण जागरूकता विकसित करने के बारे में है कि इस पल में जो हो रहा है, उस पर कोई निर्णय या

आलोचना न रहे। आज के संसार में हम दिन में लगभग हर मिनट कई काम एक साथ करने के बारे में ललचाते हैं। कुत्ते को टहलाते समय हम टेक्स्ट मैसेज भेजते हैं, किचन की सफ़ाई करते समय रेडियो सुनते हैं या अपने लैपटॉप पर टाइप करते समय किसी के साथ बातचीत जारी रखने की कोशिश करते हैं। हम जो कर रहे हैं, उस बारे में सचेतन होने के बजाय हम अचेतन होते हैं। हमारा दिमाग़ किसी बातचीत के बीच में भटक जाता है। हमें यह याद ही नहीं रहता कि हमने अपनी कार की चाबियों को कहाँ रखा, हालाँकि वे कुछ पल पहले ही हमारे हाथ में थीं। हम जब शॉवर में होते हैं, तो हमें यह भी याद नहीं रहता कि हम अपने बाल धो चुके हैं या नहीं।

सचेतनता पर शोध से पता चला है कि इसके बहुत से लाभ होते हैं, जो कमोबेश ध्यान जैसे ही हैं : तनाव कम होता है, डिप्रेशन के लक्षण कम होते हैं, स्मृति बेहतर होती है, भावनात्मक प्रतिक्रियाशीलता कम होती है और संबंधों में बेहतर संतुष्टि मिलती है। कई शोधकर्ता तो यहाँ तक मानते हैं कि सचेतनता ख़ुशी पाने की कुंजी हो सकती है। इसका संबंध बेहतर शारीरिक स्वास्थ्य लाभों से भी जोड़ा गया है, जैसे रोग प्रतिरोधक क्षमता का बढ़ना और तनाव से इनफ़्लेमेशन कम होना।

क्या "सही" है या "ग़लत" या चीज़ों को कैसा होना चाहिए, इस बारे में सोचने के बजाय सचेतनता आपको उस पल के अपने विचारों को उसी रूप में स्वीकार करने की अनुमति देती है, जैसे वे हैं। सचेतनता आपकी जागरूकता को बढ़ाती है और आप दिन में जो भी कर रहे हैं, हर गतिविधि पर "एकाग्र" रहने में मदद करती है। यह अपने विचारों के साथ अकेले रहने में ज़्यादा आरामदेह बनने के लिए प्रोत्साहित करती है, साथ ही यह वर्तमान पल में रहने में भी आपकी मदद करती है।

ध्यान की तरह ही आप पुस्तकों, वीडियो, वर्कशॉप और रिट्रीट के ज़रिये सचेतनता की योग्यताएँ सीख सकते हैं। इसे अलग-अलग लोग अलग-अलग तरीक़े से सिखाते हैं, इसलिए अगर एक तरीक़ा आपके लिए काम न करे, तो सचेतनता के बारे में ज़्यादा जानने के लिए दूसरे अवसरों को टटोलें। योग्यताएँ विकसित करने की कुंजी यह याद रखना है कि इस काम में अभ्यास और समर्पण की ज़रूरत होती है। लेकिन इन योग्यताओं

को सीखने से आपके जीवन की गुणवत्ता बदल सकती है और आपको एकांत के बारे में एक नया दृष्टिकोण मिल सकता है।

सचेतनता का अभ्यास करने के तरीक़े

कई अलग-अलग अभ्यास सचेतनता का अभ्यास शुरू करने में आपकी मदद कर सकते हैं। आप जितना ज़्यादा अभ्यास करेंगे, उतने ही ज़्यादा जागरूक बनेंगे और अपनी सभी दैनिक गतिविधियों में पूरी तरह से जाग्रत बनेंगे। यहाँ कुछ अभ्यास बताए जा रहे हैं, जिनसे आपको सचेतनता विकसित करने में मदद मिल सकती है :

- **अपने शरीर की जाँच करें** – अपने शरीर के प्रत्येक हिस्से पर धीरे-धीरे ध्यान दें, अपने पंजों की अँगुली से लेकर अपने सिर के सबसे ऊपरी हिस्से तक। अपने शरीर के उन हिस्सों की तलाश करें, जहाँ तनाव महसूस हो रहा हो। उस तनाव को शिथिल करने और अपनी मांसपेशियों को तनावरहित करने का अभ्यास करें।

- **दस तक गिनें** – अपनी आँखें बंद करके धीरे-धीरे दस तक गिनने का अभ्यास करें। अगर आपका मन रास्ते में भटकने लगे, तो इस बात पर ग़ौर करें। धीरे-धीरे अपने ध्यान को गिनने पर वापस केंद्रित करें।

- **चेतन होकर अवलोकन करें** – अपने घर में पड़ी रोज़मर्रा की कोई वस्तु खोजें, जैसे पेन या कप। उस वस्तु को अपने हाथ में लेकर उस पर अपना पूरा ध्यान केंद्रित करें। कोई आकलन या आलोचना रखे बिना यह अवलोकन करें कि यह कैसी दिखती है और कैसी महसूस होती है। यहाँ और अभी पर ध्यान केंद्रित करने की कोशिश करें।

- **भोजन का सचेतन कौर खाएँ** – आहार का एक छोटा टुकड़ा लें, जैसे किशमिश या काजू और अधिकाधिक संभव इंद्रियों से इसकी पड़ताल करें। इसे देखें और इसकी बनावट व रंग पर ग़ौर करें। इसके बाद अवलोकन करें कि यह आपके हाथ में कैसा महसूस होता है। फिर इसकी गंध पर ध्यान दें। अब इसे अपने मुँह में रखकर इसका स्वाद लें। इसे धीरे-धीरे चबाएँ, इसके स्वाद पर ध्यान दें और कम से कम

बीस सेकेंड तक यह अवलोकन करें कि यह आपके मुँह में कैसा महसूस होता है।

अकेले समय गुज़ारने से आप ज़्यादा शक्तिशाली कैसे बनेंगे

एक बार वैनेसा ने अपने उमड़ते विचारों को कम करने के लिए आवश्यक तकनीकें सीख लीं, तो फिर उसे नींद में मदद करने के लिए दवाओं की ज़रूरत नहीं पड़ी। इसके बजाय वह सोने से पहले अपने मन को शांत करने के लिए ध्यान और सचेतनता का इस्तेमाल करती है। उसने यह भी ग़ौर किया कि उसकी नई योग्यताओं का उसके पेशेवर जीवन पर भी असर पड़ा है। पूरे दिन उसकी एकाग्रता बेहतर हो गई थी। उसे महसूस हुआ, जैसे वह ज़्यादा उत्पादक बन गई थी और अब वह अपने अति व्यस्त दिनचर्या के बावजूद अव्यवस्थित महसूस नहीं कर रही थी।

अपने मन को शांत रखने और अपने विचारों के साथ अकेले रहने की योग्यताएँ सीखना एक शक्तिशाली और जीवन बदलने वाला अनुभव हो सकता है। अपनी पुस्तक *टेन परसेंट हैप्पियर* में डैन हैरिस विस्तार से बताते हैं कि ध्यान से उनका जीवन किस तरह बदला। एबीसी के *नाइटलाइन* के सह-उद्घोषक और *गुड मॉर्निंग अमेरिका* के सप्ताहांत उद्घोषक के नाते उन्हें हर दिन टीवी पर अपने सर्वश्रेष्ठ स्वरूप में रहने की ज़रूरत थी। लेकिन एक दिन न्यूज़ पढ़ने के बीच में उन्हें दहशत का दौरा पड़ गया। जब वे अचानक चिंता से व्याकुल हो गए, तो वे बोलने में अटकने लगे और उनकी साँस फूलने लगी, जिससे वे उस खंड को छोटा करने के लिए विवश हो गए। उन्हें बाद में पता चला कि दहशत का वह दौरा - जिसे वे अपने जीवन का सबसे शर्मनाक पल मानते हैं - संभवतः भावातिरेक और कोकीन के इस्तेमाल की वजह से पड़ा था, जिससे उन्होंने अपने हाल के डिप्रेशन को ठीक करने की कोशिश की थी। हालाँकि वे कई हफ़्तों से कोकीन नहीं ले रहे थे, लेकिन प्रभाव उनके मस्तिष्क में मौजूद था। दहशत के दौरे ने उन्हें ख़ुद दवाएँ लेना छोड़ने के लिए प्रोत्साहित किया और उन्होंने तनाव के प्रबंधन का नया तरीक़ा खोजने का संकल्प लिया।

इसी समय के आस-पास हैरिस को धर्म संबंधी एक सीरीज़ पर रिपोर्ट बनाने का काम सौंपा गया। इस काम के सिलसिले में उन्हें ध्यान के बारे में पता चला। हालाँकि उन्होंने शुरू में महसूस किया कि ध्यान जैसी चीज़ में उनकी कभी रुचि नहीं होगी, लेकिन उन्होंने जितना ज़्यादा सीखा, उनकी मानसिकता उतनी ही ज़्यादा खुलती गई। अंततः उन्होंने ख़ुद यह खोजा कि ध्यान उन्हें चिंता के विचारों को शांत करने की यथार्थवादी रणनीतियाँ प्रदान कर सकता है।

हालाँकि वे स्वीकार करते हैं कि उन्हें शुरुआत में लोगों को यह बताने में संकोच होता था कि वे ध्यान लगाते हैं, लेकिन फिर उन्होंने यह पहचाना कि उनकी कहानी बताने से दूसरे लोगों को मदद मिल सकती है। वे स्पष्ट हैं कि ध्यान से उनके जीवन में जादू से हर चीज़ सही नहीं हुई है, लेकिन इससे उनकी मनोदशा 10 प्रतिशत सुधर गई है। अपनी पुस्तक में वे कहते हैं, "जब तक हम अपने मन में सीधे न देखें, तब तक हम सचमुच नहीं जान सकते कि हमारा जीवन किस बारे में है।"

चाहे आप ध्यान लगाने का चुनाव करें या अपने लक्ष्यों पर सोचने के लिए बस थोड़े शांत समय का इस्तेमाल करें, अकेले समय बिताना वह सर्वश्रेष्ठ तरीक़ा है, जिससे आप ख़ुद को सचमुच समझ सकते हैं। जिस तरह उन प्रियजनों के साथ गुणवत्तापूर्ण समय बिताना महत्त्वपूर्ण होता है, जिनसे आप परिचित होना चाहते हैं, उसी तरह यह अनिवार्य है कि आप ख़ुद को जानने में समय बिताएँ। आत्म-जागरूकता का बेहतर अहसास विकसित होने पर आप यह पहचान सकते हैं कि वह कौन सी चीज़ है, जो आपको अपनी पूरी संभावना तक पहुँचने से रोक रही है।

समस्या-निवारण और कुछ बाधाएँ

यदि आप किसी रेगिस्तानी टापू पर फँसे होने के सपने देख रहे हैं, तो इसका मतलब है कि आपको बहुत समय से एकांत की ज़रूरत है। अकेले समय तय करने से न घबराएँ। यह स्वार्थपूर्ण काम या समय की बरबादी नहीं है। इसके बजाय यह उन सबसे लाभकारी चीज़ों में से एक है, जो आप कर सकते हैं। इससे आपका जीवन बहुत सारे तरीक़ों से बेहतर बन सकता है और इससे आप यह भी सीखेंगे कि एक काम से दूसरे काम तक हड़बड़ी

में दौड़ने और आस-पास की घटनाओं से बेख़बर रहने के बजाय हर पल का आनंद कैसे लें।

क्या सहायक है

- यह सीखना कि मौन की क़द्र कैसे करना है।
- अपने विचारों के साथ हर दिन कुछ मिनट अकेले रहना।
- महीने में कम-से-कम एक बार अपने साथ डेट तय करना।
- अपने मन को शांत करने के लिए ध्यान लगाना सीखना।
- एक समय में एक काम पर ध्यान केंद्रित करने के लिए सचेतनता का अभ्यास करना।
- अपनी भावनाओं को व्यवस्थित करने के लिए जर्नल लिखना।
- अपनी प्रगति और लक्ष्यों पर हर दिन विचार करना।

क्या सहायक नहीं है

- सारे समय पृष्ठभूमि में आवाज़ रखना।
- हड़बड़ी में एक गतिविधि से दूसरी पर जाना और लगातार कोई चीज़ करने पर ध्यान केंद्रित करना।
- अपने कैलेंडर को सामाजिक कार्यक्रमों से इस तरह भरना, ताकि ख़ुद के लिए कोई समय न बचे।
- यह विश्वास करना कि ध्यान से कोई सहायता नहीं मिल सकती।
- दिन भर मल्टीटास्किंग करना और अचेतन रहना।

- यह मानना कि जर्नल लिखना समय की बरबादी है।
- अपनी कार्यसूची को देखना और हर दिन की प्रगति का मूल्यांकन इस बात से करना कि आपने कितनी ज़्यादा चीज़ें हासिल की हैं।

अध्याय 12

वे यह नहीं सोचते हैं कि संसार उनका ऋणी है

यह न कहते फिरें कि संसार आपको आजीविका देने
के लिए ऋणी है। संसार किसी तरह से आपका ऋणी नहीं है।
यह यहाँ आपसे पहले से है।
—रॉबर्ट जोन्स बरडेट

ल्यूकास कंपनी के मानव संसाधन विभाग कर्मचारियों की सलाह पर थेरेपी कराने आया था। ल्यूकास को हाल ही में कामकाज में कुछ समस्याएँ आई थीं, जिन्हें सुलझाने के लिए मानव संसाधन विभाग ने यह अनुशंसा की थी कि वह कर्मचारी सहायता योजना का लाभ उठाकर थेरेपी कराए। ल्यूकास कुछ परामर्श सत्रों का लाभ बिलकुल मुफ़्त ले सकता था।

एमबीए पूरा करने के बाद ल्यूकास को हाल ही में उसकी पहली बड़ी नौकरी में नियुक्त किया गया था। वह उस पद के बारे में रोमांचित था और वह सचमुच अपनी कंपनी में विश्वास करता था। लेकिन उसे महसूस हुआ कि उसके सहकर्मी उसके आने से रोमांचित नहीं हुए थे। वह अक्सर इस बारे में सुझाव देता था कि उसका सुपरवाइज़र किस तरह कंपनी का मुनाफ़ा बढ़ा सकता है। उसने अपने सहकर्मियों को ज़्यादा कार्यकुशल व उत्पादक बनने में मदद करने के लिए सलाहें भी दी थीं। उसने साप्ताहिक टीम बैठकों में अपने विचार सबके सामने रखे थे, लेकिन उसे नहीं लगा कि

कोई उसकी बात सुन रहा है। वह अपने बॉस से मिलने गया और बोला कि उसे प्रमोशन देकर नेतृत्व का पद सौंप दिया जाए। उसकी सोच यह थी कि अगर उसके पास ज़्यादा सत्ता होगी, तो दूसरे कर्मचारी उसकी सलाह मानने के ज़्यादा इच्छुक होंगे।

उसे बहुत निराशा हुई, जब उसके सुपरवाइज़र ने उसे तरक्की देने में कोई रुचि नहीं ली। इसके बजाय सुपरवाइज़र ने ल्यूकास से कहा कि अगर वह इस नौकरी में बने रहना चाहता है, तो ख़ुद को "संयत" करे, क्योंकि उसके सहकर्मी उसके नज़रिये के बारे में बहुत शिकायतें कर रहे थे। मीटिंग के बाद ल्यूकास शिकायत करने के लिए अपनी कंपनी के मानव संसाधन कार्यालय में गया था और तभी उन्होंने उसे थोड़ा मनोवैज्ञानिक परामर्श लेने की सलाह दी थी।

ल्यूकास ने मुझे बताया कि वह ख़ुद को प्रमोशन का हक़दार मानता है। हालाँकि वह कंपनी में नया था, लेकिन उसके पास कारोबार को ज़्यादा लाभदायक बनाने के बारे में बेहतरीन विचार थे, इसलिए उसे लग रहा था कि उसे वर्तमान वेतन से ज़्यादा पैसे मिलने चाहिए। हमने उसकी इस मान्यता की जाँच-पड़ताल की कि वह बहुत मूल्यवान कर्मचारी था और उसके नियोक्ता को स्थिति को अलग तरीक़े से देखना चाहिए। हमने ऐसी साहसिक मान्यता रखने के परिणामों पर भी विचार किया। उसने स्वीकार किया कि उसकी इस मान्यता की वजह से उसे ऑफ़िस में समस्याओं का सामना करना पड़ रहा था - उसके सहकर्मी और संभवतः उसका सुपरवाइज़र उससे चिढ़ रहे थे।

एक बार जब ल्यूकास ने यह बात समझ ली कि उसका "सर्वज्ञाता" नज़रिया लोगों को बुरा लग रहा है, तो हमने इस बारे में बातचीत की कि उसके साथ काम करना उसके सहकर्मियों को कैसा लग रहा होगा। उनमें से कुछ तो कई दशकों से कंपनी में थे और धीरे-धीरे कंपनी की सीढ़ी पर चढ़ने की कोशिश कर रहे थे। ल्यूकास ने मान लिया कि कॉलेज ने अभी हाल निकले नौजवान की सलाहों से वे कुंठित महसूस कर सकते हैं। उसने स्वीकार किया कि वह अक्सर उन्हें "मूर्ख" मानता था और हमने बातचीत की कि इस तरह के विचार दबंग व्यवहार करने की उसकी इच्छा को ईंधन देते थे। उसने अपने विचारों को दोबारा व्यवस्थित किया, ताकि वह कंपनी

में दीर्घकालीन कर्मचारियों के महत्त्व को पहचान सके। सहकर्मियों को "मूर्ख" मानने के बजाय अब उसने यह दृष्टिकोण अपनाया कि वे बस चीज़ों को अलग तरीक़े से करते थे। इसके बाद जब भी वह इस तरह की बात सोचने लगता था कि वह किसी दूसरे से बेहतर कर्मचारी है, तो वह ख़ुद को याद दिलाता था कि वह अभी-अभी कॉलेज से निकला है और उसे बहुत कुछ सीखना है।

ल्यूकास उन व्यवहारों की सूची बनाने के लिए तैयार हो गया, जो उसकी कंपनी अपने सर्वश्रेष्ठ कर्मचारियों में देखना चाहती है। उसके द्वारा सूची बनाने के बाद हमने समीक्षा की कि वह सूची में से कितने व्यवहार प्रदर्शित करता है। उसने स्वीकार किया कि वह सूची की कई चीज़ें नहीं करता था - जैसे दूसरे कर्मचारियों को समर्थन देना और सम्मानजनक व्यवहार करना। इसके बजाय वह शान झाड़ने और माँग करने पर बहुत ज़्यादा केंद्रित था।

ल्यूकास अपने इस नए ज्ञान पर ऑफ़िस में अमल करने के लिए सहमत हो गया। जब वह दो सप्ताह बाद अगले अपॉइंटमेंट में आया, तो उसने बताया कि वह कुछ परिवर्तनों पर काम कर रहा था। उसने कहा कि उसने दूसरों को बिन माँगी सलाह देना काफ़ी हद तक छोड़ दिया था। लेकिन इसके बाद उसे एक रोचक अनुभव हुआ। जब उसने अपने हाथ खींच लिए और दूसरों को जबरन सलाह देना छोड़ दिया, तो वे ख़ुद उससे सवाल पूछने और उसकी राय माँगने आने लगे। उसने सोचा कि यह निश्चित रूप से सही दिशा में एक क़दम था और उसे विश्वास होने लगा कि अब वह पहले की तरह ख़ुद को अमूल्य संसाधन नहीं समझेगा, बल्कि मूल्यवान कर्मचारी बनने की दिशा में मेहनत करेगा।

सृष्टि का केंद्र

हम सभी में जीवन में अपना न्यायपूर्ण हिस्सा चाहने की प्रवृत्ति होती है। बहरहाल, यह विश्वास स्वस्थ नहीं है कि आप जो हैं या आप जिससे गुज़रे हैं, उसके लिए संसार आपको कोई चीज़ देने के लिए बाध्य या ऋणी है। क्या आप आगे दिए गए किसी बिंदु पर हाँ में जवाब देते हैं?

- आप सोचते हैं कि आप अपने ज़्यादातर काम औसत से बेहतर करते हैं, जैसे कार चलाना या दूसरे लोगों से बातचीत करना।
- आपके परिणाम स्वीकार करने के बजाय बातचीत के ज़रिये समस्याओं से बाहर निकलने की ज़्यादा संभावना है।
- आप विश्वास करते हैं कि आप सफल होने के लिए पैदा हुए हैं।
- आप सोचते हैं कि आपका आत्म-मूल्य आपकी भौतिक दौलत से जुड़ा है।
- आप विश्वास करते हैं कि आप ख़ुश रहने के हक़दार हैं।
- आप सोचते हैं कि आप जीवन में अपने हिस्से की समस्याओं से निपट चुके हैं और अब समय आ गया है कि आपके साथ अच्छी चीज़ें हों।
- आप दूसरे लोगों के बारे में सुनने के बजाय अपने बारे में बोलना पसंद करते हैं।
- आप सोचते हैं कि आप इतने स्मार्ट हैं कि कड़ी मेहनत के बिना सफल हो सकते हैं।
- आप कई बार ऐसी चीज़ें ख़रीद लेते हैं, जिनका ख़र्च आप नहीं उठा सकते, लेकिन ख़ुद को यह बताकर इसे तर्कसंगत साबित करते हैं कि आप इतने मूल्यवान हैं।
- आप ख़ुद को बहुत सी चीज़ों में विशेषज्ञ समझते हैं।

यह विश्वास करना अच्छी बात नहीं है कि आपको हर व्यक्ति जितनी कड़ी मेहनत नहीं करनी चाहिए या आपको हर व्यक्ति की तरह उसी प्रक्रिया से नहीं गुज़रना चाहिए, क्योंकि आप नियम के अपवाद हैं। लेकिन आप यह सीख सकते हैं कि इस बारे में शिकायत करना कैसे छोड़ें कि आपको वह नहीं मिल रहा है, जिसके आप हक़दार हैं। अपना ध्यान मानसिक रूप से शक्तिशाली बनने पर केंद्रित करें, ताकि आप हक़दार महसूस न करें।

हम क्यों महसूस करते हैं कि संसार हमारा ऋणी है

ल्यूकास अकेले बच्चे के रूप में बड़ा हुआ था और उसके माता-पिता ने ज़िंदगी भर उसे यह विश्वास दिलाया था कि वह एक नैसर्गिक लीडर है, जो

निश्चित रूप से सफल होगा। इसलिए जब वह कॉलेज की पढ़ाई पूरी करके निकला, तो उसे विश्वास था कि उसकी तक़दीर में महान बनना लिखा है। उसने यह मान लिया था कि कोई भी नियोक्ता उसकी योग्यता को तुरंत परख लेगा और उसे अपनी टीम में शामिल करके ख़ुद को सौभाग्यशाली समझेगा।

कई बार दुर्भाग्यपूर्ण परिस्थितियाँ झेलने वाला व्यक्ति सोचता है कि वह इसकी भरपाई का हक़दार है। कई बार कोई व्यक्ति सोचता है कि वह बाक़ी हर व्यक्ति से बेहतर है, इसलिए वह पुरस्कार का हक़दार है। चाहे स्थिति जो भी हो, ल्यूकास जैसे लोग हर जगह होते हैं। हालाँकि हम दूसरे लोगों में यह गुण बड़ी जल्दी पहचान लेते हैं, लेकिन सच्चाई यह है कि हम सभी किसी न किसी समय हक़दार महसूस करते हैं और अक्सर अपने इस दोष को नहीं पहचान पाते।

हम एक ऐसे संसार में रहते हैं, जहाँ अधिकारों और विशेषाधिकारों में अक्सर ग़लतफ़हमी हो जाती है। अक्सर लोग सोचते हैं कि उन्हें "ख़ुश रहने का अधिकार" है या "सम्मानजनक ढंग से व्यवहार किए जाने का अधिकार है," भले ही अपनी मनचाही चीज़ पाने के लिए उन्हें दूसरों के अधिकारों का अतिक्रमण करना पड़े। विशेषाधिकार अर्जित करने के बजाय वे इस तरह व्यवहार करते हैं, मानो समाज किसी तरह से उनका ऋणी हो। विज्ञापन देने वाले भोग-विलास और भौतिकतावाद को बढ़ावा देकर हमें प्रॉडक्ट्स ख़रीदने के लिए लुभाते हैं। "आप इसके हक़दार हैं" यह विचार, चाहे आप इसका ख़र्च उठा सकते हों या नहीं, हममें से कई को गहरे क़र्ज़ में डुबा देता है।

संसार आपको कोई चीज़ देने के लिए बाध्य है, यह भावना हमेशा श्रेष्ठता के अहसास की वजह से नहीं होती। कई बार तो यह अन्याय के अहसास की वजह से होती है। मिसाल के तौर पर, जिस व्यक्ति का बचपन मुश्किल रहा है, वह अपने क्रेडिट कार्ड का अधिकतम इस्तेमाल करके वे सारी चीज़ें ख़रीद लेता है, जो उसे बचपन में कभी नहीं मिली थीं। वह सोच सकता है कि संसार अच्छी चीज़ें पाने के अधिकार के लिए उसका ऋणी है, क्योंकि बचपन में उसने बहुत दुःख झेला था। इस तरह का हक़ समझना भी ख़ुद को श्रेष्ठ मानने जितना ही नुक़सानदेह हो सकता है।

जेनरेशन मी और *द नार्सिसिज़्म एपिडेमिक* की लेखिका तथा मनोवैज्ञानिक जीन ट्विंगी ने आत्ममुग्धता और पात्रता पर कई अध्ययन किए

हैं। अध्ययनों का निष्कर्ष था कि युवा पीढ़ियों में भौतिक दौलत की इच्छा बढ़ रही है, जबकि मेहनत करने की इच्छा घट रही है। वे इस विच्छेद के कई संभावित कारण सुझाती हैं, जिनमें ये शामिल हैं :

- *बच्चों में आत्म-गौरव बढ़ाने पर ज़रूरत से ज़्यादा ध्यान केंद्रित किया जाता है :* आत्म-गौरव बेहतर बनाने वाले स्कूल प्रोग्राम बच्चों को यह सिखाते हैं कि वे सभी ख़ास हैं। बच्चों को ऐसी शर्ट पहनने देना जो कहती हैं कि यह सब मेरे बारे में हैं या उन्हें बार-बार बताना कि "तुम सर्वश्रेष्ठ हो" आत्म-महत्त्व के बारे में उनके फूले हुए विचारों को ईंधन देता है।

- *अति लाड़-प्यार भरी परवरिश बच्चों को यह सीखने से रोकती है कि वे अपने व्यवहार की ज़िम्मेदारी कैसे स्वीकार करें :* जब बच्चों को उनकी हर मनचाही चीज़ दे दी जाती है और उन्हें ग़लत व्यवहार के परिणाम नहीं झेलने पड़ते, तो वे चीज़ों को अर्जित करने का मूल्य नहीं सीख पाते हैं। इसके बजाय उन्हें भौतिक चीज़ों और शाबाशी की अति प्रचुरता दे दी जाती है, चाहे उनका व्यवहार कैसा भी हो।

- *सोशल मीडिया स्व-महत्त्व के बारे में ग़लत विश्वासों को ईंधन देता है :* युवा लोग "सेल्फ़ी" और स्व-प्रचार ब्लॉग्स के बिना किसी संसार की कल्पना नहीं कर सकते। यह अस्पष्ट है कि क्या सोशल मीडिया सचमुच आत्ममुग्धता को ईंधन देता है या यह लोगों को श्रेष्ठता के अपने अंतर्निहित विश्वासों की घोषणा करने का ज़रिया देता है। लेकिन प्रमाण बताता है कि लोग अपने आत्म-गौरव को बढ़ाने के लिए सोशल मीडिया की ओर मुड़ते हैं।

पात्रता के अहसास के साथ समस्या

ल्यूकास का पात्रता का अहसास निश्चित रूप से ऑफ़िस में उसके दोस्त नहीं बना रहा था। यह भी संभावना नहीं थी कि इससे उसे जल्दी प्रमोशन पाने में मदद मिलेगी।

पात्रता की मानसिकता आपको योग्यता के आधार पर चीज़ें अर्जित करने से रोकती है। आपके कड़ी मेहनत करने की कम संभावना है, जब

आप इस बारे में शिकायत करने में व्यस्त हों कि आपको वह नहीं मिल रहा है, जो मिलना चाहिए। इसके बजाय आप उम्मीद करते हैं कि आप जो हैं और आप जिन मुश्किलों से गुज़रे हैं, उसके आधार पर आपको चीज़ें मिलनी चाहिए। आप अपने व्यवहार की ज़िम्मेदारी स्वीकार नहीं कर पाएँगे, जब आप उस पर अपना दावा करने की कोशिश पर केंद्रित होंगे जो आपके हिसाब से संसार को आपको देना चाहिए।

आप लोगों से अयथार्थवादी माँगें भी करेंगे या ख़ुद को जिसका हक़दार मानते हैं, उसे हासिल करने पर बहुत ज़्यादा केंद्रित बन जाएँगे और इस वजह से किसी संबंध में सार्थक योगदान नहीं दे पाएँगे।

यदि आप हमेशा माँग करते हैं, "मैं इस बात का हक़दार हूँ कि मेरी परवाह हो और मेरे साथ अच्छा व्यवहार हो," तो आपको वैसा प्रेम और सम्मान देने में मुश्किल आ सकती है, जो आपके साथ अच्छा व्यवहार करने वाले साझेदार को आकर्षित करे।

जब आप ख़ुद पर ध्यान केंद्रित कर लेते हैं, तो परानुभूतिपूर्ण बनना बहुत मुश्किल हो जाता है। दूसरे लोगों को समय और पैसे का दान क्यों देना, अगर आप ऐसी चीज़ें हमेशा सोच रहे हैं, मैं ख़ुद के लिए अच्छी चीज़ें ख़रीदने का हक़दार हूँ? देने के आनंद का अनुभव करने के बजाय आप लगातार यही सोचते रहेंगे कि आपको क्या नहीं मिल रहा है।

जब आपको हर मनचाही चीज़ नहीं मिलती है, तो पात्रता का अहसास कटुता की भावनाओं की ओर ले जा सकता है, क्योंकि आप सोचेंगे कि आपको किसी तरह शिकार बनाया जा रहा है। आपके पास जो है और आप जो करने के लिए स्वतंत्र हैं, उसका आनंद लेने के बजाय आप उन चीज़ों पर ध्यान केंद्रित करेंगे, जो आपके पास नहीं है और जो आप नहीं कर सकते। संभावना है कि आप जीवन में कुछ सर्वश्रेष्ठ चीज़ें चूक जाएँगे।

ख़ुद से बाहर निकलें

ल्यूकास को यह समझने की ज़रूरत थी कि पात्रता का उसका अहसास किस तरह उसे और उसके आस-पास के लोगों को प्रभावित कर रहा है। एक बार जब उसने अपनी आँखें खोलकर देखा कि दूसरे लोग उसे किस तरह देखते

हैं, तो वह सहकर्मियों के बारे में सोचने और व्यवहार करने के तरीक़े को बदलने में सक्षम हुआ। कड़ी मेहनत करने की इच्छा और थोड़ी विनम्रता से ल्यूकास की नौकरी सही-सलामत बच गई।

पात्रता के अहसास की आत्म-जागरूकता विकसित करें

हम सारे समय इसे मीडिया में देखते हैं - दौलतमंद लोग, मशहूर हस्तियाँ और नेता इस तरह व्यवहार करते हैं, मानो सामान्य नियम-क़ानून उन पर इसलिए लागू नहीं होते हैं, क्योंकि वे ख़ास हैं। या मिसाल के तौर पर, उस किशोर लड़के को लें, जिसने टैक्सस में शराब पीकर गाड़ी चलाकर दुर्घटना में चार लोगों को मार दिया था और जिस पर हत्या का मुकदमा चल रहा था। उसके वकील ने तर्क दिया कि लड़का एफ़्लुएंजा (समृद्धिरोग) से पीड़ित था - जिसका मतलब यह था कि वह ख़ुद को क़ानून के ऊपर मानता था। तर्क यह था कि किशोर को इसलिए ज़िम्मेदार नहीं मानना चाहिए, क्योंकि वह एक दौलतमंद परिवार में बड़ा हुआ था, जिसके माता-पिता उससे लाड़ करते थे और उन्होंने उसे यह कभी नहीं सिखाया कि वह अपने व्यवहार की ज़िम्मेदारी स्वीकार करे। किशोर को अंततः मादक द्रव्य पुनर्वास कार्यक्रम और परिवीक्षा की सज़ा सुनाई गई, लेकिन उसे जेल नहीं भेजा गया। ऐसी कहानियाँ सुनने के बाद हमें ख़ुद से यह सवाल पूछना चाहिए कि क्या हमारा समाज इस विचार के प्रति ज़्यादा सहनशील बन रहा है कि संसार कुछ निश्चित लोगों के प्रति दूसरों से ज़्यादा ऋणी है।

पात्रता के ज़्यादा सूक्ष्म संस्करण भी आम हो गए हैं। यदि आपको वह सपनों की नौकरी नहीं मिलती है, तो मित्र आम तौर पर यह बोलते हैं, "देखो, तुम्हें इससे बेहतर नौकरी मिल जाएगी" या "इस सबके बाद तुम इस बात के हक़दार हो कि तुम्हारे साथ कुछ अच्छा होगा।" हालाँकि ये बातें बोलने वालों के इरादे अच्छे होते हैं, लेकिन संसार इस तरह काम नहीं करता है। चाहे आप संसार के सबसे स्मार्ट इंसान हों या जीवन की सबसे मुश्किल परिस्थितियों में भी जीवट से डटे रहे हों, लेकिन इसके बावजूद आप सौभाग्य के किसी दूसरे से ज़्यादा हक़दार नहीं बनते हैं।

पात्रता के इन सूक्ष्म पलों के बारे में ज़्यादा जागरूक बनने की कोशिश करें। ऐसे विचारों की तलाश करें, जिनसे आपके निहित विश्वासों का

पता चलता हो कि संसार आपका ऋणी है, जैसे :

- *मैं इससे बेहतर का हक़दार हूँ।*
- *मैं इस क़ानून का पालन इसलिए नहीं कर रहा हूँ, क्योंकि यह मूर्खतापूर्ण है।*
- *मैं इससे ज़्यादा महत्त्वपूर्ण हूँ।*
- *मुझे बेहद सफल होने के लिए बनाया गया है।*
- *अच्छी चीज़ें मेरे रास्ते में आ जाएँगी।*
- *हमेशा मेरे बारे में कोई सचमुच ख़ास बात रही है।*

जो लोग पात्रता का अहसास महसूस करते हैं, उनमें से ज़्यादातर में आत्म-जागरूकता की कमी होती है। वे सोचते हैं कि हर दूसरा व्यक्ति उन्हें उसी तरह देखता है, जिस तरह वे ख़ुद को देखते हैं। अपने मन के विचारों पर ध्यान दें और इन सत्यों को स्थायी रूप से स्मृति में सँजो लें :

- *जीवन न्यायपूर्ण नहीं होता है :* कोई आसमानी शक्ति या धरती पर रहने वाला इंसान नहीं है, जो यह सुनिश्चित करता हो कि सभी इंसानों को न्यायपूर्ण या बराबरी से हक़ मिलेगा। कुछ लोगों को बाक़ी से ज़्यादा सकारात्मक अनुभव मिलते हैं। यह ज़िंदगी है, लेकिन अगर आपको बदक़िस्मती मिलती है, तो इसका यह मतलब नहीं है कि आप ख़ुशक़िस्मती के हक़दार हो जाते हैं।

- *आपकी समस्याएँ अनूठी नहीं हैं :* हालाँकि किसी दूसरे का जीवन हूबहू आपके जैसा नहीं है, लेकिन दूसरे लोग भी आप जैसी समस्याओं, दुःखों और त्रासदियों का अनुभव करते हैं। संभवतः इस धरती पर कई लोग होंगे, जो आपसे बदतर परिस्थितियों का शिकार हुए होंगे। किसी ने भी आपसे यह वादा नहीं किया था कि जीवन आसान होगा।

- *आप निराशाओं पर कैसे प्रतिक्रिया करते हैं, इस बारे में आपके पास विकल्प होते हैं :* भले ही आप स्थिति को नहीं बदल सकते, लेकिन आप अपनी प्रतिक्रिया का तरीक़ा तो चुन ही सकते हैं। आप शिकार की मानसिकता रखे बिना अपने रास्ते में आने वाली समस्याओं,

परिस्थितियों या त्रासदियों से निपटने का निर्णय ले सकते हैं।

- *आप दूसरों के मुक़ाबले ज़्यादा हक़दार नहीं हैं :* हालाँकि आप हर व्यक्ति से भिन्न हैं, लेकिन आपमें ऐसी कोई चीज़ नहीं है, जो आपको दूसरे लोगों से बेहतर बनाती हो। ऐसा कोई कारण नहीं है कि आपके साथ अच्छी चीज़ें ही होनी चाहिए या लाभ पाने के लिए आपको समय और प्रयास लगाने की कोई ज़रूरत नहीं होगी।

लेने पर नहीं, बल्कि देने पर ध्यान केंद्रित करें

मैंने एक रेडियो विज्ञापन से "साराज़ हाउस" के बारे में सुना, जिसमें आगामी अनुदान संचय कार्यक्रम के बारे में जानकारी दी गई थी। बाद में मुझे पता चला कि सारा और मैं दरअसल एक ही कस्बे में बड़े हुए थे। वास्तव में, मैंने उसे पहले देखा भी था। मेरी माँ की ज़िंदगी की अंतिम रात को हम एक बास्केटबॉल मैच देख रहे थे और मुझे याद है कि उस टीम में जुड़वाँ बहनें खेल रही थीं। उन बहनों में से एक सारा रॉबिन्सन थी।

इसके बाद मैं सारा की जुड़वाँ बहन लिंडसे टर्नर से मिल चुकी हूँ और उसने मुझे सारा के बारे में सब कुछ बता दिया। जब सारा चौबीस साल की थी, तो उसे ब्रेन ट्यूमर हो गया। उसने डेढ़ साल तक ऑपरेशन और कीमोथेरेपी कराई, लेकिन इसके बाद कैंसर से युद्ध हार गई। अपने पूरे उपचार के दौरान सारा ने इस बात पर ध्यान केंद्रित नहीं किया कि उसे कैंसर होना कितना अन्यायपूर्ण था। इसके बजाय वह तो दूसरे लोगों की मदद करने के मिशन पर ध्यान केंद्रित करती रही।

अपने उपचार केंद्र में सारा कैंसर के दूसरे रोगियों से मिली और उसे यह सुनकर सदमा लगा कि इलाज के लिए उन्हें बहुत दूर से कार चलाकर आना पड़ता है। ग्रामीण इलाक़े में रहने का मतलब यह था कि कुछ रोगी छह सप्ताह तक हर सप्ताह में पाँच दिन पाँच घंटे की दोनों तरफ़ की कार यात्रा कर रहे थे, क्योंकि वे होटल में रहने का ख़र्च नहीं उठा सकते थे। उनमें से कुछ तो वॉल्मार्ट की पार्किंग में वाहन खड़े करके सो भी जाते थे। वह जानती थी कि जो व्यक्ति अपने जीवन की ख़ातिर लड़ रहा था, उसके लिए यह क़तई अच्छा नहीं था।

सारा मदद करना चाहती थी और शुरुआत में उसने मज़ाक़ किया कि वह बंक बेड ख़रीदकर हर एक को अपने घर में सुला लेगी, लेकिन वह जानती थी कि यह कोई दीर्घकालीन समाधान नहीं है। इसलिए उसने उपचार केंद्र के पास एक अतिथि भवन बनाने का विचार सोचा। सारा कई साल से स्थानीय रोटरी क्लब की सदस्य थी। क्लब का सूत्रवाक्य था "ख़ुद से बढ़कर सेवा," जिसमें सारा स्पष्ट रूप से विश्वास करती थी। सारा ने यह विचार क्लब के सामने रखा और सभी सदस्य अतिथि भवन बनवाने में उसकी मदद करने को तैयार हो गए।

सारा इस विचार को वास्तविकता में बदलने के बारे में जोशीली बन गई और उसने इसे ज़मीन से ऊपर उठाने में अथक मेहनत की। उसके परिवार का कहना है कि हालाँकि वह कीमोथेरेपी करा रही थी, लेकिन इस प्रोजेक्ट पर काम करने के लिए वह रात में अक्सर जाग जाती थी। सेहत कमज़ोर होने के बाद भी उसका नज़रिया सकारात्मक बना रहा। उसने अपने परिवार को बताया, "मैं पार्टी जल्दी नहीं छोड़ रही हूँ, मैं वहाँ पहले पहुँच रही हूँ।" न सिर्फ़ ईश्वर में उसकी आस्था दृढ़ बनी रही, बल्कि अतिथि भवन बनाने की उसकी इच्छा भी वास्तविकता में बदल गई।

दिसंबर 2011 में 26 वर्ष की उम्र में सारा का देहांत हो गया और जैसा उसने कहा था, उसके परिवार वाले और मित्र "साराज़ हाउस" को हक़ीक़त में बदलने के लिए मेहनत कर रहे हैं। अठारह महीनों में उन्होंने लगभग दस लाख डॉलर इकट्ठे कर लिए। सारा की बेटी भी अनुदान संचय मुहिम में शामिल हो चुकी है। उसके पास एक जार है, जिस पर लिखा है साराज़ हाउस और वह लेमोनेड बेचकर जो पैसे कमाती है, उन्हें वह "मम्मा" की ख़ातिर दान दे देती है। एक भी सवैतनिक कर्मचारी के बिना स्वयंसेवकों ने एक पूर्व फ़र्नीचर स्टोर को नौ कमरों के अतिथि भवन में बदलने के लिए अथक मेहनत की है, जो रोगियों को कभी नहीं ठुकराएगा।

हालाँकि किसी असाध्य रोग वाले ज़्यादातर लोग यह पूछ सकते हैं, "मैं ही क्यों?" लेकिन यह सारा की मानसिकता नहीं थी। जब उसका स्वास्थ्य इतना बिगड़ गया कि वह पायजामा भी नहीं पहन सकती थी और उसके पति को उसे कपड़े पहनाना पड़ते थे, तब उसने अपने जर्नल में लिखा, "मैं सबसे ख़ुशक़िस्मत औरत हूँ!!!"

"मेरा एक बहुत दृढ़ कथन है कि मैंने 'इस सबको मैदान में छोड़ दिया है' (यानी जीवन के मैदान में)," उसने एक और जर्नल प्रविष्टि में लिखा। "मैंने कुछ रोककर नहीं रखा, मुझे कोई अफ़सोस नहीं है, मेरे जीवन में रहने वाले लोग जानते हैं कि वे मेरे लिए कितने महत्त्वपूर्ण हैं और मैं इसे हमेशा खुलकर बता देती हूँ।" सारा ने निश्चित रूप से जीवन को वह हर चीज़ दी, जो उसके पास थी और शायद यह भी एक कारण था कि वह इतने साहस से मृत्यु का सामना कर पाई और वह भी इतनी कम उम्र में। मरने से कुछ समय पहले उसने उजागर किया कि उसकी एक इच्छा दूसरों को स्थानीय सामाजिक संगठनों में शामिल होने के लिए प्रेरित करने की थी, क्योंकि "जीवन इसी बारे में है।" उसने स्पष्ट किया कि जब लोग मरते हैं, तो कोई भी यह इच्छा नहीं करता कि उसने ऑफ़िस में एक दिन ज़्यादा बिताया होता। इसके बजाय उसके मन में यह हसरत रहती है कि काश! उसने दूसरों की मदद में ज़्यादा समय लगाया होता।

सारा ने यह महसूस करने में एक मिनट भी बरबाद नहीं किया कि उसे कैंसर है, इसलिए संसार उसका किसी तरह से ऋणी है। इसके बजाय उसने इस बात पर ध्यान केंद्रित किया कि वह संसार को क्या दे सकती है। उसने बदले में किसी चीज़ की आशा किए बिना दूसरों की मदद की।

टीम के खिलाड़ी की तरह व्यवहार करें

चाहे आप अपने सहकर्मियों के साथ मिलकर चलने की कोशिश कर रहे हों, सच्ची मित्रताएँ बनाने की कोशिश कर रहे हों या किसी रूमानी संबंध को बेहतर बनाने की कोशिश कर रहे हों, आप ऐसा करने में तब तक कामयाब नहीं होंगे, जब तक कि आप टीम खिलाड़ी न हों। इस बात पर ध्यान केंद्रित करना छोड़ दें कि आपके हिसाब से परिस्थितियों को कौन सी चीज़ें न्यायपूर्ण बना देंगी। इसके बजाय नीचे दी गई चीज़ों को आज़माएँ :

- *अपने महत्त्व पर नहीं, बल्कि अपनी कोशिशों पर ध्यान केंद्रित करें :* इस बात पर ध्यान देना छोड़ दें कि आपके हिसाब से आप कितने ज़्यादा योग्य हैं; इसके बजाय अपने प्रयासों पर ध्यान केंद्रित करें। बेहतरी की गुंजाइश हमेशा रहती है।

- *आलोचना को शालीनता से स्वीकार करें :* यदि कोई आपको फ़ीडबैक देता है, तो तुरंत यह न कहें, "देखो, वह व्यक्ति मूर्ख है।" उसका फ़ीडबैक यह बताता है कि वह आपको किस तरीक़े से देखता है। ज़ाहिर है, यह उस तरीक़े से भिन्न होगा, जिस तरह से आप ख़ुद को देखते हैं। आलोचना का मूल्यांकन करने और यह सोचने के लिए तैयार रहें कि क्या आप अपना व्यवहार बदलना चाहते हैं।
- *अपने दोषों और कमज़ोरियों को स्वीकार करें :* हर व्यक्ति में दोष और कमज़ोरियाँ होती हैं, चाहे हम उन्हें स्वीकार करें या न करें। आपमें अपने बारे में असुरक्षाएँ, समस्याएँ और अनाकर्षक गुण हैं, यह पहचानने से यह सुनिश्चित हो सकता है कि आप एक फूली हुई आत्म-अनुभूति विकसित न करें। उन कमज़ोरियों को इस बहाने के तौर पर इस्तेमाल न करें कि संसार को आपको ज़्यादा क्यों देना चाहिए।
- *ठहरकर सोचें कि दूसरे लोग कैसा महसूस करते हैं :* आप जीवन में किन चीज़ों के हक़दार हैं, इस पर ध्यान केंद्रित करने के बजाय यह सोचने का समय निकालें कि दूसरे लोग कैसा महसूस कर सकते हैं। दूसरों के प्रति परानुभूति बढ़ाने से आपके आत्म-महत्त्व का फूला हुआ अहसास कम हो सकता है।
- *हिसाब न रखें :* चाहे आपने सफलतापूर्वक नशे की लत छोड़ी हो या किसी बुज़ुर्ग को सड़क पार कराई हो, संसार बदले में आपको कुछ भी देने के लिए ऋणी नहीं है। अपने अच्छे कामों - या अपने साथ हुए अन्यायों - का हिसाब न रखें, क्योंकि आप सिर्फ़ ख़ुद को निराश करेंगे, जब आपको कभी वह नहीं मिलता है, जो आप सोचते हैं कि आपको मिलना चाहिए।

विनम्रता के अभ्यास से आप ज़्यादा शक्तिशाली बनेंगे

1940 में विल्मा रुडॉल्फ़ समय से पहले ही पैदा हो गई थीं। उनका वज़न सिर्फ़ चार पौंड था और बचपन में वे बहुत बीमार रहती थीं। चार साल की उम्र में उन्हें पोलियो हो गया। उनका बायाँ पैर मुड़ गया और उन्हें नौ साल की उम्र तक पैर में पट्टा पहनना पड़ा। फिर दो और साल तक उन्हें विकलांग चिकित्सा वाला जूता पहनना पड़ा। शारीरिक थेरेपी की बदौलत

रुडॉल्फ़ आख़िरकार बारह साल की उम्र में सामान्य रूप से चल सकीं और ज़िंदगी में पहली बार वे अपने स्कूल की खेल टीम में शामिल हो सकती थीं।

तब उन्हें दौड़ने के प्रति अपने प्रेम और योग्यता का पता चला। वे प्रशिक्षण लेने लगीं। सोलह साल की उम्र में उन्हें 1956 की ओलंपिक टीम में जगह मिल गई और वे टीम की सबसे युवा सदस्य थीं, जिसने 4 गुणा 100 रिले में कांस्य पदक जीता। घर लौटकर रुडॉल्फ़ अगले ओलंपिक के लिए प्रशिक्षण लेने लगीं। उन्होंने टेनेसी स्टेट युनिवर्सिटी में नाम लिखाया और दौड़ती रहीं। 1960 के ओलंपिक में रुडॉल्फ़ एक ही ओलंपिक खेल में तीन स्वर्ण पदक जीतने वाली पहली अमेरिकी महिला बनीं। उन्हें "इतिहास की सबसे तेज़ महिला" का खिताब दिया गया। रुडॉल्फ़ बाईस वर्ष की उम्र में प्रतिस्पर्धा से रिटायर हो गईं।

हालाँकि कई लोग अपनी समस्याओं के लिए बचपन की मुश्किलों को दोष देते हैं, लेकिन रुडॉल्फ़ ने निश्चित रूप से ऐसा नहीं किया। वे अपनी किसी भी तरह की कमियों का दोष इस तथ्य को दे सकती थीं कि वे बचपन में बहुत बीमार थीं या अफ़्रीकी-अमेरिकी महिला होने की वजह से उन्हें जातिवाद का सामना करना पड़ा था या वे बहुत ग़रीब इलाक़े में पली-बढ़ी थीं। लेकिन रुडॉल्फ़ ने यह नहीं सोचा कि संसार उनका ऋणी है। रुडॉल्फ़ ने एक बार कहा था, "इससे कोई फ़र्क़ नहीं पड़ता कि आप क्या हासिल करने की कोशिश कर रहे हैं। यह सब अनुशासन का मामला है। मैं यह खोजने के लिए संकल्पवान थी कि झुग्गी बस्ती के बाहर जीवन में मेरे लिए क्या है।" पट्टा पहनकर चलने के पाँच साल के भीतर उन्होंने ओलंपिक मेडल जीत लिया था। हालाँकि 1994 में रुडॉल्फ़ की मृत्यु हो गई है, लेकिन उनकी विरासत आज भी क़ायम है और वे आज भी खिलाड़ियों की नई पीढ़ियों को प्रेरणा दे रही हैं।

आपके पास जो है, आप उससे ज़्यादा के हक़दार हैं, इस बात पर ज़ोर देने से जीवन में मदद मिलने की कोई संभावना नहीं है। इससे सिर्फ़ आपका समय बरबाद होगा, ऊर्जा बरबाद होगी और आप निराशा के गर्त में पहुँच जाएँगे। ल्यूकास ने पाया कि जब वह शान झाड़ने की कोशिश नहीं करता था और सीखने की कोशिश करता था, तो नौकरी में उसका प्रदर्शन

बेहतर हो जाता था। उसे कंपनी में तरक्की के अपने लक्ष्य तक पहुँचने के लिए अंततः इसी की ज़रूरत थी।

जब आप यह माँग करना छोड़ देते हैं कि आपको ज़्यादा की ज़रूरत है और अपने पास की चीज़ों से संतुष्ट हो जाते हैं, तो आप जीवन में ज़बर्दस्त लाभों की फ़सल काटेंगे। आप कटुता और स्वार्थ का अनुभव किए बिना शांति व संतुष्टि के अहसास के साथ आगे बढ़ेंगे।

समस्या–निवारण और कुछ बाधाएँ

आपकी मानसिक शक्ति को बढ़ाने के लिए कई बार यह ज़रूरी होता है कि संसार आपको जो भी दे, उसे स्वीकार करें और यह शिकायत न करें कि आप बेहतर के हक़दार हैं। हालाँकि यह कहने का प्रलोभन होता है कि हम कभी यह महसूस नहीं करते हैं कि संसार किसी चीज़ के लिए हमारा ऋणी है - आख़िर यह कोई बहुत आकर्षक गुण नहीं है - लेकिन ऐसे समय होते हैं, जब हम सभी सोचते हैं कि संसार हमारा ऋणी है। अपने जीवन के उन समयों और क्षेत्रों को ग़ौर से देखें, जहाँ इस नज़रिये के अंदर घुसने की संभावना हो और इस आत्म-विनाशकारी मानसिकता से ख़ुद को मुक्त करने के लिए क़दम उठाएँ।

क्या सहायक है

- आत्म-गौरव की स्वस्थ मात्रा विकसित करना।
- अपने जीवन के उन क्षेत्रों को पहचानना, जहाँ आपको श्रेष्ठ होने का विश्वास है।
- आप क्या लेना चाहते हैं, इसके बजाय इस पर ध्यान केंद्रित करना कि आपके पास देने के लिए क्या है।
- दूसरे ज़रूरतमंद लोगों को देना।
- टीम के खिलाड़ी की तरह व्यवहार करना।
- दूसरे लोगों की भावनाओं के बारे में सोचना।

क्या सहायक नहीं है

- ख़ुद पर और अपनी योग्यताओं पर अति विश्वास करना।
- इस बात पर ज़ोर देना कि आप लगभग हर चीज़ में ज़्यादातर लोगों से बेहतर हैं।
- आप अपने हिसाब से जीवन में जिन चीज़ों के हक़दार हैं, उनके बारे में हिसाब रखना।
- दूसरों को देने से इसलिए इंकार करना, क्योंकि आप सोचते हैं कि आपके पास वह नहीं है, जिसके आप हक़दार हैं।
- हर समय इसकी तलाश करना कि आपके लिए क्या सर्वश्रेष्ठ है।
- सिर्फ़ अपनी भावनाओं के बारे में ही सोचना।

अध्याय 13

वे तुरंत परिणाम की उम्मीद नहीं करते हैं

धैर्य, लगन और श्रम सफलता का अजेय मिश्रण हैं।
—नेपोलियन हिल

मार्सी कोई ख़ास कारण नहीं बता सकती थी कि वह अपने जीवन में क्यों नाख़ुश थी, लेकिन वह कुल मिलाकर असंतुष्ट थी। उसने बताया कि उसका वैवाहिक जीवन "ठीक-ठाक" था और अपने दोनों बच्चों के साथ उसके काफ़ी स्वस्थ संबंध थे। उसे अपनी नौकरी से कोई ख़ास परेशानी नहीं थी, लेकिन यह निश्चित रूप से उसके सपनों वाला करियर नहीं था। वह जितना ख़ुश रहना चाहती थी, उतनी ख़ुश महसूस नहीं करती थी, इसलिए वह सोचती थी कि वह आम इंसान से ज़्यादा तनावग्रस्त होगी, लेकिन उसे कोई ख़ास कारण समझ नहीं आ रहा था।

उसने बरसों तक बहुत सारी स्व-सहायता पुस्तकें पढ़ी थीं, लेकिन उनमें से किसी से भी उसकी ज़िंदगी नहीं बदली थी। दो साल पहले वह थेरेपी के तीन सत्रों में भी गई थी, लेकिन इनसे भी उसकी ज़िंदगी में कोई बदलाव नहीं हुआ। उसे विश्वास था कि थेरेपी से कोई मदद नहीं मिलेगी, लेकिन इसे कराने के बाद डॉक्टर उसे ऐसी दवाएँ लिखने को तैयार हो जाएगा, जिनसे वह ज़्यादा ख़ुश महसूस करने लगे। उसने मुझे पहली बार में ही साफ़-साफ़

बता दिया कि जीवन के इस मोड़ पर दरअसल उसके पास समय या ऊर्जा नहीं थी, जिसे वह थेरेपी में लगा सके।

मैंने मार्सी से कहा कि वह सही कह रही है - अगर वह कोशिश ही नहीं करेगी, तो थेरेपी से कोई फ़ायदा नहीं होगा। लेकिन मैंने उसे यह भी बताया कि दवाओं से आम तौर पर तुरंत परिणाम नहीं मिलते हैं। ज़्यादातर एंटीडिप्रेसेंट्स का असर तो कम से कम चार से छह सप्ताह बाद ही दिखता है। कई बार तो सही दवा और सही ख़ुराक का पता लगाने में ही कई महीने लग जाते हैं। कुछ लोगों को तो दवाओं से किसी तरह की राहत ही नहीं मिलती है।

मैंने स्पष्ट किया कि थेरेपी ज़िंदगी भर नहीं चलती है। इसके बजाय अल्पकालीन थेरेपी भी कामयाब हो सकती है। फ़र्क़ इस बात से नहीं पड़ता कि थेरेपी कितने सत्रों तक चली - दरअसल उसकी मेहनत यह तय करेगी कि थेरेपी कितनी सफल होगी और उसे कितनी जल्दी परिणाम मिलेंगे। इस नए ज्ञान के बाद मार्सी ने अपने विकल्पों के बारे में सोचने का कुछ समय माँगा। कुछ दिन बाद उसने फ़ोन करके कहा कि वह थेरेपी को आज़माने और इसे अपने जीवन में प्राथमिकता देने के लिए तैयार है।

अगले कुछ सत्रों में ही यह स्पष्ट हो गया कि मार्सी अपने जीवन के बहुत से क्षेत्रों में तुरंत परिणाम चाहती थी। जब भी वह किसी नई चीज़ की कोशिश करती थी, चाहे यह व्यायाम की कक्षा हो या शौक़, अगर उसे अपने मनचाहे परिणाम जल्दी ही नहीं मिलते थे, तो वह कोशिश छोड़ देती थी। उसने कई बार अपने वैवाहिक जीवन को बेहतर बनाने की कोशिश की थी, क्योंकि वह कामचलाऊ संबंध के बजाय सचमुच एक "अद्भुत" संबंध चाहती थी। कुछ हफ़्तों तक वह सर्वश्रेष्ठ पत्नी बनने के लिए मेहनत करती रही, लेकिन जब उसे वैवाहिक आनंद का तुरंत अनुभव नहीं होता था, तो वह अपनी सारी कोशिशें छोड़ देती थी।

अगले कुछ हफ़्तों में हमने इस बारे में बातचीत की कि तुरंत संतुष्टि की उसकी अपेक्षाओं ने उसे व्यक्तिगत ही नहीं, बल्कि पेशेवर स्तर पर भी प्रभावित किया था। करियर में तरक्की करने के लिए वह काफ़ी समय से स्नातकोत्तर उपाधि लेने की सोच रही थी, लेकिन इसमें काफ़ी लंबा समय लगेगा, यह सोचकर उसने इसकी जहमत नहीं उठाई। अपनी दो साल की

डिग्री को वह दस साल से टाल रही थी, इसलिए वह इसके बारे में पहले से भी ज़्यादा कुंठित थी।

मार्सी थेरेपी में आने लगी और अगले कुछ सत्रों में उसने कुंठा झेलने और धैर्य सीखने की कुछ रणनीतियाँ खोजीं। उसने अपने लक्ष्यों पर निगाह जमाई, जिन तक वह पहुँचना चाहती थी – जिनमें शिक्षा को आगे बढ़ाना और वैवाहिक जीवन को बेहतर बनाना शामिल था। उसने छोटे-छोटे कार्यक़दम पहचाने, जिन्हें वह उठा सकती थी। फिर हमने इस बारे में बातचीत की कि वह अपनी प्रगति को कैसे माप सकती है। मार्सी ने एक नए नज़रिये के साथ अपने नए लक्ष्यों पर काम किया – वह जानती थी कि बड़े परिणाम मिलने में समय लगेगा और वह इसके लिए तैयार थी। उसने ग़ौर किया कि परिवर्तन के नए संकल्प से उसका जीवन बेहतर हो गया, उसे भविष्य के लिए नई आशा हासिल हुई और एक बार में एक क़दम आगे बढ़ाने की योग्यता भी मिल गई।

धैर्य आपका सद्गुण नहीं है

हालाँकि हम तेज़ गति वाले संसार में रहते हैं, लेकिन हमें अपनी हर मनचाही चीज़ तुरंत नहीं मिल सकती। चाहे आप अपने वैवाहिक जीवन को बेहतर बनाना चाहते हों या आप अपना कारोबार शुरू करना चाहते हों, तुरंत परिणामों की उम्मीद करने से आप असफल हो सकते हैं। क्या नीचे दिया गया कोई बिंदु जाना-पहचाना लगता है?

- आपको यह विश्वास नहीं है कि इंतज़ार करने वालों को अच्छी चीज़ें मिलती हैं।
- आप समय को पैसा मानते है, इसलिए आप एक भी पल बरबाद करने का जोखिम नहीं लेना चाहते।
- धैर्य आपका शक्तिशाली गुण नहीं है।
- यदि आपको तुरंत परिणाम नहीं दिखते हैं, तो आप संभवतः यह मान लेते हैं कि आप जो कर रहे हैं, वह कारगर नहीं है।
- आप चीज़ों को इसी समय कराना चाहते हैं।

- आप अक्सर शॉर्टकट की तलाश करते हैं, ताकि मनचाही चीज़ पाने में आपको ज़्यादा कोशिश और ऊर्जा ख़र्च न करनी पड़े।
- जब दूसरे आपकी गति से नहीं चलते हैं, तो आपको कुंठा होती है।
- जब आपको पर्याप्त तेज़ी से परिणाम नहीं मिलते हैं, तो आप कोशिश छोड़ देते हैं।
- आपको अपने लक्ष्यों पर डटे रहने में मुश्किल आती है।
- आप सोचते हैं कि हर चीज़ फटाफट होनी चाहिए।
- अपने लक्ष्यों तक पहुँचने या कोई चीज़ हासिल करने में जिन चीज़ों की ज़रूरत होगी, आप उन्हें कम आँकने की प्रवृत्ति रखते हैं।

मानसिक रूप से शक्तिशाली लोग यह पहचानते हैं कि तुरत-फुरत समाधान हमेशा सर्वश्रेष्ठ समाधान नहीं होता है। अगर आप अपनी पूरी क्षमता तक पहुँचना चाहते हैं, तो यथार्थवादी अपेक्षाएँ रखें और यह समझ लें कि सफलता रातोंरात नहीं मिलती है।

हम तुरंत परिणामों की उम्मीद क्यों करते हैं

मार्सी को महसूस हुआ कि उम्र बढ़ने के साथ वह ज़्यादा अधीर हो गई थी। जब चीज़ें उसकी मनचाही गति से नहीं होती थीं, तो वह झल्ला जाती थी। वास्तव में, उसका मंत्र यह हो गया था, "मैं अब ज़्यादा जवान नहीं हो रही हूँ।" उसका आक्रामक व्यवहार उसके जीवन के कुछ क्षेत्रों में अच्छी तरह काम करता था – उसके बच्चे और उसके सहकर्मी उसकी बात मान लेते थे, क्योंकि वे जानते थे कि वह विरोध बर्दाश्त नहीं करेगी। लेकिन यह अधीरता उसके जीवन के दूसरे क्षेत्रों में इतनी फ़ायदेमंद नहीं थी और इससे उसके कुछ संबंधों को नुक़सान पहुँचा।

मार्सी दुःख से तुरंत राहत पाने की आशा करने वाली अकेली महिला नहीं है। दस में से एक अमेरिकी एंटीडिप्रेसेंट लेता है। हालाँकि एंटीडिप्रेसेंट दवाएँ डॉक्टरों द्वारा घोषित डिप्रेशन के रोगियों की मदद कर सकती हैं, लेकिन शोध से पता चलता है कि ज़्यादातर लोग उन्हें डॉक्टर की सलाह के बिना ले रहे हैं। वे सचमुच डिप्रेशन के मरीज़ नहीं हैं, इसके बावजूद बहुत

सारे लोग अपनी ज़िंदगी को बेहतर बनाने के शॉर्टकट के रूप में दवाएँ लेना चाहते हैं। यही बात बच्चों के मामले में भी सच है। जिन बच्चों को व्यवहार की समस्याएँ आती हैं, उनके माता-पिता अक्सर उन्हें ठीक करने के लिए "गोली" माँगते हैं। हालाँकि वैध अटेंशन डेफ़िसिट हाइपरएक्टिवटी डिसऑर्डर दवाओं से सुधर सकता है, लेकिन ऐसी कोई गोली नहीं है, जो जादू से बच्चों से सही व्यवहार करा सके।

हम "कोई क़तार नहीं, कोई इंतज़ार नहीं" के तेज़ गति वाले संसार में रहते हैं। अब हमें पत्र भेजकर कई दिनों तक इसके पहुँचने का इंतज़ार नहीं करना पड़ता। इसके बजाय हम ईमेल का इस्तेमाल करके कोई भी जानकारी कुछ पलों में संसार में कहीं भी भेज सकते हैं। अपना प्रिय टीवी शो दोबारा चालू होने के लिए हमें विज्ञापनों के ख़त्म होने का इंतज़ार करने की ज़रूरत नहीं है। ऑन-डिमांड फ़िल्मों का मतलब है कि हम पलक झपकते ही अपनी मनचाही कोई भी फ़िल्म देख सकते हैं। माइक्रोवेव और फ़ास्ट फ़ूड का मतलब है कि हम चंद मिनटों में ही अपना भोजन पा सकते हैं। हम अपनी मनचाही हर चीज़ का ऑर्डर ऑनलाइन दे सकते हैं और यह चौबीस घंटों के भीतर ही हमारी चौखट पर आ जाएगी।

न सिर्फ़ हमारी तेज़ गति वाला संसार हमें इंतज़ार करने से हतोत्साहित करता है, बल्कि किसी ऐसे व्यक्ति के बारे में कहानियाँ हमेशा फैलती रहती हैं, जो "रातोंरात सफल" हुआ है। आप किसी संगीतकार के बारे में सुनते हैं, जिसे यूट्यूब वीडियो ने खोजा था या किसी रिएलिटी स्टार के बारे में, जो तुरंत मशहूर हस्ती बन गया। या उन शुरुआती कंपनियों के बारे में, जो ज़मीन से उठते ही मिलियनों डॉलर बनाने लगीं। इस तरह की कहानियाँ तुरंत परिणाम पाने की हमारी इच्छा को बढ़ा देती हैं, चाहे हम जो भी कर रहे हों।

लोग और कंपनियाँ तुरंत परिणाम हासिल कर रहे हैं, ऐसी कहानियाँ भले ही कितनी भी लोकप्रिय हों, लेकिन सफलता शायद ही कभी तुरंत मिलती है। ट्विटर के संस्थापक ने ट्विटर की स्थापना करने से पहले मोबाइल और सामाजिक प्रॉडक्ट बनाने में आठ साल लगाए थे। एपल के पहले आईपॉड को तीन साल और चार संस्करणों का समय लगा, तब कहीं जाकर बिक्री तेज़ हुई। एमेज़ॉन पहले सात सालों तक घाटे में चली थी। अक्सर इन कंपनियों के बारे में ऐसी कहानियाँ सुनाई जाती हैं कि वे रातोंरात सफल हो गईं, लेकिन

ऐसा इसलिए है क्योंकि लोग अंतिम परिणाम को देख रहे हैं और वहाँ तक पहुँचने में लगी मेहनत को नहीं देख रहे हैं।

इसलिए कोई हैरानी नहीं कि हम अपने जीवन के दूसरे क्षेत्रों में तुरंत परिणाम की उम्मीद करने लगे हैं। चाहे हम अत्यधिक खाने या बहुत ज़्यादा पीने जैसी बुरी आदतें छोड़ने की कोशिश कर रहे हों या फिर क़र्ज़ उतारने या कॉलेज की डिग्री हासिल करने जैसे अच्छे लक्ष्यों की दिशा में काम कर रहे हों, हम उसे इसी समय चाहते हैं। हम तुरंत परिणामों की अपेक्षा क्यों करते हैं, इस बात के कुछ और कारण यहाँ बताए जा रहे हैं :

- *हममें धैर्य नहीं होता है :* हम चीज़ों के तुरंत होने की उम्मीद करते हैं, यह हमारे रोज़मर्रा के व्यवहार में साफ़ दिखता है। यदि हमें तुरंत परिणाम नहीं मिलते हैं, तो हम कोशिश ही छोड़ देते हैं। यूमास एमहर्स्ट के कंप्यूटर साइंस के प्रोफ़ेसर रमेश सीतारमन द्वारा आयोजित अध्ययन में यह पाया गया कि प्रौद्योगिकी के मामले में हमारा धैर्य बस दो सेकेंड बाद ही जवाब दे जाता है। अगर दो सेकेंड के भीतर कोई ऑनलाइन वीडियो लोड नहीं होता है, तो लोग वेबसाइट छोड़ने लगते हैं। स्पष्ट रूप से हमारा धीरज कम है और जब हमें अपने मनचाहे परिणाम तुरंत नहीं मिलते हैं, तो इससे हमारा व्यवहार प्रभावित होता है।

- *हम अपनी योग्यताओं का अति आकलन कर लेते हैं :* कई बार हममें यह सोचने की प्रवृत्ति होती है कि हम किसी चीज़ में इतना अच्छा प्रदर्शन करेंगे कि परिणाम तुरंत दिखने लगेंगे। कोई यह ग़लत अनुमान लगा सकता है कि वह नौकरी शुरू करने के एक महीने के भीतर ही कंपनी का सर्वश्रेष्ठ या सबसे सफल सेल्सपर्सन बन जाएगा या कोई दूसरा यह अनुमान लगा सकता है कि वह सिर्फ़ दो सप्ताह में बीस पौंड वज़न कम कर सकता है। अपनी योग्यताओं के अति आकलन से आप निराश हो सकते हैं, जब आप पाते हैं कि आप अपनी कल्पना जितना अच्छा प्रदर्शन करने में सक्षम नहीं हैं।

- *हम इस बात का कम आकलन करते हैं कि परिवर्तन में कितना लंबा समय लगता है :* हम प्रौद्योगिकी द्वारा तेज़ गति से चीज़ें हासिल करने के इतने आदी हो चुके हैं कि हम यह ग़लत अनुमान लगा लेते हैं

कि हमारे जीवन के सभी क्षेत्रों में परिवर्तन तेज़ी से हो सकते हैं। हम इस तथ्य से निगाह हटा लेते हैं कि व्यक्तिगत परिवर्तन, कारोबारी कार्यसंचालन और लोग प्रौद्योगिकी जितनी तेज़ी से नहीं बदलते हैं।

तुरंत परिणामों की उम्मीद करने के साथ समस्या

मार्सी नए अवसरों को चूक रही थी, क्योंकि वह अपने जीवन में सिर्फ़ वही चीज़ें करना चाहती थी, जो जल्दी से हो जाएँ और जिनमें कोई कष्ट भी न हो। हालाँकि उसने स्व-सहायता पुस्तकें पढ़ने में असंख्य घंटे लगाए थे, लेकिन उसने इनकी जानकारी को अपने जीवन में नहीं उतारा था। उसने थेरेपी को जल्दी ही छोड़ दिया था और वह डॉक्टर से एक ऐसी गोली लिखवाना चाहती थी, जो जादू से उसकी ज़िंदगी बदल दे। उसने अपने जीवन को बेहतर बनाने के कई अवसरों को सिर्फ़ इसलिए नज़रअंदाज़ कर दिया था, क्योंकि वह हमेशा तुरंत परिणाम चाहती थी।

परिवर्तन करना और तीव्र परिणाम पाना कितना आसान है, इस बारे में अयथार्थवादी अपेक्षाएँ आपको असफल करा सकती हैं। 1997 के एक शोध अध्ययन "एंड-ऑफ़-ट्रीटमेंट सेल्फ़-इफ़िकेसी : अ प्रिडिकेटर ऑफ़ एब्स्टिनेंस" में शोधकर्ताओं ने बताया कि जो रोगी किसी पुनर्वास केंद्र से लौटते समय शराब छोड़ने की अपनी क़ाबिलियत के बारे में अति विश्वासी होते थे, वे अमूमन दोबारा शराब की लत में फँस जाते थे। ऐसा उन रोगियों के मामले में कम होता था, जिन्हें अपनी क़ाबिलियत पर कम विश्वास होता था। अति आत्मविश्वास के कारण आप यह मान सकते हैं कि आप आसानी से अपने लक्ष्य तक पहुँच जाएँगे और फिर अगर आपको तुरंत परिणाम नहीं मिलते हैं, तो आप मुश्किल में पड़ सकते हैं।

तुरंत परिणामों की उम्मीद करने की वजह से आप अपने प्रयासों को समय से पहले ही छोड़ सकते हैं। यदि परिणाम तुरंत नहीं दिख रहा है, तो आप ग़लती से यह मान सकते हैं कि आपके प्रयास काम नहीं कर रहे हैं। मान लें, किसी कंपनी की मालिक ने किसी नए प्रचार अभियान में पैसों का निवेश किया, लेकिन इसके बाद उसे बिक्री में तुरंत बढ़ोतरी नहीं दिखी। ऐसे में वह यह मान सकता है कि उसकी कोशिश कामयाब नहीं हुई। लेकिन शायद विज्ञापन की वजह से उसके ब्रांड की पहचान बढ़ी हो और इससे

लंबे समय में बिक्री में स्थायी वृद्धि हो सकती है। या शायद कोई व्यक्ति एक महीने तक जिम जाता है, लेकिन इसके बाद भी उसे आईने में अपनी मांसपेशियाँ ज़्यादा अच्छी नहीं दिखती हैं। वह यह मान सकता है कि उसके व्यायाम प्रभावी नहीं हैं। लेकिन वास्तविकता में वह धीरे-धीरे प्रगति कर रहा है, जिन्हें साफ़ दिखने में कई सप्ताह ही नहीं, बल्कि कई महीने लग जाएँगे। एक शोध यह भी बताता है कि हम अपने लक्ष्य पहले से ज़्यादा तेज़ी से छोड़ रहे हैं। 1972 में हुए एक अध्ययन "सेल्फ़-इनिशिएटेड अटेंप्ट्स टु चेंज बिहेवियर : अ स्टडी ऑफ़ न्यू ईयर्स रिज़ॉल्यूशन्स" ने पाया कि अध्ययन के 25 प्रतिशत प्रतिभागियों ने अपने नववर्ष के संकल्प पंद्रह सप्ताह बाद छोड़ दिए। 1989 में देखें, तो 25 प्रतिशत लोग अपने संकल्प सिर्फ़ एक सप्ताह बाद ही छोड़ देते हैं।

तुरंत परिणामों की अपेक्षा के कुछ दूसरे संभावित नकारात्मक परिणाम ये हैं :

- *आपका मन शॉर्टकट पकड़ने के लिए ललचा सकता है :* अगर आपको जल्दी परिणाम नहीं मिलते हैं, तो आप अस्वाभाविक अंदाज़ में चीज़ों को तेज़ कराने के चक्कर में पड़ सकते हैं। यदि किसी डाइटिंग करने वाली युवती को दो सप्ताह में मनचाहे परिणाम नहीं मिलते हैं, तो वह प्रक्रिया की गति बढ़ाने की कोशिश में क्रैश डाइट का सहारा ले सकती है। जो खिलाड़ी ज़्यादा शक्तिशाली और फुर्तीले बनना चाहते हैं, वे प्रदर्शन को बढ़ाने वाली प्रतिबंधित दवाएँ ले सकते हैं। शॉर्टकट के ख़तरनाक परिणाम हो सकते हैं।
- *आप भविष्य के लिए तैयार नहीं होंगे :* हर चीज़ को इसी समय चाहने की आदत से आप दीर्घकालीन तसवीर नहीं देख पाएँगे। जिस तरह से लोग अपने निवेशों को देखते हैं, उसमें तुरंत परिणाम पाने की इच्छा साफ़ नज़र आती है। लोग अपने निवेश पर आज से तीस साल बाद नहीं, बल्कि इसी समय मुनाफ़ा देखना चाहते हैं। 2014 के रिटायरमेंट कॉन्फ़िडेंस सर्वे ने पाया कि 36 प्रतिशत अमेरिकियों के पास 1,000 डॉलर से भी कम बचत या निवेश है। ज़ाहिर है, संभवतः आर्थिक घटक भी शामिल होंगे, जो लोगों को अपना पैसा रिटायरमेंट के लिए रखने से रोकते हैं, लेकिन संभवतः इसमें तुरंत संतुष्टि की हमारी इच्छा की

भी भूमिका है। लोग दीर्घकालीन निवेश के लिए पैसा इसलिए अलग नहीं रखना चाहते हैं, क्योंकि वे अपने पैसे का आज ही आनंद लेना चाहते हैं।

- *अयथार्थवादी अपेक्षाओं की वजह से आप ग़लत निष्कर्ष निकाल सकते हैं :* यदि आप तुरंत परिणामों की उम्मीद करते हैं, तो आपके मन में यह मानने का लालच आ सकता है कि आप अधूरी जानकारी के आधार पर ही निष्कर्ष पर पहुँच सकते हैं, लेकिन वास्तविकता में हो सकता है कि आपने सटीक तसवीर देखने के लिए पर्याप्त समय नहीं दिया है। जो व्यक्ति अपने कारोबार को ज़मीन से ऊपर उठाने में सफल नहीं होता, वह इस नतीजे पर पहुँच सकता है कि वह कारोबारी जगत में पूरी तरह से असफल हो गया है, क्योंकि उसने पैसा नहीं कमाया है। लेकिन वास्तविकता यह भी हो सकती है कि उसने अपने शुरुआती व्यवसाय को सफल कारोबारी उद्यम में बदलने के लिए पर्याप्त समय नहीं दिया है।
- *यह नकारात्मक और असहज भावनाओं की ओर ले जाता है :* जब आपकी अपेक्षाएँ पूरी नहीं होती हैं, तो आपके निराश, अधीर और कुंठित होने की संभावना होती है। जब आप बेहतर परिणाम न मिलने पर नकारात्मक भावनाओं का अनुभव करते हैं, तो आपकी प्रगति धीमी हो सकती है और आप हार मानने के लिए ललचा सकते हैं।
- *आप ऐसा व्यवहार सकते हैं, जिससे आपके लक्ष्य गड़बड़ा सकते हैं :* अयथार्थवादी अपेक्षाएँ आपके व्यवहार को प्रभावित कर सकती हैं और मनचाहे परिणाम मिलने को ज़्यादा मुश्किल बना सकती हैं। अगर आप किसी केक के जल्दी बेक होने की उम्मीद करते हैं, तो आप बार-बार ओवन का दरवाज़ा खोलकर इसकी जाँच कर सकते हैं। जब भी आप ओवन खोलते हैं, हर बार गर्मी बाहर निकलती है, जिससे केक को बेक होने में अंततः ज़्यादा समय लगेगा। जब आप चीज़ों के तेज़ी से होने की उम्मीद करते हैं, तो आपका व्यवहार आपके प्रयासों के साथ हस्तक्षेप कर सकता है, भले ही आपको इस बात का अहसास न हो।

दीर्घकालीन समर्पण करें

एक बार जब मार्सी ने स्वीकार कर लिया कि उसे तुरंत परिणाम नहीं दिखेंगे, तो उसे यह निर्णय लेना था कि क्या वह परिवर्तन करने के लिए समर्पित होना चाहती है। वह दूसरी चीज़ों के नाकाम रहने से इतनी थक चुकी थी कि थेरेपी को आज़माने के लिए तैयार हो गई और वह जानती थी कि आंशिक समर्पण से मदद नहीं मिलेगी। उपचार के अंत में उसने यह भी पहचाना कि आत्म-सुधार – जीवन में दूसरे परिवर्तनों की तरह – तुरंत नहीं होता है और उसे व्यक्तिगत विकास में जीवन भर समय और ऊर्जा लगानी होगी।

यथार्थवादी अपेक्षाएँ रखें

आप 50,000 डॉलर की आमदनी में छह महीनों में अपना 10,00,000 डॉलर का क़र्ज़ नहीं चुका पाएँगे। अगर आप व्यायाम शुरू करने के लिए मई तक इंतज़ार करती हैं, तो जून तक पच्चीस पौंड वज़न नहीं घटा सकतीं। आप शायद नियुक्ति के पहले ही साल कंपनी की सीढ़ियाँ नहीं चढ़ पाएँगे। यदि आप ऐसी अपेक्षाएँ करते हैं, तो अपने लक्ष्यों तक कभी नहीं पहुँच सकते। यथार्थवादी अपेक्षाएँ बनाएँ, जो आपको लंबे समय तक ऊर्जावान बनाए रखें। यहाँ किसी लक्ष्य के बारे में यथार्थवादी अपेक्षाएँ बनाने के लिए कुछ रणनीतियाँ दी जा रही हैं :

- *परिवर्तन कितना मुश्किल है, इसे कम न आँकें :* स्वीकार करें कि कोई अलग चीज़ करना, किसी लक्ष्य तक पहुँचना या किसी बुरी आदत को छोड़ना मुश्किल होगा।

- *अपने लक्ष्य तक पहुँचने की निश्चित समय सीमा तय करने से बचें :* आपको परिणाम कब तक दिखने चाहिए, इसकी अनुमानित समयसीमा तय करने से मदद मिलती है, लेकिन पत्थर की लकीर जैसी अटल समयसीमा तय करने से बचें। मिसाल के तौर पर, कुछ लोग दावा करते हैं कि आप कुछ निश्चित दिनों में ही कोई अच्छी आदत डाल सकते हैं या बुरी आदत छोड़ सकते हैं (ये जादुई संख्याएँ 21 या 38 दिन होती हैं, जो इस बात पर निर्भर करता है कि आप कौन सा अध्ययन पढ़ते हैं)। लेकिन अगर आप पीछे हटकर इस बारे में सोचें,

तो स्पष्ट रूप से यह सच नहीं है। हर दिन भोजन के बाद आइसक्रीम खाने की आदत डालने में मुझे सिर्फ़ दो दिन लगे और नाश्ते में कॉफ़ी के कप की आदत को छोड़ने में लगभग छह महीने लग गए। इसलिए जो आपके हिसाब से "होना चाहिए," उसके अनुसार समयसीमा तय न करें। इसके बजाय लचीले रहें और यह समझ लें कि आपको परिणाम कब दिखेंगे, इस बात को बहुत से घटक प्रभावित करते हैं।

- *अति आकलन न करें कि परिणाम आपके जीवन को कितना बेहतर बना देंगे :* कई बार लोग सोचते हैं, अगर मैं बीस पौंड वज़न कम कर लूँगा, तो मेरे जीवन का हर पहलू काफ़ी बेहतर हो जाएगा। लेकिन जब उनका वज़न कम हो जाता है, तो उन्हें वे चमत्कारी परिणाम नहीं दिखते हैं, जिनकी उन्होंने कल्पना की थी। वे निराशा का अनुभव करते हैं, क्योंकि उन्होंने परिणामों का अति आकलन कर लिया था और उन्हें बढ़ा-चढ़ाकर देखा था।

यह पहचानें कि प्रगति हमेशा स्पष्ट नहीं होती

कई अन्य थेरेपिस्ट और मैं एक अभिभावक समूह की सहायता करते थे। वहाँ आने वाले अभिभावकों में से ज़्यादातर के स्कूल जाने से कम उम्र के बच्चे थे और वे व्यवहार की जिस सबसे आम समस्या को सुलझाना चाहते थे, वह थे गुस्से के नखरे। ज़ाहिर है, छोटे बच्चे मनचाही चीज़ न मिलने पर ज़मीन पर गिरने, चीख़ने और लात मारने की अपनी योग्यताओं के लिए कुख्यात होते हैं। इसलिए हमने अभिभावकों को प्रोत्साहित किया कि वे ध्यान आकर्षित करने वाले व्यवहारों को नज़रअंदाज़ कर दें। उन्हें चेतावनी दे दी गई थी कि व्यवहार बेहतर होने से पहले कई बार बदतर हो जाएगा, लेकिन इसके बावजूद अभिभावकों को यह लगा कि नज़रअंदाज़ करना कारगर नहीं रहा था। जब उनसे पूछा गया कि उन्हें कैसे पता चला कि यह कारगर नहीं था, तो उन्होंने इस तरह की बातें कहीं, "वह और ज़ोर से चिल्लाने लगा" या "उसने मुझे टक्कर मारी और ख़ुद को ज़मीन पर पटककर मेरे सामने गुस्से में नखरा शुरू कर दिया!"

इन अभिभावकों को इस बात का अहसास ही नहीं हुआ था कि नज़रअंदाज़ करने की उनकी कोशिशें काम कर रही थीं। बच्चों को यह संदेश

मिल रहा था कि उनके अभिभावक अब उनके सामने झुक नहीं रहे हैं और चार साल के ये चतुर छोटे बच्चे अपने खेल के स्तर को बढ़ा रहे थे। उन्होंने सोचा कि अगर मम्मी या डैडी थोड़े से चिल्लाने पर नहीं झुक रहे हैं, तो अपनी मनचाही चीज़ पाने के लिए थोड़ी ज़्यादा ज़ोर से चिल्लाओ। हर बार जब माता-पिता झुक जाते थे, तो इससे बच्चों के गुस्सैल नखरों को शक्ति मिलती थी। लेकिन अगर माता-पिता ध्यान चाहने वाले व्यवहारों को लगातार नज़रअंदाज़ कर सकें, तो उनके बच्चे यह सीख जाएँगे कि गुस्सैल नखरे मनचाही चीज़ पाने का प्रभावी तरीक़ा नहीं थे। अभिभावकों को अक्सर यह बताना होता था कि उनके बच्चे के बदतर व्यवहार का मतलब यह नहीं था कि उनकी परवरिश की रणनीतियाँ कारगर नहीं हैं।

लक्ष्य की दिशा में प्रगति करना हमेशा सीधी लकीर में नहीं होता है। कई बार बेहतर बनने से पहले चीज़ों को बदतर बनना होता है। बाक़ी समय आपको यह लग सकता है कि आप दो क़दम आगे और एक क़दम पीछे रख रहे हैं। अगर आप अपने दीर्घकालीन लक्ष्यों पर निगाह जमाए रखें, तो आप राह के झटकों को सही परिप्रेक्ष्य में रख सकेंगे। अपने लक्ष्य तक पहुँचने के लिए शुरुआत करने से पहले - चाहे आप कोई नया व्यवसाय शुरू करना चाहते हों या ध्यान लगाना सीखना चाहते हों - नीचे दिए गए प्रश्न ख़ुद से पूछकर यह विचार करें कि आप प्रगति को कैसे मापेंगे :

- मुझे कैसे पता चलेगा कि मैं जो कर रहा हूँ, वह कारगर है या नहीं?
- शुरुआती परिणाम देखने की यथार्थवादी समयसीमा क्या है?
- मैं यथार्थवादी दृष्टि से एक सप्ताह, एक महीने, छह महीने और एक साल के भीतर किस तरह के परिणाम देखने की उम्मीद कर सकता हूँ?
- मुझे कैसे पता चलेगा कि मैं अपने लक्ष्य की दिशा में पटरी पर चल रहा हूँ?

संतुष्टि में विलंब करने का अभ्यास करें

विलंबित संतुष्टि एक ऐसी चीज़ है, जिसमें कुछ लोग बाक़ी से बेहतर नज़र आते हैं। लेकिन सच तो यह है कि हर व्यक्ति त्वरित संतुष्टि के लालच का

शिकार हो सकता है। त्वरित संतुष्टि कई समस्याओं की जड़ में होती है, जिनमें कुछ बड़ी शारीरिक और मानसिक स्वास्थ्य संबंधी समस्याएँ, आर्थिक समस्याएँ और लतें शामिल होती हैं। हो सकता है कि एक व्यक्ति कुकी का प्रतिरोध नहीं कर पाता हो, जो उसकी डाइट में नहीं है। हो सकता है कि दूसरा व्यक्ति शराब को नीचे न रख पाता हो, जिसकी वजह से उसके जीवन में इतनी सारी समस्याएँ हैं। जो लोग अपने जीवन के कुछ क्षेत्रों में संतुष्टि में विलंब करने में अच्छे होते हैं, वे दूसरे क्षेत्रों में कमज़ोर हो सकते हैं।

मिसाल के तौर पर, डेनियल "रूडी" रेटिगर का प्रकरण लें, जिनकी प्रेरक कहानी पर 1990 के दशक की शुरुआत में एक फ़िल्म बनाई गई थी। उनकी कहानी एक अभागे व्यक्ति की कहानी है, जो कड़ी मेहनत और समर्पण के दम पर जुटे रहे। चौदह बच्चों में से तीसरी संतान रूडी ने किसी दिन नोत्र दैम जाने का सपना देखा था। लेकिन वे डिसलेक्सिया के शिकार थे और उन्हें स्कूल में मुश्किल समय का सामना करना पड़ा। उन्होंने नोत्र दैम में आवेदन किया, लेकिन उन्हें तीन बार ठुकराया गया। इसलिए उन्होंने पास के होली क्रॉस कॉलेज में नाम लिखा लिया। दो साल की कड़ी मेहनत के बाद आख़िरकार 1974 में उन्हें नोत्र दैम में स्वीकार कर लिया गया।

न सिर्फ़ वे एक सफल विद्यार्थी बनने की महत्त्वाकांक्षा करते थे, बल्कि वे फुटबॉल टीम में खेलने के सपने भी देखते थे। चूँकि वे सिर्फ़ साढ़े पाँच फुट के थे और उनका वज़न 165 पौंड था, इसलिए वे दावेदार नहीं दिख रहे थे। बहरहाल, नोत्र दैम विद्यार्थी संघ के सदस्यों को मैदान में आकर उम्मीदवार बनने की अनुमति देता था। इसलिए रूडी ने अभ्यास टीम में जगह बना ली, जिसका उद्देश्य आने वाले मैचों के लिए युनिवर्सिटी टीम को तैयार करने में मदद करना था। रूडी ने कड़ा अभ्यास किया और हर फुटबॉल अभ्यास में अपनी जान लड़ा दी। उनके कोच और टीम के साथी उनके समर्पण और कड़ी मेहनत का लोहा मानते थे। उनके सीनियर ईयर के आख़िरी मैच में उन्हें मैच के अंतिम कुछ मिनटों में रक्षात्मक खेलने की अनुमति दी गई। जिस तरह उन्होंने हमेशा अभ्यास में किया था, रूडी ने उस मैच में हर चीज़ झोंक दी और उन्होंने सफलतापूर्वक क्वार्टरबैक से गेंद छीन ली। रूडी की टीम के साथियों को उस पर इतना गर्व हुआ कि वे उसे मैदान में उठाकर घूमे और जश्न में "रूडी! रूडी! रूडी!" चिल्लाते रहे।

स्पष्ट रूप से, रूडी ऐसे व्यक्ति दिख रहे थे, जो सफलतापूर्वक संतुष्टि में विलंब झेल सकते थे। उन्होंने अपने लक्ष्य हासिल करने के लिए वर्षों तक कड़ी मेहनत की थी और उन्होंने निश्चित रूप से तुरंत परिणामों की उम्मीद नहीं की थी - उन्होंने एक अकेले फ़ुटबॉल मैच में सिर्फ़ चंद मिनट तक सचमुच खेला था।

रूडी अपने जीवन के कुछ क्षेत्रों में कड़ी मेहनत कर सकते थे और लगन से जुटे रह सकते थे, इसका यह मतलब नहीं था कि रूडी त्वरित संतुष्टि के प्रलोभन से पूरी तरह बचे हुए थे। 2011 में उन पर शेयरों में धोखाधड़ी का आरोप लगाया गया, जब सिक्युरिटीज़ ऐंड एक्सचेंज कमिशन ने उजागर किया कि उन्होंने अपने शेयर बेचने के लिए एक "चालाकी भरी" योजना बनाई थी। रूडी ने एक कंपनी बनाई थी, जो "रूडी" नामक स्पोर्ट्स ड्रिंक बनाती थी। बहरहाल, एसईसी ने पाया कि इस कंपनी के शेयर के भाव बढ़ाने के लिए रूडी और कंपनी के दूसरे मालिकों ने अपने कारोबार की सफलता के बारे में झूठे दावे किए, ताकि वे अपने शेयर बढ़े हुए भाव पर बेच सकें। हालाँकि रूडी ने कभी अपराध स्वीकार नहीं किया, लेकिन उन्होंने समझौता कर लिया। अंततः उन्हें तीन लाख से ज़्यादा डॉलर का जुर्माना देना पड़ा।

जिस आदमी की कड़ी मेहनत और लगन की वजह से उसे कभी नायक का दर्जा मिला था, वह कुछ ही दशक बाद फटाफट-अमीर-बनो योजना का शिकार हो गया था। रूडी की कहानी दिखाती है कि अपने जीवन में निश्चित अवधियों पर दिशाबद्ध रहने की हमारी इच्छा शक्तिशाली हो सकती है, जबकि किसी दूसरे समय या दूसरे क्षेत्रों में हम प्रलोभन के शिकार बन सकते हैं। त्वरित संतुष्टि के प्रलोभन से बचने के लिए सतत सतर्कता की आवश्यकता होती है। आप संतुष्टि में विलंब कर सकें और तुरंत परिणामों की उम्मीद करने से बचें, इसकी कुछ रणनीतियाँ ये हैं :

- *अपनी निगाहें पुरस्कार पर रखें :* जब आपका मन हार मानने जैसा हो, उन दिनों में प्रेरित बने रहने के लिए अपने अंतिम लक्ष्य को दिमाग़ में रखें। ख़ुद को सृजनात्मक तरीक़ों से अपने लक्ष्य की याद दिलाएँ। आप जो हासिल करना चाहते हैं, उसे लिखकर दीवार पर टाँग दें या अपने कंप्यूटर का स्क्रीनसेवर बना लें। यह मानसिक चित्र देखें कि आप हर

दिन अपने लक्ष्य तक पहुँच रहे हैं और इससे आपको प्रेरित बने रहने में मदद मिलेगी।

- *अपनी यात्रा के दौरान मील के पत्थरों का जश्न मनाएँ :* अपनी उपलब्धियों का जश्न मनाने से पहले तब तक इंतज़ार न करें, जब तक आप अपने लक्ष्यों तक न पहुँच जाएँ। इसके बजाय अल्पकालीन लक्ष्य बनाएँ और हर मील के पत्थर तक पहुँचने पर जश्न मनाएँ। परिवार के साथ डिनर पर बाहर जाने जितनी छोटी चीज़ भी प्रगति को मान्यता देने में मदद कर सकती है।
- *प्रलोभन का प्रतिरोध करने की योजना बनाएँ :* त्वरित संतुष्टि के सामने हार मानने के अवसर हमेशा होते हैं। अगर आप वज़न कम करने की कोशिश कर रहे हैं, तो आपको अपनी डाइट से हटाने के लिए कई दावतें होंगी। अगर आप बजट के मुताबिक़ चलने की कोशिश कर रहे हैं, तो अच्छे खिलौने और विलासिताएँ आपको हमेशा ललचाएँगी। समय से पहले ही उन प्रलोभनों से बचने की योजना बनाएँ, जो आपको दिशा से भटका सकते हैं और सफल होने से रोक सकते हैं।
- *कुंठा और अधीरता की भावनाओं से स्वस्थ अंदाज़ में निपटें :* कई दिन ऐसे भी होंगे, जब आप हार मानने जैसा महसूस करेंगे और यह सवाल करेंगे कि क्या आपको जारी रखना चाहिए। आप नाराज़, निराश और कुंठित महसूस करते हैं, इसका यह मतलब नहीं है कि आपको हार मान लेना चाहिए। इसके बजाय उन भावनाओं से निपटने के स्वस्थ तरीक़े खोजें और उन्हें प्रक्रिया का हिस्सा मानें।
- *अपनी रफ़्तार नपी-तुली रखें :* आप चाहे जो कर रहे हों, अगर आप तुरंत परिणामों की उम्मीद करते हैं, तो आपको थकान का जोखिम होगा। अपनी रफ़्तार नपी-तुली रखें, ताकि आप अपने लक्ष्यों तक बढ़ने की दिशा में आगे जाते समय सुनियोजित कोशिशें करें। आप अपनी मनचाही चीज़ को पाने के लिए ज़्यादा से ज़्यादा तेज़ी से दौड़ लगा दें, इसके बजाय धीमी और स्थिर गति का महत्त्व जानने से आपको धैर्य हासिल करने और यह सुनिश्चित करने में मदद मिल सकती है कि आप सही मार्ग पर चल रहे हैं।

संतुष्टि में विलंब करना हमें ज़्यादा शक्तिशाली बनाता है

जेम्स डाइसन की यात्रा 1979 में शुरू हुई। जब वे इस बात से कुंठित हो गए कि उनके वैक्यूम क्लीनर का सक्शन जवाब दे गया है, तो वे एक बेहतर वैक्यूम क्लीनर बनाने में जुट गए, जो हवा को धूल से अलग करने के लिए बैग के बजाय अपकेंद्री बल का इस्तेमाल करता था। उन्होंने पाँच साल तक एक के बाद एक नमूने बनाए – कुल मिलाकर पाँच हज़ार से भी ज़्यादा – तब कहीं जाकर वे प्रॉडक्ट से संतुष्ट हुए।

जब उन्होंने ऐसा वैक्यूम क्लीनर बना लिया, जिस पर उन्हें विश्वास था, तब भी उनकी यात्रा ख़त्म नहीं हुई। एक ऐसा निर्माता खोजने में कई साल लग गए, जो उनके प्रॉडक्ट की लाइसेंसिंग में रुचि लेता हो। जब यह स्पष्ट हो गया कि वर्तमान वैक्यूम उत्पादक उनके वैक्यूम क्लीनर में ज़रा भी दिलचस्पी नहीं ले रहे हैं, तो डाइसन ने अपना ख़ुद का उत्पादन कारखाना लगाने का निर्णय लिया। उनका पहला वैक्यूम क्लीनर 1993 में बाज़ार में बिकने के लिए उतरा – उनकी पहली अवधारणा पर काम शुरू करने के चौदह साल बाद। उनकी कड़ी मेहनत निश्चित रूप से रंग लाई और डाइसन वैक्यूम ब्रिटेन में सबसे ज़्यादा बिकने वाला वैक्यूम क्लीनर बन गया। 2002 तक प्रत्येक चार में से एक ब्रिटिश घरों में डाइसन वैक्यूम क्लीनर पहुँच गया था।

अगर जेम्स डाइसन ने रातोंरात सफल व्यवसाय बनाने की उम्मीद की होती, तो संभवतः वे बहुत पहले ही कोशिशें छोड़ देते। लेकिन उनका धैर्य और लगन कामयाब हुए। तीन दशक बाद वे चौबीस देशों में वैक्यूम क्लीनर बेचते हैं और उन्होंने एक ऐसी कंपनी बना ली है, जो हर साल 10 अरब डॉलर से ज़्यादा के प्रॉडक्ट बेचती है।

अपनी पूरी संभावना तक पहुँचने के लिए अल्पकालीन प्रलोभन का प्रतिरोध करने की इच्छाशक्ति प्रदर्शित करने की ज़रूरत होती है। आप इस समय जो चाहते हैं, उसे पाने में विलंब करने की योग्यता सफलता में सहायक होती है, ताकि आपको भविष्य में ज़्यादा मिल सके। शोध विलंबित संतुष्टि के लाभों के बारे में यह कहता है :

- जब शैक्षणिक सफलता की भविष्यवाणी की बात आती है, तो आत्म-अनुशासन आईक्यू से ज़्यादा महत्त्वपूर्ण होता है।

- कॉलेज विद्यार्थियों के आत्म-नियंत्रण स्कोर ज़्यादा ऊँचे आत्म-गौरव, ज़्यादा ऊँचे ग्रेड पॉइंट एवरेज, कम खाने की आदत और शराब के दुरुपयोग और बेहतर पारस्परिक योग्यताओं से जुड़े होते हैं।
- संतुष्टि में विलंब करने की योग्यता डिप्रेशन और चिंता की कम दरों से जुड़ी होती है।
- उच्च आत्म-नियंत्रण वाले बच्चों को कम मानसिक और शारीरिक स्वास्थ्य समस्याएँ होती हैं, शराब के दुरुपयोग की कम समस्याएँ होती हैं, कम आपराधिक प्रकरण होते हैं और वयस्क के रूप में ज़्यादा आर्थिक सुरक्षा होती है।

चाहे आपका लक्ष्य अगले साल छुट्टियाँ मनाने के लिए पर्याप्त पैसे बचाना हो या अपने बच्चों को ज़िम्मेदार वयस्क बनाने के प्रति समर्पित होना हो, खुद के लिए यथार्थवादी अपेक्षाएँ तय करें और परिणामों को कल ही देखने की उम्मीद न करें। इसके बजाय दीर्घकालीन समर्पण करने के लिए तैयार रहें; इससे आपके लक्ष्यों तक पहुँचने की संभावना बढ़ जाएगी।

समस्या-निवारण और कुछ बाधाएँ

संभवतः आपके जीवन में कुछ क्षेत्र ऐसे होंगे, जहाँ यथार्थवादी अपेक्षाएँ रखना आसान है। शायद आप इस ज्ञान के साथ कॉलेज में पढ़ने जाना चाहते हैं कि इसमें कई साल लग जाएँगे और इसके बाद ही आप स्नातक हो पाएँगे और ज़्यादा पैसे कमा पाएँगे। या शायद आप अपने रिटायरमेंट अकाउंट में पैसे यह जानने के बाद निवेश करना चाहते होंगे कि आप इसे तीस साल तक बढ़ने देंगे। लेकिन आपके जीवन के कुछ क्षेत्र ऐसे भी होंगे, जहाँ आप चीज़ों को तुरंत होते देखना चाहते हैं। शायद आप अपने वैवाहिक जीवन के बेहतर बनने का इंतज़ार नहीं करना चाहते या आप डॉक्टर की चेतावनियों के बावजूद अपने प्रिय व्यंजनों को नहीं छोड़ना चाहते। अपने जीवन के उन क्षेत्रों की तलाश करें, जहाँ आप बेहतर बन सकें और ऐसी रणनीतियाँ खोजने पर ध्यान केंद्रित करें, ताकि आप धीमी लेकिन स्थिर प्रगति करने के लिए आवश्यक योग्यताएँ विकसित करें।

क्या सहायक है

- इस बारे में यथार्थवादी अपेक्षाएँ रखना कि लक्ष्य तक पहुँचने में कितना समय लगेगा और यह कितना मुश्किल होगा।
- अपनी प्रगति मापने के सटीक तरीक़े खोजना।
- अपनी यात्रा में मील के पत्थरों का जश्न मनाना।
- स्वस्थ तरीक़ों से नकारात्मक भावनाओं से निपटना।
- प्रलोभन का प्रतिरोध करने की योजना बनाना।
- लंबे समय तक नपी-तुली रफ़्तार रखना।

क्या सहायक नहीं है

- यह उम्मीद करना कि आपको परिणाम तुरंत दिखेंगे।
- यह मानना कि अगर चीज़ें तुरंत ही बेहतर नहीं होती हैं, तो आप प्रगति नहीं कर रहे हैं।
- जश्न मनाने के लिए तब तक इंतज़ार करना, जब तक कि आप अपनी यात्रा के अंत तक न पहुँच जाएँ।
- अपनी कुंठा और अधीरता से अपने व्यवहार को प्रभावित होने देना।
- यह भविष्यवाणी करना कि आपके पास सभी तरह के प्रलोभनों का प्रतिरोध करने की पर्याप्त इच्छाशक्ति है।
- शॉर्टकट की तलाश करना, ताकि आप लक्ष्य तक पहुँचने के लिए आवश्यक काम से बच सकें।

उपसंहार
मानसिक शक्ति क़ायम रखना

सिर्फ़ यह पुस्तक पढ़ने और अपने शक्तिशाली होने की घोषणा करने से ही आपकी मानसिक शक्ति नहीं बढ़ जाएगी। इसके बजाय यह तो अपने जीवन में उन रणनीतियों को शामिल करने से बढ़ेगी, जो आपको आपकी पूरी क्षमता तक पहुँचने में मदद करेंगी। जिस तरह आपको अपनी शारीरिक शक्ति क़ायम रखने के लिए मेहनत करने की ज़रूरत होती है, उसी तरह मानसिक शक्ति को भी सतत रखरखाव की ज़रूरत होती है और हमेशा बेहतरी की गुंजाइश होती है। अगर आपकी मानसिक मांसपेशियों का रखरखाव या सुदृढ़ीकरण नहीं हो रहा है, तो वे क्षीण होने लगेंगी।

एक भी ऐसा इंसान नहीं है, जो ग़लतियाँ न करे और उसके बुरे दिन न हों। ऐसे मौक़े होंगे, जब आपकी भावनाएँ आप पर हावी हो जाएँगी; ऐसे मौक़े होंगे, जब आप ऐसे विचारों पर विश्वास कर लेंगे जो सच नहीं हैं और ऐसे अवसर होंगे, जब आप आत्म-विनाशकारी या अनुत्पादक व्यवहार में संलग्न होंगे। लेकिन जब आप अपनी मानसिक शक्ति बढ़ाने के लिए सक्रियता से काम करेंगे, तो ऐसे अवसर कम हो जाएँगे।

अपने कोच ख़ुद बनें

हर अच्छा कोच आपको बेहतर बनाने के लिए समर्थन और सलाह देता है। आपको भी अपने साथ ऐसा ही करना चाहिए। देखें कि आप क्या अच्छा कर रहे हैं; फिर अपनी शक्तियों को निखारें। उन क्षेत्रों को पहचानें, जहाँ बेहतरी की गुंजाइश है और फिर ख़ुद को बेहतर बनने की चुनौती दें। विकास के अवसर खोजते रहें, लेकिन यह जान लें कि आप कभी आदर्श नहीं बनेंगे। इन क़दमों का अनुसरण करके हर दिन थोड़ा बेहतर बनने की कोशिश करें :

- **अपने व्यवहार की निगरानी करें** – ऐसे अवसरों की तलाश करें, जब आपका व्यवहार मानसिक शक्ति हासिल करने की कोशिशों पर पानी फेर देता है; मिसाल के तौर पर, वही ग़लतियाँ दोहराना, परिवर्तन से घबराना या पहली असफलता के बाद छोड़ देना। फिर ज़्यादा उत्पादक अंदाज़ में व्यवहार करने की रणनीतियाँ खोजें।

- **अपनी भावनाओं को नियंत्रित करें** – ऐसे अवसरों की ताक में रहें, जब आप ख़ुद के लिए अफ़सोस करते हों, सुनियोजित जोखिम से डरते हों, ऐसा महसूस करते हों कि संसार किसी चीज़ के लिए आपका ऋणी है या हर एक को ख़ुश करने की चिंता करते हों। ऐसी भावनाएँ आपको अपनी पूरी क्षमता तक नहीं पहुँचने देतीं; इन्हें ऐसा न करने दें। याद रखें, आप जैसा महसूस करते हैं, अगर आप उसे बदलना चाहते हैं, तो इसके लिए आपको अपने सोचने और व्यवहार करने के तरीक़े को बदलना होगा।

- **अपने विचारों के बारे में सोचें** – अपने विचारों का सच्चा मूल्यांकन करने के लिए थोड़े अतिरिक्त प्रयास और ऊर्जा की ज़रूरत होती है। लेकिन अति सकारात्मक या अति नकारात्मक विचार इस बात को प्रभावित करेंगे कि आप कैसा महसूस करते हैं और व्यवहार करते हैं। वे मानसिक शक्ति की तलाश में हस्तक्षेप कर सकते हैं। कोई भी कार्ययोजना बनाने से पहले यह जाँच करें कि क्या आपके विचार यथार्थवादी हैं, ताकि आप अपने लिए सर्वश्रेष्ठ निर्णय ले सकें। पीछे रोकने वाले विश्वासों और विचारों को पहचानें, जैसे वे विचार जो दूसरों को अपनी शक्ति देने के लिए प्रोत्साहित करते हैं, नियंत्रण के बाहर की चीज़ों पर ऊर्जा बरबाद करने के लिए प्रोत्साहित करते हैं, अतीत में अटके रहने के लिए प्रोत्साहित करते हैं या तुरंत परिणाम की उम्मीद करने के लिए प्रोत्साहित करते हैं। इनकी जगह पर ज़्यादा यथार्थवादी और उपयोगी विचार रख लें।

जिस तरह जिम में अच्छा प्रशिक्षक जिम के बाहर स्वस्थ जीवनशैली को प्रोत्साहित करता है, उसी तरह अच्छे कोच बनने का मतलब यह है कि आपको मानसिक शक्ति बनाने के लिए उसके अनुकूल जीवनशैली बनानी होगी। यदि आप अपने शरीर की सही देखभाल नहीं कर रहे हैं, तो मानसिक

दृष्टि से शक्तिशाली बनना असंभव है। सही आहार न लेने और पर्याप्त नींद न लेने की वजह से भावनाओं का प्रबंधन, स्पष्टता से सोचना और उपयोगी व्यवहार करना मुश्किल हो जाता है। इसलिए एक ऐसा माहौल बनाने के लिए क़दम उठाएँ, जो आपको सफलता की मंज़िल तक पहुँचाने में सहायक हो।

हालाँकि मानसिक शक्ति हासिल करना एक व्यक्तिगत यात्रा है, लेकिन आपको यह बिलकुल अकेले करने की ज़रूरत नहीं है। दूसरों की मदद के बिना अपने सर्वश्रेष्ठ स्वरूप में आना मुश्किल होता है। जब भी ज़रूरत हो, सहायता माँगें और समर्थन करने वाले लोगों से ख़ुद को घेर लें। कई बार दूसरे लोग ऐसी सलाहें और रणनीतियाँ बता सकते हैं कि कौन सी चीज़ उनकी मदद करती है। यदि वह चीज़ आपकी यात्रा में मदद कर सकती हो, तो उसे अपने जीवन में शामिल कर लें। अगर आप पाते हैं कि आपके मित्र और परिवार वाले आवश्यक समर्थन नहीं दे सकते हैं, तो पेशेवर सहायता लें। प्रशिक्षित परामर्शदाता परिवर्तन के प्रयासों में आपकी मदद कर सकता है।

जैसे-जैसे आपकी मानसिक शक्ति बढ़ती है, आप ज़्यादा जागरूक बनेंगे कि मानसिक शक्ति बढ़ाने में हर व्यक्ति की रुचि नहीं होती। स्पष्ट रूप से आप किसी को उसका जीवन बदलने के लिए मजबूर नहीं कर सकते; यह उस व्यक्ति पर निर्भर करता है। लेकिन जो लोग मानसिक रूप से शक्तिशाली नहीं हैं, उनके बारे में शिकायत न करें। इसके बजाय दूसरों के लिए स्वस्थ रोल मॉडल बनें। अपने बच्चों को सिखाएँ कि मानसिक रूप से शक्तिशाली कैसे बना जाता है, क्योंकि ये योग्यताएँ वे बाहरी जगत में नहीं सीख पाएँगे। लेकिन अगर आप अपने सर्वश्रेष्ठ स्वरूप में आने पर मेहनत करते हैं, तो आपके आस-पास के लोग, जिनमें आपके बच्चे शामिल हैं, ग़ौर करेंगे।

आपके श्रम के फल

लॉरेंस लेम्यूक्स कनाडा के नाविक हैं, जिन्होंने दो ओलंपिक गेम्स में प्रतिस्पर्धा की। वे बचपन से ही नाव चलाते थे और 1970 के दशक में उन्हें सोलो रेसिंग से प्रेम हो गया। उन्होंने अपनी योग्यताओं को बेहतर बनाने के लिए कड़ी मेहनत की और वे प्रतिस्पर्धाओं में रेसिंग करने लगे। 1988 में वे सिओल ओलंपिक में गए, जहाँ उनके मेडल जीतने की संभावना उज्ज्वल दिख रही थी।

रेस वाले दिन परिस्थितियाँ काफ़ी चुनौतीपूर्ण थीं। हवा तेज़ थी। समुद्री धारा का बहाव तेज़ था और असामान्य रूप से बड़ी लहरें उठ रही थीं। चुनौतियों के बावजूद लेम्यूक्स ने शुरुआती बढ़त ले ली। लेकिन आठ फुट की लहरों की वजह से दिशा बताने वाले चमकते तैरते संकेतों को देखना असंभव हो गया था और वे एक संकेत चूक गए। उन्हें दोबारा उस चूके हुए संकेत तक आने के लिए विवश होना पड़ा और दोबारा रेसिंग शुरू करनी पड़ी। धीमे होने के बावजूद वे दूसरे स्थान पर पहुँचने में कामयाब हुए और वे अब भी पदक के प्रबल दावेदार लग रहे थे।

जब वे सही दिशा में तेज़ी से नाव चलाते रहे, तो उन्होंने सिंगापुर के दो लोगों को देखा, जिनकी नाव पलट गई थी। एक आदमी बुरी तरह घायल था और नाव की पेंदी को जकड़े हुए था, जबकि दूसरा आदमी नाव से दूर बह रहा था। समुद्र की स्थिति को देखते हुए लेम्यूक्स जानते थे कि सुरक्षा नौका के आने से पहले यह आदमी आसानी से दूर तक बहकर जा सकता है। हालाँकि लेम्यूक्स ओलंपिक के लक्ष्य के लिए दशकों से प्रशिक्षण ले रहे थे, लेकिन यह देखने के बाद उन्होंने एक ही पल में इसे छोड़ दिया। बिना किसी हिचकिचाहट के उन्होंने अपनी नाव मोड़ी और सिंगापुर के नाविकों को बचा लिया और उनके साथ तब तक इंतज़ार किया, जब तक कि कोरिया की नौसेना ने उन्हें सुरक्षित नहीं निकाल लिया।

लेम्यूक्स ने दोबारा रेस शुरू की, लेकिन तब तक मेडल जीतने के लिए बहुत देर हो चुकी थी। वे समापन रेखा पर बाइसवें स्थान पर पहुँचे। सम्मान समारोह में अंतरराष्ट्रीय ओलंपिक कमेटी के प्रेसिडेंट ने लेम्यूक्स को उनके आत्म-त्याग और साहस तथा खेल भावना के लिए पियरे द कूबर्तिन पदक दिया।

स्पष्ट रूप से लेम्यूक्स का आत्म-मूल्य इस तथ्य पर निर्भर नहीं था कि उन्हें सफल महसूस करने के लिए स्वर्ण पदक हर हाल में जीतना था। उन्हें ऐसा महसूस नहीं हुआ, जैसे संसार – या ओलंपिक – उन्हें किसी चीज़ को देने के लिए बाध्य था। इसके बजाय, वे मानसिक रूप से इतने शक्तिशाली थे कि अपने मूल्यों के अनुसार जी सकें और वह कर सकें, जिसे वे सही मानते थे, भले ही वे अपने मूल लक्ष्य तक न पहुँच पाएँ।

मानसिक शक्ति विकसित करना हर चीज़ में सर्वश्रेष्ठ बनने के बारे में नहीं है। यह सबसे ज़्यादा पैसा कमाने या सबसे बड़ी उपलब्धियाँ हासिल करने के बारे में भी नहीं है। इसके बजाय मानसिक शक्ति विकसित करने का मतलब यह जानना है कि चाहे जो हो जाए, आप ठीक रहेंगे। चाहे आप गंभीर व्यक्तिगत समस्याओं का सामना कर रहे हों, आर्थिक संकट का सामना कर रहे हों या पारिवारिक त्रासदी का सामना कर रहे हों, जब आप मानसिक रूप से शक्तिशाली होते हैं, तो आप किसी भी तरह की परिस्थिति के लिए सबसे अच्छी तरह तैयार होंगे। न सिर्फ़ आप जीवन की वास्तविकताओं से निपटने के लिए तैयार होंगे, बल्कि आप अपने मूल्यों के अनुसार जीने के लिए सक्षम होंगे, चाहे जीवन आपकी ओर कुछ भी फेंके।

जब आप मानसिक रूप से शक्तिशाली बनते हैं, तो आप अपने सर्वश्रेष्ठ स्वरूप में होंगे, आपमें वह करने का साहस होगा जो सही है, और आप जो हैं तथा जो हासिल करने में सक्षम हैं, उसमें सच्चा सुख महसूस करेंगे।

आभार

इस पुस्तक के सृजन में कई लोगों ने मेरी सहायता की है।

मैं शुरुआत में चेरिल स्नैप कॉनर को धन्यवाद दूँगी, जिन्होंने मानसिक शक्ति के प्रचार में मेरी मदद की। संभवतः मेरे काम की चेरिल की प्रशंसा की बदौलत ही मेरी अविश्वसनीय एजेंट स्टेसी ग्लिक का ध्यान मुझ पर गया। स्टेसी ने बिलकुल शुरुआत से ही इस प्रोजेक्ट में विश्वास किया और मैं प्रक्रिया के हर क़दम पर उनके सहयोग के लिए आभारी हूँ।

मैं अपनी संपादक एमी बेंडेल और सह-संपादक पेज हाजन के ज्ञानपूर्ण राय और लिखित सुझावों के लिए उन्हें धन्यवाद देना चाहती हूँ।

मैं अपने मित्रों और परिचितों के प्रति कृतज्ञ हूँ, जिन्होंने शालीनतापूर्वक मुझे उनका इंटरव्यू लेने और उनकी व्यक्तिगत कहानियाँ बताने की अनुमति दी : एलिसिया थेरिऑल्ट, हीदर वॉन सेंट जेम्स, मैरी डेमिंग, मोज़ जिंजररिच, पीटर बुकमैन और लिंडसे टर्नर।

मैं अपने मित्रों और परिवार के सदस्यों को भी धन्यवाद देना चाहती हूँ, जिन्होंने मेरा समर्थन किया है। मेरी आजीवन सहेलियों मेलिसा शिम, एलिसन सॉन्डर्स और एमिली मॉरिसन को विशेष धन्यवाद, जिन्होंने मेरी कहानी बताने के लिए मुझे प्रोत्साहित किया। इसके अलावा एमिली के लेखन ज्ञान और संपादकीय सहयोग के लिए भी बहुत आभारी हूँ। मैं अपने लेखन प्रयास में समर्थन के लिए हेल्थ एक्सेस नेटवर्क के सहकर्मियों की भी कृतज्ञ हूँ।

मैं अपने पति स्टीफ़न हेस्टी को भी धन्यवाद देना चाहूँगी, जो मेरी पहचान के सबसे धैर्यवान इंसान हैं, जिन्होंने इस पुस्तक को वास्तविक बनाने के लिए हर संभव मदद की। आख़िर में मैं अपने माता-पिता रिचर्ड और सिंडी हंट, अपनी बहन किम्बर्ली हाउस तथा अतीत व वर्तमान के सभी रोल मॉडलों के प्रति कृतज्ञ हूँ, जो मुझे बेहतर बनने के लिए प्रेरित करते रहते हैं।

अनुवादक के बारे में

डॉ. सुधीर दीक्षित *टाइम मैनेजमेंट, सफलता के सूत्र, 101 मशहूर ब्रांड्स* और *अमीरों के पाँच नियम* सहित सात लोकप्रिय पुस्तकों के लेखक हैं, जिनमें से कुछ के मराठी व गुजराती भाषाओं में अनुवाद हो चुके हैं। इसके अलावा उन्होंने हैरी पॉटर सीरीज़, चिकन सूप सीरीज़ तथा मिल्स ऐंड बून सीरीज़ सहित 150 से भी अधिक अंतर्राष्ट्रीय बेस्टसेलर्स का हिंदी अनुवाद किया है, जिनमें रॉन्डा बर्न, डेल कारनेगी, नॉर्मन विन्सेन्ट पील, स्टीफ़न कवी, रॉबर्ट कियोसाकी, जोसेफ़ मर्फ़ी, एडवर्ड डी बोनो, ब्रायन ट्रेसी आदि बेस्टसेलिंग लेखक शामिल हैं। उन्होंने मशहूर भारतीय क्रिकेट खिलाड़ी सचिन तेंदुलकर की आत्मकथा *प्लेइंग इट माय वे* का हिंदी अनुवाद भी किया है।

हिंदी साहित्य और अँग्रेज़ी साहित्य में स्नातक की उपाधि लेने के अतिरिक्त डॉ. दीक्षित अँग्रेज़ी साहित्य में एम.ए. तथा पीएच.डी. भी हैं। उनकी साहित्यिक अभिरुचि की शुरुआत हिंदी जासूसी उपन्यासों से हुई, जिसके बाद उन्होंने अँग्रेज़ी के सभी उपलब्ध जासूसी उपन्यास पढ़े। वे अगाथा क्रिस्टी और आर्थर कॉनन डॉयल के लगभग सभी उपन्यास व कहानियाँ पढ़ चुके हैं।

कॉलेज के दिनों में डेल कारनेगी की पुस्तकों का उन पर गहरा प्रभाव पड़ा। कॉलेज की शिक्षा पूरी करने के बाद डॉ. दीक्षित ने *दैनिक भास्कर, नई दुनिया, फ़्री प्रेस जर्नल, क्रॉनिकल, नैशनल मेल* आदि समाचार पत्रों में कला, नाटक एवं फ़िल्म समीक्षक के रूप में शौक़िया पत्रकारिता की। उन्हें म.प्र. फ़िल्म विकास निगम द्वारा फ़िल्म समीक्षा के लिए पुरस्कृत भी किया गया। चेतन भगत और डैन ब्राउन उनके प्रिय लेखक हैं। डॉ. दीक्षित को पाठक sdixit123@gmail.com पर फ़ीडबैक प्रदान कर सकते हैं।

Milton Keynes UK
Ingram Content Group UK Ltd.
UKHW012207080923
428326UK00005B/413

9 789387 383586